金尺

금척

金尺

김종록 장편소설

다산
책방

일러두기

- 마이산 금척과 특파독립대 26인은 명확한 사료에 근거한다.
- 광무황제 이희李熙는 고종황제로 썼다.
- 역사인물을 포함해 가공의 등장인물들은 소설적 재구성임을 밝힌다.

나라가 깨지고
개인의 삶이 뿌리 뽑혔던 때,
세상에 금척을 전한 이들에게 바친다.

차례

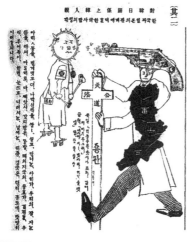

1909년 9월 15일, 샌프란시스코 교민신문《신한민보》3면 머리기사에 도발적인 삽화 두 장이 좌우로 나란히 실렸다.

오른쪽 삽화는 자못 선정적이었다. 전통 혼례복 차림의 수줍은 한국 새색시에게 일본 헌병장교가 돈 봉투를 내밀며 유혹하는 장면이었다. 해설 내용이 가관이었다.

'한국 계집이 일본 사나이한테 반해서 나중에는 벌거벗은 몸뚱이까지 되고 말았으니, 이것이야말로 보호해주는 보람이 있도다!'

일본의 돈 많은 남자가 마음만 먹으면 한국 새색시도 손쉽게 유혹할 수 있다는 우롱이었다. 지각 있는 한국인이라면 피가 가꾸로 돌게끔 격분시키는 삽화였다.

왼쪽 삽화는 통렬했다. 건장한 한국청년 김척金尺이 게다짝 신은 왜소한 일본여자 욱일旭日을 권총으로 쏘는 장면이었다. 김척은 최신 유행하는 체크무늬 양복에 흰 코트를 걸쳤고 반짝반짝 광낸 구두를 신었다. 그의 몸통에는 한반도 지도가 겹쳐졌다. 머리에는 모자 대신 권총을 배치했다. 총구에서 막 불이 뿜어져 나왔다. 총구는 욱일승천기의 태양으로 묘사된 일본여자의 머리를 바짝 겨누고 있었다. 즉사를 피할 수 없는 통쾌한 장면이었다.

'아랫도리를 벌거벗고서 나막신짝을 짤짤 끌고 다니는 철부지 어린애가, 우리가 잠자는 틈을 타서 마음대로 다 빼앗아갔지만, 우리 민족이 한번 눈뜨고 일어서는 날에는, 하늘 무서운 줄 모르고 욱일승천하는 너희 일본 게다짝들을 천도天道와 공법公法에 따라 응징하리라.'

맨 왼쪽에 붙인 해설기사는 너무도 당당하고 비장했다.

신문을 받아본 미국 동포들은 열광했다. 얼마 전 일본《도쿄요괴》잡지에 실렸던 오른쪽 삽화의 치욕적인 조롱을 한 방에 날려버리는 통쾌한 사건이었다. 동포들의 가슴에 쌓였던 울분이 잠시나마 해소되면서 신문 격려 운동으로 이어졌다. 신한민보사 전화가 빗발쳤고 애국 독자들의 후원금이 쏟아져 들어왔다.

"좋았어. 성공작이야."

《신한민보》발행인은 주먹을 불끈 쥐어 보이며 외쳤다. 옆에서 통신원 K와 기자들이 박수를 치며 눈시울을 붉혔다.

"삼 주 후면 배편으로 도쿄와 서울, 상하이, 블라디보스토크에 이 신문이 전달될 겁니다. 우리는 이로써 저들에게 당당히 선포한 것입니다. 청나라와 러시아 함대를 기습공격해서 청일·러일전쟁을 승리로 이끌어낸 일제 쥐새끼들과는 전적으로 다르단 걸 말입니다."

통신원 K의 어조는 사뭇 들떠 있었다. 상하이 긴급회동에 참석했다가 며칠 전에 돌아온 그는 특파독립대원으로서의 한 역할을 했다는 자부심이 넘쳤다.

왼쪽 삽화 속에 한국청년 김척이 들고 있는 권총은 평범한 총이 아니었다. 불을 뿜어내는 권총의 총신 위에는 특이하게도 눈금자가 새겨져 있었고 손잡이에는 태극문양과 대한제국 이화문장이 뚜렷했다. 손잡이와 방아쇠 사이에는 한자로 '金尺' 두 글자가 뚜렷이 음각돼 있었다.

"절묘한 타이밍이었어. 이 권총 그림을 공개한다고 어느 놈이 우리 비밀 프로젝트의 실체를 알아내겠어? 우리만 아는 암호코드인데 말이야. 일본인들 눈에 이건 단지 김척이라는 한국청년 이름인 게야. 설사 눈치챈다 하더라도 한번 실체를 밝혀보라지. 결국 닭 쫓는 개 신세만 될 테니."

발행인은 이글거리는 눈빛을 빛내며 두툼한 입매에 힘을 주

11

었다. 이런 사전 선포로 저들이 예방조치를 취해서 작전 수행이 어려워질 수도 있었다. 하지만 너끈히 성공시켜서 저들을 경악케 하고 싶었다.

제1부

암호코드
'금두성'

1

26호는 저절로 눈이 떠졌다. 아직 동트기 전이었다. 며칠 동안 신경을 곤두세우며 열차여행을 했고, 간밤엔 늦게까지 낯선 거리를 배회하다가 잠자리에 들었다. 약간의 주럽이 남아 있었지만 벌떡 몸을 일으켰다. 불은 켜지 않았다. 물 한 잔을 마시고 찬물로 세수했다. 짧게 돌려 깎은 상고머리까지 감고 나자 정신이 명징해졌다. 창가에 정갈하게 무릎 꿇고 앉았다. 성호를 긋고 두 손을 모았다. 늘 해오던 아침 기도였다.

언제부턴가 그는 마음 착한 이들에게 평화를 달라는 식상한 기도는 더 이상 하지 않게 되었다. 저간 뼈저리게 느껴왔다. 마음 착한 이들에게 평화는 너무 멀었고 탐욕에 눈먼 이들이 벌이는 정복전쟁은 아주 가까워 그의 염원 따윈 여간해서 하늘에 가 닿지 못했다. 이제 절망할 틈도 기도할 시간도 얼마 없었다. 오직 결행할 큰일 하나만 남아 있었다.

짧은 기도를 마친 그는 한참 동안 앉아서 묵상했다.

지상에서의 마지막이 될지도 모를 날이 밝아오자, 26호는 전날 입었던 새 양복 대신 오래 입었던 검은 모직 양복에 반코트를 걸쳤다. 새 양복 주머니에서 손에 익은 묵직한 물건을 꺼내 오른쪽 재킷 속주머니에 찔러 넣고 도리우치라 불리는 사냥모를 눌러썼다. 새 양복은 기꺼이 숙소를 제공해준 주인에게 남기는 선물이었다.

"지금 가시는 겁니까?"

아까부터 일어나 줄곧 말없이 지켜보던 소년이 어렵게 입을 열었다. 며칠간 통역과 연락책을 맡았던 25호다.

"그간 수고 많았다."

26호는 그 말을 남기고 문을 나섰다. 이 순간 다른 말들은 서로의 마음을 복잡하게 만드는 군더더기일 뿐이었다. 거리로 나서자 북만주의 싸늘한 초겨울 새벽 공기가 볼을 때렸다. 그는 하얼빈 북쪽 레스나야 거리에서 역 쪽으로 방향을 잡았다. 간밤에 몇 번이나 되짚어 오고 갔던 그 길이었다. 그는 단순한 사람이었다. 신념을 얻으면 그대로 결행할 뿐 좀처럼 의심하거나 주저하는 법이 없었다. 하지만 어젯밤은 달랐다. 어둠 탓이었을까. 걸음걸음 질척거리는 갖가지 상념이 엉겨 붙었다. 신명을 건 일대사의 전야前夜였다. 다행히 오늘 새벽길은 시치미를 뚝 떼고 질펀하게 열려 있었다. 그는 뜨막한 그 길을 묵묵히 앞으로 짓쳐 나갔다. 이 길의 끝에 다다르면 아주 특별한 장소가 있었다. 그 장소를 얻기 위해 지금껏 달려온 인생이었다.

삼 년 전부터 26호는 좀 독특한 세계관을 갖게 되었다.

그가 생각하는 이 세상은 별게 아니었다. 이 세상은 신神이 말할 장소와 기회를 얻으면서 열렸다. 태초에 아무것도 없는 어두운 허공에다 대고 신은 맨 처음으로 말할 수 있었다. 빛이 있으라. 그 이전에는 아무도 그 말을 하지 않았다. 맨 처음으로 말을 했으므로 거룩한 신이 된 건지도 모른다. 태초에 말씀이 있었고 그 말씀은 빛이 되었으며 땅이 되고 만물이 되었다. 천지창조 서사다.

신의 말은 그를 빼닮은 인간들의 입을 통해 흉내 내지고 가지를 뻗어 마침내 온 세상이 말들로 넘쳐났다. 그러나 어떤 겨레붙이의 말들만큼은 꽁꽁 얼어붙어 한마디도 세상 밖으로 나가지 못했다. 그 말을 대신해주겠다는 적국敵國의 말만 정반대의 의미로 통용되었다. 고약한 노릇이었다. 입이 있어 말하나

17

단 한 마디도 들어주는 이가 없고, 글이 있어 쓰나 단 한 줄도 읽어주는 이가 없었다. 하도 답답한 나머지 나라 안 사람들의 분통이 터지고 곧 미쳐버릴 지경이 되었다. 재작년, 황제는 간절히 하고픈 말들을 녹여서 나라 밖으로 내보내고자 네덜란드 헤이그로 밀사를 파견했다. 단지 그랬다는 이유로 황제 자리에서 강제 퇴위 당하는 수모를 겪었다. 말의 절실함과 그 무서움을 알만 했다.

26호는 자신이 그 말할 장소와 기회를 얻어내리라 결심했다. 그 청년은 가족과 조국을 등지고 홀로 망명길에 올랐다. 나라 안의 아우성이 국경을 넘지 못하니, 나라 밖에 나가서 외치리라. 일찍이 황제도, 전기수도, 유랑극단 가객도, 밭매는 아낙과 등짐 진 장돌뱅이도 끝내 하지 못한 말을 내가 한몫을 하고야 말리라.

오늘, 드디어 이 길의 끝에서 그 장소와 기회를 만난다. 26호는 일기일회一期一會*라고 여기며 전의를 다졌다. 승부사라면 절대로 놓칠 수 없는 기회였다. 하필이면 오늘 날짜가 26일이었다. 절묘했다. 그가 어떤 일을 벌이던 그것은 목적이 아니었다. 단지 말할 장소를 얻어내기 위한 수단이었다. 세계악이 판

---

* 평생에 단 한 번 만남.

치는 이 사나운 시절에 천도天道가 아직 조금이라도 살아 있다면 좁은 길일지라도 끝내 열리리라. 이왕 얻어낸 장소라면 천둥소리보다 더 크게 떨쳐, 온 세상 사람들이 한 번에 알아듣게 하리라. 그렇지 않으면 차라리 그 자리에서 빳빳이 서서 죽으리.

그는 하얼빈 역 광장에 다다랐다. 일곱시가 막 지난 이른 시간인데도 벌써부터 사람들이 몰려들었다. 한차례 쏟아붓고 말 듯 끄느름한 날씨지만 아직 눈은 내리지 않았다. 제복을 입은 러시아 역무원들과 코트 차림의 공관원들이 부산히 움직였다. 그중에는 모피 방한모 샤프카를 쓴 이도 있었다. 광장 한쪽에는 화려한 복장을 한 러시아 군악대가 모여 곱은 손으로 예행연습을 하는 모습이 보였고 그 너머로 의장대가 사열 의례를 맞춰보고 있었다. 기모노 차림의 일본인들도 일장기를 들고서 모여들었다. 멀리 대합실 입구 검색대는 경비가 삼엄했다. 일본 경찰들은 그 앞에서 벌써부터 줄을 세우고 질서를 잡느라 부산을 떨었다. 호들갑스럽긴 하지만 매사에 치밀하여 빈틈이 없는 일본인들다웠다.

역시 3호가 옳았다. 올해 스물여섯인 3호는 26호보다 네 살 아래였다. 그러나 상황을 통찰하는 안목과 일처리가 26호 자신에 비할 바 없이 탁월했다. 1호와 2호를 직접 만나 작전을 짜고 진행하는 청년다웠다. 일주일 전, 상하이에서 특파된 3호는 26호가 대합실 안으로 안전하게 들어가는 게 우선이라고 했었다. 그러자면 검색대를 무사통과해야만 했다. 별다른 소지품이 없어야 가능했다. 권총을 소지하는 건 너무 위험천만했다. 수첩과 펜 정도만 지녔다가 따져 물으면 기자라고 둘러대는 게 좋겠다고 했다.

역 광장 한쪽에서 26호가 멈칫하며 발길을 돌렸다. 불도저처럼 저돌적인 그였지만 오늘만큼은 신중했다. 그 앞에 일본인 신혼부부로 보이는 한 쌍이 다가왔다. 신랑의 팔짱을 낀 색시의 눈과 마주쳤다. 낯선 여성이었다. 그 옆에 선 말쑥한 새신랑은 도쿄에서 방금 온 모던보이 패션이었다. 수일 전부터 틈틈이 만나온 바로 그 청년, 3호였다. 간밤만 해도 허름한 외투 차림이었었는데 새신랑으로 바뀌어 있었다.

"그새 깎은서방님으로 변신해서 하마터면 3호를 몰라볼 뻔했소."

26호가 조용히 읊조렸다.

"26호, 예상대로 검문검색이 삼엄하오."

3호가 26호 앞으로 바투 다가서며 속삭였다. 새색시가 26호 옆에 붙었다. 셋은 광장 한쪽에 모여서 담소하는 모습이 되었다. 3호가 손을 내밀자 26호가 재킷 주머니에서 묵직한 물건을 꺼내 건네주었다. 3호는 잽싸게 새색시에게 전했고 이내 기모노 허리춤 속으로 가무렸다. 일본 여인으로 위장한 7호였다. 7호가 준비해온 일장기를 3호와 26호에게 나눠주었다.

완연한 가족 일행이 된 셋은 곧 일본인 환영객 무리 쪽으로 성큼성큼 다가갔다. 활짝 웃으며 인사를 건네자 모두들 반갑게 맞아주었다. 곧 눈이라도 내렸으면 좋겠다고 3호의 팔짱을 낀 7호가 유창한 일본어로 조잘대자, 그럼 상서로운 눈이라고 여럿이 화답했다. 이 희망찬 날 아침, 바다 건너 북만주 하늘 아래 모인 대제국 황국신민으로서의 각별한 연대감이었다. 셋은 그렇게 일본인 환영객무리와 뒤섞여서 하나가 되었다.

행렬은 대합실 출입문 쪽으로 이어졌다. 러시아 군인들과 일본 경찰들이 합동으로 검문검색을 했다. 열차표를 사러 나온 러시아인들까지 꼼꼼하게 묻고 통과시켰다. 환영객 가운데 비표 찍힌 통행증이 없는 유럽인들과 중국인들은 안으로 들여보내주지 않았다. 제지당한 그들은 아쉬운 발걸음을 돌렸다. 한 중국인은 통행증을 꺼내 보였는데도 몸수색을 당했다. 몸을 샅샅이 더듬다가 주머니 속까지 다 까 뒤져본 다음, 별다른 게 나오지 않자 마지못해 통과시켜주었다. 결코 곱다고 할 수 없는 인상의 그 중국인은 시범 케이스가 된 게 매우 못마땅해 씩씩대며 안으로 사라졌다. 기모노 입은 일본 여인 둘이 무사

통과하고 드디어 26호 차례가 되었다. 앞장선 26호는 바짝 긴장했다. 재치 넘치는 7호가 검문하는 군인과 경찰에게 요란한 아침 인사를 건넸다. 26호의 외투 등에 뭐라도 묻은 것처럼 손으로 털어주면서, 우리 아주버님은 옷걸이가 참 좋다고 지청구를 떨었다. 물론 유창한 본토 발음 일본어를 썼다. 일본 경찰이 한 가족이냐며 물었다. 7호가 서글서글하게 웃으며 그렇다고 답하자 일본 경찰은 러시아 군인에게 눈짓했다. 러시아 군인은 26호의 가슴과 허리를 두 손으로 얼추 더듬어본 다음 곧바로 길을 터주었다. 그것으로 형식적인 검색을 마치고 이 우애 좋은 귀족풍의 일본인 가족을 기분 좋게 통과시켰다. 희망찬 아침이었다.

비로소 극도의 긴장에서 풀려난 셋은 역 구내 이층 찻집 창가에 마주 앉아서 느긋하게 차를 마셨다. 대화는 구태여 필요치 않았다. 더 이상 유창한 일본어 실력을 뽐낼 필요가 없었다. 신문을 보거나 수첩에 끼적이는 짓도 하지 않았다. 말도 문자도 글씨도 꼬투리가 될 수 있었다. 숨어서 움직이는 밀정의 눈과 귀는 앞에도 뒤에도 옆에도 있을 수 있었다. 셋은 그저 이따금씩 창밖의 환영객들을 보다가 자연스럽게 서로 눈빛을 주고받거나 찻잔을 만지작거릴 뿐이었다. 도착 예정 시간인 아홉 시가 가까워지자 플랫폼은 환영 인파로 출렁거렸다. 러시아군

의장대와 군악대가 철로를 따라 길게 두 줄로 늘어섰고 청국 군대와 외교사절들, 일본인 관리들이 도열했다. 외교사절 맨 앞에 러시아 재무장관과 수행원이 보였다.

멀리서 기적이 울었다. 엊저녁 늦게 창춘을 떠난 열차가 오늘 아침 아홉시, 예정시간에 맞춰 하얼빈 역에 도착하고 있었다. 러시아가 제공한 특별열차였다. 환영 인파 속에서 환호성이 터져 나왔다. 이윽고 특별열차가 플랫폼에 들어오자 군악대의 연주가 울려 퍼졌다. 일본인 환영객들이 손에 든 일장기를 요란하게 흔들어댔다. 간간이 러시아 삼색기도 보였다.

이층 찻집에서 열차를 뚫어지게 내려다보던 26호가 튀어나가려고 몸을 일으켰다. 마주 앉은 3호가 손을 뻗어 제지했다. 3호는 자신의 찻잔에 남아 있던 엽차를 26호 잔에 따라주었다. 다혈질의 26호는 입안이 타는지 잔을 털어 넣었다. 이번에는 7호가 빈 잔을 다시 채워줬다.

열차가 멎고 러시아 재무장관 코코프체프가 수행원의 안내를 받으며 열차 위로 올라가 이토를 영접했다. 아주 특별한 분과의 조용한 담소를 위해 러시아 군악대 연주가 멈췄다.

"먼 길 오셨습니다, 각하. 일본과 세계만방의 절대적인 존경을 받고 계신 각하를 영접하게 돼서 영광입니다."

"이렇게 과분하게 환대해주셔서 감사드립니다. 그간 일본과 러시아 사이에 이해가 충돌할 때마다 공평하게 일처리를 해주신 각하를 꼭 만나 뵙고 싶었습니다. 원활한 만주 경영과 극동 평화를 위해 마음 터놓고 말씀 나누고자 합니다. 양국이 협력한다면 서로 좋은 일이 많을 것입니다."

이토가 특유의 외교적인 수사로 운을 뗐다. 말은 이렇게 했지만 코코프체프는 지금 러시아 정부 내에서 코너에 몰려 있었다. 러시아가 동청철도를 미국 자본가 해리먼에게 매각하려 했고 코코프체프가 외무상 이즈볼스키를 제치고 이 계획을 추진했다. 일본과 러시아 관계가 경직되었다. 하지만 지난여름 해리먼이 사망하는 바람에 백지화되고 말았다. 코코프체프의 입장이 난처해졌다. 이토는 이때를 파고들어 코코프체프와 교섭하기로 했다. 만주 문제 해결과 동시에 한국 병탄의 최종 양해를 구할 적기라고 판단한 것이다.

이십분쯤 지나, 둘은 그만 플랫폼으로 나가 환영식부터 하기로 했다.

이토와 코코프체프는 수행원들의 호위를 받으며 열차에서 내렸다. 러시아 군악대 연주가 울려 퍼졌다. 이토는 모자를 벗었다 다시 썼다. 왜소한 체구의 이 노정객은 헌칠하고 우람한 러시아 관헌들 사이에 끼어 있으면서도 그들을 압도하는 짱짱한 기운을 품고 있었다. 흰 수염과 머리칼 때문이었을까. 의장대 앞으로 다가오는 그에게서 빛이 났다. 신문에서 자주 본 적이 있어서 그런지도 몰랐다. 의장대의 우렁찬 경례 소리가 나고 군악소리가 하늘을 울리며 귀를 때렸다. 그 순간 26호의 가슴속에서 분노가 터져 일어나고 삼천길 지옥불이 머릿속에서 치솟아 올랐다.

어째서 세상 일이 이같이 불공평한가. 슬프도다. 이웃나라를 강제로 빼앗고 사람 목숨을 참혹하게 해치는 자는 이같이 날뛰고 조금도 거리낌이 없는 대신, 죄 없이 어질고 약한 인종은 어찌하여 이처럼 곤경에 빠져야 하는가.

"한바탕 속 시원히 외치기 좋은 장소요. 지금 나가시오!"

3호는 자신감을 샘솟게 하는 결연한 음파를 날리며 손을 내밀었다. 26호가 일어서며 3호의 손을 잡았다 놨다. 지난 일주일간 우리가 만났던 지상에서 인연이 이것으로 다하는 것인가. 3호는 이 삼엄한 경계의 벽을 뚫고 26호가 무사히 저 앞에 다다르게끔 길을 열어 달라고 하늘에 기도했다. 그 순간 빽빽하게 서 있는 무장군인들 사이로 그 길이 훤히 열려 보였다. 26호도 그 길을 보았다.

그 길로만 따라가라.

3호는 푸른빛이 도는 맑은 눈빛으로 그렇게 일렀다. 26호는 3호의 눈빛에 어린 신물神物의 힘을 믿었다. 이 길은 서울의 1호, 상하이의 2호, 4호, 블라디보스토크 5호, 6호, 샌프란시스코의 8호 그리고 이곳 바로 전 역에 대기시켜둔 23호, 24호, 간밤 같이 잔 숙소에서 지금쯤 간절히 빌고 있을 25호는 물론 서로 이름도 얼굴도 잘 모르는 여러 대원들의 염원이 한데 모인 길이기도 했다.

찻집에서 성큼성큼 내려온 26호는 러시아 군대 바로 뒤에 이르렀다. 그사이 아무런 감시도 제지도 없었다. 이토는 거드름피우는 걸음걸이로 코코프체프와 나란히 걸으며 의장대를 열병했다. 26호는 숨을 죽이며 기다렸다. 이토는 환영 나온 각국 영사들과 일일이 인사를 나눴다. 이제 일장기를 흔들며 환영하는 일본 교민들 앞으로 가서 그들을 격려할 차례였다. 이토가 앞으로 지나쳐 갈 찰나, 26호는 품속에서 묵직한 신물을 꺼내 들었다. 그는 러시아 군인들 사이로 걸어 나가며 어슬렁거리는 도적의 가슴을 겨누고 방아쇠를 당겼다.

탕, 탕, 탕, 탕—!

무장한 군인들 뒤에서 바람처럼 나타난 26호가 총을 뽑아 들고 쏴대자 러시아 군인들이 반사적으로 몸을 비켰다. 마치 거칠 것 없이 마음껏 쏴보란 듯이. 흉한을 막아내고 덮쳐야 할 그들이 도리어 길을 열어 도와준 꼴이었다. 엉겁결에 벌어진 일이었다. 총성은 우렁찬 군악소리에 묻혀 이내 가무러졌다.

자신이 쏜 총알이 표적의 가슴에 명중했음을 확인한 순간 26호는 혹시 다른 이가 그 작자일 수도 있다는 생각이 스쳤다. 실수는 용납되지 않았다. 뒤쪽에서 수행하는 일본인 무리를 차례차례 겨눴다.

탕, 탕, 탕—!

표적들이 하나 둘 고꾸라지는 것까지 확인하고서야 러시아 헌병 하나가 그에게 달려들었다. 아까 역 광장에서부터 지금까지 두 시간여 동안 처음으로 만난 장애물이었다. 그러나 이미 깔끔하게 임무를 수행한 뒤였다.

"꼬레아 우라*! 꼬레아 우라! 꼬레아 우라!"

26호는 우렁차게 세 번 외쳤다. 이로써 첫 번째 말할 기회를 얻어낸 26호는 러시아 헌병들의 완력에 의해 플랫폼 바닥에 넘겨졌다. 내던져진 단총 안에는 발사되지 않은 그을린 한 발의 총알이 남아 있었다. 7연발 단총의 약실에 한 발을 더 쟁여 모두 여덟 발이 들어 있었던 것이다.

1909년 10월 26일 오전 아홉시 삼십분 하얼빈 역, 대한제국 제일 명사수 26호가 쏜 일곱 발의 총알이 일본제국의 심장에 박혔다. 그 심장은 오직 죽어야만 비로소 멈추는 괴물의 심

---

* 대한민국 만세.

장이었다. 문제는 그 심장이 아주 여럿이라는 데에 있었다. 그 중 가장 큰 심장 하나를 싸늘하게 식혀버림으로써 특파독립대원 26호는 비로소 말할 장소와 기회를 얻어냈다. 26호 안응칠 安應七이 말할 장소와 기회는 거듭된 심문과 재판이 이어지면서 원도 한도 없이 줄기차게 열리게 되었다.

2

"믿을 수 없어. 어떻게 내 앞에서 이런 일이!"

코코프체프는 죄인 행색이 되어 사태를 수습하고자 애면글면했다. 하지만 그가 할 수 있는 일은 없었다. 급히 열차로 옮겨져 응급치료 받던 이토 히로부미가 피를 콸콸 쏟아내다 숨통이 끊어지는 걸 확인했을 뿐이었다. 이토는 유언조차 남길 여력이 없었다. 코코프체프는 황당했다. 이런 불상사를 예방하기 위해 그토록 검문검색에 만전을 기하고자 애썼건만 모두 허사로 돌아가고 말았다. 명예를 중시 여기는 그로서는 부끄럽고 난감했다. 무엇보다 외교적으로 까다로운 상대인 일본 당국이 책임을 물어올까 두려웠다. 그는 아수라장이 되어버린 역내 유혈사태를 정리하고 나서 본국에 있는 베베르 차관 앞으로 서둘러 지령을 내렸다. 일본 외무부에 공식적으로 전달하도록 했다.

러시아 소속 중국 동부철로 당국은 만일의 불상사를 예방코자 이틀 전인 24일, 하얼빈 일본 총영사 가와카미 도시히코에게 분명히 물었다. 행사장에 환영 나올 일본인들은 어떤 사람들이며 어떤 비표와 통행증을 발급할 것인가? 이에 대해 가와카미 총영사는 도리어 '일본인은 무조건 통과시키라'고 요청해왔다. 한국인 범인의 외모와 복장은 일본인과 똑같아 전혀 구별할 수 없었다. 구별이 분명한 유럽인과 중국인의 입장은 엄격히 통제했다.
　　　　—10월 26일 하얼빈에서 코코프체프 재무장관

'일본인은 무조건 통과시키라'는 요청만 없었어도 보다 철저한 검문검색을 했을 것이다. 하얼빈 역 바로 직전 차이지아거우蔡家溝역에서는 단속을 해서 성과도 내지 않았던가. 러시아가 전적으로 경비를 관할했던 그 작은 역은 특별열차가 통과하기 전날 저녁부터 모든 사람을 차단시켰다. 수상한 한국인들이 묵고 있던 숙소 출입문도 러시아 헌병들이 낌새가 미심쩍다 판단하고 밖에서 자물쇠를 채웠다. 이들은 사건 직후 곧바로 검거했다. 근동의 다른 한국인들도 대거 검거했다.

다행히 일본정부는 아무런 불만도 원망도 없었다. 오히려 이토의 수행원으로부터 여러 가지 예우와 사고 후의 세심한 배려에 감사하다는 전보를 받았다.

코코프체프는 불명예는 면했지만 몇 가지 의문을 떨쳐낼 수가 없었다. 일본정부는 왜 한국인을 경계하지 않았던 걸까. 한국인이 왜 친한파인 이토 공을 쐈을까. 총을 지닌 한국인이 통행증도 없이 어떻게 검문검색을 무사히 통과하고 행사장을 활보하며 일곱 발이나 쏴서 명중시킬 수 있었을까. 그 많은 각국 군인들과 일본 경찰들, 밀정들은 왜 두 손을 놓고 있었던가. 의문은 꼬리에 꼬리를 물고 이어졌다. 그는 하얼빈 역 철도경찰서에 임시로 꾸며진 취조실로 달려갔다. 러시아 검사 밀레르가 급파되어 범인을 심문하기로 돼 있었다.

3

서울 남산 북쪽 기슭 왜성대(倭城臺)* 통감부로 전보가 쏟아져 들어왔다. 헌병대와 지방경찰서로부터 각종 보고서들도 잇달았다. 10월 26일 오전 아홉시 삼십분 북만주 하얼빈 역에서 동양의 비스마르크로 통하던 거물 정객 이토 히로부미가 '흉한 안응칠'의 총탄에 맞아 숨졌다. 하늘을 날던 익룡의 추락이었다. 일본 근대국가 건설의 최대 공로자인 이토 히로부미의 죽음은 전 세계로 타전되었다.

통감 관저에 빈소가 차려지고 조문객들이 줄을 이었다. 각국 외교관들도 속속 문상했다. 며칠 동안 집무실과 빈소를 오가며 문상객을 받던 소네 아라스케 통감은 갑자기 눈살을 찌푸리며 배를 움켜쥐었다. 위가 찢기는 것만 같은 통증이 찾아왔다. 진통제 챙겨 먹어야 하는 때를 그만 한참이나 넘겨버린 탓이었다. 그는 빈소 한쪽 구석에서 수행비서가 건네주는 약을 털어 넣었다. 인상을 잔뜩 구긴 채 진저리를 쳤다. 장례식장에서 산목숨은 더 살자고 약을 털어 넣고 있는 자신이 참 구차

---

* 현재 서울시 중구 예장동과 회현동1가에 걸쳐 있던 지역. 임진왜란 때 왜군들이 주둔한 데서 마을 이름이 유래됐다.

하게 여겨졌다. 조문객을 더 맞을 마음이 싹 가셔버렸다. 부통감에게 대신하도록 맡겨두고 통감부 건물 이층 집무실로 건너왔다.

계단을 올라오느라 힘을 써서일까. 트림과 함께 신물이 올라왔다. 가까스로 진정시켰지만 눈물이 핑 돌았다. 의자 깊숙이 몸을 부려놓고 신산스럽게 눈을 감았다.

아무리 생각해봐도 말도 안 된다. 이런 일은 일어날 수도, 일어나서도 안 된다. 그런데 욱일승천으로 승승장구하던 제국의 아침에 분명히 일어나고야 말았다. 태양신 아마테라스 오미카미가 빛을 잃은 것인가. 지금쯤 일본열도는 난데없이 몰아닥친 돌풍과 먹구름에 휩싸여 침울하기 짝이 없으련만 늦가을 조선의 하늘은 맑고 높기만 했다.

역시 처음부터 쉽지 않은 과업이었다. 사소한 물건도 아니고 오래 묵은 한 나라를 삼키는 일인데 오죽하랴. 일선에서 수많은 역군들이 이렇게 피땀을 흘리고, 이토 공처럼 기라성 같은 제국의 선구자가 목숨을 내줘야 하거늘 본국의 속 편한 군부 실세들은 숫제 거저먹는 줄로 안다. 그깟 유약한 반도국 하나 먹어치우는데 무슨 뜸을 그리 오래 들이느냐고 밤낮 성화였다. 이번 사태에 대해서도 그들은 병가에서 늘 있을 수 있는 일로 넘기려 했다. 이토 공이 죽을 자리를 잘 찾았다고 말하는 군부 실세도 있었다.

소네 통감은 의자에 몸을 묻고 널브러져서 한참 동안 기신 대다가 책상 위에 쌓인 보고서 한 장을 집어 들었다.

한국의 총리대신 이완용이 하얼빈 현지로 즉각 조전弔電을 쳤다고 한다. 26일 당일 오후 다섯시 십오분 발신이었다.

각하께서 오늘 아침 뜻밖의 조난을 당하셨다니 통한해 마지않음. 한국정부 일동을 대표해 우선 안부를 물음.

공식적으로 한국정부는 이때까지도 이토 공의 죽음을 확인하지 못하고 횡액을 당한 걸로만 알고 있었다. 그래서 전보에 안부를 묻고 있었다. 절명한 사실을 알게 된 다음날, 이완용은 이토 공의 가족을 위로하기 위해 만주 뤼순으로 달려갔다. 역시 발 빠르고 믿음직스럽다는 통감부 직원들의 인물평을 가진 자 다웠다. 이완용은 이토 공을 멘토로 떠받들어왔고 이토 공은 한국 대신들 가운데 이완용을 최고의 인물로 꼽고 가깝게 교유했다. 둘은 한미한 출생과 입양, 극적인 변신과 비상이라는 많은 공통점이 있었다. 하지만 이완용의 비상은 이토 공에 비할 바가 못 됐다.

이토 공은 매순간 진화했다. 변화되는 환경에 기가 막히게 잘 적응하며 늘 승승장구했다. 변방의 바닷가 미천한 가문에서 칼 한 자루로 몸을 일으켜 돌올하게 이름을 떨쳤다. 세계가 주목했다. 일본제국의 총리대신을 네 차례나 지냈고 청나라, 러시아와 겨뤄 이겼으며 그토록 오랜 숙원사업이던 한반도 병합 작업을 거의 다 마무리했다. 그는 공명심만큼이나 정력도 뻗쳤다. 밤낮 나라를 위해 뛰었고 번민하는 틈틈이 미인들을 끼고 즐겼다. 덕분에 야유와 빈축도 제법 샀지만 영웅호색 그 한마디로 웃어넘길 수 있는 호시절을 만나 안녕했다. 척살당하기 직전까지 장부라면 누구라도 부러워할 일생이었다. 어쩌면 극적인 죽음마저도 무사다운 마침일 수 있었다. 안 죽으려고 온갖 추태를 다 보이며 버둥거리다가 찌그러지고 마는 그렇고 그런 죽음은 화려한 인생 역정에 흠이 되기 십상이었다.

어쨌거나 이번 일을 저지른 흉한 안응칠은 신출귀몰하고 담대한 자다. 어떤 조화를 부린 것인지, 그 많은 무장군인들 틈에 비집고 들어가서 버젓이 총을 뽑아 들고 무려 일곱 발이나 쏘아 모두 명중했다. 빗나간 총알 한 방도 일본 관헌의 바지를 뚫었으므로 빗나간 게 아닌 셈이었다. 순하고 나약한 한국인들 가운데 이런 용맹한 자가 섞여 있었다니 놀랍고 두렵기까지 했다.

그러나 27일자로 올라온 헌병대 기밀문서는 소네 통감을 안심시켰다.

　한국의 상황으로 미루어 짐작건대 해외에 나가 이러한
흉행을 저지를 자가 있으리라고는 아직 쉽게 단정할 수
없다.

　아무래도 이게 정확한 분석이라고 믿고 싶었다. 이 무기력
하고 무지몽매한 나라에 그런 기개 넘치는 대장부가 아직까지
도 있다는 게 도저히 믿기지가 않았다. 그런 일은 대일본제국
의 사무라이나 할 수 있는 비상한 일이었다. 인물 없던 일본에
한 번 국운이 열리니 메이지유신 무렵부터 창공의 별 같은 영
웅들이 한꺼번에 쏟아져 나왔다. 당대의 정객 이토 공도 그중
하나였다. 나라가 위기에 처하자 사무라이들은 목숨을 걸고
개혁을 단행했다. 그리고 자신들이 이룩한 모든 특권을 포기
했다. 메이지유신은 사무라이의 모든 특권을 자발적으로 포기
한 개혁이었다. 무수한 영웅들이 국가를 위해 피를 흘렸고 살
아남은 자들은 끝까지 국가의 안위부터 앞세웠다. 이토 공도
그랬다. 메이지유신 헌법을 기초한 그는 한국병합과 만주 경
영권을 위해 험한 북로역정을 감행했던 것이다. 그런 국민적
영웅을 쓰러뜨린 자가 한국청년이라니. 말도 안 된다.

흉한 안응칠의 존재는 이토 공의 부재만큼이나 받아들이기 어려웠다. 맞다. 아직 단정은 이르다. 놈의 정체가 더 드러날 때까지 기다려볼 필요가 있었다. 빙충맞게 잔뜩 겁부터 집어먹고 두려움에 떨 때가 아니다.

대일본제국의 속국 한국통감이 이렇게 나약해서야 체통이 서지 않는다. 소네는 의자에서 일어나 무인답게 허리를 곧추세우고 큰 걸음으로 집무실 빈 공간을 거닐어 보았다. 고려청자와 조선백자, 사리탑 같은 골동품들이 곳곳에 진열돼 있었다. 그 장식장들만 보면 고미술품 수집가나 감정가의 사무실 같았다. 모두 현장 순시 때 챙긴 진품들이었다. 인간은 유한하지만 장인의 혼이 담긴 저 골동품들은 백 년 천 년의 세월을 넘어 빛난다. 얼마나 위대한 예술품들인가. 누구라도 탐낼 만한 저 우수한 문화유산을 지닌 나라가 곧 대일본제국의 속국이 된다. 이제 일한병합은 문서 서명이라는 요식 행위만 남아 있을 뿐이었다. 그 과업을 완수하고서 보무도 당당하게 개선하고 싶었다. 불과 이십여 보도 못 걷고 소네는 칼로 저미는 것 같은 복통을 느끼며 도로 주저앉았다. 이번 사태로 반짝 긴장했더니 병세가 더 악화된 모양이었다. 아무래도 더 걷는 건 무리였다.

소네는 통감부 건물 이층 창가에 서서 경성 시내 풍광을 굽어보았다. 발아래로 일본인 주거지가 펼쳐져 있었다. 멀리 북악산 아래 명성황후가 시해당한 경복궁이 보였다. 조선의 정궁이었지만 이제 찬바람만 날렸다.

　일본제국은 두 차례나 조선의 안방인 저 경복궁 정궁을 빈껍데기로 만들어버렸다. 일찍이 임진년 정복전쟁 때 선조가 경복궁을 버리고 북으로 몽진하자, 분개한 백성들이 불을 싸질러버렸다. 이후로 오랫동안 쑥대밭으로 남아 있던 것을 흥선대원군이 다시 일으켜 세웠으나 갑오년 경복궁 침공과 국왕 생포 작전 성공에 이어 을미년 여우 사냥으로 궁궐터가 지닌 혼을 빼내버렸다. 고종은 그토록 의지하던 왕비가 난자당하고 불태워진 궁궐에서 더 버텨낼 수 없었다. 독살의 위협도 피를 말렸다. 고종은 몰래 엄비의 가마를 타고 쥐새끼처럼 경복궁을 빠져나갔다. 친일내각을 꾸려두고 허수아비 왕을 만들어가던 일본정부로서는 허를 찔린 셈이었다. 고종은 러시아 공사관으로 숨어들었고 거기서 일 년 동안 비상계엄상태로 정사를 보면서 상상도 못하는 모사를 꾸몄다. 바로 대한제국 선포였다. 망해가던 왕조가 제국으로 회생했다. 왕은 황제가 되었고 만 십 년을 더 버텨냈다. 하지만 천하의 노회한 정략가 이토 공을 당해낼 수는 없었다. 헤이그 밀사 파견 책임을 물어 황제를 강제 퇴위시켰다. 일본은 대한제국에 선전포고를 할 수 있다고 압박했고 이토 공의 사주를 받은 송병준은 일진회 무뢰배들을 동원하여 궁궐을 에워싸며 공포 분위기를 조성했다. 법무대신 조중응은 궁중의 전화선을 모두 절단하며 양위를 압박했다. 황제는 대신들이 권총을 품고 있는 자리에서 양위 문서에 옥새를 찍고 말았다. 새벽 다섯시였다. 사십사 년간 지켜온 권좌에서 그렇게 물러난 고종은 지금 태황제 신분으로 덕수궁을 지키고 있었다.

스산한 바람이 불어왔다. 유리창이 간헐적으로 푸르릉푸르릉 울었다. 늦가을 조선 궁성의 비가였다. 모든 저물어가는 풍경에는 슬픔이 묻어 있다. 언젠가 이토 공이 말했었다. 나라가 기울어가니까 그토록 인물이 많던 조선에 어리바리한 사내들만 발에 차였노라고. 맥 빠진 조선 궁성 안에서 유일하게 사내 노릇하던 명성황후를 제거한 건 신의 한 수였노라고.

그런데 혜성같이 나타난 진짜 사내놈이 하나 있었던 것이다.

"비서관!"

소네가 밖에 대고 소리쳤다. 대기하고 있던 말쑥한 차림의 하야토 비서관이 달려왔다. 포마드를 발라 빗어 넘긴 머리가 번들거렸다.

"놈의 사진은 여태 확보하지 못했나?"

소네에게서 역한 입 냄새가 진동했다. 승진 욕구가 강한 하야토 비서관은 썩은 생선 비린내 같은 그 입 냄새를 아무런 내색도 하지 않고 달게 맡으며 물었다.

"네, 아직…… 곧 올라올 겁니다만."

하야토 비서관은 책상 위에 올려놓은 보고서 가운데 한 장을 찾아 내밀었다.

키 5척尺 4촌寸 7푼分*. 얼굴은 약간 길고 납작함. 눈은 날카롭고 눈썹은 적으며, 귀 및 콧대가 반듯하며 콧방울이 벌름거리는 편임. 입은 다소 크고 윗입술 가에 연한 수염이 있음. 왼손 무명지 첫째 마디가 절단되어 있음.

소네 통감은 머릿속으로 몽타주를 그려보았다. 여간해서 상이 잘 떠오르지 않았다. 답답했다. 하지만 어쩌랴. 사진이 보고서에 첨부돼 올라올 때까지 직수굿이 기다려야 했다. 이런 흉한의 얼굴은 확보한 뒤에도 당분간 비밀에 부치고 밖으로 공개하지 말아야 옳았다. 신문에 나고 엽서로 제작된다면 자칫 영웅으로 둔갑돼 조선반도와 일본열도를 도배할 가능성이 있었다.《대한매일신보》가 연일 흉한에 관해 '~했다더라' 식의

---

* 약166cm.

빈약한 단신 기사를 내보내는 것만으로도 온 나라가 들끓고 있었다. 중국의 《상하이신보》는 일본의 잘못된 조선 정책이 이토가 피살된 원인이라고 지적했고, 《민우일보》는 합병주의를 추진한 결과로서 나라의 원수를 갚으려 했을 뿐이라고 흉한 편을 들었다. 러시아 연해주의 한인신문 《대동공보》는 28일자에 흉한의 거사를 특집기사로 보도했다. 신문사 사장과 주필이 흉한과 밀접하다는 정보가 있었다. 철저히 조사해서 관계자들을 엮어 넣을 방안을 찾으라고 지시해둔 상태였다.

"한국인인 건 확실한가?"

"그렇습니다. 황해도 태생으로 본명은 안중근이며 흉행 직후, 아내와 아이들이 현재 하얼빈에 가 있다고 합니다. 같이 흉행을 모의한 한국인 의병들 여럿을 연행한 상태입니다."

"별일이다. 안응칠은 뭔가?"

"몇 년 전 망명한 연해주에서 본인이 고집하는 이름이랍니다."

성실한 비서관은 수백 장의 보고서를 죄다 꿰뚫고 있었다.

"놈이 쏜 총알이 모두 일곱 발이라고 했지?"

"그렇습니다."

"모두 여덟 발이 장전돼 있었는데 방아쇠를 당기면 자동으로 발사되는 총알이 왜 하필 일곱 발만 나갔을까?"

"잘 모르겠습니다만 우연이라고 여겨집니다."

그럴 수도 있었다. 문제는 그가 한국인 의병 출신이라는 데 있었다. 흉한 안응칠과 동료 대원들이 정말 의병이라면 이건 매우 심각한 일이다. 이들이 지금 와서 이러면 안 되는 거였다. 단지 인접한 이웃나라라는 이유 하나만으로 이 못난 족속에게도 문명개화의 빛을 나눠주려는 일본제국을 이런 식으로 뒤통수쳐서 좋을 게 없고말고. 저항하려면 훨씬 오래 전에 했어야 옳았다. 외교권이라도 남아 있었을 때 말이다. 일마다 때가 있는 법인데 이들은 그 시기를 놓쳐버렸다. 동학농민전쟁 이후 의병 활동이 잦아들다가 대한제국의 외교권을 거둬들인 을사조약이 체결되고 나서야 벌떼같이 들고 일어났다. 초대 통감 적임자를 물색하던 이토 공은 의병들의 거센 저항을 보고 고심에 빠졌다. 잔뜩 독이 오른 이들을 어설피 잘못 다뤘다간 돌이킬 수 없는 반격을 당할 여지가 있었다. 겉으로는 유화적으로, 안으로는 야무지게 잡도리해야 탈이 나지 않았다. 결국 이토 공 자신이 악역을 맡기로 했다. 그래야 겨우 감당할 수 있겠다고 판단했다. 이토 공의 멸사봉공 정신이 드러나는 대목이다. 소네는 그 밑에서 부통감으로 보필했다.

이토 통감 시절, 한국 의병은 이토 공을 극성스럽게 괴롭혔다. 통감 이토는 한국 주차군 병력과 대한제국 경찰 기구를 활용하여 의병 세력을 진압하고 치안 유지를 하느라 진땀을 뺐다. 올 6월 추밀원 의장직을 맡아 귀국해서야 비로소 의병들의 악몽에서 놓여났다. 하지만 그것도 불과 넉 달 동안이었다. 스스로 찾아간 북만주에서 결국 의병의 손아귀에 목숨을 내준 꼴이었다. 끈질긴 악연이다.

"전국의 민심 동향은 어찌 파악됐나?"

소네는 이번 사태가 불러올 정국의 변화에 촉각을 곤두세워야 했다. 그는 소파에 주저앉아서 흰 자개수염을 신경질적으로 쓸어내렸다. 약기운이 벌써 떨어졌는지 속이 쓰려오기 시작했다. 젊은 날 치열한 내전의 전장을 누볐고 프랑스 유학을 했다. 프랑스 공사를 지내고 한국 부통감과 통감을 맡아서 국외로 떠돌았다. 그러다보니 언제부턴가 신경과민으로 위장이 쓰렸다. 요즘 같은 긴장과 과부화면 제명에 못 살고 얼마 못 가서 죽고 말 것만 같았다. 대망의 일한병합을 마무리해놓고 죽어야 할 텐데 그게 걱정이었다. 이토 공이 저승에서 보고 있다면, 다 해놓은 밥도 못 떠먹느냐고 조롱할 것만 같았다.

"마침 마쓰이 시게루 경무국장이 각 지방의 민심을 조사한 보고서가 올라왔습니다."

하야토 비서관이 보고서를 가지고 와 펼쳐보였다.

"뭐가 이리 복잡해? 한마디로 요약하면 어떻다는 건가?"

각 지방별로 나눠 올라온 보고서를 넘겨보던 소네는 이맛살을 찡그렸다.

"네. 간단히 요약하자면, 상류 사회의 다수는 일본인에 대해서 미안하고 죄송스럽게 행동하고 있으며 중류 이하의 사람들은 범인을 칭찬한다는 것이었습니다. 시내 상점들이 일찍 문을 닫고 조의를 표하는 것처럼 보이지만 그것은 어디까지나 겉으로 드러난 풍경이고 안에서는 고기를 삶고 자축의 술판을 벌이고 있다는 내용도 올라와 있습니다. 그건 제가 봐도 그렇습니다. 거리에 나가보면 사람들의 표정이 전보다 훨씬 밝아졌습니다."

예상했던 대로다. 큰일이 날 기미가 보인다. 전국적인 의병 봉기가 일어날 수도 있다. 그것부터 막아야 한다.

아무래도 이토 공이 틀렸다. 이토 공은 생전에 일한병합 정책으로 열복悅服*이라는 말을 즐겨 썼다. 글쎄 그런 날이 올까 싶다. 무엇이건 급하게 집어삼키는 건 미덕이 될 수 없다는 것. 더구나 유구한 역사를 지닌 한반도임에랴. 이토 공은 일본 지배의 정당성과 권위를 확보하는 게 우선이라고 봤다. 그래서 한국을 당장 정복해버려야 한다는 군부와 각을 세우기도 했

---

* 기쁜 마음으로 복종함.

다. 이토 공은 거개의 정한론자들과는 분명 결이 달랐다. 그걸 아는 친일내각은 물론 고종황제 또한 이토 공을 신뢰했다. 이렇듯 알아서 설설 기는 기득권층만을 보면 열복이 얼마든지 가능할 것도 같은데 바닥 민심은 전혀 달랐다. 부패한 관료들에게 착취당해 개, 돼지나 다름없는 생활을 하면서도 자존감 하나는 지독하게 빳빳했다. 누구를 섬기더라도 살아남으면 그만일 텐데 외적에 대한 저항정신이 드셌다. 칼을 들이대거나 총을 겨누고 호령하면 저들은 예, 예 하면서 복종하는 것처럼 군다. 말투도 정중하다. 그런데 눈에서는 경멸의 기운이 기분 나쁘게 새어나왔다. 지금은 때가 사나워 우리가 쪽바리 네놈들에게 당하고 있지만 본래 우리는 네놈들이 범접할 수 없는 고결한 족속이라고 야유하는 것처럼 보였다. 그런 그들을 대할 때마다 성치 못한 내장이 뜨개질하듯 뒤틀렸다.

프랑스에서 유학할 때나 공사로 재직할 때도 이와 흡사한 불편함이 있었다. 상류 사회 파티에 갈 때마다 그랬다. 프랑스 귀족들의 정중한 태도와 곰살가운 말속에 감춰져 있던 경멸을 여간해서 떨쳐내기 쉽지 않았다. 어쩌면 지병이 된 위통은 그때 비롯됐는지도 모른다. 프랑스와 한국이 확연히 다른 점은 하나다. 프랑스에서는 귀족들의 시선이 그랬는데 한국에서는 평민들의 시선이 그랬다. 등 굽은 소나무가 선산을 지킨다고 이것들은 내세울 것 없는 무지렁이들의 혼이 더 살아 있다.

차라리 지킬 게 많은 황족과 귀족, 인텔리들이 저항하고, 누구한테 지배당하든 더 잃을 게 없는 시골 선비들과 무지렁이들이 복속했으면 좋았을 걸. 한국의 황족이나 귀족들은 일본을 한껏 부러워하고 닮지 못해서 안달이다. 이미 대세가 기울었음을 잘 알고 있는 친일내각과 일진회 무리는 속히 병합해 달라고 앞다퉈 청원하는 지경이었다. 먼저 공을 세우고 상을 받으려고 안달이었다. 일본 내각에 '그물을 치기도 전에 물고기가 뛰어들었다'는 말이 그래서 나돌았다. 그런데 무지렁이들은 행여나 왜색에 물들까 봐 자다가도 경기를 일으킨다.

질경이나 민들레 같은 잡초가 무섭다. 밟고 또 밟아도 되살아나고 뽑고 또 뽑아도 이듬해면 어김없이 새싹이 돋아났다. 지도층과 달리 시골 선비들과 무지렁이들은 끈질기게 저항했다. 불발되기 예사인 구닥다리 화승총을 쥐고서 싸우다가 버텨내기가 버거워지면 국경을 넘었다. 만주와 연해주의 한국인 마을들이 자꾸 번창하는 이유였다. 흉한 안응칠도 그중에서 돌출한 자이리라. 곧 상세한 인물 정보가 추가로 올라올 테지만 놈은 의병 출신이 분명하다. 국내에서 활동하다가 비장하게 국경을 넘은 자다.

"큰일 나겠군. 태황제 고종의 동정은 어떻다던가?"

"26일 당일 오후 네시경 시종이 입궐해 흉변을 보고하자, 고종은 우려의 기색을 나타내며 창연히 말을 잃고 기분이 언짢다며 약부터 찾았다고 합니다. 엄비와 궁녀 일동이 탄식하고 교토에 있는 황태자의 신상을 염려해 덕수궁이 갑자기 비탄에 빠졌답니다."

비서관은 28일과 29일 보고서를 그대로 읊었다. 고종이 했다는 말을 받아쓴 것이었다.

28일자 보고서

이토를 잃은 것은 동양의 인걸을 잃은 것이다. 이토가 우리나라를 대함이 항상 충실하고 정의로웠을 뿐만 아니라 그는 뼈를 장백산에 묻더라도 우리나라의 문명 발달에 걸고 싶다고 공공연하게 말해왔다. 일본에 정치가가 많다고 할지라도 어찌 이토와 같이 세계의 대세를 보아 동양평화를 생각하는 자가 있겠느냐. 이토는 실로 우리나라의 자애로운 어버이다. 이 자부慈父를 끔찍하게 죽인 자가 우리 국민 중에 있다 함은 사리를 이해하지 못함이 심한 것이니라. 아마도 이토의 진의를 이해하지 못한 해외 유랑자의 소행일 것이다.

29일자 보고서

이토를 잃었다는 것은 우리나라나 일본이나 간에 동양의 불행임을 슬퍼함과 동시에 이토에 대한 동정심을 금할 수 없다. 흉도兇徒가 우리나라 사람인 것에 대해서는 부끄럽기 짝이 없다.

"고종이 이토 공을 쏜 한국인을 흉도라고 했다고?"

"네, 그렇습니다. 우리 일본인들이 흉한이라고 하는 것과 매우 흡사해서 안심입니다. 흉도가 한국인이라는 게 부끄럽기 짝이 없다 했으면 이제 더 의심하거나 염탐해볼 것도 없을 것 같습니다. 그리고 이미 이빨 빠진 호랑이입니다."

심신이 편찮은 통감의 눈치를 살피느라 며칠간 잘 웃지도 못했던 비서관이 모처럼 미소를 띠었다. 이빨 빠진 호랑이인 건 맞지만 의심과 염탐까지 그만 둘 일은 아니었다. 경험이 적은 젊은이들은 늘 속단해서 화를 불러들이기 쉬웠다.

"당장 차를 대기시켜라. 덕수궁으로 간다."

소네는 보고서를 챙겨 들었다. 자동차 안에서 마저 읽을 요량이었다.

"갑작스러운 의전 준비도 그렇고 저쪽 사정도 그렇고."

비서관이 난감해했다.

"야, 이 친구야, 이 판국에 무슨 의전을! 그 보고서는 빈껍데 기야."

소네는 혀를 찼다. 비서관이 고개를 갸우뚱하자 들입다 쏴 붙였다.

"잘 들어! 고종은 우리 통감부와 거의 같은 시간에 이토 공의 피격 사실을 전해 듣고 있었다. 일본에 있는 황태자 이은이 늘 아들 걱정뿐인 어머니 엄비에게 전보를 쳤거든. 그래 놓고 오후 네시경에 시종이 들어가 보고하니까 처음 듣는 것처럼 언짢아하며 약을 찾았다고? 점심을 기분 좋게 너무 많이 먹어서 소화제를 찾았겠지. 전화도 넣지 말고 바로 간다. 앞에 호위 차량 한 대만 붙이고 서둘러 가도록!"

이렇게 갑자기 들이닥쳐야 그 음흉한 속내를 제대로 들여다볼 수가 있겠다 싶어진 소네는 언제 아팠냐는 듯이 기상이 파릇파릇했다.

"고종은 뒤통수치기의 달인이야. 우리 앞에서는 절절매다가 뒤로는 헤이그 밀사 파견, 별입시 조직을 이용해 기발한 밀지密旨를 내려보내 의병들이 들고 일어나라고 부추기는 등 여러 엉뚱한 짓들을 해왔다. 허리띠에 감춰 극비리에 내려보내는 의대조衣帶詔가 그 예다. 그런 전력으로 볼 때, 이처럼 좋은 기회에 와플과 커피만 축내며 앉아 있을 리가 없지. 무슨 공작이

건 꾸미려 들고 있을 게 뻔해. 지나가다 들른 것처럼 해서 어떤 실마리라도 찾는다면 일한병합조약의 좋은 빌미가 될 거야."

소네는 연방 눈알을 굴렸다. 설령 오늘 같은 날 이렇다 할 실마리를 못 찾아도 상관없었다. 요즘처럼 짜증나는 일상에 고종을 만나는 일은 유쾌한 일에 속했다. 궁지에 몰린 그를 위로도 하고 겁박도 하면서 거드름 피우는 즐거움은 뒤틀린 속을 편하게 만들었다.

지난 6월 통감 자리에서 물러난 이토 공이 일본으로 돌아가자, 고종과 엄비는 절망했다. 이토 공은 고종과 엄비의 소생인 황태자 이은의 교육을 맡은 태사太師였고, 귀국하면서 황태자를 데리고 떠났던 것이다. 신학문 공부를 위해서라지만 사실은 태황제와 엄비가 끔찍이 아끼던 황태자를 볼모로 잡아간 것이었다. 과연 노회한 이토 공이었다. 늘 속수무책으로 당하고서 뒤늦게야 반전책을 마련하느라 골머리 앓는 고종은 불난 강변에 묶인 황소 신세가 되었다. 눈을 까뒤집고 길길이 날뛰어봤자 점점 더 감겨가는 목줄만 짧아질 뿐이었다.

그가 과연 이토 공의 죽음을 진정으로 슬퍼하고 있는지, 흉도가 한국인이라는 걸 정말 부끄럽게 여기고 있는지 두 눈으로 확인하리라.

덕수궁으로 가는 자동차 안에서 비서관이 구두 보고를 계속했다.

"벨기에 총영사 방카르트는 이토 공의 조난 보도를 접하자 눈물을 글썽였다고 합니다. '한국인은 무슨 이유로 공을 살해했는가? 공은 나의 옛 친구이고 극히 온건한 신사다. 이로 인해서 한국은 한층 더 위태로운 상황에 빠지게 될 것'이라며 애도했답니다."

"그러나 유감스럽게도 흉한이 사용한 브라우닝 권총 M1900을 만든 나라가 바로 벨기에다."

소네가 못마땅하다는 어조로 이죽거렸다. 하필이면 왜 벨기에제製란 말인가. 그렇다고 방가르트 총영사가 그 총을 흉한에게 추천하거나 건네준 것도 아니라서 감정을 가질 필요는 없었지만 짓궂은 노릇이었다. 평화를 지향하는 중립국이 신무기를 만들어서 온 세계에 내다 판다. 그 앙증맞은 권총은 성능이 뛰어나 불발탄 하나 없이 일곱 발 연속으로 뿜어져 그대로 적중했다.

자동차가 환구단을 지나고 있었다. 고종이 하늘에 제사 지내고 황제 즉위식을 한 장소였다. 여기서부터 황제가 머물던 덕수궁 정문까지가 통천로通天路다. 하늘과 통하는 길, 얼마나 고상하고 자긍 어린 길 이름인가. 일한병합이 되면 저 환구단과 이 통천로부터 우선적으로 파괴하고 지워버려야 한다. 못난 한국인들이 까닭 없이 자긍심을 갖게 하는 곳, 민족혼이 피어나는 기억의 장소들을 지워버려야 더 반발하지 않고 일본에 동화된다.

길 건너 왼편 구릉에 대관정大觀亭이 보인다. 대한제국의 영빈관이다. 통감부는 그곳 이층에 일본 정보원을 상주시켜두고 있었다. 서북쪽으로 덕수궁이 한눈에 들어와 고종을 감시하는 데 최적지였다. 누가 드나들고 있고 고종이 무슨 일을 꾸미고 있는지 매일같이 들여다봤다. 내부 사정은 매수해둔 궁인들이 틈틈이 전해왔다.

지금 고종은 황제 자리에서 물러나 덕수궁에서 유폐생활을 하고 있었다. 진짜 황제는 그의 아들 순종이다. 권력을 양위한 지가 두 해가 넘었지만 아직까지도 여전히 태황제 고종의 말이 더 살아 있었다. 이 나라 백성들은 알고 있었다. 순종황제와 친일내각 대신들은 일본의 꼭두각시에 불과하지만 고종만큼은 여전히 한국인의 얼과 근성을 지녔다고. 그런 근성을 지닌 고종과 백성들이 이런 기회에 한마음이 되어 뭉치기라도 한다면 큰일이었다. 작은 기미라도 보이면 찾아내고 속히 잘라내버리는 게 화근을 막는 일이었다.

덕수궁 대한문 앞에 다다랐다. 빨갛고 노란 원색 구군복을 입은 수문군들 틈에서 신식 장교복 차림의 수문장이 달려 나와 맞았다. 그는 전방 호위 차량의 무장경찰과 뭐라고 귓속말을 하더니 바로 대문을 열었다. 그사이 무장경찰이 통감 차로 와서 일렀다.

"과연 각하의 예감은 뛰어나십니다. 때마침 호머 헐버트와 접견하고 있답니다. 함녕전으로 곧바로 들이닥치도록 하겠습니다."

답답하던 속이 확 풀리는 순간이었다. 헐버트는 고종의 특사로 활동해온 반일 미국인이었다. 지난 8월, 미국정부가 붙여준 경호원과 함께 비밀리에 입국해 평양의 한 교회에 나타났다는 첩보가 있었는데 오늘 여기서 만나는 모양이었다. 수문장을 매수해놓았던 게 주효했다. 차를 몰고 그대로 마당까지 들이닥쳤다. 존재감 없는 순종이 등극하면서 창덕궁으로 정궁을 옮겼다지만 덕수궁도 엄연한 궁궐이었다. 아무리 유폐된 태황제의 처소라 해도 마차나 자동차를 몰고 안마당까지 들어가는 일은 무례한 짓이었다.

함녕전 기단을 오르기도 전에 안에서 껄껄대는 웃음소리가 흘러나왔다. 이토 공의 죽음을 애도하는 침울한 분위기가 전혀 아니었다. 무장경찰들과 함께 안으로 밀고 들어섰다. 한눈팔고 있던 시종과 미국인 경호원이 미처 고할 틈도 주지 않았다.

"국상 중에 통감께서 어인 일이시오?"

헐버트와 커피를 마시며 담소하고 있던 고종의 얼굴이 창백해졌다. 당황한 기색에 불쾌함이 잔뜩 묻어났다. 놀라기는 안경잡이 헐버트가 더했으나 짐짓 태연한 채 커피를 홀짝거렸다.

"갑자기 태황제의 와플과 커피가 먹고 싶어 왔소이다. 오늘은 반가운 헐버트 씨도 만나고 커피 맛이 색다르겠습니다."

소네가 탁자 위에 놓인 중국어와 영문 서류들을 주시하며 너스레를 떨었다. 비서관이 한국말로 통역했다. 헐버트는 한국어에 능통했다. 한글 표기에 띄어쓰기와 점찍기를 처음으로 도입한 그는 한글과 견줄 문자는 세상 어디에도 없다고 예찬하고 다니는 골수 친한파였다. 그만큼 반일분자이기도 했다.

"미리 전화라도 주고 오셨어야 통감한테 맞는 다과를 준비해놨으련만."

고종이 이쪽을 끔찍이 생각해주는 사람처럼 인사치레를 했다. 와플과 커피는 속병에 해로웠다. 그래서 고종과 만날 때마다 소네는 생마즙이나 연근차를 마시곤 했다. 고종의 시의가 속을 편안하게 해준다며 추천한 음료였다.

"아, 그럼 늘 준비돼 있는 와플과 식혜를 주시오. 태황제처럼 배불뚝이가 되어봅시다."

소네는 항아리만 한 고종의 배를 힐끗힐끗 보며 골렸다. 금

53

사로 모루수를 놓고 가슴에 금척대훈장까지 단 화려한 대원수 복색을 떡하니 차려입었을 때 그랬어야 했는데 흰 누비저고리 차림의 뒷방 늙은이를 상대하는 게 유감이었다. 대원수복 차림이었을 때 마음껏 농락했던 이토 공이 부러웠다.

"상하이 덕화은행? 꼭꼭 숨겨둔 내탕금이라도 인출할 모양입니다. 하릴없이 소일하는 태황제께서 급하게 돈 쓸 일이 뭐가 있으실까?"

탁자 위 서류들을 펼쳐보며 소네가 이죽거렸다.

"황제께옵서 급하게 돈 쓸 일이 뭐가 있겠소. 얼마 남지 않은 푼돈이지만 잘 예치돼 있는지 체크해보는 거지요."

헐버트는 고종을 태황제라고 부르지 않고 황제로 불렀다. 맹랑한 자였다.

"우리가 체크해드리지. 우리 관원이 상하이에 전보 한 통 날리면 금방 체크될 일인데 번거롭게 거기까지 대신 가실 요량이신가?"

동물적인 촉수를 지닌 소네가 거기까지 넘겨짚자 고종과 헐버트의 눈빛이 흔들렸다.

"하하하하, 안심들 하시오. 우리가 왜 태황제의 쌈짓돈에 참견하겠소."

소네는 방금 내온 식혜를 홀짝거렸다. 그러면서 고종과 헐버트의 눈치를 살폈다. 둘 다 적이 안심하는 기색이었다.

　고종이 덕수궁 안 어디엔가 묻어두었다는 열두 개의 황금 항아리는 이미 바닥이 드러난 걸로 파악되었다. 그가 황제 시절이던 1903년 12월 2일 상하이 덕화은행에 예치해둔 십오만 엔 상당의 금괴 스물세 개 575킬로그램도 깡통 계좌가 된 건 마찬가지였다. 일찍이 이를 파악한 통감부가 몰래 인출해버린 것이다. 매사에 빈틈이 없는 이토 공이 작년 4월 22일에 결행한 일이었다. 한심한 고종은 아직까지도 그걸 까맣게 모르고 있는 눈치였다. 밤낮 하는 일이 늘 이런 식이었다. 시작은 있으되 끝이 없고 꼭 당하고 나서 허둥지둥 뒷수습하기 바빴다. 한 나라 황제라는 자가 그 모양이었으니 국민들이 수도 없이 죽어 나자빠지고 안 해도 될 생고생을 했다.

　금융은 혈액이나 총알과 같았다. 힘을 써야 할 때 피가 모자라면 맥 빠지기 마련이고 전장에서 총알이 떨어지면 전의를 상실한다. 정치는 결국 돈줄 문제로 귀결된다. 돈이 있어야 군대도 부리고 국민들 배도 불린다. 돈줄이 말라버린 태황제 고종의 시대는 급격히 저물고 있었다. 그는 망국의 황제로 기억되리라. 보위를 이은 아들 순종이 마지막 황제가 될 테지만 국민들은 고종을 마지막 황제로 여길 게 뻔했다. 사십사 년이라는 재위 기간 동안 망국의 그림자를 질질 끌고 온 그를 국민

밉상으로 만들어낼 수만 있다면 그것이 최고의 식민지 정책이었다. 일본제국이 나빠서가 아니라 고종이 못나서 나라를 망해 먹은 것이 되므로. 앞으로 통감부가 일한병합 후에 지며리 추진해야 할 과업이었다. 자연법칙은 우월한 자가 열등한 자를 이기고 지배한다. 일한병합은 그런 우승열패優勝劣敗의 정치적 결과물이므로 정당하다는 논리가 성립된다.

"우리나라 흉도에게 참변을 당한 이토 공만 생각하면 밥맛을 잃어요. 통감께서는 이토 공을 가까이서 모셨던 분이니 얼마나 망극하십니까?"

고종은 침울한 표정을 지어 보였다. 소네는 개기름이 좔좔 흐르는 두툼한 태황제의 볼을 건너다보며 실소했다. 어디를 봐도 밥맛을 잃은 사람 행색이 아니었다.

"그런 분이 여태 조문도 안 오셨습니까? 좀 전까지도 껄껄껄 웃으시던데."

"아, 그거야 멀리 미국에서 찾아와주신 할보轄甫 선생을 맞이하는 인사로 귀한 손님 앞에 두고 곡할 수야 없지 않겠어요. 낙이불음樂而不淫하고 애이불상哀而不傷이어야 중용의 미덕일진대 이 사람은 아직 수양이 덜됐나 봅니다. 기쁠 때는 좀처럼 웃

---

* 즐거우면서도 음란하지 않고, 슬프면서도 마음을 상하지는 않는다.

음을 못 참고 슬플 때는 창자가 끊어지는 듯하오. 도량이 크신 대장부 소네 통감께서 헤아려주사이다."

고종은 쩔쩔매며 해명하기 급급했다.

"태황제의 언변은 하늘의 재주를 훔치셨습니다 그려. 앞에 서는 납작 엎드렸다가 꼬박꼬박 뒤통수를 치는 수법은 어느 경전에 나오는 행동 강령이오?"

"뒤통수를 치다니요. 일본의 입장이나 대신들의 말을 들어 보면 그래야 할 것 같다가도 국민들의 빗발치는 상소를 접하면 차마 그럴 수 없겠어서 다른 방편을 찾아보다가 마는 것뿐이오. 이럴 수도 없고 저럴 수도 없는 고충을 조금만 이해하면 그렇게 심한 말 못할 거요. 그나저나 모두 흘러간 옛일이고 지금은 하릴없이 단것이나 입에 넣고 소일하는 신세니까 너무 몰아붙이지는 마오."

고종의 저자세는 송골매 만나 고개 처박은 덤불숲 꿩처럼 비루해 보이기까지 했다. 소네 통감은 모처럼 속이 편안해져서 한결 표정이 밝아졌다. 옆에 있던 헐버트가 차마 더는 두고 볼 수가 없어서 나섰다.

"소네 아라스케 통감! 일본은 문명개화한 나라가 아니던가요?"

헐버트는 소네의 눈을 똑바로 쏘아보았다.

57

"그야 뭐 새삼스럽게."

"그런데 외국 사신을 접견 중인 대한제국 황제의 집무실에, 통감이라는 최고위 관료가 아무런 예고도 없이 들이닥쳐 이렇게 무례하게 굴어도 되는 겁니까?"

헐버트의 두 눈썹이 높은 콧대 위에서 꿈틀거렸다.

"외, 외국 사신? 당신이 사신이오? 그리고 황제는 누가 황제란 말이오? 황제는 지금 엄연히 창덕궁에 있소이다."

헐버트의 추궁에 소네는 그만 말을 더듬으며 대거리했다.

"나는 대한제국 황제의 특명을 받은 미합중국인이고 내 앞에 계신 이 분은 영원한 제국의 황제요. 이 나라 국민이 한결같이 인정하는데 당신들 맘대로 폐위시킨다고 황제가 아닌 거요? 게다가 남의 집 안방에 허락도 없이 들이닥쳐 시시콜콜 간섭하는 게 문명국의 외교정책이오?"

헐버트가 조금도 밀리지 않고 강단 있게 밀어붙였다. 그는 고종에게 헤이그 밀사 파견을 건의한 장본인이었다. 그전에는 고종의 밀서를 미국 루스벨트 대통령에게 전달하려고 했었다. 을사조약이 부당한 늑약이라는 내용이었다. 미국정부는 일본과 이미 가쓰라-태프트 밀약을 맺고 대한제국은 일본이, 필리핀은 미국이 사이좋게 나눠 갖기로 쑥덕거린 뒤라 고종의 밀서를 받아들이지 않았다. 화가 치민 헐버트는《뉴욕타임스》에

기고했다. '루스벨트는 친구의 나라 한국을 배신한 사람'이라고 맹비난했다. 일찍이 맺은 조미수호조약을 스스로 부인하는 일이었기 때문이다. 수호조약에는 양국이 위험에 처할 때 서로 돕기로 돼 있었다. 고종이 끊임없이 미국에 구애했고 미국은 끝까지 외면해버렸다.

"당신은 왜 그렇게 반정부적인가? 대통령을 욕하고, 미국 영사관 입장과도 거꾸로 가더군. 코웨이 부영사 알지? 그가 이토 공 조난에 대해 뭐라 했는지 아나? '세계의 재능 있는 인사를 없앤 것은 현세의 악마'라고 했다. 본관은 코웨이 부영사가 흉한 안응칠을 현세의 악마라고 규정한 표현이 눈물겹게 고맙고 깊은 우정을 느낀다. 과연 미국은 우리 일본제국과 맹방이로구나, 하고 말이다."

사 년 전인 1905년, 당시 일본 내각총리대신 가쓰라 다로와 협정을 맺었던 미국 육군장관 윌리엄 태프트는 지난 3월, 루스벨트 뒤를 이어 제27대 미합중국 대통령이 되었다. 이렇듯 떠오르는 대제국 일본과 배를 맞추면 모두가 탄탄대로를 걷게 되는데, 이는 모두 영예로운 제국의 후광이라는 게 소네의 믿음이었다.

"나는 하나님을 믿는 사람이오. 지상의 권세가 하늘나라에서도 똑같이 통하는 건 아니오."

헐버트가 돌려서 반박했다.

"그럼 홍한이 영웅이고 이토 공이 현세의 악마라는 건가? 당신 자꾸 이렇게 비협조적으로 나오면 한국 땅에 영영 발을 못 붙이게 해줄 수도 있어!"

화가 치민 소네가 협박조로 나왔다.

"왜들 이러시오. 소네 통감께서는 그만 노여움을 푸시구려. 끈 다 떨어져버린 내가 이 할보 선생과 함께 도모할 수 있는 일이 뭐가 있겠소. 그러기에 전화라도 주고 오시든지, 시종에게 이르고 들어오셨다면 좀 좋았겠소. 활보 선생, 선생께서도 언성 높인 거 사과하시오."

고종이 중재하여 겨우 험악한 꼴은 면했지만 둘은 애초부터 물과 기름 같은 관계였다. 한국의 독립을 간절히 바라는 헐버트 입장에서 통감의 존재 자체가 싫었다. 통감 입장도 마찬가지였다. 헐버트는 잠든 조선의 혼을 깨우는 선동가였다. 소네는 그가 몇 년 전 발간한 『대한제국멸망사』 서문만 생각하면 자다가도 울화통이 터졌다.

지금은 자신의 역사가 종말을 고하는 모습을 목격하고 있지만 장차 이 민족의 정기가 어둠에서 깨어나면 '잠이란 죽음의 이미지이기는 하지만 죽음 자체는 아니라는 것'을

증명하게 될 대한제국 국민에게 이 책을 드립니다.

헐버트는 일본정부와 통감부가 가장 꺼리는, 한민족의 정기가 어둠에서 깨어나길 고대하고 있었다. 그것도 책까지 써서 헌정하면서. 이런 자가 몰래 입국해서 아직도 불씨가 남아 있는 뒤통수의 달인을 만나고 있는데 어떻게 예의를 갖춰 대하는가. 소네 통감으로선 헐버트를 당장 연행해서 치도곤으로 내리쳐도 시원치 않았다.

"허튼수작들 마시오. 당신들의 꿍꿍이속은 우리 일본제국의 거미줄 같은 정보망에 죄다 걸려들게 돼 있다는 걸 명심하시오."

소네는 으름장을 놓으며 함녕전을 나섰다. 고종이 그 소리를 듣고 절절매며 뒤따라 나오자 이번에는 넌지시 강박했다.

"이럴 시간에 통감 관저 빈소에 다녀가야 고인에 대한 마지막 도리 아니오?"

"나도 그러고 싶소만 국민들이 뭐라고 하겠소."

마냥 기뻐하는 국민들 눈치를 보지 않을 수 없다는 고백이었다.

"핑계요. 11월 4일에는 장충단에서 장례식이 엄수되오. 빈소 찾을 기회가 며칠 남지 않았다는 말씀이오. 기다리겠소."

소네는 최후통첩을 하고는 뻣뻣한 자세로 자동차에 올라 덕수궁을 빠져나왔다. 이미 상하이 덕화은행 잔고가 탈탈 털려버린 것도 까맣게 모르고 금괴를 찾아 뭔가를 도모하려는 고종이 한심하고도 가련했다. 돈을 찾아 뭔 짓을 하려 했는지는 차차 밝혀질 거였다.

"하야토, 창경궁으로 가도록!"

소네의 자동차는 종묘를 지나 대한병원 맞은편 창경궁 앞에서 멈췄다. 1907년 순종황제가 태황제 고종의 곁을 떠나 창덕궁으로 이어하게 되자, 이토 통감은 창경궁에 식물원과 동물원은 물론 박물관을 세우기로 했다. 순종을 위무한다는 명분이었지만 조선의 궁궐을 일개 공원으로 바꿔버리는 역사적 장소 훼손 작업이었다. 부지 확보를 위해 내부 궁문과 담장 전각들을 헐었다. 권농장勸農場*은 연못을 파서 흔적을 지웠다. 그 뒤쪽에 식물원을 지었고 통명전 뒤 언덕에 일본식 건물을 세웠다. 삼층짜리 박물관이었다.

내일이 개관식인데 하루 전에 예고도 없이 통감이 나타나자, 박물관은 비상이 걸렸다.

"하야토 비서관, 아무래도 내일 개관식에 참석하지 못할 것

---

* 왕이 직접 농사를 짓던 경작지.

같아서 미리 들러본 거니까 너무 요란 떨지 말도록. 이토 공이 살아 계셨다면 꼭 참관하셨을 건데."

소네는 곧장 박물관 건물로 들어섰다. 삼국시대 불상과 고려청자, 조선백자와 그림들이 진열돼 있었다. 그 국보급 문화재들을 건성으로 보고 지나치더니 한자리에서 우뚝 멈춰 섰다.

쌍용검.

세계 해전사의 전설이 실전에서 휘둘렀던 신검神劍이었다. 충무공 이순신 장군의 호연지기가 뻗치는 명검이 거기 있었다. 소네는 진열대 유리관 속 보관함 위에 놓인 쌍용검을 빨아들이듯 주시한 다음 합장했다. 같은 무인으로서 품는 진심 어린 조복이었다.

'석 자 칼을 들고 하늘에 맹세하니 산과 강이 떨고,

한번 휘둘러 쓸어버리니 피가 강산을 물들이도다.'

무인 된 이라면 이런 정도의 기개와 충정이 있어야만 한다. 그가 전장에 있는 동안 일본 수군 장졸들은 오줌을 지리며 벌벌 떨었다. 그가 대장선에 올라 쌍용검을 들고 호령하면 파도가 사납게 몰아쳤고 조선 수군의 눈에서는 번갯불이 일었다. 백전백승의 신화가 저 칼날 아래서 이뤄졌다.

한국인은 신기神氣가 많았다. 언제나 똘똘 뭉치는 일본인과 달리 좀처럼 뭉치지 않지만 신기가 발동하면 언제 그런 힘을 응축하고 있었는지 천지가 진동하는 괴력을 뿜어내곤 했다. 평소에는 존재감도 없다가 한 번 솟구치면 세계 최강도 거뜬히 해냈다. 충무공 이순신과 그 휘하의 장졸들이 그랬다. 순하고 콩가루처럼 흩어진다고 우습게 여겼다가는 이번 안응칠 사건처럼 된통 당하고 만다.

"이 쌍용검을 칼집에서 꺼내보고 싶구나."

소네의 말에 하야토 비서관이 전시대 유리관을 들어 올리도록 했다. 박물관 관리가 유리관을 벗겨내자 쌍용검이 그대로 드러났다. 소네는 장갑도 끼지 않은 맨손으로 쌍용검을 빼들었다. 충무공 이순신의 체온과 맥박을 자신의 몸속으로 빨아들이고자 했지만 싸늘한 냉기만 전해질 뿐이었다. 칼에 새긴 명문 가운데 '충분고금동忠憤古今同*'이라는 구절이 눈에 꽂혔다.

내일부터 이 박물관이 일반인들에게도 공개된다. 많은 한국인들이 이 칼 앞에서 나라에 충성하자고 다짐하겠지. 이는 잠자던 조선의 혼을 일깨우는 단초가 될 수도 있다. 왕이 살던 궁궐에 동물원과 박물관을 만들고 일반 잡인들의 출입을 허용한 건, 최고 존엄에 대한 모독 행위였다. 이토 공은 애초 그럴 계산으로 공원화 작업을 한 것인데 자칫 부작용을 낳을 수도 있

---

* 충성심에서 일어나는 분한 마음은 예나 지금이나 한결같다.

겠다. 이순신의 쌍용검과 안응칠의 브라우닝 권총 M1900, 일본의 심장을 겨눈 문제적 무기들이다.

소네는 한참 동안 쌍용검을 들고 섰다가 박물관을 나섰다.

"하야토 비서관, 아까 봤던 덕수궁 수문장 말이다."

"네, 각하!"

"비서관이 내일 당장 직접 만나보도록!"

"그건 헌병대 관할입니다만."

"알고 있다. 아무래도 우리 쪽에서 직접 고종과 엄비를 밀착, 감시할 만한 사람 하나를 더 심어둬야겠다. 뭐라도 푸짐하게 먹이면서 같이 묘안을 짜내보라고. 한국인들은 배불리 먹이고 부추기면 제 장단에 제가 춤추는 족속들이다."

"알겠습니다, 각하!"

자동차 안에서 소네가 연신 눈알을 굴렸다. 그는 통감관저 바로 밑에 있는 일본 사찰 동본원사東本願寺에 들렀다. 복잡한 머리도 식히고 스멀스멀 올라오는 두려움도 떨쳐낼 셈이었다.

간단한 의식을 마친 그는 주지가 안내하는 작은 선방에 홀로 앉았다. 눈을 감고 호흡을 가다듬었다. 고요한 가레산스이枯山水 정원을 떠올렸다. 물 한 방울 없이도 잔잔히 물결치는 모래밭, 바다 위에 떠 있는 섬을 구현한 바윗돌들의 배치, 그 너머로 녹원이 바람에 춤춘다. 교토 료안지의 석정石庭이다. 군더더기 한 점 없이 깔끔하고 완벽하게 조성된 명상의 정원은 선禪의 세계다. 구질구질한 엇박자 따위는 끼어들 틈이 없다. 규모만 컸지 거칠기 짝이 없는 중국의 정원이나 정리되지 못한 한국 정원에 비할 바가 아니다. 꾸미려면 가레산스이처럼 제대로 완벽하게 꾸미고 버려두려면 자연 그대로 둘 일이다. 어설프게 꾸미고서 그걸 자연스럽다고 우기면 그게 자연의 미가 되는 것인가.

정靜은 동動의 어머니라고 했다. 사무라이들의 활화산 같은 격정도 이 정원에서는 이내 갓난아이 숨결로 정화된다. 시간은 모래밭에 발자국을 남기며 켜켜이 쌓이고 담 너머 녹원에서 넘어온 바람은 나비처럼 머문다. 이렇게 숨 고른 고요한 기운을 몰아서 들입다 밖으로 뿜어내면 세계가 진동한다. 일본제국의 힘이다. 유럽 또한 일본 문화에 열광했다. 자포니즘, 곧 일류日流의 탄생이다. 일본 문화는 19세기 후반의 서구 사회를 뒤흔들었다. 오늘날 일본제국이 용출하는 것도 그런 일류의 물결에 자신감을 얻어서다. 중국 문화는 그보다 앞서서 유럽에 공자 열풍을 일으키고 바로크·로코코양식의 미술에 중국풍 시누아즈리를 불어넣었지만 그걸로 그만이었다. 어느덧 중국을 능가해버린 서구의 문명개화를 받아들이지 않아 도태되고 있었다.

은둔의 왕국 조선은 중국보다 더 깊은 잠에 빠졌다. 그 잠이 깨기 전에 집어삼키고 말끔히 소화시킬 작정이었는데 그만 뜻하지 않은 복병을 만났다. 이토 공을 총으로 쏜 힘이다. 소네는 그 힘이 자꾸 걸렸다. 아무래도 이들을 너무 무시해버렸던 게 사달이다. 깊은 잠 속에서도 이럴진대 조선의 혼이 깨어나기라도 한다면 그때는 걷잡을 수 없을 것 같았다.

4

남산 밑 명동 일본인 거리 두부요릿집.

하야토 비서관은 덕수궁 수문장 황치복과 마주 앉아 사케를 마셨다. 가운데 화로 위에 놓인 세 칸짜리 냄비에는 두유가 은근하게 데워지고 있었다. 꼬치구이를 먹던 하야토가 나무젓가락으로 두유 냄비 위를 걷어내자 표면에 엉겨 있던 유바*가 두툼한 종잇장처럼 딸려 올라왔다.

"이렇게 걷어 올려서 먹어봐요. 같은 두부라도 쫄깃쫄깃한

---

* 두유를 가열할 때 표면의 응고된 막.

맛이 색다르오."

하야토의 설명을 듣고 황치복이 붉은 빛이 감도는 냄비 칸을 휘저었다. 흥미롭게도 즉석에서 유바가 만들어져 따라 올라왔다. 씹어보니 구수한 고기 맛이 났다.

"영양이 풍부해서 그거 한 장이면 두부 몇 점보다 더 살로 간다오. 아 참, 자기 앞쪽 칸 것을 정해서 먹어야 예의요. 황 선생은 방금 우리 통역 것을 건드린 거요. 입에 넣었던 젓가락을 아무 칸에나 휘젓는 건 야만이오. 한국인들은 찌개를 여럿이서 같이 떠먹던데 침을 나눠 먹는 꼴이어서 불결하오. 문명인의 식사 매너를 알려드리는 거니까 주의하세요."

하야토는 황치복의 나무젓가락을 쳐다보며 지적했다. 황치복은 얼굴이 화끈거리는 걸 참으면서 우물우물 삼키고는 사케 잔을 털 듯 마셨다. 한 밥상머리에서 아무거나 먹으면 그만이지 야박하게 네 것 내 것을 따지는가. 찌개와 장은 으레 같이 퍼먹고 자기 몫의 밥그릇도 먹던 수저로 선뜻 덜어주는 한국인들이었다. 그래서 한솥밥 먹은 사람들은 그야말로 한 식구가 되어 정이 쌓여가는 것인데 야만이라니, 심히 불쾌했다.

"지금은 받아들이기 힘들겠지만 나중에 민도가 올라가면 내 말이 이해될 거요. 그건 위생 문제니까 말이오. 덕수궁 수문장이신 황 선생은 종6품 무관이신데 기꺼이 우리 제국의 숨은 일꾼이 돼주셔서 감사드리오. 곧 합방이 되면 중책을 맡게 될 거요."

"견마지로를 다하겠습니다."

"술을 좋아하신다고요? 소네 통감께서 도쿄 미츠코시 백화점에서 구입한 특별 선물과 함께 귀한 사케를 내려주셨으니 이따 가져가시오."

하야토가 문 옆에 둔 선물 꾸러미를 가리켰다. 밀정을 숨은 일꾼이라고 표현하니 황치복으로서는 듣기도 좋고 자부심마저 생겼다. 게다가 중책까지 맡길 거라니 덩치 큰 황치복은 넙데데한 얼굴을 활짝 펴면서 연신 머리를 조아렸다. 그는 두유 냄비를 돌려서 자기 칸이 앞으로 오게 하려고 했지만 잘 안됐다. 그렇게 놓으면 하야토와 통역 칸이 엇갈렸다. 할 수 없이 원래대로 놓고 불편하게 먹어야 했다. 유바에서 떨어지는 두유 물이 통역 칸에 들어가지 않도록 조심했다. 통역 역시 황치복 칸에 떨어지지 않게 하느라 신경을 썼다. 통역은 한국 남자였지만 매너나 행색이 일본인이 다 돼 있었다.

"처음부터 제 앞 칸에 있는 걸 먹었으면 이런 불편이 없는데 무례했습니다요."

황치복이 자신의 잘못을 사과했다.

"허물을 곧장 바로잡고 국제 매너를 따르는 자세가 보기 좋

69

군요. 한국인은 대개 시세에 어둡고 고집이 너무 세요. 이완용 총리대신 같은 엘리트는 얼마나 발 빠르게 글로벌스탠더드에 잘 적응합니까? 성공하는 사람은 뭐가 달라도 달라요."

"대신들 면면을 보면 가장 세련된 분이 일당一堂 이완용 어르신입지요. 일당 어르신은 러시아와의 전쟁에서 일본이 승리하리라고 예상하고 지지했는데 과연 그렇게 되더이다. 그걸 보고 나는 일본의 숨은 일꾼이 되기로 맘먹었습지요. 무능한 한국조정의 관리들을 보고 있노라면 한심하고 복장이 터져요. 세상이 어떻게 돌아가든 제 잇속만 챙기고 국민들을 착취하는데 흡혈귀보다 더 악착같지요. 국민들 입장에서는 차라리 일사불란하고 단도리가 분명한 일본의 지배를 받는 게 낫지요."

"매우 합리적이고 소신이 분명하군요. 궁궐을 지키는 수문군으로서 고종의 반대편에 서기가 쉽지 않았을 텐데."

"나라고 왜 애국심과 충성심이 없겠어요. 궁궐을 잘 지켜내고 황제에게 충성을 다하고 싶었답니다. 그런데 가까이서 일하다보니 반발심만 생기는 거요. 체계도 없이 갈팡질팡하다가 늘 당하고 뒷북치기에 급급하니 나 같은 하급무사가 보기에도 미치고 팔짝 뛸 노릇이었지요. 나라가 점점 구렁텅이로 빠지는데 얌전히 충성하고만 있어야 하는가? 착한 국민은 말 잘 듣고 있다가 같이 망해야 쓰는가? 내 살 길은 내가 구해야 않을까……."

황치복은 술기운에 화가 겹쳐 올라와 얼굴이 벌겋게 되었다.

"참 잘하셨어요. 지도층의 무능으로 대세가 기울어버린 지 오랜데 뒤늦게 나라 구하겠다고 거추없이 의병에 뛰어들었다가 패가망신하기 딱 좋지요. 자, 우리 동양평화를 위해 한잔합시다!"

셋은 사케 잔을 부딪쳤다. 하야토가 오늘 만난 목적을 말했다. 고종과 엄비를 밀착 감시하고 보고할 숨은 일꾼 하나를 더 확보하자는 제안이었다.

"이미 헌병대의 숨은 일꾼이 있는데 왜 더 필요한가요?"

황치복이 최수희 의녀 얘기를 비쳤다.

"알고 있답니다. 헌병대에서 얼마 전에 특별지령을 내린 모양인데 업무수행이 신통치 않은가 보오. 며칠 전에는 밀정을 그만두겠다고 했답니다."

"그럴 리가요. 내의원의 최수희 의녀는 태황제 고종에 대한 적개심이 남다르오."

"우리도 그렇게 알고 있었는데 변심한 것 같소. 제중원 출신 최 의녀는 고종의 약 수발을 드는 처지라 최고 적임자요. 소주방의 음식 담당 지밀상궁이나 나인보다 더 적합하오. 황 선생이 뭣 좀 사들고 찾아가서 만나보시겠습니까? 우리가 나서는 것보다 황 선생이 내막을 알아보고 설득하는 편이 훨씬 효과적이오. 여의치 않으면 우리가 직접 나서서 돌려놓을 참이오. 그만두고 싶다고 마음대로 그만둘 수 있는 역할이 아니오."

하야토가 봉투 하나를 꺼내 건넸다. 정보비가 들어 있었다.

"내일이 휴무이니 집으로 찾아가보리다."

"지금 소네 통감 각하가 각별히 주시하는 이는 황제가 아니고 고종입니다. 뭔 꿍꿍이속이 있는 게 확실한데 실마리를 못 찾고 있어서 답답해하시오. 황 선생이 이번에 공을 세우시면 크게 포상할 거요."

하야토의 말에 황치복은 한껏 고무되었다. 두부요릿집 앞에서 하야토와 헤어진 황치복은 곧장 집으로 가지 않고 종로 피맛골 녹두빈대떡집에 들러서 막걸리 한 주전자를 마셨다. 이제야 한 잔 제대로 마신 기분이 들었다. 매너를 따지는 하야토 앞에서 바짝 긴장하고 마신 사케보다 빈대떡 한 접시 놓고 혼자서 마시는 막걸리가 훨씬 더 맛 좋았다. 그는 식구들 주전부리 몫으로 빈대떡을 푸짐하게 사 들고 콧노래를 흥얼거리며 귀가했다.

5

용산 한국주차 헌병대 전화통들이 시끄럽게 울려댔다. 안응칠 사건 이후 의병들의 동향을 상세히 파악하고 준동하기 전에 예방하는 일이 급선무였다. 헌병대는 통감부 소속으로 전국의 경찰 직무를 장악했다. 뻔질나게 드나드는 한국인 정탐원과 고발자들을 상대로 하루 수백 통씩 진술서를 받고 포상금을 내주는 일도 복잡한데 지방경찰서의 현장 조사까지 지시 감독했다. 전화통을 붙잡고 고함을 질러대는 사카키바라 헌병대장 앞으로 러시아 신문과 그 해설 보고서가 디밀어졌다. 전화에 집중하느라 별로 읽던 그가 소스라치게 놀라며 전화기를 내려놓았다. 혈색 좋은 붉은 얼굴에 짙은 싸리비눈썹이 씰룩댔다.

이번 암살 사건에 참가한 한국인은 모두 26명이다. 그들 모두는 이토가 통과하는 철도선에 배치되어 있었다.

이건 또 무슨 망발인가. 안응칠은 지금껏 단독 범행이고 공범자는 없다고 일관되게 주장해온 것으로 알려졌다. 그런데 이미 흉행 당일 하얼빈 역 헌병 당직실에 끌려가 두 시간 동안 첫 심문을 받던 자리에서 공범이 스물여섯 명이나 된다고 밝혔다니.

사카키바라 헌병대장은 붉은 먹줄로 표시된 러시아 신문 《노바야 지즈니 Новая жизнь*》의 해당 기사 부분을 주시했다. 러시아어는 뒤로 넘어지고 좌우로 뒤바뀐 알파벳이라서 도무지 읽어낼 수조차 없었다. 발행 일자는 10월 27일로 사건이 벌어진 다음날이었다. 하얼빈 현장 헌병대에서 보낸 보고서는 신문 원본에 표시까지 하여 첨부했다. 쉽게 믿으려 하지 않으리라 여기고 갖춘 형식이었다. 첨부한 다른 보고서에는 스물여섯 명의 수괴도 밝히고 있었다. 예삿일이 아니다. 이건 혼자서 대처할 사안이 아니었다. 그는 통감에게 전화를 걸어 대면보고를 신청했다. 생선 썩는 고약한 입 냄새를 감수하고라도 이마를 맞대야 할 중대 사항이었다.

"그놈 한 놈이 아니고 무려 스물여섯 명이나 된다고? 그것도 동청철도선 역마다 분산 배치돼 있었어? 그런데 왜 우리는 지금껏 그걸 까맣게 몰랐단 말인가! 누가 감추는 것이지? 하얼빈 총영사 가와카미가 문제인가, 아니면 외무대신 고무라가

---

* 신생활. 1905년 10월 27일 창간된 러시아 최초의 사회민주주의 일간지.

문제인가?"

극도로 흥분한 소네 통감은 찌그러진 양은냄비를 긁는 소리를 연발했다. 급기야 그는 배를 움켜쥐었다. 안색이 샛노래졌다. 마주 앉은 사카키바라 헌병대장이 부축하려고 어깨를 잡자,

"괜찮아, 괜찮아. 젊어서부터 이날까지 달고 살아온 오랜 친구야. 살살 달래며 좀 더 쓰다가 때 되면 가야지 뭐."

소네는 오래 사는 것에 미련 같은 건 없다는 투였다.

이토 공이 부럽구나. 이토 공처럼 세계가 각축하는 전장에서 멋지게 죽어야 무사다운 일생이 될 텐데, 그게 어디 맘대로 얻어지는 복인가. 사람은 누구라도 잘 먹고 잘 살다가 잘 죽는게 최고의 미덕이지만 쉽지 않은 일이지. 흔히 잘 살고도 잘못 죽는 수가 많거든. 잘못 살면 잘못 죽을 것도 없어. 모두가 그 인간 잘 죽었다고 입을 모아 쌓으니까 말야. 하늘이 이토 공한테는 안응칠같이 담대한 자객을 붙여줬지만 나 따위는 감히 바랄 수 없는 일이야.

"각하, 이걸 좀 보시죠. 더 중요한 사항입니다."

소네 통감의 안색이 차츰 돌아오는 걸 확인한 사카키바라 헌병대장이 다른 보고서를 내밀었다.

"그건 또 뭔가?"

밑으로 처진 눈초리가 심하게 떨렸다.

"26인 가운데 그 일파는 군함을 용선傭船하고 있었답니다. 이번 하얼빈 거사가 실패했다면 귀국하는 이토 공을 뒤쫓아 가 대마도 부근에서 요격할 계획이었고, 이번 음모에 가담한 특파독립대원 스물여섯 명의 수괴가."

"뭐야! 사령관은 그게 말이 된다고 보는가? 어느 나라가 감히 대일본제국과 전쟁하라고 한국 흉한들에게 군함을 빌려줘!"

소네 통감은 헌병대 사령관의 말을 자르고 가증스럽다는 듯이 노려봤다. 어차피 말이 안 되기는 한국 흉한이 멀리 하얼빈에서 러시아 재무장관 코코프체프와 회담차 방문한 이토 공을 감히 저격했다는 사실부터가 그랬다. 의장대 사열을 하던 행사장에서 무려 일곱 발을 조준해서 쏴댈 때까지 제지하는 이가 하나도 없었다. 그 많은 러시아 군대와 청나라 군대, 일본 관헌들 모두 약속이나 한 듯이 손 놓고 있었다. 아니, 꽁꽁 얼어붙은 것처럼, 풀 수 없는 주박呪縛에 걸린 것처럼 옴짝달싹하지 않았다는 말까지 나돌았다.

"각하, 워낙 횡설수설하던 놈의 말입니다. 군함을 빌렸다는건 필시 영웅심리에서 거짓말 한 걸 겁니다. 자기가 실패했을 경우라도 이토 공은 반드시 죽게 돼 있다고 엄포를 놓은 것이죠. 처음에는 배후를 감추려고 온통 거짓말만 늘어놓다가 공모한 자들과 대질 심문하여 차츰 정황이 드러나게 되니까 냅다 오버해버렸다 할까요."

이번에는 사카키바라가 가증스럽다는 표정을 지었다. 어쩌다 놈에게 허를 찔렸지만 놈의 무리가 군함을 빌려 대마도까지 항해하도록 내버려둘 대일본제국 해군이 아니었다. 러시아 함대도 격침시킨 막강 해군이 아니던가. 한국의 삼면 바다는 오래 전부터 일본 해군의 독무대였다. 한국인들은 삐걱거리는 구닥다리 나룻배나 끌고 다니며 가까운 바다에서 냄새나는 새우잡이나 하면 그뿐이었다. 한국인들에게 군함을 빌려줬다가 흉한 안응칠처럼 정말 일을 내버리기라도 한다면 그 뒷감당을 어찌하려고. 그것은 나날이 뻗어가는 대일본제국과 대척점에 서겠다는 선전포고에 다름 아니었다. 지금 이 지구에서 그럴 배짱이 있는 나라가 몇이나 되던가. 그걸 꼽는 데는 한 손도 필요 없었다. 미국이나 영국, 프랑스 정도가 고작이었다. 바야흐로 일본은 세계만방에 떨치는 대제국의 반열에 오른 것이다. 허거늘 다 망해버린 한국에 무엇을 기대하고 그런 무모한 모험을 하겠는가 말이다.

"놈들의 근거지가 어딜까? 배를 빌려줬다는 곳!"

소네는 인천 개항장쯤을 생각하며 물었다.

"인천 개항장은 우리 일본제국 제2의 인후부나 다름없습니다. 들고나는 선박마다 그 소유주와 임대인, 용도, 운항일지 모두 훤합니다. 흉한들이 부릴 수 있는 배는 미등록 돛단배 말고는 없습니다. 돛단배로 대마도까지 원정을 나갈 수는 없지요."

사카키바라 헌병대장의 큰소리에 소네는 안심을 되찾았다.

"김—두—성—?"

다른 보고서를 훑어 내리던 소네 통감이 미간을 찌푸리며 또박또박 말꼬리를 치켜들었다.

"예, 막 그자 얘기를 꺼내려던 참입니다, 각하! 김두성은 이번 음모에 가담한 특파독립대원 스물여섯 명의 수괴로 강원도 사람이지만 지금은 그 거처를 모른답니다. 허위 이강년 민긍호 홍범도 이범윤 이운찬 신돌석 같은 팔도 의병장들의 총독이라는군요."

"신돌석이는 작년에 이미 죽은 놈 아닌가."

"맞습니다. 재작년 의병 재편 과정에서 양반이 아니라고 무리에서 제외됐던 인물입니다. 그 후 경상도 일대에서 우리 일본군을 성가시게 괴롭히다가 부하들에 의해 타살된 무서운 놈이었습니다."

"그런데 김두성이라는 수괴가 어딘가에 숨어서 이번 음모를 진두지휘했다?"

"그렇다고 합니다. 의병장 김두성은 듣도 보도 못한 생소한 이름이라 믿을 수 없지만 지금 당장 그 김두성을 찾아내는 게 급선무입니다. 그래서 부랴부랴 달려온 것입니다."

"비서관, 경무국장 어서 올라오라고 해! 고등경찰과장 데리고서."

병색으로 기신대던 소네가 불 맞은 맹수처럼 돌변했다. 허리가 곧추서고 눈빛이 이글거렸다. 순식간에 통감부가 발칵 뒤집혔다.

"김두성, 김두성 이놈!"

가래가 끓면서 깨진 징소리가 울려 나왔다. 두려움이 깔린 과장된 성화는 어딘가 비현실적인 음색이었다.

김두성이 한반도 어딘가에 숨어서 통솔하고 있다면 이번 사건을 계기로 그간 잠복해 있던 의병들이 다시 전국적으로 봉기할 가능성이 있었다. 그러면 병합이고 뭐고 산통 다 깨져버리고 만다. 하루바삐 잡아들여서 뿌리를 뽑아버려야만 했다.

작년 한해, 한국에서 토벌된 의병은 사망자만 일만 오천 명가량이었다. 토벌대는 백칠십구 명이 죽었다. 그 가운데 한국인 경찰 오십이 명이 포함됐다. 토벌대 사망자 가운데 일본인은 백이십칠 명이었다. 일본인 한 명이 한국인 백십팔 명을 당해낸 셈이다. 어디에 내놔도 자랑스러운 통계였다. 물론 이런

수치를 그대로 믿을 수는 없었다. 전투 보고서는 얼마간 과장되거나 축소되었다. 한국 의병 희생자 수는 늘리고 일본군 희생자 수는 줄이는 수법이 알게 모르게 통용되었다. 일본군의 사기를 올리고 본국의 전폭적인 지지를 받아내기 위한 전략이었다.

여하튼 이런 통계에 의하면, 일본인 토벌대 일만 명만 희생할 각오를 하면 순치될 수 없는 독종 한국인 백십팔만 명을 제거할 수 있다는 계산이 나온다. 충분히 승산이 있었다. 나날이 강성해지는 대일본제국이 그걸 주저할 이유가 없다. 뻗어가는 국력은 일본열도 청년들의 심장에 불을 지폈다. 조국을 위해 군대에 지원, 한목숨 바치겠다는 젊은이가 넘쳐났다. 그들에게 일본정부는 최신식 장총을 쥐어주었다. 불발하기 십상인 화승총 따위에 의존하는 한국의병들은 훈련용 표적에 지나지 않았다. 이런 의병투쟁을 계속해서 뭐할 것인가. 멸종을 각오했다면 모를까 종족을 보전할 요량이면 하루라도 일찍 그만두는 게 현명했다. 과연 올해 들어 사뭇 잠잠해졌다. 그리하여 어느덧 고팽이를 잘 넘는다 싶었는데 막판에 이토 공이 당했다. 그것도 일한병합이라는 일대 거사를 바로 코앞에 두고서.

헌병대와 경무국 전 간부들로 확대된 회의는 저녁까지 이어져 다음날 아침 각 도에 지령이 떨어졌다. 각 도의 경찰서 산하군 단위 경찰 분서와 순사 주재소는 쑤셔놓은 벌집이 되었다.

이토 공 살해 총책 김두성을 잡아들여라.

본명이건 가명이건 사내건 계집이건 무조건 잡아들여 조사하라.

조금이라도 혐의가 있어 보이는 자는 지체 없이 경성 경무부로 압송하라.

6

다음날 꼭두새벽, 인왕산 중턱 준수방 옥동 비탈길에 황치복이 나타났다. 어디서 구했는지 손에는 보리굴비 한 두름이 들려 있었다.

"오 정위 댁 계시오?"

바위벽 아래 제비집처럼 달라붙은 허름한 초가집 부엌문이 빼꼼 열렸다. 밥을 짓던 최 의녀가 행주치마 차림으로 얼굴을 내밀었다.

"오메, 댓바람에 수문장 나리가 무슨 일이래요."

"궁궐 일로 긴히 나눌 얘기가 있으니 안으로 좀 들어갔으면 싶소만."

최 의녀가 난감해하다가 마지못해 방으로 들었다. 황치복은 보리굴비 두름을 마루 끝에 놔두고는 방안으로 들어섰다. 아랫목에서 예닐곱 살쯤 돼 보이는 딸아이가 자고 있다가 부스스 눈을 떴다.

"귀엽구나. 난 아버지 상사란다. 곧고 날렵한 콧날이 오 정위를 쏙 빼닮았네. 눈과 이마는 엄마를 닮고. 이름이 뭐니?"

"상미, 오상미요."

이부자리에서 몸을 빼내고 앉은 아이에게 황치복은 지전 한 장을 쥐여주며 눈시울을 붉혔다. 재작년 대한제국군 강제 해산 때 자결한 오의선 중대장이 남긴 유일한 혈육이었다. 젊은 홀어머니와 헤쳐나갈 저 어린 것의 앞날이 걱정이었다.

"같은 무인으로서 오 정위의 일은 생각하면 생각할수록 억울합니다. 이렇게 어여쁜 처자식을 놔두고 오죽 분통했으면 그런 극단적인 선택을 했겠습니까? 나라에서는 장례비는커녕 아무런 보상도 하지 않았지요?"

"그 얘긴 그만 하지시지요. 이 시간에 여기까지 오셔서 하실 긴한 말씀이 뭔가요."

최 의녀가 아이의 눈치를 살피며 물었다. 언제 봐도 참 기품 있는 자태였다. 저 얼굴로 천한 기생 노릇을 했다니 가난이 죄었다. 나중에 제중원 의녀를 거쳐 궁궐에서 고종의 약 수발을 들게 된 것은 그나마 다행스러운 신분상승이었다. 제중원 의녀 시절에 대한제국군 오의선을 만났다던가. 하지만 가혹한 운명은 그녀가 행복하게끔 놔두지 않았다.

"통감부에서 최 의녀를 직접 챙길 모양이오. 무슨 이유에선지 요즘 숨은 일꾼 노릇을 통 안 하신다고요?"

"그만 돌아가세요. 그 얘기라면 더 드릴 말씀이 없답니다."

최 의녀가 굳은 표정으로 방문을 열쳤다.

"어인 까닭인지 그거나 좀 알고 갑시다."

"수문장님! 하얼빈 장거를 접하고도 반성이 안 되세요? 폐하도 독립군도 이젠 달라졌어요. 국민전쟁의 효과가 확연히 나타난 거예요. 저는 더 이상 그 짓거리 못합니다! 어서 나가세요!"

최 의녀는 마루에 놔둔 보리굴비 두름을 돌려주며 쏴붙였다.

"허어 참. 기생이 열녀전 끼고 산다더니, 벌써 이 년간이나 밀정 노릇을 해왔으면서 하루아침에 독립지사로 변신한 거요?"

황치복이 떠밀려나오면서 이죽거렸다.

"아무튼 저는 손 씻었으니 하려거든 이녁이나 오래도록 변치 말고 하시구려."

"어린 새끼 혼자 키우고 사는 형편에 괜한 빌미 만들지 말고 맘 고쳐먹으소. 어설픈 미련이나 죄의식 같은 건 머리 나쁜 것들이나 하는 거요. 안중근인지 안웅칠인지 그 같은 흉한 몇 명 더 나온다고 다 넘어 자빠진 이 나라가 일본 차지 안 될 것 같소? 이미 곯아빠진 땡감이오. 아낀다고 고름이 피가 되는 게 아니란 말이오. 더 멀리 볼 줄을 알아야지, 쯧쯧."

황치복은 보리굴비 두름을 던져놓고 내빼듯 비탈길을 내려갔다.

최수희는 편두통이 밀려왔다. 이미 분명하게 거절 의사를 표명했는데도 이 새벽에 수문장을 보낸 걸 보면 저들이 쉽게 놔줄 것 같지가 않았다. 이미 며칠 전에 받은 지령 때문에 마음이 심란하던 참이었다.

'분란의 화근인 고종을 독살하라!'

일본 헌병대가 그녀를 덕수궁 감시 초소 대관정으로 소환해서 내린 지령이었다. 최수희는 그것만은 단호히 거절했다. 무기력하기만 하던 전과 다르게 꿈틀대는 궁내부 동향도 그렇고 하얼빈 장거擧도 그렇고, 시키면 시키는 대로 마냥 따를 때가 아니었다. 지금 저들이 폐하를 독살하려고 하는 것부터가 별로 넘길 일이 아니었다. 뭔가 단단히 거슬리는 게 있다는 반증이기도 했다. 홧김에 뭐하더라고 지금껏 해온 밀정 노릇이 후회되었다. 그녀는 보리굴비 두름을 개나 물어가라고 대문 밖으로 내던져버렸다.

7

이토를 처단한 특파독립대 26호 안응칠은 담담했다. 쇠라도 녹여버릴 듯이 한껏 달궈져 불을 뿜어내던 그는 깊은 물웅덩이 같은 하얼빈 일본제국 총영사관 지하실 감옥에 갇혔다.

본격적으로 심문할 검사가 급파되었다. 검사는 남만주 뤼순 일본 관동 도독부 고등법원 소속이었다. 뤼순에 일본 고등법원이 있는 건 몇 년 전, 전리품으로 챙겨 넣었기 때문이다. 러일전쟁에서 승리한 일본은 뤼순을 조차지로 확보하고 관동 도독부를 설치했다. 백 년간 빌리는 협상을 이뤄낸 장본인이 바로 26호 안응칠이 처단한 이토 히로부미였다.

감옥 문이 열리고 두 사람의 간수가 들어섰다. 그들은 말없이 포박했다. 포승줄이 느슨했다. 흉한을 다루는 저들의 손길에서 온기가 느껴졌다. 영사관 직원들의 심문 뒤에 달라진 대접이었다. 단순 잡범이 아니라 정치범으로 분류한 눈치다.

안응칠은 감옥을 나섰다.

이제 무엇이든 말해야 할 시간이다. 물론 아무 말도 안 할 수도 있다. 그것은 이쪽 권리다. 이쪽이 묵비권을 쓴다면 그는 어쩔 것인가. 기다려줄 것이다. 고문할 가능성은 없다. 천하의 이토 공을 포살한 저승사자를 고문한들 무슨 효과를 얻겠는가.

나흘 전, 하얼빈 역 헌병 당직실에서 마주한 러시아 검사 밀레르 앞에서는 몇 가지 사실만 털어놓았을 뿐이다. 급하게 데려온 통역이 너무 어설퍼서 답답했고 그때만 해도 교활한 늙은 도둑 이토 놈의 생사 여부를 알지 못한 상태라서 자못 초조했다. 채 의분이 가라앉지 않은 상태에서 엉겁결에 나온 것이 특파독립대 26인이었다. 김두성 얘기는 한 것도 같고 안 한 것도 같다. 그게 뭐가 대순가. 어차피 일러줘도 저들 누구도 쉽사리 김두성을 찾아내지 못한다.

영사관 직원들의 심문에도 별로 답했고 대부분 거짓말로 얼버무렸다. 가족과 동지들을 보호하고 혼자서 십자가를 짊어지고 갈 생각이었다. 그런데 이제부터는 다르다. 이미 동지들 몇이 붙들렸다. 붙잡혔을 때를 가정하고 사전에 말을 맞췄으되 서로 잘 모르는 관계라고 잡아떼는 게 원칙이었다. 동지들은 그럴 테지만 26호 안응칠 입장은 달랐다. 그는 한바탕 말하기 위해서 이토를 처단했다. 이제 무엇을 감추고 무엇을 말할 것인가. 말을 하면 기록이 되고 그 기록은 역사로 남게 돼 있다. 이미 세상의 눈과 귀가 쏠려 있다. 하찮은 개인의 말이 역사로 남게 되는 순간이다. 안응칠은 가능한 한 사실대로 밝힐 건 밝히고 끝내 숨길 건 숨길 참이었다.

계단을 올라서 취조실로 이끌려 들어갔다. 난로로 덥혀진 방안 공기가 훈훈했다. 젊은 검사가 기다리고 앉아 있었다. 일본인 서기와 통역 촉탁이 배석했다.

안응칠은 미조부치 다카오 검사 앞에 마주 앉았다. 국적이 다른 두 청년의 눈길이 서로 부딪쳤다. 팽팽한 긴장감이 돌았다. 미조부치는 거무튀튀한 여느 일본인답지 않게 얼굴색이 희다. 콧날도 우뚝하고 미남형 얼굴이다. 26호보다 몇 살 위였다.

미조부치 검사 역시 안응칠을 꿰뚫어 보았다. 준수한 외모와 영롱한 눈빛을 가졌다. 짙은 눈썹과 다부진 입매에서는 결기가 뿜어져 나왔다. 어디를 봐도 잡범일 수 없는 풍모였다. 법조인들은 관상보다 골상을 중시하는데 흔히 말하는 살인자 골상이 아니었다. 그런데 살인을 했다. 그것도 세계가 경악한 특급 살인을.

잠시 침묵이 흘렀다. 안응칠은 속마음까지 꿰뚫어 볼 기세인 미조부치 검사에게 말없이 생각을 전했다.

그대는 지금 내 골상을 보는 것인가. 그리고 살인자의 그림자를 찾는가. 차라리 이토 그 늙은 도둑놈의 골상부터 읽어내라. 1894년 갑오왜란을 시작으로 십 년 뒤 갑진왜란, 오늘에 이르기까지 너희 일본인들이 죽인 한국인은 어언 수십만 명이나 된다. 따라서 살인자의 골상은 나 같은 한국인이 아니라 너희들 일본인들인 셈이다.

어색한 긴장감이 감돈다. 그 어색한 침묵을 미조부치 검사가 깨트린다.

"본 사건은 청국 영토에서 발생했다. 범인 안응칠은 한국인으로 사건 현장에서 러시아 측에 의해 체포되었다. 1899년 체결된 한청통상조약에 따르면 청국 영토 내에 있는 한국인에게는 한국 법을 적용하며, 한국의 영사 재판권을 인정한다고 명시되어 있다. 따라서 이번 사건에 대해서 러시아나 청국은 모두 재판권이 없다. 1905년 을사년 11월 17일에 체결한 제2차 한일보호조약에 따라 일본은 한국의 외교권을 위양 받았다. 이에 근거하여 피고 안응칠은 일본이 보호를 맡게 되었다. 재판은 뤼순 지방법원에서 진행할 것이다."

일본이 보호하겠다는 말이 거슬렸다. 검사가 또박또박 일러준 사건 담당 경위의 골자는 을사늑약과 일본의 한국 외교권이었다. 여기에도 이토 그 교활한 늙은 도둑놈의 흔적이 있었다. 을사늑약의 주범이 이토였던 것이다. 늑약에 따라 한국정부는 한국인을 보호하지도 재판하지도 못한다. 늑약 주범의 숨통을 확실히 끊어놓아도 불평등한 법령은 펄펄 살아서 작동했다.

안응칠은 삼 년 전부터 교활한 늙은 도둑놈을 잡으려고 때를 노려왔다. 그리고 마침내 뜻을 이뤘다. 그는 자타가 공인하는 특등 포수였다. 황해도 신천군 청계동 시절, 그는 손에 총 한 자루만 쥐면 늘 승자였다. 소년 시절부터 총으로 내기를 해서 단 한 번도 진 적이 없었다. 사냥 대회나 사격 대회에 나가면 어김없이 장원을 도맡았다. 아무 죄 없는 짐승도 동학교도도 일본군도 그가 조준하면 그 총알을 피해가지 못했다. 스스로 고구려의 시조 고주몽이나 이성계의 환생이 아닐까 생각하기 일쑤였다. 친구와 의를 맺고, 술 마시고 노래하고 춤추는 것, 총으로 사냥하는 것, 날랜 말을 타고 달리는 것이 일상의 즐거움이었다. 공부는 이름자 정도 쓸 줄 알면 그만이라고 여겼다.

미조부치가 담배를 권했다. 안응칠이 거절하자, 바로 심문에 들어갔다.

"성명!"

"안응칠."

응칠은 어릴 때 아명이다. 등과 배에 일곱 개의 검은 점이 있어 하늘의 북두칠성에 응해 태어난 아이라고 그의 할아버지가 붙여준 이름이었다. 하지만 그건 어디까지나 어릴 적에 불린 이름이고 본명은 안중근安重根이다. 족보와 호적에 올라 있는 공식 이름이다. 조서는 법적 효력을 지니므로 공식적인 이름을 말해야 옳을 것이다. 그런데 그는 이번 거사에 관련해서는 중근이라는 이름을 쓰지 않을 작정이었다. 이토 그 늙은 도둑놈을 처단하기로 마음먹었을 때부터 아명 응칠을 쓰기로 했다. 이곳 동지들은 아예 그의 본명이 응칠인 줄로 알고 있었다. 그는 안응칠이라는 이름으로 이번 거사에 참여했고 깔끔하게 성공했다. 따라서 안응칠로 죽기를 원했다.

이 지상에는 무수히 많은 생명들이 있다. 땅 위의 풀들과 곤충들, 하늘을 나는 새부터 물속을 헤엄치는 고기에 이르기까지 가히 헤아릴 수가 없다. 그들에게는 저마다 정명正名이 있다. 정명을 지닌 것들은 일생 그 이름값을 하고 죽는다. 저 우뚝 솟은 산 이름을 보라. 꼭 그 이름 붙인 까닭이 어쩌면 그리도 합당한지 탄복할 정도다. 나무와 풀 이름 또한 마찬가지다. 이름을 잘못 붙이거나 아예 안 붙인 것들은 고달프게 살다 가거나 그야말로 이름도 쓰임도 없이 살다가 사라지기 십상이다.

심문은 나이, 직업, 신분, 주소, 본적지 순으로 이어진다. 그가 분명히 말해줄 건 딱 세 가지다. 이름이 안응칠이라는 것,

직업은 사냥꾼, 이토 척살의 이유 열다섯 가지다.

"직업은?"

"사냥꾼!"

검사가 안응칠의 눈을 주시한다. 깔끔하고 준수한 외모가 도무지 사냥꾼 같지가 않아서였다.

특파독립대원들은 과업을 위해 저마다 일생을 연마해 왔다. 누구는 정치를 배우고 누구는 조직관리를 익히고, 누구는 신식 군대에 들어가 전투력을 길렀다. 누구는 선박 회사를 운영해보고 누구는 약초와 침으로 사람 목숨을 살리는 의술을 익혔다. 그는 사냥꾼이 되어 사격술을 연마했고 의병투쟁으로 실전경험을 익혔다. 오로지 이번 거사를 완벽히 수행하기 위한 예행연습이었던 셈이다. 26인 특파독립대의 최종결정체가 바로 26호 안응칠이었다. 대업을 위해 전 생애를 건 사람만이 깨닫는다. 어쩌면 그 앞의 인생이 처음부터 이 길로 예정된 인생길이었음을.

미조부치 검사의 심문이 시작되었다.

"그대는 평소 어떤 이들과 교제하고 있는가?"

"모두 사냥꾼들이다."

이번 특파독립대 스물여섯 명은 모두가 큰 사냥꾼들이었다. 산에 들어가 짐승이나 잡는 작은 사냥꾼은 아무도 없었다.

미조부치 검사는 그 대목에서 머뭇거렸다. 그 사냥꾼놈들을 이참에 일망타진해버리겠다고 벼르는 것처럼 보였다. 그러나 쉽게 붙잡힐 동지들이 아니다. 총대장 김두성부터 체포해야 조직이 드러나는데 무슨 수로 김두성을 잡겠는가.

"범행 동기가 뭔가?"

검사가 안응칠의 두 눈을 꿰뚫어 본다. 거침없이 답한다.

"첫째, 한국 명성황후를 시해한 죄다. 둘째, 대한제국 황제를 폐위시킨 죄이고 셋째, 을사5조약과 7조약을 강제로 체결한 죄, 넷째, 무고한 한국인들을 학살한 죄."

안응칠의 준비된 답변은 '군대를 해산한 죄.' '한국인이 일본인의 보호를 받고자 한다고 세계에 거짓말을 퍼뜨린 죄.' '동양평화를 깨트린 죄'에 이르렀다.

미조부치의 표정이 점점 달라졌다. 이미 심문한 바 있는 총영사관 직원이 귀띔해준 대로 이 자는 절대로 흉한이 아니다. 문자를 조금 아는 무식쟁이도 아니다. 이 자는 대한제국의 충신 애국자이자 최고의 지성이다. 기억력도 비상하다. 게다가 시사에 밝고 세계관과 철학이 분명하다.

그런데 맨 마지막 열다섯 번째로 든 동기는 틀렸다. 일본 현천황의 아버지 고메이孝明 선제를 죽인 죄. 엉뚱해서 헛웃음이 나오려 했다. 사실도 아닐 뿐더러 설령 그랬다 치더라도 왜 자기가 일본 천황의 원수를 갚는가. 오지랖 한번 넓었다. 좋다. 안응칠이 강상 윤리를 중시하고, 어느 나라가 됐건 황실 사람들을 존숭하는 범세계적 존황주의자라고 치자. 그런데 무슨 근거로 이토 공이 일본 메이지 천황 폐하의 아버지를 시해했다고 믿는 것일까. 메이지 천황의 아버지 고메이 왕은 1866년 12월 하순에 죽었다. 이때는 이토 공이 아직 궁중에 출입도 하기 전이었고 영국 유학을 중단하고 돌아와 첫 번째 아내 스미코와 이혼, 우메코와 재혼하여 큰딸을 출산한 때였다.

　물론 충분히 잘못 알 수 있다. 우리가 안다고 하는 것들이 상당수 풍문으로 들어서 아는 것들이다. 풍문이란 그야말로 바람처럼 떠도는 소문이 아니던가. 언비천리言飛千里라고 발 없는 말이 천리를 날아가면서 도중에 먼지가 묻기 일쑤고 이 입 저 입에 묻어 있던 때도 타기 마련이다. 입말이 지닌 한계다. 생동하기 때문에 왜곡도 크다. 신문이나 책에 쓰인 글말이라고 해서 크게 다르지 않다. 똑같은 사물과 사건을 현장에서 보고도 옮겨 적는 이의 관점과 생각에 따라 저마다 내용이 달라진다. 보는 것에 한계가 있고 옮기는 기술상의 편차가 있다. 미조부치 검사는 굳이 이 자리에서 안응칠의 틀린 정보를 바로잡아주지 않았다. 이 자리는 학교 교실이 아니었다. 그리고 혹시 또 모를 일이었다. 청년 시절 이토 공은 칼에 피를 묻혀본 자객이었다. 태황제의 죽음에 간접적으로 연관돼 있을 수도 있는 일이었다.

"이범윤이라는 자를 아는가?"

"이름은 듣고 있으나 만나본 적이 없다."

안응칠은 거짓을 말했다. 왜 모르겠는가. 그 또한 큰 사냥꾼이다. 고종황제의 임명을 받아 간도관리사를 지낸 그는 최재형과 함께 연해주 독립지사들의 중추다. 일찍이 이번 거사의 지령을 전달한 이도 그였다. 당연히 그를 보호해야 한다. 함께 모의한 23호 우덕순이나 24호 조동하 동지도 모른다고 할 참이다.

"그대는 술이나 담배, 아편을 하는가?"

"담배는 피워도 술과 아편은 하지 않는다."

그 말을 듣고 미조부치 검사가 다시 담배를 권했다. 이집트산 고급 담배다. 손수 불을 붙여주고 자신도 한 개비를 입에 물었다. 뿌연 연기 속에서 국적과 입장이 다른 두 청년이 서로를 멀거니 응시했다. 미조부치 검사는 안응칠과 사적인 대화를 나누고픈 충동이 일었다. 하지만 서기가 그것마저 죄다 받아적을 태세였다.

"잠깐 쉬었다 갈까. 서기는 바람 좀 쐬고 오도록."

검사의 지시로 서기가 취조실을 나갔고 통역도 따라나서려

고 했다. 그대로 있으라는 뜻으로 미조부치 검사는 통역에게
도 담배를 권했다. 통역이 사양했다. 검사는 강권하며 불을 붙
여줬다. 셋이 앉아서 담배를 피우기 시작했다. 창문도 열치지
않은 방 안은 연기로 자욱했다.

"이건 요즘 저잣거리에 나도는 세평이다. 아무래도 그대가
흉한이 아니라 영웅 같다는 얘기다. 오늘 만나보니 과연 그런
것 같다."

안응칠의 얼굴에 엷은 미소가 스쳤다. 안응칠은 담배를 깊
게 빨아 마셨다 내뱉으며 입을 열었다.

"일세 영웅은 이토 히로부미가 아니던가. 나는 그 불세출의
영웅을 죽인 일개 사냥꾼일 뿐이다."

"아까는 그가 교활한 늙은 도둑이라면서?"

미조부치 검사가 활짝 웃었다. 선한 웃음이었다.

"그야 사냥꾼 입장에서 본 거니까."

안응칠은 딴 사람이 하는 말처럼 읊조렸다.

"그렇다면 인간 안응칠의 입장으로 본다면 어떤가?"

"한없이 부러운 명재상이지. 만일 우리 대한제국에 그처럼
애국 충정 어린 재상, 국제정세에 밝은 거물 정치가가 있었다
면 나라꼴이 이 지경이 되지는 않았겠지. 외세의 압박으로 황
제가 폐위되고 뜻 있는 지사들이 해외로 떠돌며 싸우지 않아

도 되고."

안응칠은 진심으로 부럽고 아쉬워하는 기색이었다. 뜻밖이었다. 미조부치는 입장을 바꿔 생각해봤다.

"만일 한국이 먼저 문명개화했다면 일본과 중국을 돌봐주려 하지 않았겠는가?"

그는 침략이라는 말은 피하고 돌본다는 표현을 썼다.

"원치 않는데 왜 돌봐준다는 건가? 침략을 미화하지 마라. 아무리 좋은 일이라도 상대가 원치 않으면 강권해서는 안 된다. 우리 속담에 평안감사도 저 싫으면 그만이라는 말이 있다. 한국이 아무리 부강하더라도 일본과 중국이 싫다는데 강제로 조약을 맺고 군대를 동원해 간섭하지는 않을 게다. 과거 동양의 오랜 선린외교 관행이기도 하다. 일찍이 중국이 한국과 일본에 취해온 외교 정책이란 말이다. 일본은 늘 그런 관행을 깨왔다. 틈만 나면 쳐들어와 노략질을 일삼았다. 야만적인 근성이다."

언짢아진 미조부치 검사는 재떨이에 담배를 박박 비벼 껐다. 그는 자리에서 일어나 창문을 열었다. 싸늘한 냉기가 몰려왔다. 10월 30일이면 만주 땅은 이미 영하 십 도의 날씨를 기록하는 겨울이었다.

야만적인 근성? 그렇다면 그걸 알면서도 번번이 유린당하는 너희 족속의 근성은 뭔가? 설마 평화를 사랑하는 민족이라고 둘러대진 않겠지? 그건 너무 비겁한 변명으로 들린다. 그대가 무인이니까 너무도 잘 알리라. 정녕 평화를 사랑한다면 그 평화를 지켜낼 만한 방어력은 항시 갖춰둬야 하는 법이다. 무방비로 당하기만 하는 너희 족속을 당장 복속시키지 않고 보호하겠다는 발상이 차라리 갸륵하진 않는가.

미조부치 검사는 부러 큰소리가 나게 창문을 닫았다. 짐짓 근엄한 표정으로 돌아와 난로 위의 뜨거운 차를 컵에 따라 마셨다. 창문 닫는 소리를 듣고서 밖에 있던 서기가 들어와 의자에 앉았다.

"안응칠! 그대는 스스로 자신을 변호할 권리가 있다."

"……"

"그러나 시간 낭비일 뿐인 거짓말은 이제 그만 하자. 심문이 계속되다보면 진실과 거짓이 다 가려진다. 그대는 양반가의 귀공자다. 사냥꾼이라는 직업은 취미를 말한 것임을 나는 안다. 솔직히 묻자. 그대 같은 헌헌대장부가 서른 살이 넘도록 장가들지 않았다는 걸 누가 믿겠는가? 결혼하고 자녀도 있다고 보는데."

서기가 조서에 기록하려고 펜을 들자, 미조부치는 손을 뻗어 말렸다. 안응칠은 인간적으로 묻는 그에게 사실대로 일러주고픈 마음이 들었다. 어쩌면 이미 가족들을 연행해두고 있는지도 모를 일이었다.

"앞에서 말했고 이미 조서에 기록돼버렸다. 나중에 다시 말해주겠으니 오늘은 이대로 넘어가주길 바란다."

범인도 검사도 피식 웃었다. 앞으로도 수차례, 아니 그 이상의 심문이 이어질 것이므로 그때 보완하면 그만이었다. 다른 물음에도 곧잘 거짓말하는 것을 알면서도 넘어가는 이유였다. 피고는 자신에게 불리한 답변은 안 할 권리가 보장돼 있었고 자신을 보호하는 데 필요하다면 거짓말할 권리도 있었다.

"그대는 26일 아침 하얼빈 정거장에서 이토 공을 저격했다."

"틀림없다."

"그대 혼자서 실행했는가?"

"그렇다. 혼자서다."

저격은 혼자서 했다는 의미였다. 그러기까지 많은 대원들의 조직적인 도움이 있었지만 굳이 여기서 밝힐 이유가 없었다.

"그때 어떤 흉기를 사용했는가?"

흉기라는 말에 안응칠은 머뭇거린다. 뒤틀린 걸 바로잡는 건 흉기가 아니다. 말해줘도 금척이 뭔지 모를 테고, 공구나 도구라고 해야 격에 맞는다.

"어떤 흉기를 사용했느냐고 물었다."

"검은색 7연발 단총."

안응칠은 검사가 원하는 대답을 해줄 수밖에 없었다.

미조부치 검사는 가방에서 영특 제1호—1 단총을 꺼내 보였다. 발사되지 않은 한 방의 탄환도 있었다. 그들이 압수해간 단총을 보자 그 위에 촘촘한 눈금과 태극문양, 대한제국 문장인 오얏꽃이 선연하게 떠올랐다. 이 방안에서 오직 안응칠의 눈에만 보이는 문양들이었다.

"이 단총은 그대 소유인가?"

누구나 총이라고 하겠지만 저건 총이 아니다. 거룩한 신물이다. 하지만 우리 특파독립대원들 말고 누가 그렇게 말하랴. 그저 살상용 단총일 뿐이었다. 그걸 굳이 우길 필요가 없었다. 어차피 진실을 얘기해도 저들은 이해하지 못했다.

"그렇다."

검사는 입수한 장소와 경로를 물었다. 누구한테도 밝힐 수 없는 극비사항이다. 이범윤과 최재형을 거쳐 전해진 것이지만 그들 이름도 밝혀서는 안 된다.

"올해 5월경 의병에 가입할 때 동지가 어디선가 사다 준 것이다."

다행히 검사는 그 말을 그대로 받아들였다. 안 받아들이면 어쩔 것인가. 세계에 유통된 벨기에제 브라우닝 M1900은 한 두 자루가 아니다. 따라서 차라리 총알 탄두의 이 십자가(+)는 혹시 그대가 가톨릭 신자라서 천주에게 기원하는 뜻으로 새긴 거냐고 묻는 게 낫다. 사실을 말하자면 전혀 아니다. 본래 그렇게 제작돼 나온 제품일 뿐이다. 관통할 때 파편이 찢겨져 치명상을 입히려고 그리 제작됐다는 설이 지배적이다. 무엇이든 지나치게 따지고 들고 의미를 찾다보면 엉뚱한 추론을 불러온다. 때로는 너무 지나쳐서 병통이 되기도 한다.

얼마 동안 심문을 더 이어나가던 미조부치 검사가 서기를 향해 받아 적게 했다.

"지금까지 진술에 의하면 그대는 한국을 위하여 충군애국忠君愛國하는 의로운 선비인 바, 세상에는 그대와 같은 생각을 가지고 있는 사람도 있을 것이다."

일본말을 잘 모르는 안응칠은 무슨 얘긴지 알아들을 수가 없었다. 미조부치는 오늘의 심문이 끝났음을 알리고 일어섰다. 서기가 나가자 안응칠에게 다가와 악수를 하면서 통역하게 했다.

"지금껏 진술한 말을 종합해보면 당신은 참으로 동양의 의사義士라 하겠다. 당신을 흉한이 아니라 정치범으로 본다면 쉽게 사형시킬 수 없다고 본다. 걱정하지 마라. 곧 국제변호사를 선임하도록 해주겠다."

세계가 주목하는 세기의 사건이었고, 적국의 검사로서 쉽게 할 수 없는 말이었다. 안응칠은 미조부치와 악수한 손에 힘을 실어 감사를 표했다. 증거물 브라우닝 M1900 단총을 가방에 챙겨 넣는 검사의 얼굴에 존중의 빛이 역력했다.

26호 안응칠은 그 모습을 보고 생각했다.

'정녕 그대가 나를 흉한이 아닌 정치범이나 의사로 여기는 건가. 그렇다면 정말 고맙다. 논리적인 그대는 아는가. 내가 흉한이 아니라면 그 브라우닝 단총도 흉기가 아니게 되는 것임을! 생각해보라. 의로운 지사가 어찌 흉기를 들었겠는가. 내가 똑바로 치켜든 것은 흉기가 아니라 조선의 혼이었다. 정의를 바로 세우는 황금자, 금척이었다.'

제2부

금척의

나라

1

이토 히로부미를 척살한 건 금척이었다. 조선을 창업할 때 등장했던 황금자, 금척이 왜 하필 그때 재등장한 것일까.

열여섯 해 전인 1893년 이른 봄.

조선왕조 창업 성지 마이산馬耳山이 울었다.

우우웅─ 우웅─ 우우웅─.

놋쇠 좌종의 맥놀이 같은 산울림이었다. 깊고 그윽한 소리와 엷게 뜨는 소리가 중첩된 그 산울림은 천지간을 진동시키는 천둥소리와는 전혀 달랐다. 야릇한 산울림이 진종일 내리계속되자 사람들은 슬슬 불안해지기 시작했다.

처음에는 늘 불어오는 골바람이 진안고원의 수문장처럼 우뚝 솟아 있는 두 봉우리 바위산에 부딪쳐서 내는 소리로 여겼다. 관아가 있는 진안에서 보면 남쪽으로 쫑긋 선 말귀 모양의 두 봉우리뿐이지만 반대편 마령 쪽에서 보면 나도산, 봉두봉, 삿갓봉 같이 휘하에 거느린 바위산들이 여럿이었다. 달팽이 속처럼 생긴 특유의 지형으로 빨리듯 휘감겨 들어온 골바람은 바위산 허리에 부딪치거나, 얼었다 녹는 과정과 오랜 풍화 작용으로 뚫린 동굴들을 울려서 이상야릇한 소리를 내곤 했다. 그 소리는 기압차나 듣는 이의 심사에 따라 젓대소리 같기도 하고 애절한 여인의 호곡소리 같기도 했다.

"허 참, 별꼴이네. 굿판이라도 크게 벌여야 진정될랑가벼."

"그랑게 말여. 간밤엔 통 눈을 못 붙였당게. 어디 무서워서 잠을 잘 수가 있어야지. 오늘 아침에는 속금산 주변 하늘이 핏빛으로 벌겋게 물들어서 으스스했구먼. 살다 살다 별꼴을 다 보는구먼."

다음날까지 산울림이 이어지고 핏빛 구름까지 떠돌자, 마이산 밑에서 대대로 살아온 합죽이 촌로들이 사랑방에 모여 입방아를 찧어댔다. 핏빛 구름은 얼마 있다 사라졌지만 산울림은 날이 저물고도 밤새 계속되었다.

속금산.

마이산의 본명이었다. 우뚝 솟은 두 봉우리의 바위산은 나란히 선 부부모양이었다. 그래서 아빠봉, 엄마봉 혹은 수마이봉, 암마이봉으로도 불렀다. 1413년 조선왕조 3대왕 태종이 진안에 왔다가 말귀처럼 보여서 마이산이라 이름 붙였다지만 이 고장 사람들은 좀처럼 말귀로 보지 않았다. 하늘로 솟구쳐 올라가는 산이라 하여 속금산이라고 불렀고, 술 한잔 걸친 구릿빛 얼굴의 농부나 그의 아내는 다산과 풍요의 산으로 여겼다. 잠자리에 누워서 사내를 받아들이려고 쩍 벌린 풍만한 여인의 허벅지 형국으로 보였기 때문이다. 얼마나 자연스럽고 건강한 발상인가. 가운데 거웃에는 체모처럼 보이는 나무들이 무성하고 샘물이 솟아났다. 영락없이 생기 넘치는 여인의 하초였다. 굳이 질펀한 음양론을 떠나더라도 멀리서 보면 두 봉우리가 하늘로 솟구쳐 올라가는 것처럼 보이는 건 분명했다.

흰 구름이 낮게 내려와 산허리까지 잠기고 두 봉우리만이 공중에 떠 있을 때는 보는 이의 몸도 두둥실 떠오르는 느낌이었다. 산도 뜨고 몸도 뜨고 심지어는 고드름도 떴다. 처마 끝에서 아래로 열리는 게 고드름인데 어떻게 위로 뜨느냐고? 정말 위로 떴다. 마이산 고드름은 희한하게 위로 올라갔다. 한겨울 청수 그릇에 물을 떠다 내놓으면 한 자 높이로 고드름이 치솟았다. 칼바람 부는 겨울날이면 누구라도 그걸 확인할 수 있었다. 사람들은 그걸 기도발이 잘 받는 징표로 여겼다. 그러면서 하늘이 그의 간절한 염원을 들어주겠노라는 약속으로 믿고서 더 지성으로 빌었다. 백일기도 천일기도가 끊임없이 이어졌고 마침내 소원을 성취하곤 했다. 입소문이 나면서 마이산은 기도발이 잘 듣는 영산으로 꼽혔다. 사시사철 전국의 기인 달사들이 모여들었다. 상승기운이 센 마이산 일대가 하나의 거대한 수도 도량이 되었다.

"이건 바람이 내는 단순한 산울림이 아닐세. 하늘과 땅의 신음소리야. 천둥소리를 머금은 산이 그걸 토해놓는 지둥소리라는 것이네. 국파산명國破山鳴! 나라가 깨지니 영산이 피를 토하고 통곡하는 거라."

마이산 속 수마이봉 아래 정명암正明庵에 머물고 있던 청림도사靑林道士의 풀이였다. 정명암은 우람한 코끼리 머리 형상 같기도 하고 부처님 두상 같기도 한 수마이봉 바로 턱밑에 제비집마냥 틀고 앉은 작은 암자였다. 암자라고 해서 스님들이 사는 절집은 아니고 금바우 집안의 별서別墅 같은 일종의 수행 장소였다. 정명암 법당에 부처를 모시긴 했는데 살이 뒤룩뒤룩 찐 황금빛 부처가 아니라 작고 투박한 돌로 깎은 미륵 삼존불이었다. 민중 속에서 몸을 일으켜 후천개벽을 한다는 혁명하는 부처였다. 이 집안 사람들은 대대로 산을 가까이 해왔

는데 농사철에는 마을에 내려가 일하고 농한기에는 이곳 마이
산을 포함해 운장산과 계룡산 암자에 깃들어 산기도를 하거
나 명상을 하곤 했다. 노동과 수행을 겸하는 가풍이었다. 마이
산에 기도해서 칠순에 늦둥이 금바우를 낳은 아버지 김찬명
은 이 특이한 집안의 문장門長이었다. 금바우에게 할아버지나
다름없는 아버지에게는 팔도에서 찾아드는 손님들이 끊이지
않았는데 전설의 청림도사가 그중 최고령이자 최고수로 꼽혔
다. 청학의 풍모를 하고서 온 산하를 떠돌며 사는 청림도사는
이 정명암에서 겨울을 나곤 했다. 하늘 높이 치솟은 오묘한 바
위산 풍광과 압도적으로 뭉친 정기를 받기 위함이라고 했지만
길손을 불편 없이 만수받이하는 아버지의 인덕 때문이라는 게
집안 형제자매들의 생각이었다.

"어르신, 그럼 정녕 큰 난리라도 난다는 건지요?"

법당 뒤에 달아맨 내실에서 아버지 김찬명이 다관에 송라
차를 우려내며 물었다. 송라松蘿를 솔잎과 석청 꿀에 재워뒀던
거라 방안에 솔향기가 그윽했다. 화로 위 까만 주철주전자에
서는 김이 모락모락 피어났다.

"산 밑에 바람이 드니 도적의 무리가 넘치도다. 진짜 도적들

---

* 소나무겨우살이라고도 한다.

이 담을 넘어와 분탕질을 하는데 가짜 도적 잡는다고 문전옥답을 들쑤시네. 곳간에 쌀벌레가 득실거린다. 바구미는 안 잡고 애꿎은 농사꾼만 족쳐서 생목숨들이 꺾여 나자빠지니 그 참상이 목불인견이라."

청림은 그 상황을 두 눈으로 빤히 보고 있는 것처럼 이르다가 차마 더는 볼 수 없다는 듯 두 눈을 감았다. 치렁치렁한 백발에 기다란 흰 눈썹을 양쪽 귀에 걸었다. 한눈에 봐도 도골선풍의 노익장이었다. 마른 탱자 껍질마냥 잔주름 진 그의 눈꺼풀이 가녀리게 떨렸다. 좀 있다 눈을 뜬 청림은 찻잔을 들어 목을 축였다. 그렇게 말없이 차를 다 마시고 나서 앉은 채로 한참 동안 몸을 좌우로 흔들었다. 그러다가 튕겨나듯 일어섰다. 새처럼 경쾌한 몸짓은 도저히 구십객 노인으로 보이지 않았다. 놀라운 순발력이었다.

"답답한데 좀 춥더라도 한 자락하고 와야 쓰겠네."

노익장의 음색에서 카랑카랑한 쇳소리가 묻어났다.

"선생님, 아직 바람이 찹니다."

아버지가 말렸다.

"비렁뱅이가 이깟 꽃샘추위를 가릴까!"

"비렁뱅이라뇨. 왜 그런 말씀을 하십니까."

듣기 민망해진 아버지가 설핏 웃으며 청림의 두루마기를 챙겼다. 청림 같은 귀인이 그를 찾아와 겨울 한철을 같이 나는 건 가문의 영광이었다. 세속의 명리 따위는 우습게 여기고 뭇 생명과 모듬살이를 중시해온 집안다웠다. 그리 가멸치 못한 산중 살림살이지만 식솔들 배 안 곯리고 찾아드는 길손 대접해 보낼 정도의 가산은 있었다. 예로부터 벼슬에 뜻이 없었으므로 유학만을 고집할 이유가 없었다. 『금강경』도 읽었고 선도수련도 했다. 자연히 교유하는 부류가 다채로웠다.

둘은 두툼한 남색 풍차를 머리에 쓰고 볼끼를 단단히 묶어 턱까지 감싼 다음, 밖으로 나왔다. 뜰 앞 산수유 가지 끝에 노란 등불들이 켜졌다. 반공중에 치솟은 암벽을 할퀴는 바람이 윙윙거리는 벌 나비 소리를 냈다.

"꿈이로다. 꿈이로다. 한바탕 꿈이로다. 꽃망울 터져 한 세상이 봄인 줄 알았더니 이 강산 낙화유수 꿈속의 꿈이로다."

마루에 서서 청림이 흥얼거렸다. 구슬픈 타령조였다. 청림의 시선은 산수유 가지 끝에 걸린 남쪽 하늘을 무무하게 우러렀다. 막 피어난 꽃봉오리를 보고서 비바람에 떨어져 흘러가는 꽃잎을 말하니, 잦아들었다가 다시 일어서는 산울림이 더욱 음산하게 들렸다.

그때 금바우 형제는 집안 일꾼들과 함께 매사냥을 나갔다가 막 돌아오는 중이었다. 정명암 마루 끝에서 삼백여 보 아래 수

111

구막이로 두 필의 말을 탄 일행이 모습을 드러냈다. 어깨에 수진이 참매를 앉힌 큰형 충배는 털옷을 입은 사냥꾼이었다. 금바우는 큰형과 함께 앞쪽 말을 탔고 둘째 형 용배가 탄 말이 뒤따랐다. 큰형은 길들인 매만 부리는 게 아니라 화승총도 메고 있었다. 늦둥이인 금바우는 큰형과 무려 서른두 살이나 나이 차이가 나서 누가 봐도 부자간으로 여겼다. 실제로 금바우는 다섯 살 무렵 때까지 큰형 충배를 아버지라고 불렀고 아버지를 꼬박꼬박 할아범으로 불렀었다.

"백운 성수산 신광재 평원에서 꿩 다섯 마리하고 토끼 두 마리를 잡았네요. 그 넓은 덤불밭이 꿩 천지더구면요"

큰형 충배가 아름드리 청배나무 밑 평상에 사냥물을 수북이 쌓아놓으며 자랑했다. 금바우는 신나서 얼굴 가득 홍조를 띠었다가 죽은 산토끼 눈과 마주치자 이내 씨무룩해졌다.

"우리 개벽장이 금바우 도령은 어찌 그리 쌜쭉하신고?"

청림이 금바우가 쓰고 있던 털모자를 벗겨주며 물었다. 땀에 젖은 이마에서 몽실몽실 김이 피어올랐다.

"아까 산짐승들과 숨바꼭질할 때는 혼이 빠져 달아날 정도로 즐거워하더니, 잡았다가 도로 풀어주지 왜 죽였느냐고 성화네요. 매가 눈을 쪼아 먹어버렸는디 살려준다고 살 수 있간디?"

충배 형이 금바우 볼을 꼬집었다가 문질러주었다.

"봄 짐승은 안 잡는 거라네."

작은 체수의 청림이 우람한 충배 곁을 쌩하니 지나치며 일 렀다.

"아직 알 낳거나 새끼 칠 때가 아니랑게요. 마실 나가시는 길이면 싸게 싸게 댕겨오셔. 저녁에 꿩 만두 잔치할랑게요. 아 무리 고담준론을 즐겨도 이슬 먹고 구름 똥 싸고 살 수야 없지 않것어요. 안 먹으면 죽으니께요."

큰형 충배가 넉살 좋게 받아넘겼다. 형제라도 둘째 용배와 는 딴판이었다. 용배가 문사의 취향을 지닌 이상주의자라면 충배는 틀거지가 실팍한 무골장군이었다. 일찍이 이십대 청년 시절에 운장산 호랑이를 사냥했다는 그였다. 산중 호랑이가 민가에 내려와서 개와 사람을 해치자, 관에서 포상금을 걸었 는데 그걸 혼자서 타 먹어서 근동에 이름을 떨쳤다. 물론 금바 우가 태어나기 훨씬 전 이야기였다.

"우리 개벽장이 금바우 도령은 얼른 씻고 쉬셔."

청림은 평상 옆에 서서 눈물이 그렁그렁한 금바우의 머리를 쓰다듬었다. 금바우는 죽은 짐승의 눈빛을 보면 언제나 눈물 이 맺혔다. 새까맣게 익은 산초 열매처럼 빛나던 광채가 사라 진 짐승의 눈빛엔 깊은 슬픔의 안개가 서렸다. 팔딱팔딱 살려고 태어난 생명의 숨통이 그만 옴짝달싹도 못하고 끊어져버린 걸 생각하면 오목가슴이 쓰라렸다.

"그래, 금바우는 얼른 씻고 옷 갈아입으렴. 고뿔 들릴라."

아버지도 금바우에게 일렀다. 아버지는 막둥이를 그냥 금바우라고 부르는데 청림은 꼬박꼬박 '우리 개벽장이 금바우'로 불렀다. 개벽장이는 청림이 이 땅 아이들에게 으레 붙여주는 말이었다. 자라나는 아이들이 장차 새로운 세상을 열라는 염원이 담겨 있었다.

"오늘은 어디로 가볼까요?"

아버지가 청림에게 여쭸다.

"당연히 고금당으로 갑세나."

"그럼 말 타고 가시지요."

"그 애들도 종일토록 사냥 나갔다 오느라 힘들었을 테니 타박타박 걸어가려네."

"아닙니다. 내리막길이니 말이 힘팽길 것도 없어요. 타고 가시죠."

아버지가 소매를 잡아끌며 강권하자 청림이 마지못해 평상을 딛고 말안장에 올랐다.

"할배, 나도 델꼬 가."

금바우가 청림의 두루마기 자락을 그러쥐며 매달렸다.

"우리 개벽장이 금바우 도령, 온종일 산으로 들녘으로 쏘대다 왔으면서 안 피곤하신가?"

머루 알 같은 아이의 눈동자를 봐버린 청림은 거절하지 못했다. 허드렛일 하던 일꾼 하나가 알아채고 금바우를 번쩍 들어서 청림 앞에 앉혔다. 셋은 두 필의 말에 올라 정명암을 내려가기 시작했다.

"어즈버, 받아먹으며 목숨을 이어가고, 주면서 늙어가는 게 우리네 인생이라는데 이 늙은이는 몸뚱이 하나 건사 못하고 평생을 비렁뱅이로 살았네 그려."

청림이 신세타령을 했다.

"어이쿠, 선생님이 고쳐주신 병자가 얼마나 많고, 건사하시는 도꾼들이 이 강산 골골에 얼마나 많은데 그런 말씀을 하세요."

아버지는 일찍이 청림을 따라 팔도강산을 유람했다. 가까이는 계룡산과 소백산, 금강산과 묘향산, 멀리는 개마고원 삼수갑산과 백두산, 만주 벌판을 함께 누볐다. 그러다 나이 마흔이 다 돼서야 귀향해 가정을 꾸렸다. 아래로 두 띠동갑 색시를 아내로 들였다. 마령댁으로 통하는 어머니 전씨 부인이었다.

"내가 고친 것도 아니고 이 산하 정기 받고 자란 약초가 한 일일세. 팔도강산 도꾼들을 벗 삼은 건 내가 좋아서고."

청림은 늘 이런 마음으로 살았다. 병을 고쳐주고 돈을 받으려 들지 않았고 도꾼들 위에서 고수네 스승입네 군림하지도 않았다. 식솔을 두지 않고 홀로 사는 성자 같은 일생이었다. 그는 종자從子*를 데리고 다니지도 않았고 제자를 따로 두지도 않았다. 그런 상하 관계는 사람이 사람 위에 군림하는 고약한 짓이라고 잘라 말했다. 그래서 공자나 석가, 예수를 그리 높게 보지 않았다. 누구에게나 공평한 하늘을 팔아서 이런저런 교教를 만든 장사꾼으로 봤다. 교주는 편당을 짓게 마련이고 편당을 지으면 적이 생긴다고 했다. 저마다 머리에 이고 있는 푸른 하늘은 언제나 하나로서 말이 없는데 같은 사이비끼리 정통과 이단 다툼을 벌이는 게 종교인들 행태라고 했다. 그러다가 전쟁으로까지 번져온 역사가 세계 종교사라는 거였다.

청림은 설파했다.

같은 하늘, 같은 땅 위에서 동시대를 살아가는 뭇 생명들은 모두 한 가족이다. 스승과 제자는 같은 도를 배우는 동학同學이며, 때 묻지 않은 동심을 지닌 아이나, 그런 아이들 낳고 기르는 아낙네가 바로 하늘이다. 하늘 같은 그들을 잘 모시고 섬겨야 진정으로 태평한 세상이 온다. 어린이와 아낙네를 억압하

---

* 남에게 종속되어 따라다니는 사람.

116

고 지배자가 약자들을 수탈하는 세상은 짐승만도 못한 야만이다. 짐승들에게도 먹이사슬이 있지만 저마다 영역이 있고 생존에 꼭 필요한 것만 취하므로 숲은 늘 평화롭다. 강과 바다도 마찬가지다.

왜 봄이 오지 않느냐고 안달하지 말게나.
어서 꽃이 피어나라고 채근하지도 말게나.
그럴수록 봄은 멀고 말들만 사나워지느니
그대 자신이 한 송이 꽃으로 피어나시게.
저마다 한 송이 꽃이면 온 세상이 꽃동산.
그게 바로 봄이라네, 늘 꽃 피는 봄봄봄.

청림의 노랫가락에 묻혀 전국을 유람하면서 아버지는 보았다. 세상이 잘 다스려지건 혼란스럽건 자연에 파묻혀 양생하는 삶들은 아름다웠다. 누구를 섬긴들 임금이 아니고 누구를 다스린들 백성이 아니랴. 가혹한 정치는 선정을 베풀고 덕화한다는 명분에서 비롯된다. 각종 세금과 진상, 부역이 민초들의 삶을 힘겹게 만들었다. 물산이 풍부한 곳에 사람이 몰려야하는데 도리어 인구가 줄어드는 기현상이 벌어졌다. 그러니 상업이 발달할 리 없고 국부가 쌓일 수 없었다. 혹독한 세금과 진상품, 부역 때문이었다.

　두 필의 말은 즐비한 돌탑이 서 있는 암마이산 골짜기를 지나갔다. 막돌로 둥그렇게 쌓은 원추형 돌탑들과 외줄 돌탑 백여 기가 비밀을 머금은 채 서 있었다. 맨 뒤쪽 원추형 돌탑 한 쌍은 높이가 오십 자나 되었다. 북쪽에서 본 마이산 형상의 축소판으로 부부가 나란히 선 모습이었다. 그 앞에 다섯 기의 작은 오방탑五方塔이 있었다. 이 돌탑들은 마이산의 솟구쳐 떠오르는 기운을 진압하는 액막이였다. 음양오행의 원리와 풍수비보탑裨補塔의 결합이었다. 남녘땅의 용마루 같은 진안고원은 백두대간에서 서쪽으로 가지 친 금남호남정맥을 중심으로 펼쳐진다. 금남호남정맥에 솟구친 마이산은 남으로 호남정맥, 북으로 금남정맥으로 갈리면서 산맥의 흐름이 태극모양을 이룬다. 또한 마이산 두 봉우리 사이 천황문은 금강과 섬진강의 발원지다. 북쪽으로 떨어지는 물은 금강으로 흘러가고 남쪽으로 떨어지는 물은 섬진강으로 흘러갔다. 그리하여 거대한 산태극山太極 수태극水太極 형국이다. 그 태극의 중심점, 지리적 배꼽이 바로 마이산이었다. 그런데 그 배꼽이 하늘로 치솟아 올라가는 기운을 품고 있었다.

　그 기운을 눌러야만 삼한강토가 편안해진다는 설은 멀리 통일신라 때부터 비롯되었다. 경덕왕 때 진안鎭安이라고 지명을 바꿨다. 진압해서 편안하게 된 땅이라는 의미였다. 이름만 바꾸어서 될 일이 아니었다. 고원의 중심에서 솟구치는 영산 마이산의 은밀한 곳에 액막이 탑을 세웠다. 백제로부터 복속시킨 땅이므로 지세를 누르는 일은 더 절실했다. 역사들을 동원해 거대한 돌탑을 쌓았다. 그보다 백여 년 전에 세운 신라 황룡사 구층탑이 주변국 일본과 당, 오월, 탐라, 백제, 말갈, 거란, 여진, 예맥 등 아홉 개 나라를 누르고 그 중심에 우뚝 서기를 바라는 염원을 담고 있는 것과 같은 맥락이었다.

처음에 쌓았던 거대한 돌탑은 비바람 긴 세월에 무너지고 사람들의 기억에서 멀어져갔다. 그러다가 왕조가 거듭 바뀌고 이전과 다른 꿈을 지닌 이들이 나타나 새판을 짰다. 그들은 무너진 자연석들을 활용해 전과 다른 형식의 돌탑들을 앉혔다.

청림이 이곳 마이산에 첫발을 들여놓은 때가 순조 때니까 어언 칠십 년이나 되었다. 그때나 지금이나 이 탑들을 볼 때면 천상의 자미원紫微垣* 별무리가 떠올랐다. 청림은 이른바 영대가 높고 밝은 사람이었다. 나옹대사 같은 신인神人에게 보고 배

---

* 태미원太微垣, 천시원天市垣과 더불어 삼원三垣이라고 부르며, 별자리를 천자天子의 자리에 비유한 것이다.

운 내력이 깊었고 스스로 깨달아 알아낸 묘리가 있었다.

자미원은 하늘나라 임금이 거처하는 북극의 중심에 있다. 이 하늘 궁전은 북극성을 중심으로 백칠십여 개의 별들로 이루어졌는데 이를 축약해 탑으로 재현해놓은 것이 마이산 돌탑 무리였다. 하늘 궁전의 중심 별무리가 지상에 비치는 걸 표현한 것이다. 왼쪽 암마이산 산자락선과 오른쪽 계곡선은 자미원을 두르고 있는 별에 해당했다. 지세를 활용해 굳이 탑으로 쌓지 않은 것이다. 절묘한 배치가 아닐 수 없었다. 하늘 궁전의 별들이 지상에 조림했다면 이 땅이 바로 황제의 나라가 된다. 이 거대한 암벽 틈새 골짜기에 숨겨둔 놀라운 비밀 표지標識다.

예전에는 이 돌탑 골짜기가 울창한 숲과 덩굴로 뒤덮였었다. 대낮에도 북두칠성이 보인다는 말이 나돌 정도로 으슥해서 인적이 끊겼다. 탑들도 무너진 것들이 많았고 음습한 틈새마다 뱀들이 득실거렸다.

청림이 이곳에 처음 다다른 때는 장마철이었다. 연일 내리던 비가 모처럼 개고 볕이 나자, 고금당 바위 동굴에서 수련하던 동료들 넷이 암마이산에 올라보자고 했다. 짚신에 삼실 들메끈을 단단히 묶고 가파른 암마이산에 올랐다. 어마어마한 크기의 암반인 마이산은 그 재질이 아주 특이했다. 흔한 화강암이 아니라 역암이었다. 자갈과 모래를 회로 버무려 구워놓은 것처럼 생긴 바위산이었다. 바위틈에 뿌리를 내리고 돋아난 잡목과 풀뿌리를 붙들고 매달리며 가까스로 산을 탔다. 미끄러지면 아찔한 천 길 낭떠러지로 굴러떨어져 곤죽이 되고 말 험로였다. 마치 거대한 용의 뿔을 타고 기어오르는 것 같았다. 두어 식경 땀을 쏟으며 매달린 끝에 산마루가 나타났다. 억새풀이 바람에 누웠다 일어서는 암마이산 산마루는 비좁았지만 사방이 질펀하게 열렸다.

멀리 높은 산들로 분지를 이룬 고지대 평원의 중심에 우뚝 솟구친 마이산은 과연 산태극 수태극의 중앙혈이었다. 마이산 부부봉은 그리 높지 않은 산이건만 빙 두른 드높은 산들이 배알하는 형국이었다. 만조백관의 조회를 받는 제왕의 모습 그대로였다. 북쪽 진안의 진산 부귀산은 사자가 하늘을 향해 울부짖는 형국이었다. 부당한 힘에 꺾이지 않는 이 고을 사람들의 높은 기상이 그대로 드러났다. 그 너머로 아홉 마리의 봉황이 날아가는 형국의 구봉산과 운장산이 있었다. 동으로 덕유산 향적봉, 남덕유산, 적상산이 지척이고 남으로 성수산, 덕태산, 선각산이 손에 잡힐 듯했다. 서로는 모악산과 내장산은 물론 호남평야 넘어 군산 앞바다까지 희미하게 비쳤다. 위험을 무릅쓰고 아슬아슬하게 올라와 호연지기를 기를 만한 조망이었다. 빼어난 풍광 앞에 학춤을 추는 이, 소리를 하는 이도 있었다. 지상에 내려온 신선들이 따로 없었다.

비경을 품은 산은 변덕이 있다던가. 서쪽 멀리 모악산 정상에 핀 뽀얀 바람꽃이 검은 매지구름으로 변하더니 삽시에 먹장구름으로 돌변해 밀려오기 시작했다. 한나절이나 해맑던 일기가 갑자기 사나워졌다. 일행은 서둘러 하산했다. 미끄러운 바위산을 내려오는 일은 오를 때보다 훨씬 더 위험했다. 바윗부리와 나무뿌리 풀뿌리를 딛고 내려오는데 먹장구름이 휙휙 소리를 내며 달려들었다. 그 질펀하게 조망되던 세상이 삽시에 어두컴컴해지면서 아무것도 안 보였다. 그만 공중에 갇혀버린 것만 같았다. 그렇잖아도 희미한 벼랑길이 먹장구름 때문에 잘 보이지가 않았다. 뒷목이 쭈뼛했다. 내려갈 수도 올라갈 수도 없는 상황이었다. 좌도 수련을 하는 이가 앞에서 길을 터나갔다. 먹장구름 속에서 일행은 더듬더듬 발을 내디뎠다. 그때 머리 위에서 천둥이 울고 벼락이 쳤다. 검은 하늘이 샛노랗게 금이 가며 쩍쩍 갈라지더니 폭우가 쏟아졌다. 숫제 동이로 들이붓는 것 같은 무서운 작달비였다. 가파른 바위 벼랑길이 물길로 돌변했다. 콸콸 쏟아져 내리는 물길 속으로 발밑에서 떨어져 나간 흙덩이와 자갈들이 휩쓸려 내려갔다. 일행을 싸잡아 빨아들일 기세였다. 다리가 후들후들 떨렸다. 뿔처럼 밋밋한 바위산이라 튼실하게 뿌리내린 나무 한 그루가 없었다. 비를 피할 장소도 없었다. 그저 잡목 뿌리를 부여잡고 벼랑에 엉겨 붙어서 버티든지, 위험을 무릅쓰고 한 발이라도 더 내려가든지 선택해야 했다. 버틴다고 쉽게 그칠 비가 아니었다. 체온이 떨어지면 여름비에 오들오들 떨다 죽을 수도 있었다. 앉아 죽을 수는 없다고 결론짓고 하산을 강행했다.

어어, 산이 흔들려. 산이 꿈틀거린다고.

누군가가 외쳤다. 그 말을 듣고 보니 정말 산이 꿈틀거렸다. 엉겨 붙어 있는 인간 족속들을 탈탈 털어내버리려는 듯 요동쳤다. 폭우와 짙은 물보라로 인한 착시인지도 몰랐다. 현기증이 났다. 나무뿌리를 붙잡고 버티다가 뒷걸음질로 내려가기로 했다. 손톱이 까지고 발목이 뒤틀리고 옷이 찢겼다. 짚신이 벗겨져 달아나서 맨발이 된 이도 있었다. 그래도 낙상사고는 없었다. 높은 산에서 수련하며 사는 젊은이들이라서 체력과 집중력이 강한 덕분이었다.

그들은 양 봉우리 사이 천황문에 다다랐다. 폭우는 전혀 그칠 기미가 없었다. 반대편 수마이산에 석굴이 있었다. 화엄굴이었다. 폭우가 누그러질 때까지 그 굴속에 찾아들어가 숨을 돌리기로 했다. 그런데 굴이 보이지 않았다. 분명 전에 있었던 굴이었다. 석간수가 고여 그 물을 마시고 기도하면 아이 못 낳던 여인이 수태한다는 그 샘을 품은 굴을 찾을 수가 없었다. 귀신이 곡할 노릇이었다.

꿈틀거린 산이 굴을 감춰버렸군. 마이산 산신이 어서 싸게 싸게 내려가라고.

누군가 신들린 음성으로 두런댔다. 그랬는지도 몰랐다. 일행은 오들오들 떨며 두 봉우리 사이를 기다시피 내려왔다. 탑 골 바로 못 미쳐서 거짓말처럼 비가 그치고 볕이 났다. 바위산에서 진한 비린내가 풍겼다. 모퉁이를 돌아서자마자 탄성이 터졌다. 눈앞에 장엄한 폭포가 나타났던 것이다. 깎아지른 암마이산 암벽 위에서 폭우로 고였던 물이 쏟아지면서 만들어 낸 웅장한 폭포였다. 폭포 허리로 쌍무지개가 떴다. 넷은 그만 그 자리에 서서 두 손을 모았다. 폭포는 급격히 세력이 약해지더니 언제 그랬냐는 듯 홀연히 사라져버리는 것이었다. 무지개도 지워졌다. 무너진 돌탑들만 우거진 등나무 덤불 속에 가무려져 있었다.

이 마이산은 살아 꿈틀대는 용마龍馬로구나.

일찍이 이곳에 돌탑을 일으켜 세웠던 이들은 그 꿈틀거림을 보았던 것이로구나.

청림은 그때 마음먹었다. 언젠가 여력이 생기면 저 덩굴 숲에 버려진 돌탑들을 복원하리라고. 혼자서 할 수 없으면 금당 사 스님들과 울력으로 하겠노라고.

그러나 세상일이라는 게 먹고사는 데 치여, 절박하지 않은 일은 늘 뒷전에 밀리기 마련이었다. 바람 따라 떠도는 몸이라서 더 그랬다.

"언제고 저 탑들을 일으켜 세우는 일을 해야 하는데 말일세."

군데군데 무너져 내린 탑 무리를 뒤로 하고 내려가며 청림이 일렀다.

"저 탑들은 사사로이 손댈 만한 것이 아닙니다. 마이산의 뜨는 지세를 진압한 탑이자, 조선왕조 창업과 수성의 비밀이 담겼으니 군왕이 나서야 옳습니다."

아버지 김찬명은 언제나 말이 무겁고 신중한 성품이었다.

"지금 군왕과 왕비가 그럴 경황이 있겠는가. 빌어서 복을 받는다고 하면 금강산 일만이천봉마다 쌀 한 섬씩 바칠 여력은 있어도, 이 산골에 버려진 저 왕조의 탑들을 돌볼 여유가 없지. 구비기인苟非其人이면 도불허행道不虛行이라. 진실로 그 사람이 아니면 도는 허허로이 이루어지지 않으니. 자칫 삿된 자를 만나 엉뚱하게 변질될까 그것이 두렵구려. 그렇게 되면 좀처럼 되돌릴 수 없게 되는데……"

이들 셋은 금당사를 지나쳐 고금당으로 향했다.

2

마이산 둘레 마을 촌장들이 동헌 마당에 모였다. 서로 기별하여 만난 단양리, 반월리, 가림리, 동촌리, 연장리 촌장들이 다 같이 현감에게 마이산 울음에 대해 청원하기로 한 것이다.

"마이산 같은 천하 명산에 고을 현감이 산신제를 통 안 지내니 사달이 난 거요. 옛날에는 임금님도 지낸 적이 있는 마이산 산신제고, 역대 현감이 쭈욱 지내와서 거 뭣이냐, 궐사闕祀하는 예가 없었거늘 대관절 안 지내는 이유가 뭐요? 작년 가실에 못 지냈으면 지난 대보름날엔 꼭 지냈어야 했소이다."

아전을 지낸 단양리 촌장이 현감 황연수 앞에서 노골적으로 따지고 들었다.

"촌장 어르신, 그렇잖아도 이미 구실아치*를 보내 알아봤지요. 여기서는 잠잠한데 마이산 가까운 동네는 소리가 제법 클 때도 있다는 민원이 들어와서요."

새파랗게 젊은 현감이 살갑게 나왔다. 그렇지만 산신제 빼먹은 사유는 은근슬쩍 넘겨버렸다. 그는 작년 가을에 부임한 서울내기였다. 젊기로는 역대 현감 가운데 첫째로 꼽혔는데

---

* 각 관아의 벼슬아치 밑에서 일을 보던 사람.

마냥 물색 모르는 날것은 아니었다. 시골 늙다리들 다루는 재주가 예사롭지 않았다. 아전붙이는 품계도 없는 중인이었지만 고을 토호라서 현감이라도 쉬이 무시하지 못했다. 더구나 이 고을 토호들의 기세가 워낙 세서 한번 밉보였다가는 임기 내내 고달팠다. 성가시게 구는 정도가 아니라 작당하여 몰아내는 수도 있었다. 그나마 임기도 못 마치고 내쫓겨가면 식솔들 모두가 굶어 죽어야 했다. 그가 전라도의 강원도 같은 이 첩첩 산중으로 부임해 올 때, 평생 도성의 사대문 밖을 벗어난 적이 없는 식솔들은 유배 가는 거나 다름없다면서 아무도 따라나서려 들지 않았다. 세상이 바뀌었는데 서울양반은 장사도 노동도 할 줄 몰랐다. 아니, 그런 건 양반이 해서는 안 되는 걸로 알고 있었다. 오직 할 줄 아는 거라고는 하릴없이 놀고먹는 무위도식이었다. 그런 그들을 먹여 살리려고 할 수 없이 홀로 내려와야 했다.

"그래서 원인을 뭣으로 파악했간디요?"

"산울림은 바람소리로 밝혀졌고요. 거기에 작은 지진까지 겹쳤던가 봅니다. 강도 높은 지진은 아니고 땅이 조금 울리다 말았던 것으로 파악됐습니다. 올해 봄바람이 유난히 요란해 마이산 산울림이 좀 크기로서니 산신제까지 들먹일 건 아니라고 봅니다. 사흘 가는 소나기 없다고 곧 잦아들 겁니다."

걱정이 태산인 촌장들과는 달리 현감 황연수는 전혀 심각하게 여기지 않고 있었다.

"어째 말씀하시는 투가 여영 아닌디. 발씨 오늘이 사흘짼디 숫제 강 건너 불구경하듯 하시는고만잉. 우리덜한티 마이산이 얼매나 중한지 알기나 하오? 마이산은 우리덜 심령의 지주이자 버팀목이랑게요. 사시사철 우러르며 살아온 저 마이산에 빌면 안 풀리는 게 없는 그런 영험한 산이란 말이지."

듣고 있던 다른 촌장이 초를 쳤다. 젊은 현감 황연수는 좀 뜬금없었다. 이 고을 사람들이 마이산에 대한 자긍심이 크다는 건 익히 들어 알고 있었지만 이건 너무 심했다. 아무리 그 모양이 기이하다기로서니 산에 빌어서 일이 풀릴 것 같으면 그부터 진작 달려와 빌었다. 서울서 가까운 경기도 군수 자리나 내달라고. 아니, 꼭 전라도라면 김제나 고부, 부안군수를 내달라고. 하지만 그 알토란 같은 자리들은 뇌물 많이 갖다 바친 족속들 차지라서 꿈도 못 꿨고, 돈 없고 배경 없는 그는 이 산비탈로 내밀려야 했다.

"영산 맞다마다요. 오늘 하루 더 기다려보고 내일도 여전하면 그때 어떤 조치든 내리겠으니 그만들 돌아가 기다려보십시다."

"내일도 안 그치면 어쩔 요량이오?"

"그건 내일 일이니 내일 일은 내일 가서……."

"어허, 참으로 무책임하오. 특별히 영험한 고을에 부임해왔으면 혼이 깃든 터가 어디어디고, 그 터의 터줏대감을 대대로 어찌 기려왔는지 정도는 파악해뒀어야 옳았소. 그래서 정성을 다해 챙겼다면 이런 사달이 났겠소이까? 이제라도 챙기시오."

이번에는 마령 동촌리 촌장이 꾸짖으며 강권하고 나왔다. 그는 서당 훈장을 겸하고 있어서 가르치는 학동이 백 명이 넘는 교육가이기도 했다. 삼부제 수업으로 나눠도 앉을 자리가 부족하다는 명사였다. 법률에도 밝아 마령 사람들의 대서 역할까지 했다. 무시할 수 없는 지역 유지였다.

"하면, 이 봄에 생뚱맞게 산신제를 올리라는 말씀이십니까?"

"궐사한 걸 벌충하는 일인데 언제고 올려서 나쁠 게 뭐가 있겠소? 더구나 이처럼 사달이 난 판국에 을축갑자 짚어가며 날짜 가리게 생겼소이까?"

"터무니없는 짓입니다."

현감은 받아들일 수 없었다. 제물포를 개항하면서 서양의 신문물과 신학문이 물밀듯이 들어왔다. 세상이 바뀐 것이다. 아무리 지방 풍속을 따라야 하는 현감이지만 배재학당에서 신학문을 배운 젊은 관리가 호랑이 담배 먹던 시절의 의례를, 그것도 시도 때도 없이 임시방편으로 거행할 수는 없었다. 그것은 신념의 문제라기보다 과학의 문제였다.

"터무니없는 건 현감 영감이올시다. 마이산은 우리 고장의 터줏대감이오. 그런 마이산을 홀대하는 건 신령한 터의 무늬를 지우는 짓이고 그건 곧 우리네 정서를 무참히 짓밟는 짓이오. 그러니 터무니없는 건 현감이지 우리가 아니오."

존조리 당부하던 동촌리 촌장이 날카롭게 반론을 펼치자 현감 황연수는 내심 뜨끔했다. 터무니없다는 말의 의미를 제대로 이해하는 순간이기도 했다. 고을마다 터줏대감이 있었다. 혼이 깃든 그 터의 무늬는 단순한 형상만이 아니었다. 집단적 기억을 지닌 장소로 주민들의 정서적 구심점이었다. 설령 신앙이 다를지라도 그건 존중해줘야 서로 부딪치지 않았다. 이단을 공격하지 않는 건 이 땅 사람들의 오랜 관습이었다. 일찍이 풍류의 전통에 유교와 불교를 받아들였고 근래에는 서학까지 받아들였다. 처음에는 순교자도 나왔지만 이내 잘 섞여서 한 살림을 꾸려가고 있었다.

"가만히 듣고 있어 봉게로 현감 영감님은 천주학쟁이 같소잉. 뭣 할라고 내일까지 기다려본다는 것여. 당장 대책을 세우면 될 일을! 영산에 산신제 올리는 일이 그렇게 껄쩍지근하오?"

현감이 뭐라고 변명거리를 찾을 새도 없이 성질이 불 같은 촌장 하나가 따지고 들었다. 젊은 현감은 언짢았다. 천주교 신자면 어떤가. 국법으로 승인한 지 오래였다. 더운밥 먹고 식은 소리 그만하라는 말이 맴돌았지만 애써 참았다. 이 문명한 세상에 변화무쌍한 자연현상을 산신제로 다스리라니. 그런 허깨비놀음이나 하자고 부임한 게 아니었다. 바다에 군함이 뜨고 들판에 철마가 달리는 시절에 아직까지도 미망에서 깨어나지 못하는 시골 무지렁이들이 답답했다. 그건 이런 궁벽한 시골 고라리들뿐만이 아니었다. 서울깍쟁이들도 크게 다르지 않았다. 눈부신 서양 과학을 발 벗고 쫓아가도 못 따라 갈 판에 양놈 왜놈 되놈 가리며 욕하고 배척할 생각만 하지 도무지 배우려고 들지 않았다. 그럴수록 뒤처져 끝내는 망하고 말 거라는 게 젊은 현감 황연수의 정세판단이었다. 세상이 변했는데 그에 적응하지 못하면 도태된다. 관습에 얽매여 옛것만 붙들고 있다가 언제 망하는지도 모르고 거덜나버린다. 지금 이 나라 꼴이 그랬다. 더 늦기 전에 뼛속까지 바꿔서라도 우선 살아남고 봐야 하는 것 아닌가.

"고을 현감이 시속에 따르는 게 뭐가 꺼림칙하겠습니까? 처리해야 할 공무가 밀렸으니 오늘은 그만 돌아들 가시지요. 내일 아침나절에 다시 만나 대책을 강구하기로 하십시다."

현감이 이렇게 나오는데 더 뻗대고 있을 수도 없었다. 화가 가라앉지 않은 촌장들은 장터 욕쟁이 노파 순댓국집에 모여서 막걸리 사발로 열불을 식혔다. 안주는 늘 흑돼지 피순대였다. 그들은 경우 빠진 현감을 떠올리며 구린내 나는 피순대를 짜디짠 새우젓에 찍어 우걱우걱 씹어댔다.

바다가 먼 이 천엽千葉 속 같은 산골까지 해산물이 올라오려면 왕소금을 잔뜩 집어먹어야만 했다. 어쩌다 장날에 고등어나 갈치라도 한 손 구해서 맛보는 날에는 밤새 찬물을 켜야 했다. 온 동네에 비린내를 진동시켜 배고픈 사람들 횟배만 앓게 했지 도무지 먹잘 것이 없었다. 그것도 겨울철 얘기지, 한여름철에는 젓갈이나 다름없이 흐물흐물 물러 터져서 굽고 보면 대가리와 꼬랑지만 남아 있기 예사였다. 뭐니 뭐니 해도 사철 변함없는 안줏거리는 흑돼지가 최고였다. 얼큰한 국밥도 좋고 머릿고기나 피순대 한 접시면 그만이었다. 이빨 없는 상노인들에게는 입에 살살 녹는 애저찜이 좋았다.

촌장들은 배가 든든해져서 국밥집을 나왔다. 그들은 하룻밤 눈 붙였다가 다시 모이기로 하고 흩어졌다. 다들 속으로는 현감 너 내일 아침 두고 보자, 하루아침에 용뺴는 재주가 있을 턱 없지, 하는 심보들이었다.

공무가 밀렸다던 현감은 답답하고 고집 센 촌장들이 돌아가

자마자 구실아치를 대동하고 어은동魚隱洞 계곡으로 말을 몰았다. 물고기가 숨어들었다는 그 골짜기는 천주교인들의 신앙촌이었다. 모진 박해를 피해 이 깊은 산골에 숨어들어온 교인들은 화전을 일구고 옹기를 구워 팔며 살았다. 신앙촌의 중심에 아담한 성당이 있었다. 주임신부가 상주하지 않는 공소였다. 오늘 저녁은 대전에서 프랑스인 신부가 와서 미사를 집전하는 날이었다. 그와 만나 문명한 넓은 세상 이야기라도 들어야 답답한 속이 풀릴 것 같았다. 안 그러면 우울증에 걸려 미쳐버릴 지경이었다.

현감은 마이산을 돌아보았다. 동쪽에서는 수마이봉만 보였는데 꼭 빳빳하게 선 남근 모양이었다. 두 개의 불알까지 영락없었다. 부부봉 가운데 아빠봉다웠다. 그런데 망측하거나 요망하다는 느낌은 들지 않았다. 오히려 신성한 기운이 감돌았다. 이 고을에는 아이 못 낳는 여인들이 마이산에 빌어서 아들을 낳았다는 사례가 넘쳐났다. 형상만으로도 충분히 그럴 듯했다. 북쪽에서 보면 풍만한 여인이 아이를 낳기 위해 양쪽 허벅지를 벌리고 누워 있는 모습처럼 보였다. 가운데 천왕문 숲은 풍성한 거웃 그대로였다. 누가 말귀를 떠올리는가. 여인의 허벅지나 젖무덤을 먼저 떠올리게 되어 있었다. 같은 바위산을 두고 보는 방향에 따라 여체도 되고 남근도 되는 이 오묘함이라니. 영산 마이산의 온갖 조홧속은 이런 기이한 형상에서 비롯됐다.

현감은 남근으로 보이는 동쪽 마이산을 보며 지난번에 신부가 보여준 엽서 속의 에펠탑을 떠올렸다. 몇 년 전 프랑스혁명 백 주년을 기념해서 파리 만국박람회장에 세웠다는 철탑인데 높이가 무려 천 자가 넘었다. 프랑스인들은 길이 단위로 미터를 썼는데 삼백이십 미터라고 했다. 저 마이산과 맞먹는 높이쯤이 아닌가 싶었다. 철탑을 산 높이만큼이나 세우다니 놀라운 문명세계였다. 더구나 꼭대기 전망대까지 승강기를 타고 오르내린다고 했다. 수레에 가만히 서 있으면 승강기라는 기계가 알아서 올려주고 내려준다는 거였다. 세계 각국에서 수많은 관광객이 몰려들어 탑승한다니 마이산 같은 자연조화의 신비를 인공기술의 위용이 제압하는 꼴이었다. 이렇듯 세상은 발 빠르게 변하고 있었다.

3

마이산 서쪽 고금당 바위 동굴은 고래의 배 속 같았다.

바위 벼랑길이 끝난 자리에서 사다리를 타고 밑으로 내려가면 일고여덟 평 넓이의 기다란 동굴이 있었다. 흡사 개미집처럼 아래로도 깊숙한 동굴 입구 쪽에 작은 방 하나를 들였고 나머지를 법당으로 꾸렸다. 꾸렸다기보다 불상 몇 개 올려놓은 게 전부였다. 동굴 속의 이층집 구조로 아래층은 살림 공간, 위층은 수행 공간이었다. 일찍이 나옹대사가 수도했던 혈사六寺로 기도발이 센 명소였다.

나이든 뚱보 만신 하나가 상주하는 이 동굴에서 백 일 동안 지성으로 기도하면 대부분 소원을 성취했다. 아들도 낳고 불치병도 고쳤다. 단 하나의 조건은 비린 것을 일절 먹지 않고 오직 채식만 해야 했다. 단군고사의 곰과 호랑이처럼 굳이 쑥과 마늘*만 먹을 필요도 없었다. 밥과 채소, 과일을 다 먹고도 비린 것만 먹지 않으면 되니 훨씬 쉬웠다. 그런데도 완전 채식으로 백 일을 온전히 채우는 이가 많지 않았다. 참선 수도나 경전 공부도 마찬가지였다. 제대로 지키며 공부하면 누구나 한 소

---

* 달래라는 설도 있음.

식을 들고 나가는 기적의 동굴이었다. 금바우 모친 전씨 부인도 여기서 기도하고 나이 쉰 살에 금바우를 낳았다. 위로 육남매를 뒀고 그것으로 생산이 끝난 걸로 여겼는데 바위동굴 기도 후, 회춘이 되면서 늦둥이를 보게 되었다. 손자들보다 어린 아들을 봐서 망측할 법도 하련만 모두가 마이산이 태워준 복덩이로 여겼다.

정말 이 동굴에서 백일기도하면 소원이 이루어질까?

그렇게 의심하고 시험 삼아 기도한 이가 있었다. 돈은 좀 있는 졸부였는데 인덕이 부족해 늘 송사에 시달리던 사람이었다. 성격도 신경질적이고 건강도 좋지 않았다. 의심으로 시작한 기도를 오기와 깡으로 버텨내 마침내 백일기도를 마쳤다. 그사이 얼굴빛이 변하고 목소리가 달라졌다. 하산하여 사람들을 만났는데 보는 이마다 신수가 훤해졌다며 곰살갑게 대하는 것이었다. 건강도 좋아졌고 돈도 더 벌었다. 얼굴이 바뀌자 운명도 바뀐 것이다.

젊었을 적 청림이 도반들과 함께 수행한 동굴도 바로 이곳이었다. 근처의 크고 작은 동굴 가운데는 신라 원효대사가 수행한 동굴도 있었다. 아까부터 청림과 금바우 부자는 동굴 속에서 명상기도에 들어갔다. 이곳에서도 산울음소리가 희미하게 들렸다. 흡사 깊은 바닷속 고래가 우는 소리처럼 들렸다.

어머니 마령댁은 여느 농한기 때처럼 언년이 아짐의 시봉을 받으며 머물고 있었다. 언년이 아짐은 마령댁이 친정집에서 운장산 밑 김찬명에게 시집올 때 데리고 온 몸종이었다. 이미 신분해방이 되어 자유의 몸이었지만 그녀는 주인 곁을 떠나지 않았다. 한번 마님은 영원한 마님이라는 듯 마을에서 농사지을 때도 지금처럼 마이산에 기도하러 올 때도 그림자처럼 따랐다.

마령댁은 잠잘 때 빼고는 도무지 손에서 일거리가 떨어지지 않는 바지런을 떨었다. 농한기라 이곳 고금당에 기도를 와서도 틈틈이 물레질을 하고 있었다. 농사철에는 손에 물이 마를 날 없었고 발은 흙투성이였다. 아들과 며느리들이 말렸지만 촌에서 큰살림을 꾸려나가자면 도리가 없다며 일거리에서 손을 떼지 않았다.

"산골에서는 소같이 일하고 쥐같이 먹고 써야 큰살림이 견뎌내는 법이란다."

그녀는 게으른 며느리들과 청지기에게 입버릇처럼 되뇌었다.

마령댁이 청림과 금바우 부자를 따라나섰다. 고금당 동굴 위로 거대한 바위가 지붕처럼 뒤덮여 있었다. 그 꼭대기가 금당대였다. 이들 넷은 산죽 밭을 돌아서 금당대에 올랐다. 널찍

한 금당대는 전망이 빼어났다. 멀리 동쪽으로 마이산 암마이봉이 보였다. 수마이봉은 암마이봉에 가려서 보이지 않았다. 암마이봉은 막 피어오른 연꽃봉오리인 듯, 혹은 뽀얀 천도복숭아인 듯 솟구쳤고 오른쪽으로 성수산과 덕태산, 선각산 연봉이 병풍처럼 둘러쳐 있었다. 금당대 반석 위에 앉으면 그 장엄하고 수려한 산세를 한 호흡에 거느리는 느낌이었다. 가슴이 뚫리고 영대가 열렸다. 신심 있는 이는 저절로 두 손이 모아지고 머리가 조아려졌다. 수행자에게는 천하명당이 아닐 수 없었다.

이들은 반석 위에 앉아서 호흡을 골랐다. 그런 다음 청림의 청아한 음영을 따라 길게 반복해서 소리를 뽑아냈다.

음—.

아—.

어—.

이—.

우—.

청림의 소리는 그 자체로 선禪이었다. 소리선은 단군 때부터 내려온 수행법이라고 했다. 그의 소리선이 물결처럼 출렁인다. 금바우는 안다. 그가 일러주지 않았지만 본능적으로 안다. 지금 그의 소리는 마이산과 성수산, 덕태산, 선각산 산줄기가 푸

른 하늘과 맞닿아 이루는 선을 따라 흘러가고 있음을. 그는 그
렇게 산들과 숨결을 나눈다. 그리고 마침내 하나가 된다. 차츰
차츰 소리가 빨라진다. 흥이 일어난다. 몸을 일으킨다. 춤추고
뛰기 시작했다. 이른바 영가무도詠歌舞蹈다. 음, 아, 어, 이, 우는
전통 오음계인 궁, 상, 각, 치, 우에 해당하는데 각각 비장, 폐,
간, 심장, 신장을 강하게 하는 소리라고 여겨왔다. 오장을 튼튼
하게 하는 소리 수행법에 춤을 곁들인 특이한 동작이었다.

하늘바라기 하던 딸기 꽃이 미풍에 살랑거리듯, 물고기가
헤엄치듯 유연했다. 어느덧 아기사슴과 기린이 뛰고 곰이 가
슴을 두드리는 것처럼 하더니 새가 둥지를 차고 가뿐히 날아
가는 동작으로 발전했다. 더 신명이 나자 막춤에 가까운 율동
으로 변했다. 무아지경의 춤사위였다. 우아한 학춤이나 도살풀
이, 힘찬 태껸 동작이 아니었다. 팡팡 뛰면서 땅을 차고 오르는
도약은 두 자 높이나 되었다. 남녀노소 네 사람의 신명난 춤은
노래와 호흡을 번갈아가며 이어졌다. 몸속의 탁한 기운이 말
끔히 빠져나가고 그 자리에 맑은 정기가 들어와 쌓였다. 그사
이 이마에 송알송알 땀이 맺혔다.

어느새 석양이 지고 있었다. 구름이 오색으로 물든 채운彩雲
이었다. 그 채운은 춤에 빠져든 네 사람을 비추고 멀리 동쪽으
로 차츰차츰 뻗어 올라가 오 리쯤 떨어진 암마이봉에 집중했

다. 봉두봉 너머로 돌올하게 솟구친 암마이봉 암벽이 황금빛으로 물들기 시작했다. 마이산은 어느새 황금산으로 변신하고 있었다. 눈부신 금산이었다.

한바탕 춤추기를 마친 네 사람은 금산을 향해 두 손을 모으고 머리를 조아렸다. 거룩한 장엄경 앞에 저절로 우러난 경배였다. 산 아래 금당사 범종소리가 울렸다. 종소리가 멎을 무렵 금산이 거머무트름하게 바뀌고 배경 하늘이 분홍과 노란빛으로 물들었다. 넷은 그 황홀한 빛을 빨아들이며 호흡했다. 그사이 하늘은 검푸르게 변했고 28수 별자리 가운데 하나인 묘수 좀생이별이 돋아났다. 오리온자리도 보였다. 28수로는 자수와 삼수, 정수 별자리였다. 넷은 서둘러 금당대를 내려갔다.

"마나님께서 이렇게 수시로 백일기도를 지극정성으로 올리시니 자손들이 번창합니다 그려. 난세에는 높은 벼슬도 돈벌이도 가당찮고 그저 자손번창하고 화목한 게 제일이지요."

청림이 고금당 바위 동굴 입구에서 금바우 모친에게 덕담했다. 방금 같이 춤을 추었던 노모는 잘배자를 걸치고 아얌을 썼다. 시골아낙이지만 귀티가 났다.

"뭐, 복 짓는 게 따로 있나요. 그저 어쩌든지 제 마음 맑히는 거지요. 어르신, 날이 저무네요. 어여들 서둘러 내려가시지요."

곧 환갑이 돌아오는 마령댁이 배웅했다.

"우리 개벽장이는 여기서 어머니와 같이 자고 내일 볼까?"

청림이 금바우를 떼놓고 갈 요량으로 말했다. 금바우는 펄쩍 뛰었다.

"기도는 절실해야 통하는 법, 소자가 곁에 있으면 이미 구족한 것이 되는데 무슨 영험이 미치겠습니까? 안 그런가요, 어머니?"

어른들은 서로 마주보기만 할 뿐 할 말을 잃었다.

"뭐해, 할배! 얼른 내려가지 않구."

금바우는 굴렁쇠 굴러가듯 바위 비탈길을 통통 뛰어 내려갔다. 두 필의 말은 반 마장 아래 비탈길 초입에 매여 있었다. 거기까지 내리 줄달음질쳤다.

"우리 앞에 온 저 귀한 아이를 잘 키워내야 합니다. 아무리 봐도 저 아인 나옹대사나 무학대사의 현신 같구려. 마이산 금산에 빌어서 저 늦둥이를 생산한 분은 마나님이시지만 끝내 마나님 자식으로 남지 않을 인물. 김씨 성을 가졌다고 김씨 문중 사람도 아닙니다. 내 진작부터 우리 개벽장이 금바우 도령으로 불러오는 데는 다 까닭이 있지요."

"언젠가는 출가를 시켜야 하는지요?"

어머니가 각오한 사람처럼 담담히 물었다.

"금바우 도령은 스님 될 팔자가 아닙니다. 허나 천성이 순양

체純陽體에 가까워 혼례를 올리거나 식솔을 거느리려 들지는 않을 겁니다."

"청림 선생님처럼 허허롭게 한세상 사는 것도 복입니다."

아버지는 담담했다.

"그저 명줄만 길면 더 바랄 게 없답니다. 그래서 말씀인데 떠나실 때 우리 금바우를 데리고 가시면 어떨지요."

어머니는 애지중지 키워온 늦둥이를 떠나보낼 생각이었다.

"이 빼어난 명산을 두고 어디로 데려가오리까? 더구나 황천으로 돌아갈 날을 받아놓은 늙은이 따라가서 뭘 더 배우려고요. 마이산이 낳은 자식, 마이산에 맡겨둬 보십시다. 이 상늙은이가 살아봐야 얼마나 더 살겠습니까? 초목이 움트는 청명절이 왔으니 곧 북녘으로 올라갔다가 겨울나러 내려오게 될지 어떨지."

"아이고 선생님, 이 진안고원의 늦둥이 봄날과 서늘한 여름이 휴양하기엔 최고라면서 어디로 가신다고 그러세요. 이젠 그만 떠도시고 저희 집에서 같이 사시게요. 며칠 있다 운일암 반일암 너머 대불리 본가로 옮기시던지요."

아버지는 청림의 새발같이 가녀린 손을 부여잡고 하산했다.

---

* 맑은 양(+)의 기운이 넘쳐나는 몸.

고금당 바위굴 만신과 언년이가 올라와 뒤에다 대고, 조심해 내려가시라고 인사했다.

"방은 따숩쟈?"

실개천을 건넌 아버지가 멀리서 뒤돌아보며 그렇게 아내의 잠자리 염려를 했다.

"아무 걱정 말랑게요. 인정 많은 큰서방님이 장작이며 부식거리며 바리바리 져다 쟁여뒀으니께."

남자처럼 우락부락 생긴 뚱보 만신이 곰처럼 커다란 오른손을 들고 연신 까불러 싸며 큰형 충배를 칭송했다.

산자락 끝에서 말을 탄 이들은 날이 저무는 마이산 산중으로 파고들었다. 청명한 하늘이 더욱 짙어지면서 요령방울만 한 별무리가 톡톡 돋아나고 동녘 산마루 위로 목성과 열나흘 달이 활짝 웃으며 올라왔다. 그 달빛을 자작자작 밟으며 곧 방죽에 다다랐다. 탑 그림자가 비친다는 탑영제였다. 암마이산 석벽 안에 숨어 있는 탑이 이 저수지에 비칠 리가 없었다. 낮에는 봉두봉 산 그림자가 비치고 물빛 검어지는 저녁에는 달빛 별빛이 비쳤다. 천상의 달과 별도 이곳 선경에 내려와 살고자 호수 위에서 아주 예행연습을 하는 것 같았다. 검은 물빛 위로 산들바람이 불었다. 며칠간 매섭게 불던 바람이 한결 순해졌다. 매애엥 꼬르르 매애엥—. 맹꽁이 합창이 울려 나왔다.

"방죽 살갗에 은비늘 금비늘이 반짝이누나. 심술궂던 이무기가 잠드니 산울림도 곧 그치겠지. 안 그래 맹꽁아?"

금바우가 말 위에서 또랑또랑 외쳤다. 그 서슬에 맹꽁이들의 합창이 뚝 그쳤다. 고요한 달빛이 스며든 탑영제 가득 꿈결 같은 윤슬이 일었다. 산들바람이 내달리자 뒤따라 일어선 물무늬에 달빛이 부서져 반짝이는 거였다. 금바우가 반짝거리는 윤슬을 은비늘 금비늘로 표현하자 말 잔등 위에서 금바우를 안고 있던 청림과 아버지가 동시에 말을 멈추고 숨소리를 죽였다. 그쳤던 맹꽁이 울음소리는 다시 이어지고 윤슬 또한 여전했지만 분명히 잠든 게 있었다. 아까부터 산울림이 들리지 않았던 것이다. 그들은 드디어 산이 울음을 멈췄음을 알아차렸다.

두 필의 말이 탑골에 이르렀을 때, 금바우는 청림도사의 품속에서 새근새근 고른 숨소리를 냈다. 종일토록 쏘다니느라 지쳐버렸던 탓이다. 청림은 흔들리는 말 위에서 혼곤히 잠든 아이를 꼭 끌어안았다. 드높은 석벽 사이로 별빛이 내려와 희부옇게 드러난 가풀막 오솔길을 더듬어 올라가느라 지친 말들이 헉헉댔다.

4

전라 감영 큰애기 비빔밥 장사로 나가네—.

서양 마늘 후춧가루 참기름 댕강 흘렀네—.

김제 맹경 큰애기 맹건 절기로 나오네—.

순창 담양 큰애기 삿갓 절기로 나오네—.

미역 장시 딸내민가 주절주저리 나오네—.

그릇 장시 딸내민가 얼그럭떨그럭 나오네—.

임피 옥과 딸내민가 새우젓 장시로 나오네—.

명태 장시 딸내민가 뻣뻣하기도 하네—.

관아 뒤편 언덕 당산에서 풍물패가 한바탕 신명나게 놀았다. 남서쪽에서 마이산 두 봉우리가 고개를 치켜들고 지켜보고 있었다. 뜨끈뜨끈한 두붓국에 고들빼기김치를 얹어 먹으며 막걸리 사발을 돌리던 풍물패 상쇠가 구성지게 흥계방게타령을 했다. 여기저기서 자글자글 웃음보가 터져 나왔다.

"아, 오늘같이 좋은 날, 소리가 그렇게 매가리 없이 싱거워서 쓰것능가. 소리에도 뼈가 있고 살이 있는 것인디 딴 동네 얘기만 잔뜩 늘어놓으면 되야? 우리 동네 얘기를 좀 해볼 테니, 어디 내 소리 한번 들어봐라~."

낮술을 몇 잔이나 걸쳤던지 얼굴이 불콰해진 털보영감이 북을 앞으로 메고 성큼 나섰다. 그는 마령 강정리에서 인삼농사를 크게 짓고 있었는데 농한기에는 인삼을 쪄 만든 홍삼을 대처에 내다 팔았다. 전주는 물론 멀리 대구까지 단골들을 깔아놔서 알부자로 통했다.

진안현감 새침때기 뻗대기로 나오네―.
마이산 둘레 촌장들 생까기에 열불났네―.
간밤 어인 조홧속 산울림소리 그쳤네―.
진안현감 신통방통 점쟁이 속곳을 입었나―.
복도 많은 영감일세 손도 안 대고 코 풀었네―.
손도 안 대고 코 풀었네 크응 크응 크으흥―.

어깃장 놓고 뒤틀기 좋아하는 트레바리* 털보영감의 즉흥타령에 모두가 목젖을 드러내 웃었다. 정말로 코 푸는 시늉까지 하자 배꼽 잡고 데굴데굴 구르는 이도 있었다. 사흘간 계속된 산울림이 간밤에 거짓말같이 잠들자, 산신제 대신 벌이는 잔치 한마당이었다. 내남없이 기분이 났다.

---

* 이유 없이 남의 말에 반대하기를 좋아함.

황연수 현감이라고 다르지 않았다. 시름겹던 아버지뻘 촌 장들과 마을 사람들이 헤벌쭉 웃는 게 보기 좋았다. 그는 털보 영감의 즉흥타령을 곧바로 전해 듣고 성화 대신 맛 좋기로 이름난 흑돼지 한 마리를 내주었다. 그렇잖아도 꼬투리만 잡으면 몽니 부리기 좋아하는 사람들이었다. 사실 손 안 대고 코 푼 게 맞았고 버럭 화부터 내서 속 좁은 사람 취급받기 싫었다. 이렇게 타령조로 조롱을 날리며 껄껄껄 웃다보면 앙금이 풀릴 터다.

"잔치는 시방부터여. 전라 좌도 진안 중평굿 영산가락 한번 치세. 여기서 영산은 어디?"

"마이산!"

상모를 쓰고 꽹과리를 든 상쇠의 물음에 모두가 한목소리로 답했다. 다른 동네는 뭐라 하던 이 마이산골에서는 마이산이 영산이었다.

"영산가락은 좌도굿의 꽃이여. 풍물 소리에도 꽃이 있단 얘기여. 소리에도 꽃이 있다니께. 꽃이 뭣것어? 화려한 것만 눈에 뵈니께 꽃은 마냥 즐거울 거 같지? 아녀 아녀. 꽃을 피우는 건 열매를 맺고 살아남기 위한 처절한 몸부림의 절정인 거여. 그래서 우리덜은 꽃을 보믄 자꾸 눈물이 앞을 가리는구먼. 꽃은 어머니의 곱던 처녀 시절이여. 아버지의 빛나던 청년 시절이기도 하고 말여. 자식새끼들 낳고 애면글면 길러내시느라 시방은 껍데기마냥 바짝 쪼그라들었지만 우리딜 어머니 아버지도 한때 꽃이었던 시절이 있었당게. 저 마이산 부부봉을 어버이마냥 우러러보면서 한번 잘 들어보드라고잉. 소리의 꽃향기를 맡아보랑게. 신나게 쇠놀음해볼 텡게 홑영산 잘 들어보고, 접영산으로 들어가거들랑 소쩍새 울음소리를 생각하라고. 소쩍새가락이라고도 하는 것이니께잉. 영산의 산신께 소쩍새 가락을 들려줘서 풍년들게 해달라는 축원여. 솟 솟 솟 쩍— 소리가 나면 솥이 작을 만큼 풍년이고, 솟 텡—소리가 나면 솥이 텅 빈 흉년인 것여잉."

평생 흙이나 파먹고 살아온 상쇠의 입이 여간 구수한 게 아니었다. 상쇠는 둥그런 원진 안에서 꽹과리를 들고 쇠놀음을 하며 사뿐사뿐 상모를 돌렸다. 쇠갱 미갱 갯—갱 미갱 갯— 쇠놀음이 이어지다가 장고가 덩 쿵 쿵 따—덩 쿵 쿵 따— 치고 나온다. 둥 둥 딱— 둥 둥 딱—가세해 논다. 가락은 접영산으로 넘어간다. 솟 솟 솟 쩍—갯 갯 갯 갱— 갯 갯 갯 갱— 솟 텡— 갯 갱—갯 갱—.

소쩍새가락이 영산 마이산 산신에게 어떻게 전해졌을까. 솥이 작다는 가락도 나왔고 솥이 텅 비었다는 가락도 나왔다. 마이산이 멀리서 건너다 보는 진안 당산 잔치는 소쩍새가 울기 시작하는 저녁까지 이어졌다.

같은 시각 마이산 정명암에서는 이른 저녁상을 받았다. 어제 잡은 사냥물로 빚은 꿩만두가 오늘 저녁상까지 올라왔다. 살림꾼 충배는 그새 본가가 있는 운장산 너머 대불리로 돌아가고 없었다.

"금바우 너는 왜 만두 안 먹어?"

금바우가 꿩만둣국을 몇 수저 뜨다 말고 우두커니 앉아 있자 둘째 용배 형이 물었다.

"만두 속에서 자꾸 꿩 울음소리가 나서 못 먹겠어."

금바우는 새부리 입을 해보였다.

"허허허허. 요 맹랑한 녀석 말하는 것 좀 봐요. 그간 알게 모르게 먹은 꼬꼬닭이며 꿀꿀이 고기가 얼마나 많은데 이깟 꿩만두를 못 먹어?"

"아까 사냥할 때는 재미났었는데."

"그런데?"

"푸드덕거리며 날던 생각을 하니까 도저히 먹을 수가 없단 말야."

그때 과묵한 아버지의 불호령이 떨어졌다.

"먹는 것 가지고 투정 부리면 복 달아난다고 했지!"

아버지는 자식들에게 일생토록 바른 생명의 길을 일러주고 당신이 그걸 실천한 분이었다. 엄했으나 그 속에 깊은 애정이 담겨 있었다. 하지만 그날 금바우는 속상했다. 입이 짧아 음식 투정 부리는 게 아니었다. 그냥 꺼려져서 안 먹고 싶을 뿐이었다.

"이왕 올라온 음식이니 먹기 싫어도 이 할배마냥 맛나게 먹지 그러냐."

늘 자애롭던 청림이 금바우를 편들며 권했다. 청림은 육식을 꺼리고 채식을 좋아했지만 꿩만둣국 그릇을 깨끗이 비웠다. 어제 사냥해온 충배 형 말마따나 이슬만 먹고 살 수는 없었다. 사람은 잡식성이었다. 일부러 찾아 먹지는 않았지만 어쩌다 밥상에 고기가 올라오면 마다하지 않고 약으로 먹었다. 하지만 금바우는 그날 꿩만둣국에 더 이상 수저를 대지 않았다. 대신 알싸한 달래무침에 밥을 비벼서 보란 듯이 맛있게 먹었다.

저녁밥상이 물려지고 한과와 숭늉이 나왔다. 밤이 깊어지면서 찬바람이 문풍지를 울렸다. 앞산 나도봉에서 꾸르륵 꾸꾹, 쑥국새가 울었다. 아버지와 청림, 용배와 금바우는 방바닥에 깔린 이부자리에 발을 묻고 빙 둘러앉았다. 밤마다 길이 열리는 신비한 이야기의 숲속으로 걸어 들어갈 시간이었다.

"금바우 너, 매사냥은 왜 따라 갔었더냐?"

용배 형이 아까 밥상머리에서 하던 얘기의 꼬리를 붙들고 나왔다.

"이젠 안 따라 갈 테야."

"그래서 잡는 걸 안 봐야 남의 살을 편히 먹을 수 있는 거란다. 보고는 먹기 어렵지."

"고기 안 먹고도 충분히 살 수 있잖아?"

금바우는 정말로 고기 맛을 잘 몰랐다. 이따끔씩 밥상에 올라오니까 그냥 먹는 거였다.

"사람이 안 먹고 살 수는 없는 거라. 먹고 살려고 별짓을 다하니까. 이 늙은이는 무려 구십 년 넘게 먹어댔어. 가끔 밥상을 대할 때 안 먹고 살 수는 없을까, 생각하게 돼. 꼬박꼬박 먹어대는 게 귀찮을 때도 있으니까. 한 그릇의 밥이 얼마나 귀한지 알기에 곧바로 미안해지지만 말이지. 아까 우리 금바우 도령이 꿩 울음소리가 들려서 꿩만둣국을 못 먹겠다고 하드만 어찌 동물만 고통을 느낄꼬. 식물 또한 줄기나 잎이 잘릴 때 피 같은 진물이 나거든. 말 못해서 그렇지 식물도 고통스럽긴 마찬가지야. 모든 살아 있는 건 꺾이면 아프게 마련이지. 오직 햇살에 익어 벌어진 과실 아람만은 통증이 없는 거라. 그 아람을 주워다 먹거나 가을 나락이나 기장처럼 익어서 고개 숙인 곡식을 베다 먹으면 즐거운 먹을거리가 되지. 딴 건 전부다 고통스러운 살생과 불가피하게 연결돼 있어. 살려고 먹으면서도 마음 한편으로 괴로운 노릇이 아닐 수 없는 거라. 그래서 나는 쉰 살 무렵부터 일종식—種食*을 해온 거야. 활동이 많을 때는 오늘같이 두 끼를 먹기도 하지만 그땐 양을 줄여서 소식을 해."

선도수련을 해온 청림은 주로 점심 한 끼만 먹었다. 이따금씩 저녁을 아주 조금 먹곤 했다. 한참 성장할 때나 일꾼들처럼 힘쓸 일이 있으면 더 먹어도 되지만 대개는 적게 먹어야 병이 없고 건강하다는 거였다.

"저희 큰형 말마따나 안 먹으면 죽잖습니까? 인명은 재천이라는데 입맛 땡기는 대로, 몸이 원하는 대로 먹고 살면 되지 싶은데요."

아직 삼십대 후반인 용배 형은 식욕이 왕성했다. 힘든 노동을 하지 않으면서도 세끼를 다 챙겨 먹었고 사이사이에 주전부리를 했다.

"허허, 이 사람 큰일 날 소리하네. 우리 개벽장이 금바우 도령을 늦둥이로 안 됐다면 김 생원, 자식농사 허투루 지을 뻔했구먼."

청림이 까칠하게 말하며 혀를 찼다. 밝은 봉우리를 뜻하는

---

* 하루에 한 끼.

명봉明峯이라는 아호를 가진 용배 형의 낯빛이 붉어지면서 그만 홍당무가 되어버렸다. 고금당에서 바라보던 석양빛 머금은 금산과 흡사했다. 하지만 내가 무슨 말 실수를 했느냐고 따져 묻는 표정이었다.

"먹고 싶은 거 먹어주는 게 뭔 잘못이라고 그러시는지요. 그게 제철음식이고 몸에 유익한 거지요 뭐."

용배 형은 물러서지 않았다. 젊은이라면 누구나 할만한 주장이었다.

"이 사람아, 몸은 달고 기름진 것만 원해. 그런 것들만 먹다간 곧 암이나 당뇨병에 걸려 죽고 마는 거야. 부자들이나 제왕들이 오래 못 사는 이유지. 모든 악은 단것에서 나오는 법이야. 거꾸로 씀바귀 같은 걸 먹으면 암을 이겨내고 정기도 모으는 거지. 그리고 인명人命이 왜 재천在天인가? 사람이 죽고 사는 건 하늘에 달려 있지 않다네. 내 목숨은 나하기에 달렸지 하늘에 달렸지 않고말고. 인명은 재인在人이야."

하늘을 섬기고 천문을 보며 주역으로 인간사를 점치기도 하는 청림의 입에서 뜻밖의 말씀이 나왔다.

"예? 인명은 재천이 아니라 재인이라고요?"

용배 형은 깜짝 놀랐다.

"내가 뭘 먹느냐에 따라 오래 살기도 하고 바로 죽기도 하는 게 사람 목숨이라네. 바르게 먹는 게 금척의 출발일세. 참 생명을 기르는 법, 반 생명을 조율해 참 생명을 펼치는 법이 바로 금척인 게야."

"그럼 이곳 마이산에서 이성계가 받았다는 금척은 뭐죠?"

용배 형이 청림과 아버지를 번갈아보며 물었다. 그때까지 알고 있었던 금척은 눈금이 새겨진 황금 칼이었다.

청림이 물끄러미 금바우 아버지 김찬명을 응시했다. 처음에는 그의 동의를 구하는 눈길로 여겼었다. 그런데 그 눈길에는, 이제 그만 자식들에게 금척의 비밀을 알려줄 때가 됐지 않느냐는 뜻이 담겨 있었다.

"둘째야, 그리고 막내야. 내 그간 너희들에게 틈틈이 금척정신을 일러주고 실천하게 한 데에는 다 이유가 있었다."

평소 과묵하던 아버지가 다소 주저하다가 무겁게 입을 열었다.

"……우리 집안에는 이천년에 걸쳐 대대로 비전秘傳하는 금척이 있단다. 내가 69대니까 너희 중에 하나가 70대 전달자가 돼야겠지. 우리 집안의 금척은 이성계가 이곳 마이산에서 받았다는 칼 모양, 혹은 지휘봉 모양의 황금자도 아니고 경전 같은 책자도 아니다. 세상 사람들은 진귀한 지식과 지혜의 말씀을 책으로 남기곤 하지. 그러나 이미 책으로 써졌으면 가짜다.

살아 있는 책은 바로 우리 몸이야. 자신의 두 눈으로 직접 확인하고 귀로 듣고 마음에 새기며 입으로 맛보고 혀로 기억하고 온몸으로 체득하는 것만이 진짜다. 우리 집안의 금척은 후대로 전해질 때마다 온몸으로 마디마디 되짚어서 시대에 맞게끔 조율하여 여태껏 전해져왔느니라. 따라서 금척의 길은 멀고 험난하다. 하여 나는 70대 금척 전달자를 지정하는 걸 여태껏 주저해왔던 거다. 너희가 아는 것처럼 금척은 세상을 바르게 재고 다스리는 황금자다. 금척은 세상 어느 문명, 어느 나라에도 없는 우리 고유의 문화유산이란다. 다른 나라에서는 전혀 찾아볼 수가 없거든. 단군고사에 등장하는 천부인이 금척의 원형이야. 역사 속의 모든 제국은 하나같이 무력으로 천하를 복속시켜 왔다만 단군조선은 무력이 아닌 금척으로 세상을 교화했단다. 이른바 홍익인간弘益人間 재세이화在世理化지. 그러다 시절 운이 사나워 금척은 버려지고 다시 무력천하가 돼버렸단다. 이후로 금척은 이따금씩 모습을 드러냈어. 금관의 나라 신라 때는 경주에서, 고려 말에는 이곳 진안에서 출현했지. 신라 시조 박혁거세나 조선 태조 이성계는 꿈에 신인으로부터 '이 황금의 자로 나라를 바르게 다스리라'며 금척을 받았단다. 신인은 신과 사람의 중간쯤 되는 이인으로, 바꿔 말하면 도통한 사람이다. 도선국사나 무학대사, 화담 서경덕, 토정 이지함,

그리고 여기 계신 청림 선생님 같은 분네들이지. 역대 제왕들은 그런 신인들에게 국가통치술을 배워왔단다. 천명天命의 상징이기도 한 금척은 하늘이 준 신임장이자 국가통치술이기도 하니까."

두 형제는 아버지 김찬명이 그렇게 박식한 능변가인 줄 처음 알았다. 입때껏 말보다는 행동이 앞섰던 묵연한 성품이었으니까. 놀라운 한편 내심으로는 자랑스러웠다.

"어험! 김 생원, 그 거룩한 신인의 반열에 왜 이 아둔한 산송장을 집어넣고 그러는가? 족탈불급足脫不及일세."

맨발벗고 쫓아가도 못 미친다고 청림이 겸양했다. 하지만 사람들은 그를 귀신 같은 인물로 여기고 있었다. 그는 사람을 척 보면 건강 상태를 헤아리고 운명까지 읽어냈다. 고사古事와 법도에 밝았고 천문과 주역을 보고서 국운을 점쳤다. 마이산 산울림이 곧 닥칠 국난과 피비린내 나는 살육의 조짐이라고 예언한 것도 그중 하나였다.

"청림 선생님! 이 나라의 사나운 운세를 돌려놓을 수는 없겠는지요?"

밖에서 휘젓고 다니던 바람이 문틈으로 비집고 들어온 걸까. 아버지의 수심어린 얼굴에 등잔불 그림자가 일렁거렸다.

"이 나라만의 문제가 아니라 전 세계가 뒤집히는 변란일세.

승자도 패자도 모두가 고통스러운 세상! 인류가 겪어야 하는 재앙이니 무슨 뾰족한 수가 있겠나? 금척정신이나 지켜낼 수 있으면 다행이지."

청림이 도리질 쳤다.

"나라가 깨져도 못 써먹는 금척정신은 지켜내서 뭐해요?"

청림의 무릎을 베고 누워서 듣고 있던 금바우가 딴죽을 걸었다.

"어험! 우리 개벽장이 금바우 도령, 그럼 나라가 깨진다고 안 살고 그냥 죽어버릴까?"

청림이 금바우의 이마를 쓸어 올리며 옛일에 밝은 사람답게 금척정신을 자상히 일러줬다.

금척은 바른 생명법이다. 금척이 없으면 생명활동을 할 수가 없다. 모든 생명은 나면서부터 본능적으로 이 생명의 금척을 지녔다. 누가 알려주지 않아도 어떻게서든 살고자 애쓴다. 그걸 명덕明德이라고 한다. 명덕은 바꿔 말하자면 나만 살고자 하는 극단적인 이기주의다. 그 명덕을 다시 밝히는 것, 곧 명명덕明明德이 참 생명의 도인 금척이다. 이기주의를 이타주의로 되돌려 뭇 생명과 함께 살아가는 도리를 얻는 것이다.

신라 금척은 사람을 살리는 신기한 자로 알려졌다. 죽은 사람을 재면 살아나고 병든 사람을 재면 병이 나았다. 당나라 황제가 이 신기한 금척을 빼앗으려 하자, 신라인들은 그 금척을 땅에 묻어버리고 주변에 수십 기의 무덤을 만들어서 찾지 못하게 했다. 지금도 경주에는 금척릉이 몇 기 남아 있었다. 벌써 일본 사람들이 찾아내려고 몇 기는 파헤쳐버렸지만 그들이 남은 금척릉을 다 파헤쳐도 신라 금척은 찾아낼 수 없다. 이미 우리 겨레의 맥박 속에 스며들어 면면히 흘러오기 때문이다. 그 맥박을 무슨 수로 훔쳐가겠는가? 심지어는 은척銀尺으로 변모하기까지 한 것을. 경주와 함께 경상도 지명의 어원을 이룬 상주에는 은척면이 있다. 그곳에는 병든 이나 죽은 자를 재면 되살아났다는 장생불사의 자, 은척을 묻은 은자산이 있다. 사람이 죽지 않아서 노인들로 넘쳐나는 병폐를 없애기 위해 스스로 묻어버린 것이다.

"금척은 본래 신라의 시조 박혁거세가 받아서 청림 선생 집안인 박씨 문중으로 전해졌다는구나. 그러다가 우리 김씨 문중으로 건너왔고 차츰 널리 퍼져 이 겨레의 혼이 된 것이지. 신라의 금척이나 은척은 딴 게 아니라 바른 식습관과 의약을 통한 생명의 금척이었거든. 이 생명의 금척은 풍류의 씨알이나 다름없어. 양명한 기질과 평화를 사랑하는 마음, 뭇 생명과 밀접하게 사귀어 감화시키는 묘법의 눈깔이란 말이지. 세상에는 끝내 감화시키지 못할 족속들이 있기 마련이야. 그들은 약탈과 살생을 즐기는 족속들이지."

이번에는 아버지가 나섰다.

"왜놈들이나 떼놈들처럼요?"

용배 형이 추임새를 넣었다. 듣고 있던 청림이 특유의 쇳소리가 나는 음색을 높이며 일렀다.

"나라 밖에만 있는 게 아니고 사람 사는 세상에는 어디나 섞여 있단다. 우리 몸속에 기생충이 있듯 말이지. 그 반 생명을 응징하는 정의의 금척이 필요했어. 조선을 창업한 태조 이성계가 받은 금척은 너희가 알고 있는 것처럼 지휘봉이나 칼 모양의 황금자야. 부려보고 재봐서 법도에 맞지 않으면 단칼로 베어버리는 거지. 농부가 논밭의 잡초를 낫으로 사정없이 베거나 뿌리 뽑아버리는 것과 같아."

"무서운 금척이로군요. 그 금척은 지금 궁궐에 전해오겠지요?"

용배 형이 여쭀다.

"글쎄. 금척이 전해온다면 나라꼴이 이렇겠는가? 유형의 금척보다 무형의 금척정신이 전해져야 세상이 바르게 다스려지는 법이야. 이성계가 꿈에 신인으로부터 받았다는 금척은 신물이라고 봐야겠지. 받은 그 사람만 부릴 수 있는 상징물인 거지. 따라서 애초에는 실물이 없었을 게야. 형상이 있으면 변하

159

고 변하면 사라지게 돼 있으니까 그건 금척이 아닌 게지. 없으면서 있어야 불변하고 오래가는 거 아니겠나. 나중에 정도전에 의해 실물로 만들어졌고 궁중무용 몽금척의 소품으로 쓰였지. 이성계가 천명을 받은 징표로서 기리려고 말이지. 그것이 지금은 사라졌다면 성종 때 편찬한 『악학궤범』에 상세히 기록돼 있으니까 복원하는 건 어렵지 않아. 금척정신은 너희 아버지 김 생원한테 올곧게 전해오고 있으니까 그대로 체받으면 되는 거고."

"거참! 금산을 묶어뒀으니 속금산이오, 묶인 금산 안에서 금척을 찾고 있으니 금척을 손에 그러쥐고도 금척을 못 보는구나."

드러누운 금바우가 그렇게 두런대자 청림은 눈이 휘둥그레지며 금바우의 머리를 떠받치고 일으켜 앉혔다.

"우리 개벽장이 금바우 도령, 지금 뭐라셨는고? 무엇이 금척이라고?"

금바우는 벌떡 일어나 벽장문을 열고 발을 굴러 안으로 올라갔다. 모두들 영문을 몰라 어리둥절하게 바라보았다. 금바우는 창호지를 삼실로 묶은 잡기장 하나를 꺼내어 들고 내려왔다. 그걸 아버지와 청림 할배, 용배 형 앞에 펼쳐보았다. 세필로 깨알같이 적어놓은 것이었다.

무엇이 금척인가.

금척은 한 마디로 참 생명의 길이다.

금척은 북극성이며 나침반이다. 천문天文에 통해서 세도世道를 바로잡는 것이다. 하늘의 이법으로 뒤틀린 세상의 질서를 바로잡아 뭇 생명을 평화롭고 행복하게 만드는 법도다. 늘 변화하고 다툼이 있는 세상에는 도·량·형度量衡에 걸친 불변의 가치 판단 기준이 필요하다. 금은 변치 않는 귀한 원소다. 거기에 만물을 재는 자의 기능을 더하여 금척이 되었다. 아무리 혼란한 상황도 이 금척이 있으면 조율된다.

금척은 이상적인 기물器物일 뿐인가. 그렇지 않다. 누구나에게 반드시 필요한 금척이 있으니 무병장수법이 그것이다. 사람은 건강하게 오래 사는 것이 금척이다. 어떻게 하면 무병장수할 수 있는가. 음식을 바르게 섭취하고 약을 제대로 쓰면 된다. 모든 생명은 약탈타지명掠奪他之命하여 양오지명養吾之命이라. 다른 생명을 약탈해서 내 목숨을 기르고 보전하는 것이다. 삶이란, 다른 생명을 먹어 치우는 일이기 때문에 치열하다. 이때 단명자短命者를 취하면 단명하고, 장명자長命者를 취하면 오래 산다. 명이 짧은 걸 취해 먹으면 내 명도 짧아지고 명이 긴 걸 취해 먹으면 내 명도 길어진다. 채소와 해조류, 열매는 해마다 새롭고 뿌리 식물은 수십 수백 년을 사니 그걸 적당히 익히고 발효시켜 취하면 장수하고 길짐승과 날짐승, 물고기는 오래 살지 못하니 그걸 잡아먹으면 명이 짧아진다. 특히 살려고 달아나는 것을 사냥하고 그물질 혹은 낚시질하여 잡아 먹게 되면 독을 품어 몸에 병을 얻는다. 이렇듯 사람 목숨은 자기가 먹는 것과 병을 다스리는 의술에 따라 달린 것이지 하늘이 좌우하는 게 아니다. 장수 식품과 약초는 〈식약3요食藥三要〉 주해에 따로 적는다.

몸만 건강하면 되는가. 병은 입으로 들어오고 화禍는 입에서 나온다. 무엇을 먹는가에 따라 오래 살기도 하고 바로 죽기도 하는 것처럼 무슨 말을 하고 어떤 글을 쓰느냐에 따라 세상을 바꾸기도 하고 설화舌禍나 필화筆禍를 당해 죽기도 한다. 때와 상황에 맞는 공감의 말과 글이 또 하나의 금척이다. 이 공감의 말과 글은 누가 시키지 않아도 노래와 시, 잠언이 되어 세상 사람들이 즐겨 부르고 감화되며, 공동체를 평화롭게 이끌어가는 경전이나 법도로 발전한다. 특정 종파나 정파의 이익과 결속을 위한 경전이나 법도는 금척이 될 수 없다. 널리 사람을 이롭게 하는 홍익인간과 뭇 생명을 밀접하게 사귀어 감화시키는 접화군생

接化群生이라야 세상 사람들의 공감을 얻는다. 접화군생은 풍류의 요체로 사람뿐만 아니라 산천초목과 짐승들까지 감화하는 오묘한 조화다.

바른 생명법인 금척이 작동하는 세상이 평화롭다. 이 금척은 풍류와 결합하지 않으면 세상에 널리 통용될 수 없다. 또한 풍류에는 반드시 금척이 우선 되어야 한다. 금척 없는 풍류는 위태로워 결코 오래갈 수가 없다. 금척과 풍류의 비밀이다.

사람만을 위한 법, 승자만을 위한 법은 금척이 될 수 없다. 하늘 아래 모든 생명들과 함께 살아가는 법이라야 금척이다.

사람 목숨을 살려내고 구제하는 것은 분명 아름다운 활인의 도다. 하지만 그러기 위해서 온갖 약초와 동물을 잡고 쓸개와 뿔까지 뽑아 약제로 쓰니, 사람 목숨 하나 건지는 데 무수한 동물과 식물이 죽어 나간다. 때문에 활인의 도는 결과적으로는 반 생명의 멸망도滅亡道가 될 뿐이다.

문명을 개화하는 것은 자동차나 기차, 범선 등 여러 기물을 만들어 사람 사는 편의를 도모하는 일이라서 너도 나도 앞다퉈 매진하나, 뭇 생명의 어머니인 대지의 골수를 빼먹고 되돌릴 수 없을 지경으로 대자연을 훼손하니 역시

163

반 생명의 멸망도일 뿐이다.

결론적으로 뭇 생명과 공생하지 못하는 것은 아무리 빛날지라도 금척이 아닌 것이다. 그러므로 약탈은 꼭 자신의 생명을 유지하기 위한 최소한의 정도에서 그쳐야 하며, 다른 생명 공동체를 통째로 빼앗아 멸종시키는 일은 금척에 가장 위배되는 행위다. 생명의 질서는 서로 밀접하게 연결돼 있다. 타자가 사라지면 결국 자신도 사라지게 되어 있으니 그것이 이 세상 그 어느 생명도 피할 수 없는 하늘의 이법이다.

금척 밑에 은척銀尺이 있고 은척 밑에 유척鍮尺이 있다. 은척은 생명을 잴 수 있고 유척은 암행어사가 마패와 함께 들고 다니는 놋쇠자로 도량형, 곧 각종 기물의 길이와 양과 무게를 잰다. 나무자와 줄자는 길이만 잴 수 있을 뿐 양과 무게를 재지 못하니 극히 기초적인 잣대일 뿐이다. 마찬가지로 말과 되는 양만을 잴 수 있고, 저울은 무게만 잴 수 있다.

무릇 순풍純風이 불지 않으면 세도가 진리와 어그러지게 되고, 오묘한 감화가 펼쳐지지 않으면 사특함이 서로 다투게 되는 법이다. 순박한 풍속이 사라지면 인심이 사나워져 서로 다투고 죽이게 된다. 이때 변형된 금척이 등장

164

하여 난을 평정한다. 변형된 금척은 비극의 역사가 불러들인다. 그런 금척은 등장하지 않는 게 좋지만 인간의 역사가 본래 비극의 역사이니 어쩌랴. 평화란 전쟁 준비 기간에 불과한지도 모른다.

순풍은 언제 부는가. 사람마다 본연의 금척을 가슴 속에 품은 때이니, 사람이 금척을 품게 되면 꽃이 아닌 이가 없고 별이 아닌 이가 없고 성인聖人이 아닌 이가 없다. 지도자가 금척을 지니면 도로써 세상이 다스려지니 온 세상이 낙원이 된다.

〈식약3요〉 주해

오래 사는 장명자로 야생마와 칡뿌리, 고산 바위틈 도라지, 산삼, 연근, 하수오, 잣 등을 꼽을 수 있다. 유익한 영양분이 많은 식품으로 감자, 고구마, 참깨, 들깨, 조, 수수, 콩, 팥, 호박과 견과류가 있다. 반찬으로 곁들일 만한 것으로는 모든 산나물과 무청, 쪽파, 부추, 잔대, 더덕, 고들빼기, 아욱, 톳, 김, 미역, 파래 등이다. 조리법과 음식 궁합 연구 필요. 오 년 이상 묵은 집간장 사용.

토판 천일염으로 담가 삭힌 새우젓은 유일한 동물성 가공식품으로 각종 염증과 암치료제로 쓴다.

"언제 이렇게 잘 정리해둔 것이냐?"

아버지가 화들짝 놀라며 물었다.

"청림 할배와 아버지께서 나누시던 말씀을 주워듣고 틈틈이요."

"우리 막둥이 참 기특하네요. 형만 한 아우 없다는 말은 틀렸군요. 어린 것이 이런 걸 정리해 맘에 두고 있었으니 좀처럼 고기를 안 먹으려고 하지."

용배가 대놓고 추어주면서 끌끌 혀를 찼다.

"김 생원, 금척 전달자 70대는 벌써 정해져 있었구려. 칠순에 늦둥이 둔 이유가 이래서였구먼."

청림이 그렇게 가리를 타버렸다. 아버지는 멀거니 금바우 눈을 응시할 뿐 아무런 말씀이 없었다. 그 순간 멀고 험난한 금척의 길을 떠올렸을 게다.

"난 금척 전달자 같은 거 안 할래요!"

금바우는 본능적으로 그 길을 피하고 싶었다. 금바우는 산골 응석받이였고 개구쟁이였다. 이런 난세에 책임만 막중할 뿐 재미라고는 하나도 없는 고난의 길을 누군들 걷고 싶겠는가. 젊은 날, 청림을 따라 팔도를 떠돌다 돌아온 이후 담담하게 맹물 같은 삶을 사시는 아버지만 봐도 따분하기 짝이 없었다.

"그럼 누가 대신한다지?"

청림이 금바우를 골똘히 쳐다보며 물었다.

"글 많이 읽은 여기 용배 형님도 있고, 총 잘 쏘고 일 잘하는 충배 큰형도 있잖아요! 그뿐이겠어요? 앞으로 열리는 세상은 여인네가 하늘이라면서요. 누님들도 좀 많느냔 말여요. 금산 큰누님을 비롯해 자그마치 네 명이나 되잖아요. 그러니 나는 눈곱만큼도 그런 거 할 생각 없다니께요."

금바우는 들입다 외치고 다람쥐마냥 얼른 쪼르르 기어서 아랫목 이불 속으로 파고들었다. 이불을 푹 뒤집어쓰고서 어른들 하는 소리에 가만히 귀 기울였다. 이상하게 더는 대화가 없었다. 등이 따끈따끈했다. 금바우는 그 온기 속에서 이내 꿈길로 젖어들었다. 밤마다 빠짐없이 꿈길로 찾아오는 요괴와 익룡을 베느라 소년은 한 짐이나 되는 수수깡 칼들을 장만해둬야 했다. 하지만 얼마 못 가서 하나도 남아나지가 않았다. 마지막 수수깡 칼이 잘게 부서져버리면 소년은 줄행랑을 쳐서 높다란 아빠봉 바위벼랑으로 뛰어올라갔다. 곧추선 바위벼랑일지라도 겅중겅중 뛰어오를 수 있었다. 그런데 발톱 사나운 요괴와 날개달린 익룡들은 금방 소년의 꽁무니까지 육박해오며 공격했다. 소년은 죽을 똥을 싸서 달음박질을 쳐서 급기야 바위산 정상에 올랐다. 그러고는 그대로 천 길 낭떠러지를 향해 몸을 날렸다. 소년의 겨드랑이에서 거대한 금빛 날개가 돋아났다. 한 번의 날갯짓으로 요괴와 익룡들을 보기 좋게 따돌렸다. 곧 밤으로 뒤바뀌고 소년은 둥근달을 뚫고 우주를 날아 별나라를 유영했다. 별과 별 사이를 날아다니는 건 황홀했다. 특히 북두칠성 일곱 개 별자리 정거장을 건너다니는 즐거움은 아랫마을 또래 아이들과 이따금씩 벌이던 자치기나 사금파리 튕기며 뺨 재는 땅따먹기 놀이보다 훨씬 더 흥미진진했다. 오랜 비상을 하다보면 어김없이 오줌이 마려웠다. 소년은 새색시가 타고 가던 가마 안에서 쓰는 작은 놋쇠요강에 힘차게 소변을 보았다. 오줌 줄기가 폭포수처럼 시원하게 뻗어나갔다. 얼마나 줄기차게 내갈겼으면 때마침 떠오른 태양빛을 받아 무지개가 떴다. 그런데 우주의 날씨는 참 자발스럽게 돌변하곤 했다. 무지개는 사라지고 이내 소나기가 쏟아졌다. 아랫도리가 축축했다.

눈을 떠보면 간밤에 뒤집어쓰고 잠든 이불 속이었다. 이불에서는 지린내가 진동했고 금바우는 아버지의 불호령이 무서워 잽싸게 바지를 갈아입고 형의 방으로 숨었다. 좀 있다 보면 아버지의 핀잔소리가 바위산을 쩌렁쩌렁 울렸다.

"이 고얀 녀석, 또 일 저질러놓고 민달팽이마냥 어디로 쏙 빠져 달아나가 숨었나! 얼른 키 쓰고 아랫마을 꽃밭등에서 소금을 받아오지 못할까!"

세상에, 꽃밭등까지는 십 리나 되었다. 왕복 이십 리 길을 아장아장 다녀오자면 한나절도 더 걸렸다. 길섶의 바위등걸이며 낙락장송을 올라 타보고 고라니와 토끼, 다람쥐를 만나 발맞춰보고 말도 섞어보고 해찰을 하다보면 늘 해가 중천에 걸렸다. 길에서 만나는 사람들의 놀림은 또 어떻게 받아낸단 말인가. 이런 때 꿈속 그 황금빛 날개가 있다면 이불을 싸 짊어지고 태양의 나라로 날아가 감쪽같이 말려올 텐데…… 겨드랑이를 아무리 세게 긁어 봐도 날개는 돋치지 않았다. 열 살 때까지도 꿈이 많던 금바우는 이따금씩 이부자리에 세계지도를 그려놓곤 했다.

5

수마이산 턱밑 정명암에서 조금만 내려가면 계곡과 암마이산 석벽 사이에 즐비한 돌탑들이 있었다. 고사에 밝은 청림도 이 탑들이 언제 누가 쌓았는지 확실히 알지는 못하는 눈치였다. 다만 가장 최근에 쌓은 이는 조선왕조 3대왕인 태종이라고 단언했다. 태종이 이곳 속금산에 다녀가고 나서 이 산의 이름을 마이산이라고 고쳐 불렀다는 건 상식에 속했다.

며칠 뒤, 청림은 금바우를 데리고 대낮에도 으스름한 탑골로 이끌었다. 오죽했으면 대낮에도 북두칠성이 보인다고 풍을 쳤을까. 서울서 육백 리나 되는 남녘 변방 이런 후미진 곳까지 한 나라의 제왕인 태종이 내려왔었다는 건 쉽게 이해되지 않았다. 그것도 아버지 이성계가 역성혁명으로 조선을 창업한 지 얼마 되지 않은 어수선하던 때에 말이다.

"태종은 아버지 이성계가 꿈에 금척을 받았다는 전설 같은 이야기를 그리 내켜하지 않았어."

청림이 일러줬다. 『조선왕조실록』에 그런 내용이 기록돼 있다고 했다.

"왜죠? 어쨌든 그 덕에 왕좌에 올랐잖아요?"

"무학대사와 이성계가 꿈꿨던 나라는 성리학의 나라가 아니었거든. 금척의 나라, 풍류의 나라, 유불선 삼교가 통합된 접화군생의 나라, 백성의 나라를 만들고 싶어 했지. 접화군생, 얼마나 멋진 말인가. 뭇 생명과 밀접하게 사귀어 감화시키는 일, 우리가 앞으로도 부단히 지향해야 할 세상이란다. 태종은 아버지 이성계의 뜻과는 달리 금척과 풍류 대신 성리학을 선택했어. 결국 백성의 삼 할을 노비로 삼는 양반의 나라가 됐고 무수한 외침을 당하다가 이렇게 망조가 들었지."

청림은 금척을 끌어내고도 그 정신을 살리지 못한 당시의 정치 상황을 아쉬워했다.

"성리학이 뭔지 모르지만 그렇게 나쁜 건가요?"

"유교에서 나온 건데 뭐가 그리 나쁘겠어. 현실적이지 않고 지나치게 이론적이어서 삶과 동떨어진 걸 정치하는 사람들이 신주단지처럼 받들고 독단에 빠졌으니까 문제지. 정작 중국에서는 시들했는데 조선은 성리학만 떠받들었지. 여하튼 태종은 당시 새로운 이념인 성리학을 신봉했어. 금척과 풍류는 국가통치술로 삼기에는 체계적이지 못하다고 본 거지. 이성계의 창업을 도왔던 정도전이나 권근, 하윤 같은 신진사대부들도 모두 성리학자들이었거든. 정도전은 금척을 무시할 수 없어서 궁중연회에 등장시키지만 정치제도화하지는 않았지. 정도전은 곧 태종 이방원에 의해 제거되고 나중에 영의정 하륜과 지신사 김여지가 금척을 기리고자 하는데 태종은 금척이 없었더라도 창업했을 거라며 성리학을 하는 신하들이 도참을 떠받들려 한다고 나무라고 있거든. 실록에 나와. 고려조가 불교의 폐단으로 망하는 걸 본 태종은 금척이나 풍류보다 현실적인 이념이 필요하다고 봤고 결국 성리학을 국시로 삼은 게야."

그러나 태종은 아버지 태조 이성계의 창업정신을 완전히 폐기할 수는 없었다. 게다가 창업초기의 정국은 여전히 불안해서 뭔가 보이지 않는 힘의 도움이 필요했다.

재위 십삼 년째인 1413년 9월, 태종은 갑자기 사냥을 하겠다며 진안 속금산과 임실, 전주를 찾는다. 왕이 장기간 궁궐을 비우고 사냥을 떠나는 것은 위험한 일이었다. 당연히 신하들이 완강히 반대했다. 왕은 그걸 무릅쓰고 남행을 강행했다. 당시 전주부에 속한 금산에 이르러 아버지 태조 이성계의 태실에 제사하고 진안 고을로 들어왔다. 용담의 용소와 운장산에 제사하고 다음날 26일 진안현 성묘산에서 속금산에 제사했다. 전라도와 경상도, 충청도에서 징발한 사천 명의 재인才人, 화척禾尺, 군사들로 구성된 몰이꾼이 동행했다. 이 많은 인원이 사냥만을 위해서 모인 건 아니었다. 속금산 돌탑 축조라는 액막이에 동원된 것이다. 액막이는 주술적인 공사였다. 은밀하게 진행할 수밖에 없었다. 사냥을 핑계로 아버지 태조 이성계가 금척을 받은 장소를 찾았던 것이다.

당시 태종에게는 무학대사의 돌탑 배치도가 있었다. 그에 따라 액막이를 끝낸 태종은 속금산 이름을 마이산으로 바꾼다. 왕조 창업에 성공하고 액막이까지 한 마당에 더 이상 금산의 기운을 묶어둘 필요가 없었기 때문이다. 이렇게 하여 『태종실록』에 마이산이라는 지명이 처음으로 등장하게 된다.

그때 태종은 무슨 액막이를 한 걸까.

그 비밀스런 이야기는 오직 청림 같은 이인만이 알고 있었다. 청림은 금바우에게 그걸 일러주고자 으슥한 탑골로 데려온 거였다.

태조 이성계의 왕사인 무학에게는 스승이 있었다. 나옹대사였다. 일찍이 나옹대사는 금당 바위굴에서 수행하면서 금척의 비밀을 풀었다. 금당 바위굴 안에서 좌정해 굴 입구를 보면 영락없는 삼한강토 형국이었다. 바위굴을 나와 금당대에 서서 본 마이산은 금척이자 은척이었다. 무력이 아닌 생명의 금척, 외래 사상이 아닌 우리 고유의 금척 사상으로 삼한강토가 잘 다스려지기를 바랐다. 몽골에 짓밟힌 불교국가 고려왕조는 이미 기울 대로 기울어 있었다. 원나라를 등에 업은 권문 세력은 권력과 부를 독차지했다. 기회를 균등하게 주던 과거시험 대신 음서제도로 자기들끼리 벼슬을 대물림했다. 백성들의 토지를 빼앗아 과도한 세금을 매기기도 했다. 늘 그래왔듯 부패한 수구세력은 탐욕스러웠고 농민은 이중 삼중의 세금에 시달렸다. 백성들은 새 세상이 열리기를 염원했다.

나옹대사는 무학대사에게 금척을 전했고 무학대사는 마이산과 인접한 임실 성수산 도선암에 머물며 금척의 주인을 기다렸다. 도선국사가 창건한 그 암자는 숨어 있는 기도처였다.

때마침 남원 황산대첩으로 승전고를 울리며 개선하던 이성계 장군이 도선암을 찾았다. 그는 젊은 날부터 틈틈이 명산을 찾아다니며 공부하고 기도한 사람이었다. 무학대사가 이성계 장군을 만나보니 소문대로 왕기가 서린 상호였다. 더구나 철갑옷의 소년명장 아지발도를 화살로 쏴 죽이고 개선하는 길이라 어느 때보다 기백이 넘쳤다.

"대장군, 소승은 오늘에야 이 귀로 하늘의 소리를 들었습니다. 하여 이 암자의 이름을 상이암上耳庵으로 고쳐 짓고 성수만세聖壽萬歲를 기원하겠나이다."

무학은 합장하며 머리를 조아렸다.

"성수만세라니요. 참람하오, 대사."

이름난 고승이 임금에게나 올리는 말을 하자 이성계는 사양하면서도 내심 감읍했다.

"군사들에게 여독을 풀라하시고 대장군께오서는 소승과 잠시 어디를 좀 다녀오십시다. 거기에 대장군을 기다리는 천부天符가 있사옵니다."

천부라면 하늘의 도장으로 천명의 상징물이었다.

둘은 호위병만 데리고 말을 몰아 진안에 당도했다.

"대장군, 저 산을 보십시오."

"오, 천하 비경입니다. 어찌 저와 같은 한 쌍의 바위산이 반

174

공중에 우뚝 솟구쳐 있을 수가 있단 말입니까? 꿈인지 생신지 어리둥절합니다."

"세상에 하나뿐인 음양 부부봉으로 섯다산, 또는 용출산이라 불립니다. 둘 다 우뚝 솟구친 형상을 이른 것이지요. 이제 저 두 봉우리 사이로 넘어갈 것입니다."

그들은 북쪽에서 용출산을 넘었다. 산속에 거대한 돌탑이 있었다.

"잘 봐두십시오. 이따 저 돌탑에 대해 긴한 말씀을 드리겠습니다."

무학은 이성계에게 탑의 유래와 이 고을 진안의 지명에 대해 얼추 일러줬다.

해가 이울 무렵 금당대에 다다랐다. 석양에 비친 용출산은 황금의 산이 되어 붉게 물들고 있었다.

"황금의 산, 금산입니다."

"아, 거룩합니다. 저 산은 또 무슨 산입니까?"

이성계는 어느새 합장을 하고 경배하는 자세를 취했다.

"아까 넘어왔던 용출산이 하나로 겹쳐서 음양봉 가운데 음봉만 보이는 것입니다."

"절묘합니다. 조물주의 조화신공입니다."

"이제 소승의 은사인 나옹대사의 수행 동굴로 내려가 보십시다. 이 금당대 바로 밑에 있습니다."

그들은 금당대를 더듬어 내려와 남쪽 절벽 사다리를 탔다. 커다란 동굴 암자가 나왔다. 동굴 안에서 동굴 밖을 향해 남향으로 앉았다.

"대장군, 뭐가 보이십니까?"

"고려국 지도로군요. 삼한강토!"

"물각유주物各有主라더니 과연 주인은 자기 물건을 알아보시는군요. 부디 금척을 받들어 삼한강토를 잘 다스려주십시오."

무학은 이성계가 삼한강토의 새 주인임을 필연으로 받아들였다.

"주인이라니요. 나라의 주인은 백성입니다."

반가운 말이었다. 본바탕이 이처럼 바르다면 금척정신을 펼칠 적임자였다.

"소승이 불자라 해서 반드시 불국토를 바라지는 않습니다. 신라는 불교를 숭상했지만 풍류와 금척을 중심에 두었지요. 고려는 그러지 못했습니다. 불교에 너무 경도되었지요. 대장군이 북송에서 유행한 성리학을 받아들인 신진사대부들과 가까이 지내오고 있음을 소승은 조금 들어서 압니다. 크게 문제될 게 없습니다만 성리학에 지나치게 경도된 나머지 우리 고유의 풍류와 금척정신을 잊지는 마십시오."

176

무학은 금척정신을 명료하게 풀어냈다. 지배층만을 위한 나라가 아닌 만백성과 뭇 생명이 함께 잘 사는 세상이 풍류와 만난 금척정신이었다. 그것이 곧 불국토이기도 했다.

"대사께서 도와주시면 기꺼이 그리하지요."

이성계는 합장으로 약속했다.

"이제 금척이 주인을 만났으니, 저 금산의 이름을 개명할까 합니다. 대장군의 성이 이씨이므로 파자를 하면 목자木子가 되니 나무 기운을 지녔습니다. 칼로 나무를 베는 것처럼 저 금산의 금 기운이 목 기운을 제압하니 부득이 금산을 묶어둘 수밖에 없겠습니다. 하여 이제부터 묶을 속束자를 써서 속금산束金山이라 부르는 게 좋겠습니다. 속금산은 신라 때 부르던 섯다산, 서다산처럼 솟구친 산의 뜻도 되니 무리가 없겠습니다."

"절묘합니다. 대사님을 만나니 이 가슴속에 품어왔던 막연한 호연지기가 비로소 모양을 갖춰 빛을 발합니다."

이성계는 콧날이 찡했다. 상이암에 이어 금척과 속금산이라니. 조상의 뿌리인 관향의 명산에 와서 비로소 삼한강토를 다스릴 명분을 찾은 느낌이었다.

"속금산의 뜨는 기운을 진압한 거대한 돌탑은 아까 보셨지요?"

"네, 대사님."

"새 나라를 창업하시고 안정되거든 비보탑으로 바꿔 액막이를 하십시오."

무학은 품속에서 석 장의 그림을 꺼냈다. 치자로 노랗게 칠한 금척도와 명당도, 탑 배치도였다. 금척은 지휘봉이자 칼 모양의 황금자였고 명당도는 이곳의 산맥과 강의 흐름을 그린 그림이었다. 금강이 한양과 개성 쪽으로 거슬러 올라가다가 서해로 빠졌다. 그 형국이 흡사 활모양 같았고 속금산을 포함한 산맥은 북쪽을 겨냥한 화살 형국이었다.

"음양오행에 따른 천지탑, 오방탑을 맨 위에 앉히시고 그 아래로 금척의 나라를 배치하십시오. 금척은 천문이고, 금척의 나라는 하늘 별자리의 나라이기도 합니다. 하늘나라 임금이 계신 자미원이지요. 부디 이 땅에 금척의 나라를 구현해주십시오."

무학은 풍수와 천문에 밝은 도승이었다. 화살이 활시위와 만나는 깃대 끝 부위에 돌탑을 쌓아 눌러놓으면 화살이 나가지 못했다. 은밀하고 절묘한 액막이가 아닐 수 없었다. 그는 금척도와 명당도, 탑 배치도를 이성계에게 건네주었다.

"이 귀한 보물을 소생이 받아도 되겠는지요?"

"하늘이 주는 천부입니다. 소승은 임자를 기다렸다가 건네주는 전달자일 뿐이지요. 소승에 앞서 나옹대사가 계셨고 그 위에 보덕국사 그리고 역대 단군에 이르기까지 많은 금척 전달자들이 있습니다. 물론 맨 위에는 하늘이 있지요. 혹시라도 이 금척을 준 이가 누구인가를 밝혀야 할 때는 꿈에서 신인으로부터 얻었다고 하십시오. 제가 드러나면 유학자들의 반발에 견뎌내지 못할 것입니다."

그때 금당대 바로 위에서 거문고 타는 소리가 울렸다. 이성계가 천부를 받은 걸 기리는 음률처럼 여겨졌다. 무학대사는 알 듯 모를 듯 미소를 지었다. 무학은 그 봉우리를 탄금봉彈琴峰으로 불렀다.

진안에서 금척을 얻은 이성계는 관향인 전주에 들렀다. 오목대에서 종친들을 불러 모아놓고 성대한 연회를 베풀었다. 가슴속에 금척이 들어 있는 그의 얼굴은 광채가 났고 어깨는 의젓했으며 말은 곧고 선명했다. 종친들은 이씨 가문에서 드디어 왕재가 나왔다고 고무되었다. 몇 년 뒤, 코흘리개 아이들이 이상한 노래를 부르며 골목길을 누비고 다녔다. 목자득국木子得國, 곧 목자의 합자인 이李 씨가 새 나라를 세운다는 참위의 노래였다.

"아빠봉 엄마봉, 그 음양이 하나로 뭉쳐 보이니 태극이요, 석양에 물들면 금척, 운무에 가려졌다가 벗어지고 흰 눈에 뒤덮이거나 은은한 달빛에 빛나면 은척이로다. 사시사철 뾰족하게 서서 28수 별자리를 가리키고 춘분과 추분 때는 태양이 뜨는 지점이니 영락없는 천문시계로다. 시간에 따라 그 색깔이 달라져 은자와 금자로 변하지만 그 자체는 변하지 않는구나."

청림의 옛이야기를 듣고 나서 금바우 자신도 모르게 입에서 줄줄 쏟아져 나온 노래였다. 자연스럽게 익힌 천문서 『보천가』 가락과 흡사했다.

"나도 못하는 소리를 우리 개벽장이 금바우 도령이 하시네. 그럼 금척의 산, 금산 속에다 돌탑을 쌓으면서 왜 굳이 자미원 형국으로 쌓도록 했을까?"

청림이 금바우의 눈과 입을 주목했다.

"그야 할배가 더 잘 알지. 음양오행의 작용 원리와 천문을 담아낸 돌탑으로 땅 기운을 다스리는 거라며? 그 또한 돌탑으로 풀어낸 금척이지 뭐야. 금척으로 화살 촉 같은 금산의 기운을 눌렀으니 무학대사는 과연 명사가 분명해."

"오오. 마이산 두 봉우리가 화살촉이기도 했었구나."

청림 할배가 혀를 내둘렀다.

"그런데 할배, 왜 태종은 하필 마이산이라고 했다지?"

"하늘을 나는 말, 천마天馬를 뜻한단다. 이 마이산은 천마의 귀지. 그 큰 귀로 지상의 일들을 다 듣고서 하늘나라 자미원의 임금에게 전하는 것이야. 태종은 무학대사가 이성계를 통해 이 땅에 구현하고자 했던 금척의 나라를 돌탑으로 재현하고 전주 경기전에 모신 태조의 진영에 고하고자 했었지. 그런데 자신과 왕위쟁탈전을 벌였던 형 방간이 거기에 머물고 있어서 몸소 찾아가지 못하고 신하들을 보내 아버지 진영에 고하고 서울로 떠났어. 이후로 태조 이성계의 창업정신이 깃든 금척은 조선왕조사에서 까맣게 잊히고 말지. 금척정신이 접화군생의 풍류와 만나 꽃피웠다면 오늘날 나라가 깨지는 지경까지 가지는 않았을 게야."

"용배 형이 그러는데 그래도 성리학의 나라 조선은 오백 년이나 갔고 그건 세계사적으로도 드물대요."

"신라는 천 년을 갔고 고구려나 백제 또한 육백 년을 너끈히 넘었다. 조선왕조 오백 년이 자랑거리일 수 없다는 얘기야. 그리고 그 오백 년 동안 백성은 태평했을까? 어린이와 여인들은 하늘로서의 대접을 받았던가? 한 겨레붙이의 백성을 삼 할이나 노비로 삼아서 마소처럼 부려먹고 태평을 누린 건 오로지 양반들뿐이었어. 그처럼 소수 지배자만을 위한 제도나 이념은 교활한 통치술이지 뭇 생명에게 두루 통하는 금척이 아니야. 오래 가서는 안 될 것이 오래갔다면 반드시 폐단이 깊고 그 폐단을 덮으려고 그릇된 힘을 썼을 것. 지금 세상을 뒤흔들고 있는 서구 제국주의처럼 말이지. 이 난세에는 어떡해서든 살아남는 게 급선무지만 우리는 언제고 바른 세상을 위한 금 척을 되살려야 해. 이 할배는 접화군생의 오묘한 조화의 힘을 믿거든."

청림은 그동안 접화군생의 예를 수도 없이 보여줬다. 전라 도와 충청도, 멀리 경상도에서도 사람들이 몰려들어 교단을 형성할 정도였다. 교단은 청림이 꺼려하는 바였다. 청림은 연 담蓮潭 이운규와 함께 그들을 가르쳐 풀씨처럼 날려 보냈다. 경 주 사람 최수운, 연산 사람 김일부가 그 가운데 도드라진 이들 이었다.

지난겨울에도 마이산 금당대와 운장산 칠성대에서 경전에 나올 법한 이적을 행했다.

그날은 볕이 따사로운 한낮에 금당대에서 영가무도를 했다. 음— 아— 어— 이— 우— 영가를 부르다가 춤을 추었다. 도 약하기 직전 한창 춤 삼매에 빠졌을 때, 머리 위로 커다란 새 한 쌍이 그림자를 드리우며 나타났다. 솔개로 여겼는데 낮게 내려오는 걸 보니 한 발 크기의 날개를 지닌 독수리였다. 아 버지 어머니, 용배 형과 금바우는 바짝 긴장했다. 아무리 익숙 한 장소라도 이처럼 커다란 독수리 앞에서는 춤사위가 움츠러 들 수밖에 없었다. 하지만 청림은 아무것도 보지 못한 사람처럼 춤에 빠져들었다. 독수리는 청림의 남색 풍차를 낚아채려는 듯 아주 가까이까지 내려왔다. 금바우가 고함을 치려는 순간 두 마리의 독수리가 마주 보며 춤을 추는 것이었다. 그제야 청림이 그 광경을 보고 환하게 웃었다. 한 쌍의 독수리와 청림은 한 가족처럼 어우러져 춤을 추었다. 지켜보던 금바우 가족도 곧 하나가 되었다.

정초에는 구봉산 천황암을 거쳐 운장산으로 칠성기도를 갔다. 김광화를 비롯한 남학南學 교도들이 합류했다. 남학당은 생활 속의 수련을 통해 새 세상을 열어가는 개벽장이들의 결사체였다. 이들은 동학과 뿌리가 같았으나 동학 이후의 세상을 내다보며 비밀스럽게 활동했다.

운장산 남쪽 기슭 부귀 황금리 저수지 쪽에서 운장산을 오르다보면 팔부 능선 왼편 계곡에 칠성대가 나왔다. 어른 키 한 배 반쯤 높이의 기다란 이 바위 제단은 깎아 세운 것처럼 반듯하게 계곡을 가로질러 이어졌다. 그 아래로 널따란 암반이 깔려 있었는데 남학교도들이 기도하고 수련하는 장소였다.

칠성대 아래 너럭바위에서 영가무도를 하다가 해가 이울어 북두칠성이 비치자, 별에게 제사하고 기도를 올렸다. 영가무도는 칠성대 옆 작은 초막에서 밤이 이슥토록 이어졌다. 청아한 노랫소리가 깊은 산중의 밤을 달뜨게 만들었다. 굴속에서 움츠리고 있던 짐승들도 귀를 쫑긋 세웠고 산막 옆 참나무와 고로쇠나무도 팔을 흔들었다.

잠들기 전, 금바우는 오줌이 마려워 툇마루로 나왔다. 신발들이 놓인 댓돌을 피해서 무심코 괴춤을 까는데 눈앞에 황소만한 짐승이 서 있었다. 호랑이였다. 호랑이는 방안에서 울려 나오는 음, 아, 어, 이, 우 영가 소리에 맞춰 앞발을 들고 일어서서 덩실덩실 춤을 추다가 금바우를 보고서 멈칫했다.

"얼래, 호랑이가 문밖에 와서 춤을 다 추네."

금바우가 별스럽다는 듯 두런댔다. 다른 아이들 같았으면 그만 오금이 저려 그 자리에서 자지러지고 말았을 테지만 금바우는 툇마루 끝에 서서 호랑이를 겨누고 오줌을 내갈겼다. 그 사품에 호랑이는 추던 춤을 멈추고 어슬렁어슬렁 어둠 속으로 사라졌다.

"방금 호랑이가 춤추다 갔어요."

오줌을 다 누고 들어오며 천연덕스럽게 말했다. 영가무도 삼매에 빠진 남학교도들은 밖에서 무슨 일이 벌어지고 있었는지 까맣게 몰랐다. 아이가 새파랗게 질려서 뛰어 들어온 것도 아니고 태연하게 말하니 장난치는 것으로 알아들었다. 금바우는 청림 할배에게 조금 전 보았던 걸 일렀다.

"여러 차례 있었던 일일세. 계룡산 국사봉 아래 향적산방에

184

서 김일부 문도들과 영가무도했을 때도 범이 왔었지."

오직 청림만이 금바우 말을 곧이들었다. 청림은 호랑이를 길들여 부리는 전통은 우리나라 선조들의 오랜 유습이라고 했다. 멀리 단군 시절로 거슬러 올라가는데 중국의 옛 문헌에도 나와 있다고 했다. 군자국 사람들은 의관을 갖춰 입고 칼을 차고 다니는데 두 마리의 호랑이를 부린다고. 예의가 있고 사양하기를 좋아하여 서로 다투지 않는다고.

날이 밝자마자 일행이 밖으로 나와 보았다. 방안에서 영가무도를 하는 사이 눈이 소북이 쌓였고 그 눈밭 위에 큼지막한 호랑이 발자국들이 선명하게 찍혀 있었다. 호랑이가 춤춘 자리는 발자국들로 어지러웠다. 사람을 감화시키는 소리와 춤이 사나운 독수리와 호랑이에까지 미칠 수 있음이 증명된 셈이었다.

"사람이 금척인 세상을 만났으면 평생 이 산중에서 노래하고 춤추며 살 아인데……."

청림이 그때까지 늦잠을 자고 있던 금바우 이마를 쓰다듬으며 풀어놓은 넋두리였다.

"예? 사람이 금척이라고요?"

남학교도들이 입을 모았다.

"그럼. 황금으로 만든 잣대가 금척이 아니라 사람이 금척이

185

라야 제대로 된 세상이네. 모든 사람이 금척인 세상이 태평세월인 게야. 사람의 눈과 귀와 마음은 사물의 길이와 모양, 색깔, 바른 소리 등을 판단하고 가치를 따지는 척도라네. 다만 욕심에 눈멀고 귀먹고 마음이 비뚤어져 잣대가 마음대로 길어지고 짧아지니 금척의 기능을 못하기가 쉽지. 그래서 공명정대한 가치판단 기준이 필요한 거고 금척이 등장하는 거네."

청림의 그 말은 남학교도들이 자기 자신을 황금으로 만들기 위해 용맹스럽게 수련하는 계기가 되었다.

아무튼 이렇게 금바우는 그전부터 알게 모르게 금척 전달자로서의 남다른 소행을 보여 왔다. 그래서 금바우 아버지 김찬명은 자식 칠남매 가운데서 제70대 금척 전달자를 지정하는 데 별다른 고민을 하지 않아도 되었다. 하지만 금바우로서는 그리 내키지 않는 일이었다. 이 나라가 유목국가도 아니고 농경사회인데 왜 엄연한 장자를 놔두고 말자 상속을 한단 말인가.

누가 시키지도 않았는데 뭣도 모르고 틈틈이 금척에 대해 정리했던 금바우는, 그게 내 앞으로 떠밀려온 등짐이라는 걸 뒤늦게 알고서 이물스러워졌다. 막연하지만 두려웠다. 금바우는 밥맛을 잃고 말도 잃었다. 아버지와 식구들은 그 까닭을 딴 데서 찾고 있는 눈치였다. 복주머니에 넣고 다니던 구슬처럼 금바우를 아끼던 청림이 영영 떠나버려서 그러는 줄로 여겼던 것이다. 그만큼 이들 곁에서 청림이 떠나간 건 너무도 큰 사건이었다. 특히 금바우한테는 더 그랬다.

"이 땅에 손님처럼 찾아온 나는 백 년 가까운 세월을 발록구니로 떠돌다 그만 날이 저물었다네. 그래도 우리 개벽장이 금바우 도령이 아기 때, 그 천진스럽고 해맑던 빵긋 웃음 한 번 본 것만으로도 이 세상에 다녀간 보람이 있었느니."

청림은 그렇게 북녘으로 떠났다. 그 뒤로 길래 아무런 소식이 없었다. 금강산이나 백두산으로 들어갔다가 거기서 하늘로 돌아갔을 거라고 했다. 자손이 없는 그는 지저분한 몸 찌꺼기를 무덤에 담으려 하지 않았다. 짙은 운해가 피어오르는 날, 어느 높은 산중 바위 벼랑 위에서 깃털처럼 몸을 날려 바위틈에 꽂혔거나, 굴을 파고 들어가 안에서 입구를 막아버렸을 거라 했다. 스스로 몸을 지워버리는 천화遷化였다. 도인다운 장례 의식이었다.

청림이 떠나고 사흘 뒤, 금바우는 봄바람 꽃바람에 밀려 마이산을 벗어났다. 두 봉우리 사이 천황문을 넘어 금산 진악산 자락 큰누님 집으로 내빼버렸다. 식구들에게 어떤 말도 남기지 않고서였다.

제 아무리 신통했더라도 열 살배기 꼬맹이가 튀어봐야 백리 길 안팎이었다. 며칠 뒤, 아버지가 금바우를 찾아왔다. 뭐라고 다그치지도 그만 돌아가자고도 채근하지 않았다. 금바우는 가만히 자기를 바라만 보던 아버지에게 악머구리를 내질렀다.

"왜 아버지는 생명의 금척을 그렇게도 잘 아셨으면서 충배 큰형을 사냥꾼으로 만드셨던 거죠? 사냥꾼은 아무 죄 없는 짐승들을 죽이는 반 생명의 악당이잖아요!"

그 악머구리는 마지못해 금척 전달자가 되기로 한 금바우 방식의 수락의식이었다. 그렇다고 바로 아버지를 따라갈 금바우가 아니었다.

"충배 형한테는 사냥꾼이 제 갈 길이었단다."

김찬명의 답변은 굵고 짧았다. 그 뒤로 더는 아무 말도 없었다. 그저 멀거니 하늘을 우러를 뿐이었다.

사냥꾼이 충배 큰형의 길이었다니.

금바우로서는 정말 이해가 되지 않는 말씀이었다. 하지만 그걸 이해하기까지 걸린 세월은 그리 길지 않았다. 그것은 마이산이 울었던 까닭과 연결돼 있었다.

제3부

내 한 몸이
꽃이면

1

김두성 찾기에 혈안이 돼 있던 일제 통감부와 헌병대는 이렇다 할 실적을 내지 못하고 있었다.

평양경찰서가 먼저 두 명의 혐의자를 확보했다. 경찰분서와 순사 주재소 순사들이 기민하게 움직여 파악한 소득이었다. 면서기들과 마을 구장들을 닦달한 보람이 있었다. 그런데 정작 연행돼 온 김두성은 여자였다.

"뭔가? 이토 공 시해 총책 김두성이 저 여자라는 거야?"

깡마른 경찰서장은 지하실 유치장에 따로 가둔 사십대 여성 김두성을 창살 너머로 건너다보며 어이없어 했다. 광대뼈가 툭 불거지고 양쪽 눈썹 끝과 눈초리가 위로 치켜 올라가서 한눈에 봐도 성질깨나 사나워 보였다. 매운 한국여인이라는 말이 있지만 저 여자는 정도가 심하다. 이마에 주름이 유난히 많은 서장은 여자와 눈길이 마주치자, 머리칼을 손바닥으로 문질러 정리했다. 볼품없는 얼굴에 포마드 바른 머리칼이라도 늘 단정하게 번쩍거려야 권위가 선다고 믿는 듯이. 서장이 쏘아보자 여자 또한 눈싸움이라도 하려는 듯 노려보았다. 서장은 눈에 더 힘을 주어 삼각안三角眼을 해보였다. 독사의 눈 모양으로 변했다. 그래도 여자는 눈길을 돌릴 줄 몰랐다. 서장은 재수 없다는 투로 돌아서며 안내하던 부하에게 고개를 저었다.

"김두성이 꼭 남자라고만 여기다간 또다시 허를 찔릴 수 있습니다."

담당 경시가 뱁새처럼 작은 두 눈을 잔뜩 조이며 지적했다. 그건 그랬다. 세상에 그 먼 북만주 하얼빈까지 달려가서 각국 군대가 삼엄하게 도열해 있는 환영식장을 활보하던 자객이 있었다니. 방심하면 여지없이 당하고 말게 돼 있었다. 그리고 여자라고 큰일을 못하리란 법도 없었다. 그간 산속에서 붙들린 의병들 가운데 더러 여장남자도 섞여 있었으니까 말이다.

"그래도 특파독립대 26인의 총대장이라고 하기에는 저 여자는 영 아니다. 안응칠이 저 여자의 지시를 받고 흉행을 저질 렀다고? 아냐, 아냐. 이건 아니다."

경찰서장은 굳이 만나볼 필요조차 없다는 입장이었다. 제대로 빗질도 하지 않은 쑥대머리를 얼추 묶었고 복장은 누비적삼과 치마차림이었다. 한눈에 봐도 영락없이 발바닥에 굳은살 박인 농부의 아내였다. 그만 발걸음을 돌리려는데 순사가 나섰다. 여자의 체포 현장에 출동했다가 연행해온 한국 순사라고 했다. 그는 한국말에 일본말을 섞어가며 체포 당시 상황을 전했다. 과장 섞인 무용담이 흡사 전설 속의 여장군이라도 사로잡아온 자 같았다.

맨손으로 호랑이를 때려잡을 만한 담력과 용력을 지닌 여자라고 했다. 순사와 밀정이 덮쳤을 때, 밀정을 번쩍 들어 삽짝 옆 시궁창에 메다꽂아버렸다는 거였다.

"썩은 물과 해감에 처박힌 밀정은 하마터면 질식사할 뻔했어요. 수상한 여자 김두성이라고 밀고했던 구장이 달려들어 빼내고 물동이를 들이부어 기도를 터주지 않았다면 황천길 떠났지요. 코와 입, 머리칼에서 씻어내고 씻어내도 실지렁이가 스멀스멀 자꾸 기어 나왔답니다."

여자는 그다음에 순사의 멱살을 움켜쥐려 대들더라는 것. 당황한 순사가 단총을 뽑아들자, 탱자나무 울타리로 밀어 넘어뜨리고 달아나버렸다. 여자는 집 근처 용악산으로 숨어들었다. 헌병대 무장 병력 서른 명과 순사들이 동원되어 이 잡듯이 훑은 끝에 겨우 잡아낼 수 있었다.

"겨울 산속에서 덤불을 뒤집어쓰고 이틀을 버텨낸 꼴이라서 저렇습니다. 아직 씻기지도 않은 상태지요."

경시의 말을 듣고 보니 예사로운 여자가 아니다. 쇠창살로 여자를 주시하며 듣고 있던 서장은 개처럼 코를 벌름거렸다. 악취가 여기까지 진동하는 듯했다.

"글은 아는 눈치던가?"

중요한 단서다. 그런 정도의 기세에 글까지 읽고 쓸 줄 안다면 요주의 인물이 분명하다.

"가택을 수사하니 이런 잡기장이 나왔습니다."

경시가 한 뼘 두께나 되는 잡기장을 가리켰다. 잡기장은 뒤에 서 있던 경부가 들고 있었다.

"조선어, 한자는 물론 영어도 보입니다. 아직 자세히 보지는 못했습니다만 얼핏 인디펜던트 코리아라는 구절이 눈에 띄었습니다. 상당한 교육을 받은 신여성 같습니다만."

"뭐야! 저 여자 당장 씻기고 옷 갈아입혀서 제대로 심문하도록! 경시는 그 잡기장 들고 내 방으로 올라오고."

서장은 직접 잡기장을 들여다보기로 했다.

다음날, 그들은 심문한 조서와 잡기장, 구장의 증언 등을 토대로 잠정적인 결론을 도출했다.

나이 마흔둘의 여자 김두성.

몇 년 전 서울에서 평양으로 흘러들어온 뜨내기다. 일찍이 서울 이화학당에 입학하여 신학문을 배우다 가세가 기울어 중퇴. 가문이나 부모는 멸문했다며 밝히지 않음. 여학교 중퇴 이후 돈 많은 장사꾼의 측실이 되었으나 생긴 것처럼 팔자가 드세 남편이 죽었다 함. 곧바로 개가改嫁했으나 소박맞음. 아이는 생기지 않음. 몇 년 전부터 개가를 포기하고 평양으로 와 야학을 열었으나 신통치가 않자, 날품팔이를 하며 혼자 산다. 배일사상이 강하다. 일가붙이가 없고 안창호를 비롯한 독립 운동가들의 시국강연을 열성적으로 쫓아다닌다. 안응칠의 흉행을 들어서 알고는 있으나 개인적인 교류나 조직과 연관돼 있다고는 전혀 생각할 수 없다. 따라서 이번 일과는 무관하다. 다만 단독으로 배일사상을 키워가고 있다가 때가 되면 교육 사업과 독립 투쟁을 할 여지가 다분한 불온한 여자이므로 구장이나 순사, 또는 밀정을 통해 지속적인 감시가 필요하다.

여자 김두성을 집으로 돌려보내기 전에 서장실로 불러 면담했다. 여자가 서장실에 도착하기 직전, 서장은 경시에게 넌지시 물었다. 혹시 그 여자 등이나 배에 북두칠성 모양의 점이 박

195

혀 있었더냐고. 그렇잖아도 목욕시킨 여직원에게 살펴보라 했고 그런 점 같은 건 없었다는 것, 칠성님은 한국인의 태몽에 흔히 등장하는 소재고 여자의 이름도 거기서 비롯됐을 거라는 답이 돌아왔다.

서장은 본국에서 보내온 도라야키를 수북이 담은 접시와 뜨거운 커피를 준비했다. 여자 김두성이 들어와 앉자, 통팥앙금이 들어 있는 그 부드러운 빵을 건네며 자신도 한 개를 집어 베물었다. 출출할 때 간식으로 그만이었다.

"은하수 가의 직녀성 기운을 받아 태어났으면 현숙한 여염집 마나님이 되었을 텐데, 하필 여자가 그 사납다는 북두칠성 기운을 받고 태어나서 팔자가 더럽게 사납고 유치장 신세까지 지었구려."

무고한 사람을 잡아다 족쳐서 미안하다는 말을 서장은 그렇게 깐족깐족 변죽을 울렸다. 자기들 잘못은 없고 팔자 사납게 태어난 여자의 잘못이라는 투였다. 마주앉아서 보니 그렇게 밉상도 아니었다. 다만 웬만한 사내의 팔뚝은 저리 가라는 통뼈가 거슬렸다. 키도 서장보다 반 뼘은 더 커서 170센티미터나 되었다. 대개의 한국인들은 일본인들에 비해 키가 컸다. 영양 부족으로 얼굴이 누렇게 뜬 경우도 평균치의 일본인보다 컸다. 잘 먹어서 발육 상태가 좋은 경우는 비교도 안 되었다.

그러고도 키 작은 나라 일본제국의 지배를 당하는 처지라 키 큰 게 대수는 아니었지만 내심 열등감이 들곤 했다.

"그렇게 말하는 이녁은 대관절 무슨 별자리 기운을 받고 태어났기에 남의 나라를 강탈하는 도둑 앞잡이가 되었다던가?"

여자가 도라야키를 맛나게 씹어 삼키고 커피까지 마신 다음, 똑 부러지게 받아쳤다. 되로 주고 말로 받은 격이었다. 서장은 이 더러운 여자와 굳이 말씨름하고 싶지가 않았다. 표독스럽게 늙어가는 신여성 앞에서 문명개화네 보호국이네 하는 따위의 판에 박힌 너스레는 삼갔다.

"여자 혼자 사는 것도 곤궁한데 시국강연에 나다닐 게 아니라 차라리 신기술을 배우면 어떤가? 신여성답게 미용실이나 양장점이라도 차리면 호구지책도 되고 보람도 있을 텐데. 원하면 경성이나 도쿄 일류 업소를 주선해 줄 수도 있겠다만."

말해놓고 보니 돼지 목에 진주 목걸이였다. 애초 그런 걸 배울 재목이 아니었다. 나이나 젊고 남자 같았으면 씨름 선수나 스모 선수로 키워도 되련만.

"그렇게 염려해주니 고맙다. 유감스럽게도 나는 그런 잔망스런 일에는 도무지 흥미가 없다. 나는 글 읽는 조선의 여성선비니까."

김두성은 '여자'라는 말 대신 '여성'이라는 말을 썼다. 새뜻

197

한 표현이었다.

"오호! 여자도 선비가 될 수 있나? 우리 일본제국에 여자 사무라이가 없듯이 조선에도 여자선비는 없는 걸로 알고 있는데."

서장은 일본인답게 여자라는 말을 고수했다.

"많이 있었다. 고구려와 백제 창업의 설계자 소서노, 율곡 이이의 어머니 신사임당, 『태교신기』를 쓴 이사주당, 시인 김삼의당이 당대의 여성선비들이었다. 지금은 세상이 바뀌었다. 시대가 여성선비를 부른다. 대한제국이 세운 학교에서 신교육을 받은 여성들이 밤하늘 잔별들처럼 많다. 곧 가을볕에 마른 참깨 쏟아지듯 옹골찬 여성선비들이 불거져 나올 게다. 이왕 주선해주려면 경찰 분서나 순사주재소 순사 자리 하나 만들어 주면 어떤가?"

"여순사가 되고 싶은가? 왜지?"

"남의 나라 훔치러 바다 건너온 도둑놈들 때려잡게."

점입가경이었다. 서장은 목젖을 드러내며 껄껄껄 웃어젖혔다. 이거 물건이었다. 헌걸찬 여장부가 분명했다.

"그만 가도 좋다. 잊지 마라. 그대가 어떤 생각을 지녔건 그대의 자유로되, 경거망동하면 밤의 쥐, 낮의 새가 되어 지켜보는 우리가 가만두지 않을 게다."

서장은 남은 도라야키를 싸주며 여자를 석방했다. 여자 김
두성은 붓을 들어 몇 자를 끼적여놓고 떠났다.

　　君子有不戰 戰必勝矣.*

　낮도깨비같이 등장한 여자 김두성이 돌아가자, 무식한 서장
은 한학을 좀 했다는 직원을 불러와 풀이하게 했다. 『맹자』에
나오는 구절이라고 했다. 고리타분한 유학 붙잡고 허송세월하
다가 망한 나라 주제에 곧 죽어도 맹자 타령이었다. 시답잖아
서 코웃음이 절로 나왔다. 날로 새롭고 또 날로 새로워라 했던
대목은 어디다 까먹고서 곰삭은 구절들만 붙들고 자빠졌다가
문명개화의 시기를 놓쳤단 말인가. 신문물과 제도를 제때 받
아들이지 않으면 발 빠른 이웃나라에 먹히게끔 돼 있는 게 세
계질서였다. 조상이 물려준 강토를 못 지켜놓고서 왜 침탈해
들어왔느냐고 대들면 누가 곱게 물러나준다던가. 구도를 갖추
지 못한 나라에서 개인의 의로운 기상만으로는 세상을 바꿀
수 없다. 그저 분한 마음만 하늘을 찌를 듯 북받쳐 오르다가 이
내 잿불마냥 사위고 만다. 따라서 안응칠의 흉행도 지금은 세

---

* 군자는 여간해서 싸우지 않지만 싸웠다면 이긴다.

계가 발칵 뒤집혔지만 일과적인 사건에 그칠 가능성이 크다. 아무리 드센 운동도 구도가 잘 짜여 있지 않으면 시나브로 지나가고 만다. 언제 이런 일이 있었냐는 듯이. 다만 이 기회에 철저히 점검하는 게 중요하다. 백자 항아리처럼 맑고 순한 거개의 조선인들이 물들지 않게끔 저런 독종은 각별한 보호, 관찰대상이었다.

또 다른 김두성에 대한 정보가 들어왔다. 헌병대 측에서 수집한 정보였다.

평양군 남채산면 5리에 송정동이라는 동네가 있었다. 평양 시내에서 서남쪽으로 오십 리 떨어진 동네였다. 송정동에는 김씨 성을 가진 가구가 모두 셋인데 김철구라는 사람의 아우가 김두성이었다. 올해 27세로 십 년 전인 17세 때 무단가출하여 행방불명되었던 자였는데 재작년 7월에 돌연 귀가했다고 한다. 깔끔한 신사복에 단정한 머리, 구두까지 갖춰 신고 있어서 출세한 사람으로 보였다. 어디서 뭘 하다가 왔는가를 물었다. 황해도에 있다가 개성에서 순사로 봉직했다고 했다. 가족들이 좋아했는데 재미가 없어서 사직하고 귀가했다는 것. 김두성은 일 년 남짓 집에서 반거들충이로 하릴없이 지냈다. 찾아오는 이도 없고 누굴 찾아가지도 않았다. 소나무 기둥 속에 파고든 좀 벌레처럼 칩거하던 그는 어느 날 또 다시 행방을 감추고 사라졌다. 제2차 무단가출이었고 가족에게도 지금 껏 아무런 소식이 없었다.

개성경찰서와 예하의 여러 분서, 순사 주재소에 김두성이라 는 전임자가 있는지 수소문했다. 전혀 없었다. 군사경찰기관인 헌병대 경력자 명단을 뒤졌다. 헌병대는 방첩기관과 첩보기관 역할까지 겸하고 있었다. 개성 헌병대 경력자 명단에 김두성 이란 자가 하나 나왔다. 정직원은 아니고 일본헌병이 보조원 으로 고용한 한국인 밀정이었다.

김두성은 밀정 노릇을 충실히 한 것으로 평가받았다.

밀정은 적국의 스파이다. 평범한 사람이 스파이가 되는 일 은 간단치 않다. 제 살 베어다 제 배를 채우는 일인데 온전한 정신 상태로는 하기 어려웠다. 무엇보다도 국가개념이나 민족 의식이 없어야 가능했다. 그보다 자신의 이익을 중시해야 할 수 있었다. 생활고에 시달린다고 아무나 밀정 노릇을 하지는 않았다. 보수가 그리 높지도 않았고 대놓고 내세울 만한 빽이 되지도 못했다. 물론 성취감도 보람도 느끼기 어렵다. 그래서 밀정 노릇을 오래하는 경우가 드물었다. 더러 적성이 맞아서 오래하는 자가 있을 수 있는데 그 경우에는 위에서 권고사직 을 하거나 도태시키기도 했다. 일에 자신감이 붙고 미립이 생 기면 사건을 날조해서 포상금을 타내거나 고의로 공작하여 반

201

일 감정을 조장할 우려가 있어서다. 밀정을 가장한 독립운동 이야말로 가장 경계해야 할 일이었다.

송정동 김두성은 권고사직을 당한 경우였다. 뚜렷한 국가관이나 민족의식이 있는 것도, 그렇다고 독립운동을 할 여지도 없어보였지만 그를 부려온 헌병은 그가 밀정을 즐기는 게 마음에 걸렸다. 이쯤에서 적당히 쓰고 버려야지 더 뒀다가는 사달을 일으킬 가능성이 있다고 판단했다. 헌병은 한 달 치 기밀비 칠 원을 더해주며 다음 달부터 일을 그만두라고 명했다.

주인에게 충성을 다 바쳤으나 비루먹은 개처럼 버려졌다고 여긴 김두성은 이만저만 낙담이 큰 게 아니었다. 한동안 헌병대 주변을 떠나지 못하며 옛 동료들과 술추렴으로 여러 날을 보내다가 지갑에 돈이 다 떨어져 가자 문득 고향이 그리워졌다. 그는 양복과 구두가 더 낡기 전에 고향마을을 찾아들었고 환대를 받았다. 하지만 그의 깜짝 등장은 여운이 그리 길지 않았다. 돈을 많이 풀어놓는 것도 아니고 특별한 기술이나 학식도 없다는 게 곧 드러났기 때문이다. 남의 뒤 밟으며 조사나 하고 다니던 세월은 그를 놈팡이나 다름없게 만들어 놨다. 농촌에서 들일을 하거나 땔나무를 하기에는 손과 발이 너무 희고 물러 터져 버렸다. 남루한 집식구들의 잔소리는 어느덧 비난으로 치달았다. 김두성은 더 버티며 밥 축낼 염치가 없게 되자,

장롱 속에 개켜둔 양복과 구두를 꺼내 신고 자취를 감췄다. 작년 8월의 여름날이었다. 그렇게 어언 일 년 반이 다 되어갔으나 여태 어디 있다는 편지 한 통이 없었다. 연해주나 만주로 흘러 들어가 아편 장사나 할 거라는 소문만 나돌았다.

"그런데 이 송정동 김두성이는 왜 김두성이 된 건지가 안 나왔군. 제 가형의 이름이 김철구니까 돌림자도 아니고 말이지."

서장은 별안간 그게 궁금해지는 것이었다. 듣고 앉아있던 부하 경시와 경부도 같은 생각이라는 듯 고개를 끄덕였다. 여하튼 송정동 김두성은 자칭 여성선비 김두성보다 특파독립대 총대장에서 한참이나 더 멀었다.

2

도대체 특파독립대 총대장 김두성이란 자가 어디에 있는 누구란 말인가.

수배령이 떨어진 이래 북간도를 합친 한반도 4천리 강토가 발칵 뒤집혔지만 뾰족하게 떠오른 인물이 없었다. 어쩌면 처음부터 무리한 수배령이었다. 몽타주가 있는 것도 나이나 성별이 확실한 것도 아니었다. 단지 이름이 김두성일 뿐이었다.

통감부가 찾은 숱한 동명이인 김두성 가운데 딱 한 사람의 공인 김두성이 있긴 했다. 러일전쟁 발발 직후인 1904년 2월 23일, 한국의 대일협력을 압박하기 위해 한일의정서를 맺었다. 한일의정서는 한국과 일본이 제3국의 공격에 대해 공동으로 방어하고 공격한다는 공수동맹이었다. 그 한 달 전인 1월 23일에 이미 대한제국은 일본과 러시아의 전쟁에 말려들지 않기 위해 중립을 선언한 바 있었다. 고종황제의 시종무관* 현상건이 러시아와 유럽, 중국을 넘나들며 어렵사리 공인받은 것이었다. 그런데 한 달 뒤에 강압으로 맺은 한일의정서로 인해 중립국 대한제국은 일본의 동맹국이 되어버렸다. 똥인지 된장인지도 분간 못할 만큼 어리석은 관료들과 향리의 지사들이 코쟁이 러시아 대신, 같은 동양인인 일본 편을 들어야 한다고 들고 일어났다. 인종주의가 깔린 친일공아론親日恐俄論이었다. 코쟁이 러시아에게 먹히느니 같은 황인종인 일본을 도와야 한다는 논리였다. 낭만적인 동양평화론자 안중근도 그중 하나였다. 당시 그는 연해주 망명 전으로 한국에서 교육사업을 하고

* 황제를 경호하는 무관.

있었다. 오직 고종황제와 그 측근들만이 속으로는 러시아 편을 들면서 겉으로는 중립인 척했다. 일본의 흑심을 간파하고 있었기 때문이다.

중추원 의관과 고종황제의 개인비서 별입시別入侍를 지낸 김두성이 한일의정서 배척 통문을 각지에 발송했다. 고종황제의 측근 이승재, 오영조, 오주혁 등이 함께 했다. 일본은 그들을 즉각 체포하고 투옥시켰다. 그 김두성은 1857년생으로 뱀띠로 올해 53세였다.

소네 통감과 사카키바라 헌병대 사령관은 처음부터 그 김두성을 주목했다.

"그놈이야. 그자가 바로 특파독립대 총대장 김두성이라고!"

1906년 6월 수감됐다가 곧 풀려난 것으로 파악된 김두성은 현재 행방이 묘연했다. 가족들을 데리고 향리로 내려갔다는 설과 1907년 7월 31일 대한제국 군대 해산 이후 연해주로 망명, 민족운동을 하고 있는 오주혁과 동행했다는 설이 있었다. 김두성은 본래 충청도 서천 사람이었다. 서천부터 훑었지만 다녀간 흔적이 없었다. 어려서 출향한 이후 뭐가 그리 잘났는지 코빼기 한번 내보인 적이 없었다는 게 문중 사람들의 쑥덕공론이었다.

오주혁과의 동행설을 추적했다. 오주혁은 현재 거물급 독립운동가로 성장해 있었다. 흉한 안응칠도 오주혁이 회장을 맡고 있는 공립협회 블라디보스토크 지회 회원이라는 정보가 들어왔다. 그런데 김두성의 흔적은 찾아볼 수가 없었다. 하긴 연해주에 김두성이 머물러 있다면, 흉한 안응칠이 그 이름을 발설했을 리가 없었다. 놈은 국내에 본거지를 두고 암약할 것이었다.

급기야 강원도를 중점적으로 뒤져보기로 방침이 정해졌다. 흉한 안응칠이 김두성의 고향이 강원도라고 했기 때문이다. 안응칠은 김두성이 본래 서천 사람인 걸 모르고 활동하는 지역 이름을 댔을 수도 있다는 추정에서였다.

붉은뱀 김두성 수배.

강원도 경찰서와 헌병대에 내려진 지령이었다. 그가 태어난 1857년은 정사丁巳년으로 붉은뱀의 해였다. 강원도에서는 붉은뱀 김두성만 찾으면 되니까 다른 지역보다 수월해 보였다. 평양처럼 엉뚱한 여자 김두성을 붙잡아와 비싼 도라야키까지 먹이고 들려 보내며 비용 낭비, 시간 낭비할 필요도 없었다.

"그런데 이 얼어터진 눈밭에서 무슨 수로 붉은뱀을 찾는 담."

벙거지를 눌러쓰고 마을을 쏘대는 순사들과 헌병대원들이 볼멘소리를 냈다. 뱀은 한겨울에 땅굴을 파고 들어가 겨울잠을 잤다. 나 잡아가라고 풀숲에 나다니는 봄철이 아니었다. 이런 눈밭에서는 토끼사냥이 수월했다. 발자국을 남기고 다니기 때문이었다. 실제로 순사들은 붉은뱀 김두성 대신 토끼를 사냥해서 무쇠 솥 바닥에 듬성듬성 무를 썰어 깔고 토끼탕을 해먹었다.

드넓은 겨울 강원도에서 붉은뱀 김두성을 찾는 일은 실패로 돌아갔다. 강원도에 희망을 걸고 수배령을 내린 수뇌부는 그제야 김두성의 몇 년 전 직급에 주목했다. 중추원 의관 벼슬은 종5품이었다. 그가 간도관리사 이범윤과 종1품 찬의 벼슬을 지낸 허위의 직속상관이 되었다는 것은 병아리를 어미 닭과 장닭의 리더라고 우기는 것이나 다름없었다. 그 김두성이 현재 연해주에 있다면 허위와 이범윤의 비서로 일하고 있을 게 뻔했다. 그를 총대장으로 보느니, 차라리 강원도가 배출한 의병장 유인석의 별명이 김두성일 수 있다고 추정해보는 게 나았다. 강원도 춘성* 남면 가정리에서 태어난 유인석은 위정척사파의 거두였다. 고종황제가 황제 자리에서 끌려 내려오고 이완용과 이토 공이 정미7조약을 맺자, 유인석은 연해주 망명길에 오르게 된다. 1908년 7월, 부산항에서 배를 타고 블

---

* 춘천.

라디보스토크로 간 것이다. 쉰일곱의 노구를 이끌고 다시 못 올 고국 땅을 떠나면서 그는 배안에서 비장한 심사를 시로 읊었다.

　　병든 한 몸 작기도 한데 휘달리는 범선 만 리도 가볍구나
　　나라의 운명이 어떠한가, 천심天心이 이 길을 재촉하도다
　　풍운은 수시로 변하고 해와 달만이 홀로 밝도다
　　주위의 한가로운 소리에 나의 심정만 아득하여라

　그러나 지난봄에 유인석을 만나본 안응칠은 실망이 컸던 모양이다. 이름 높은 성리학자 출신 의병장이 망명해왔다는 말을 들은 안응칠은 잔뜩 기대하고서 찾아갔다. 만나보니 일본 인들을 몰아내야 한다는 의분은 넘쳤으나 원대한 계획이 없었다. 귀가 먹고 시력이 약할 뿐만 아니라 시세에 어두운 노인으로 보였다. 그래서 그냥 물러나 돌아왔다는 거였다. 안응칠이 유인석을 보호하기 위해 부러 둘러댄 말로는 볼 수 없었다. 연해주에 있는 그를 잡아들이는 건 문제도 아니었다. 문제는 현지 대원들 누구도 그를 특파독립대 총대장이라고 믿지 않는다는 사실이었다.

3

11월 4일 남산 밑 장충단에서 이토의 추도식을 거행했다. 대한제국 내각이 주최하는 성대한 추도식이었다. 학생들을 동원하고 전·현직 내각 대신과 황족 원로, 각 부처의 고등관과 육군 장교들이 대거 참석했다. 이토 척살로 가장 많이 긴장한 건 내각 총리대신 이완용이었다. 특파독립대원들이 다음 번 척살자로 지목한 게 이토의 짝패인 이완용이라는 흉문이 들려왔다. 만일의 사태에 대비해 친위부親衛府의 보병 2개 중대를 배치했다.

고종은 그 전전날, 통감 관저 빈소에 조문했다.

처음부터 그럴 생각은 아니었다. 소네 통감의 은근한 압력도 받았지만 그래도 거부할 참이었다. 그러나 매국 친일파 내각관료들의 입에서 고종이 몸소 통감 관저로 가서 조문해야 마땅하다는 의견이 빗발쳤다. 기가 막혔다. 그들은 국민감정 같은 건 전혀 아랑곳하지 않았다. 개, 돼지 같은 국민들이야 위에서 결정하면 그대로 따르면 되는 거라고 여겼다. 중요한 건 일본정부였다. 그들에게 잘 보여야 자리보전이 되고 안녕할 수 있었다. 나라보다 우선하는 게 사적인 실리였다. 뒷방으로 물러나 앉은 태황제의 체면 따위를 고려할 때가 아니었다.

"내가 직접 통감 관저로 가서 조문한다면 국민들이 어떤 감정을 갖겠느냐. 아무래도 칙사를 보내는 것이 적당하다."

고종은 그렇게 거절했다. 승녕부 총관 조민희와 농상부장관 조중응이 서로 짜고서 우겼다.

"칙사라뇨. 직접 조문하는 게 도리입니다. 이토 공 생전에 태황제와의 친교가 어떠하였습니까? 태황제께서는 이토 공이 본국으로 돌아가는 걸 그토록 아쉬워하시지 않았습니까?"

고종은 어이가 없었다. 저들의 눈에는 그런 모습만 보였던 가보다. 기세등등한 이토 히로부미 앞에서 겉으로 웃었으나 오목가슴 밑으로 흘려보낸 눈물이 얼마나 많은지 손톱만큼도 헤아리지 못하는 모양이다. 설령 이토와 친교가 있었더라도 종당엔 황제 자리에서 강제 퇴위시킨 그 수모는 왜 기억하지 못하는가. 그토록 공들여 육성한 군대를 강제로 해산시킨 자였다. 입만 열면 한국을 위한다고 하면서 사실은 지며리 한국 병합을 추진해왔던 것이 그대로 드러났다. 양의 탈을 쓴 늑대처럼 교활하기 짝이 없었던 그자의 민낯을 확인한 이후로 다시는 꼴도 보기 싫었다. 할 수만 있다면 없애버리고 싶었다. 그런 작자가 정말로 척살됐으니 못내 기뻐할 일이지 이게 어디 조문할 일인가. 참으로 못돼먹은 자들이었다. 저희들이 모시던 황제의 입장은 아랑곳하지 않고, 죽은 이토 놈에게 끝까지 충성을 다 바치고자 하는 친일내각의 대신들다웠다.

"그대들의 뜻이 진정 그렇다면 내 친히 조문하겠다."

고종은 눈 딱 감고 인간 이토 히로부미의 영전에 분향하고 헌화했다. 만감이 교차했다. 이곳 장충단은 그 이름에서 풍기는 것처럼, 순국한 충신과 열사들을 제사지내는 곳이었다. 명성황후가 시해된 을미왜변 때 많은 충신들이 전사했다. 시위대장 홍계훈을 비롯해 염도희, 이경호 등의 군인들과 궁내부 대신 이경직을 기렸다. 임오군란과 갑신정변 때 희생된 문신들도 추가하여 배향했다. 그런 제단에서 나라를 침탈한 국적 이토를 추도한다는 것 자체가 이 악몽 같은 세월의 비극이었다.

세상의 모든 죽음은 슬프다. 자기중심으로 살아가던 존재가 문득 지워져 버리는 것이므로 한 세계의 절멸을 뜻했다. 설사 악당의 죽음이고, 내심 기뻐 뛸만한 사연이 있다 해도 대놓고 표낼 수는 없는 게 사람의 도리다.

고종은 지금껏 무수히 많은 죽음에 길들여져 왔다. 일찍이 갓난 아들이 똥구멍이 없이 태어나 죽고 마는 괴이한 일을 겪었고, 사랑하는 명석한 아내가 일본군의 칼에 난자당하고 불태워지는 끔찍한 꼴을 보았다. 게다가 외국군대의 총칼에 쓰러져 간 수십만 국민들, 그들의 죽음을 생각하면 밤잠을 이룰 수가 없었다.

속도 모르는 이들은 황제가 본래 올빼미 체질인데다 심야연희를 즐겨서 밤잠을 안 자는 거라고 제법 분석적인 시각으로 초를 쳤다. 어떤 이들은 임오군란과 갑신정변 이래, 밤중에 자객이 들까봐 궁궐 안에 대낮같이 전깃불을 켜 둔 채 뜬 눈으로 지새고 새벽녘에야 비로소 잠든다고 넘겨짚기도 했다. 그때는 경복궁 시절이었다. 발명왕 에디슨이 백열전구를 발명한 지 불과 8년 만이라던가. 1887년 정초에 환한 전깃불을 밝혔다. 중국 자금성이나 일본 천황궁보다 이 년이나 빠른 동양 최초의 전기설비였다. 대낮처럼 밝은 묘한 빛을 처음에는 뭐라 이름붙일 수 없어서 그냥 묘화妙火라고 불렀다. 바람에 건들거리며 켜졌다 꺼졌다 해서 건달불이라고도 했다. 전기를 만드느라 발동기 돌아가는 소리가 밤새 진동했다. 뜨거워진 발동기는 향원지 연못물에서 끌어온 냉각수로 식혔다. 더운 물이 연못에 흘러들자 물고기가 떼죽음 당했다. 그러자 증어망국蒸魚亡國이라는 흉문이 나돌았다. 여태 멀쩡하던 물고기가 갑자기 쪄 죽으니 곧 나라가 망할 조짐이라고. 연못 물고기는 그냥 죽은 게 아니었다. 발동기를 식힌 더운물로 인해 죽은 거였다. 인과관계가 이처럼 뚜렷하건만 조짐은 무슨 조짐이란 말인가. 말로써 말이 많으니 말을 마는 게 상책이고 원인을 없애면 그뿐이었다. 하여 발명왕 에디슨이 각별히 관심을 보였다는 경복

궁 건달불은 그리 오래 가지 못했다. 전등설비 비용으로 들어
간 일만 오천오백 달러가 아까웠지만 새로운 별천지를 경험한
비용으로 쳤다.

황제는 서양 신문물에 호기심이 남달랐다. 덕률풍이라 불리
던 전화기도, 종로통을 댕댕거리며 달리던 전차도 동양의 어느
나라보다 빨리 도입했다. 독일 시인 하이네가 공간을 살해했다
고 멋지게 표현한 철마도 서둘러 놓았다. 쇳덩어리로 된 말은
제물포 개항장에서 노량진까지 이십칠 킬로미터를 칙칙폭폭
내달렸다. 한강에 다리를 놓지 못해 도성까지 끌어들이지 못하
는 게 유감이었다. 그는 기필코 한강을 가로지르는 철교를 놓
고 도성 코앞에까지 철마를 끌어들였다. 대한제국의 위용이 아
닐 수 없다.

그뿐만 아니었다. 황제는 고구려와 발해의 무대였던 간도를
대한제국의 영토에 편입시키고 간도관리사를 파견했다. 한국
인과 일본인들이 반반 섞여 살던 울릉도에서 왜놈들을 깨끗이
몰아내기도 했다. 울릉도에 딸린 독도에서 강치를 남획하던
무리들도 당연히 몰아냈다. 고구려 광개토대왕 다음으로 영토
를 확장하여 삼천리 금수강산을 사천리 금수강산으로 만들었
다고 칭송하는 자들도 많았다. 황제는 국가예산의 사 할을 신
식 군대를 기르는 데 집중했다. 그리하여 삼만의 정예군을 갖

게 되었다. 그러나 때가 사나웠다. 청나라와 러시아까지 제압한 세계 최강의 일제 군사력을 당해낼 수는 없었다. 일제의 군사력은 대한제국의 열 배가 넘었다. 아무리 잘 대처했어도 저들의 무력을 상대할 수 없었다.

친일내각 대신들은 벌써부터, 무능한 황제 고종이야말로 조선왕조 최대의 혼군昏君이라고 헐뜯었다. 세상 물정에 어둡고 유약한 암약暗弱 군주라는 거였다. 따라서 망국의 책임은 오로지 황제 고종한테 있었다. 저희들은 쏙 빠지고 황제에게만 비난의 화살을 퍼부었다. 자신들은 잘해보려고 했는데 황제가 너무 못나 빠져서 일본에 나라를 내맡길 수밖에 없었노라고, 그것은 피할 수 없는 명백한 운명이었노라고 나불거렸다.

어즈버, 입안의 혀처럼 충성스러운 신하들은 죄다 죽거나 떠나고, 오로지 저희들의 등만 따습고 배만 부르면 그만인 인간들만 내각에 남아 대신 노릇으로 국고를 축내누나.

고종은 피눈물을 흘리며 장탄식을 했다.

인간의 역사는 잔인하다. 누가 됐건 잘 되는 쪽에 빌붙은 족속들은 살아남고, 지조를 지키며 끝까지 싸우는 의인들은 머리 둘 곳이 없었다.

그러나 돌아오는 자동차 안에서 고종의 표정은 밝았다. 얼핏 웃음기를 발하는 야릇한 기색이었다가 이내 시치미 떼듯

엄숙한 모습을 되찾았다.

돌이켜보면 이토와는 지독한 악연이었다.

일본인 이토 히로부미는 한국사람 이희보다 열한 살 위였다. 둘은 국적뿐만 아니라 입장도 달랐고 소임도 달랐다. 한국인 이희는 황제로서 어떡하든 나라를 지켜내야 했고, 일본인이토 히로부미는 군국주의자로서 분출하는 힘으로 한반도와대륙에 진출하려고 했다. 생존과 이해利害가 걸린 문제에 도리와 시비是非를 따져봐야 시간 낭비였다. 현실정치는 철학담론이 아니었다. 옳은 게 이기는 게 아니라 이기는 게 옳은 것이되는 시절이었다. 둘은 진검승부를 했으나 승자와 패자는 너무도 쉽게 갈렸다. 승자는 눈부셨고 패자는 찌질했다. 승자는영토를 확장했고 패자는 조상으로부터 물려받은 강토를 내줘야 했다. 하여, 승자는 죽어서도 영웅으로 기려지고 패자는 살아서건 죽어서건 지탄을 피할 수 없게 되었다.

만고에 망하지 않은 나라가 없고 천하에 죽지 않는 사람이어디 있으랴. 다만 망할 때 망하고 죽을 때 죽더라도 더럽게 망하거나 비루하게 죽고 싶지 않을 뿐이다.

모든 사라지는 것은 흔적을 남긴다. 그 흔적은 기억이 되고,역사가 된다. 그리하여 어느 먼 훗날에라도 그 기억을 찾아내고 역사를 다시 읽어내고자 하는, 눈 맑고 귀 밝은 이들을 만나면 새 역사를 일궈내는 실마리가 되고 동력이 된다. 그래서 승자 이토의 몸속에 썩어도 지워지지 않는 흔적을 길이길이 남겨두고 싶었음에랴.

고종은 그 흔적을 남겨둔 계기가 바로 이번 특파독립대 3호, 금바우와의 만남이라고 여겼다. 첫 만남부터 자신을 전율케 한 이 대한세대 기린아의 말에 홀린 듯 귀 기울였다. 고종은 금바우가 유년 시절 산중에서 받아온 독특한 교육과 성장과정 이야기를 들을 때면 희다 못해 푸른빛이 도는 소년의 맑은 두 눈 속으로 점점 빨려들었다. 소년은 숲에서 경중경중 걸어 나온 기린의 자품이었다.

4

금바우 나이 열한 살 때의 오월은 꽃향기에 버물려 왔다.

멀미나는 보리수 꽃향기와 은종소리 울리는 때죽나무 꽃향기는 소년의 동심을 달뜨게도 만들고 차분하게 맑히기도 했다. 보리수, 그 수수한 백황색 통꽃이 뿜어내는 달콤한 향기를 맡고 서 있노라면 멀미가 났지만 층층으로 가지런하게 매달린

때죽나무의 눈부신 은종들이 쏟아내는 향기는 이내 마음을 안정시켰다. 해질녘 봄비라도 내릴라치면 달콤한 꽃향기가 발밑까지 낮게 파고들었다. 바람이 불어 그 꽃향기 속절없이 흩날리면 문득 하늘 가장자리 첩첩이 포개진 산그리메 너머의 낯선 세상이 궁금해졌다.

금바우는 그해 봄날을 금산 진악산 기슭에 있는 큰누님네 집에서 보냈다. 자신이 제왕노릇을 할 것도 아니고, 단지 후대에 잘 전달해야 할 의무만 있을 뿐 누리는 거라곤 하나도 없는 금척 같은 건 아예 관심 밖이었다. 금바우는 하릴없이 빈둥빈둥 놀고먹다가 무료해지면 잡다한 책을 붙들고 읽었다.

농사꾼인 매형에게 서재가 따로 있을 턱이 없었다. 선대로부터 물려받은 퀴퀴한 한적 여남은 권이 시렁 위에서 먼지를 뒤집어쓰고 드러누워 있을 뿐이었다. 그 가운데 『주역』한 질이 섞여 있었는데 집에서는 눈길도 두지 않았던 고리타분한 유교 경전이었다. 이참에 그거나 읽어볼 참이었는데 무슨 경전이 혼자서는 도저히 알아먹을 수 없는 암호들로 가득했다. 온전한 막대기와 가운데가 부러진 막대기들을 겹쳐놓고서 덧붙인 설명들이 숫제 귀신 씻나락 까먹는 허무맹랑한 소리들로 가득했다. 이걸로 도대체 무슨 미래를 점친다는 건지 이해할 수가 없었다. 금바우는 이 책에 능통했다는 청림 할배가 문득 그립고 아쉬웠다. 그러면 아무리 모호하고 복잡한 구절도 명쾌하게 정리해줄 것이었다. 물론 아버지도 주역에 밝긴 했다. 하지만 그의 품을 벗어나 도망치다시피 뛰쳐나온 판에 주역 공부 가르쳐달라고 쭈뼛쭈뼛 기어들어갈 수는 없는 노릇이었다. 금바우는 누님 집에서도 당돌한 기질을 숨기지 못했다. 누님에게 쌀 한 말과 미역 한 뭇을 내달라고 청해서는 논산 계룡산 향적산방을 찾아갔다.

"너 속금산 김찬명 생원의 늦둥이 금바우 아니냐?"

한국 역학 정역正易을 창시한 김일부 선생이 방안에서 제자들과 토론하다가 금바우를 알아보고서 소스라치게 놀랐다.

"온 줄과 도막 줄 좀 읽어내게 해주세요, 선생님!"

환갑이 넘은 김일부 선생은 기가 막혔던지 오른손으로 수염을 쓸어내리며 의미심장하게 웃었다. 그러면서 소년의 관상을 보는 것인지 한동안 말씀이 없었다.

"명줄도 길고 인복도 많다만 손을 못 두겠구나."

"그런 건 아무 상관없으니 주역이나 좀 알려 달라니까요."

금바우는 짊어지고 간 쌀 한 말과 미역 한 뭇을 마루 위에 부려놓으며 다짜고짜 졸랐다. 고작 혼자 먹을 한 달쯤의 양식에 지나지 않았지만 딴에는 그게 스승에게 올리는 공부 값 집지執贄였다.

"저기 저 거북바위 밑에서 솟구치는 찬물 한 사발 마시고 오너라."

김일부 선생은 그렇게 차가운 석간수 한 사발로 소년의 목마름을 해결해주었다. 바위틈에서 샘솟는 찬물 한 그릇을 마시는 행위야말로 대단히 상징적인 의식이었다. 주역 정괘井卦에 나오는 한천식寒泉食으로 진리탐구를 뜻했고 옛 우물에는 새가 없으므로 늘 새로움을 추구해야 한다는 가르침이었다. 물론 그것은 차차 공부가 깊어지면서 깨달은 것이었다.

그날부터 금바우는 이듬해 봄까지 꼬박 한 해 동안 김일부 선생 밑에서 주역을 읽었다. 그사이 몇 차례 운일암반일암을 지나 운장산 밑 본가에 다녀왔다. 충배 큰형이 짐꾼을 대동하고 향적산방을 찾아오기도 했다. 충배 형은 금바우를 아버지보다 더 자애롭게 돌봐주었다. 물론 아버지의 묵인이 있었기에 가능한 일이었다.

봄날 운일암반일암 바위벼랑길은 무릉도원 가는 길이었다. 운일암반일암이라는 이름에서 엿볼 수 있는 것처럼 이곳은 구름이 걸칠 만큼 산이 높고 계곡이 서로 입 맞출 듯이 바투 붙어 있어서 해가 반나절밖에 안 뜨는 서늘한 곳이었다. 집채만 한 바위들이 늘어선 계곡 오른쪽 석벽에 한 사람이 겨우 지나다니는 벼랑길이 걸려 있었다. 낭떠러지에 허리띠처럼 가느다랗게 걸린 행혜行蹊였다. 벼랑길 한 가운데를 지날 때면 바위가 냇가 쪽으로 툭 튀어나와 있어서 저쪽이 전혀 보이지 않았다. 도중에 행인을 만나기라도 하면 어느 한쪽은 뒷걸음질을 쳐야 할 만큼 비좁았다. 영락없이 외나무다리와 같은 꼴이었다. 그래서 벼랑에 요령줄을 매놓고 말방울을 매달아두었다. 이쪽에서 건너가면서 요령줄을 흔들면 방울소리를 듣고 저쪽에 있던 사람이 기다려주었다.

호리병 주둥이처럼 비좁은 이 바위벼랑길목에 옥같이 맑고 푸른 계류가 바윗돌에 부서져 내려왔다. 물 위로 복사꽃이 점점이 박혀 떠내려오기도 했다. 복사꽃이 다 지고나면 물빛이 벌겋게 불붙었다. 양쪽 바위 벼랑에 핀 철쭉이 물에 비쳐 뿜어내는 황홀경이었다. 감성 여린 이라면 그만 뛰어들고픈 충동이 일었다. 실제로 몇 년 전, 어느 소녀가 그랬고 주자천 장을 보고 돌아가던 취객이 그랬다. 잘 믿기지 않지만 그들은 모두 황홀경에 취해 고통 없는 극락에 다다랐다. 흐드러진 달빛에 빛나는 윤슬 또한 사람의 혼을 빼놓기 예사였다. 바람이 흔들어놓고 달밤이 색칠한 윤슬은 물의 유혹이자 처녀귀신의 아슴푸레한 손짓이었다. 사내라면 여간해서 안 넘어가고는 못 배긴다는 거였다. 행인을 벼랑길에서 끌어내려 삼키곤 하는 계류는, 이십여 보 밑에서 궁싯거리며 감도는 용소로 이어졌다.

명주실꾸러미 두 개를 이어서 넣어봤지만 끝내 모자랐을 정도로 깊다는 용소는 사시사철 시퍼런 물이 빙빙 돌면서 너울거렸다. 잠시 멈춰서 바라보고 섰노라면 아찔했다. 주변 암벽 사이사이에 뚫려있는 열두 굴에서 이무기가 튀어나올 것도 같았다. 이곳 굴 입구에다 불을 지피면 그 연기가 멀리 백마강 낙화암으로 나온다는 괴담이 떠올랐다. 용소로 빨려들어간 사람들의 몸뚱어리를 삼킨 이무기도 백마강을 거쳐 서해바다를 드나들 거였다.

행인들은 이 벼랑길에서 이무기의 밥이 되지 않으려고 더 각별히 조심했다. 그래도 해마다 이어지는 실족사는 겨울철 미끄러운 눈길이나 한여름 날 빗길일 때보다 오히려 청명한 날, 길이 뽀송뽀송할 때 일어났다. 그것도 꼭 복사꽃과 철쭉이 흐드러진 봄날 한낮이나 달빛 흥건한 한밤중에. 따라서 한낮에는 복사꽃과 철쭉 빛이, 한밤중에는 그 멀미나는 꽃향기가 충동질했던 게 분명했다.

바위 벼랑길을 지나면 하늘이 넓어지면서 삼거리가 나왔다. 거기서 오른쪽 길을 타면 무릉리, 왼쪽 길을 타면 대불리였다. 난리가 나면 이 골짜기 안에서 많은 사람들이 숨어살며 목숨을 보전할 수 있다는 십승지十勝地였다. 운일암반일암 비좁은 길목을 벗어나면 믿기지 않을 만큼 떡 벌어진 들녘이 나와서 별천지를 연출했다.

'고동용서진북지간高東龍西鎮北이 만인가활지지萬人可活之地로다.'

보리수 꽃바람 속에 어느 예언자의 감결鑑訣이 묻어나온다.

그 예언자의 말은 무지렁이 촌로들의 육자배기 가락에 실려 떠돌고 있었다. 예언자의 노래는 운장산 북쪽 기슭 골짜기를 벗어나 사방으로 울려 퍼져나갔다. 멀리 평안도에서, 경상도에서 사람들이 몰려들었다. 사내들은 지게에다 산더미처럼 쌓아올린 세간을 짊어졌고 아낙네들은 어린 새끼를 등에 업은 채로 보따리를 임질했다. 이따금씩 말이나 소를 탄 양반붙이도 섞여 있었다. 그래봤자 몰락한 뜨내기들이었다. 그렇게 전설 속의 무릉도원을 찾아 온 사람들은 골짜기마다 파고들어 산막을 짓고 화전을 일궈나갔다. 일가권속을 거느리고 온 집안도 있었지만 달랑 이불 한 채와 식기 두 벌, 숟가락 몽둥이 두 개만 싸들고 온 신혼부부도 있었다. 그들을 무릉리, 대불리 산천이 군말 없이 죄다 거둬 먹였다. 운장산은 어머니 품처럼 넉넉하여 아무리 흉년이 들어도 봄나물과 약초, 가을 열매와 산짐

---

* 고산의 동쪽, 용담의 서쪽, 진안의 북쪽에 장차 만 명이나 되는 사람이 목숨을 보전하리라.

222

승을 풀어서 굶어죽는 이 하나 없이 구뜰하게 보살폈다.

그해 이른 봄날, 그러니까 금바우가 금산 큰누님네 집으로 내빼기 직전에, 이 호리병 속 마을을 떠나며 청림도 예언을 보탰다.

'이 운일암반일암 바위 벼랑길이 질펀하게 넓혀지고 검은 비단이 깔릴 때면, 주자천, 정자천, 안자천 이렇게 삼 천이 모여 넘실대는 용담물이 거꾸로 흐르리라. 그리하여 구름에 가린 운장산을 넘어가리라. 그 물을 먹고 자란 인걸이 마이산의 금척을 얻어서 북학, 서학, 동학, 남학을 통일하여 중학中學을 완성하리니 그날이 오면 세계가 마침내 한 송이 꽃으로 피어나리라. 그날에 용담 고무골 신선은 둥둥둥 북을 울리며 기뻐 춤추고, 정자천 여의곡과 용담 와룡골에 잠든 이무기는 깊은 잠에서 깨어나 마침내 용이 되어 하늘에 오르리라.'

꿈같은 얘기였다. 바위 벼랑길이 질펀하게 넓혀질 수는 있었다. 여러 사람이 일삼고 달려들어 정으로 쪼아대고 망치로 깨부수면 되니까. 그런데 거기에 검은 비단은 왜 깔고, 무슨 수로 멀쩡하게 금강으로 흘러가는 용담물이 거꾸로 흘러 드높은 운장산을 넘어간단 말인가. 나머지는 따져보고 말 것도 없는 딴 세상 이야기들이었다. 본시 예언이란 황당하기 짝이 없는 것일수록 더 관심을 끌었다. 열을 말하여 용케 하나만 맞아

223

도 호사가들의 좋은 입방아거리가 되었고, 설령 틀려도 그걸로 그만이지 누가 누구에게 따지고들 성질의 것이 아니었다. 그런데 소소한 것들은 으레 틀렸지만 큼직큼직한 것들은 얼추 맞아 들어가서 깡그리 무시할 것만도 아니었다.

청림이 떠나고 이듬해 전라도 땅에서는 들불이 일어났다. 장차 새 세상을 연다는 개벽장이들이 아직도 소년티를 벗지 못했는데 탐관오리의 학정을 성토하던 농민들이 죽창을 들고 일어났다. 부패한 관료는 이 땅에 늘 있어 왔고 가혹한 세금도 어제 오늘의 일이 아니었다. 다만 그걸 당하는 사람들이 어느새 달라져 있었다. 그전까지는 반상의 구별이 엄연하니 상민은 양반에게 착취당하는 걸 당연시했다. 그런데 그 생각을 바꾸게 하는 말들이 세상에 울려나왔다. 사람이 하늘이다. 사람 위에 사람 없고 사람 밑에 사람 없다. 모두가 평등하다. 동학의 말들은 공감을 불러일으키며 사람들의 의식을 바꿔나갔다. 백성은 더 이상 관료들의 밥이 아니었다. 밥이 하늘이었다. 백성이 하늘이었다.

진안고원이 있는 전라도 동부 산악지대와 달리 서부 호남평야는 이 나라에서 유일하게 지평선이 보이는 곡창이었다. 호남평야 남쪽 고부 땅은 흙이 붉었다. 그 붉은 평원에 성난 농민들의 원성이 들끓었다. 처음에 이런저런 말이 나돌았을 때만 해도 늘 있던 원성으로 여겼다. 말은 점점 더 거칠어져 갔고 손에 죽창이 쥐어지면서 마침내 들불이 되었다. 황토 구릉에 구름처럼 농민군들이 모여들었다. 그들이 앉고 서고에 따라 산색이 달라졌다. 흰옷 입고 죽창을 든 동학농민군이 앉으면 푸른 죽산竹山이 되었고 서면 눈부신 백산白山이 되었다. 백산은 북쪽으로 인접한 부안의 평원이고 죽산은 백산과 인접한 김제의 평원이었다. 고부와 부안, 김제 세 고을이 농민군의 본거지였다. 일찍이 동학당 교주가, 사람이 하늘이니 사람 모시기를 하늘 모시듯 하라더니, 아직까지 사람이 하늘인지는 잘 모르겠어도 사람이 산인 건 분명했다. 그 사람산은 둥둥 떠다니며 전주성을 쓸어버리고 삼남 일대에 큰바람을 일으켰다. 그들은 오로지 땅 파먹고 살면서 내라는 세금 다 내고, 하라는 부역 다 한 착한 농민들이었다. 참을 만큼 참아내다가 더 참을 수 없어서 떨쳐 일어선 그들이 괭이 대신 죽창을 드니 곧 혁명군이 되었다. 혁명군은 가는 곳마다 승승장구했고 마침내 전라도 쉰여섯 개 고을 가운데 쉰두 개 군현에 집강소를 설치하기에 이르렀다. 나주는 목사의 완강한 저항으로 설치할 수 없었고 제주도는 아직 동학의 힘이 미치지 않았다. 군수나 현감이 있는 관아 안에 동학농민 대표인 집강이 실질적인 결재권을 가졌다. 집강 밑에 서기, 성찰, 집사, 동몽 직책을 두어 조세 징수나 행정 업무를 처리했다. 관의 일방적인 다스림을 농민의 힘으로 뜯어고쳐 관민공치의 새 시대를 연 것이다.

집강소에 내건 열두 개의 정강을 바라보는 농민들은 꿈만 같았다.

노비문서는 불태울 것, 탐관오리는 그 죄목을 조사하여 엄하게 벌줄 것, 불량한 유림과 양반들의 못된 버릇을 고쳐줄 것, 모든 빚을 탕감할 것, 토지는 균등하게 나눠 농사짓게 할 것 등이 눈에 확 들어왔다. 소 한 마리와 맞바꿔지던 노비들은 기뻐 뛰었다. 신분의 귀천과 남녀노소를 가리지 않고 평등하게 대접하는 동학에 입도의 물결이 일었다. 호남에서 경기까지 천리 땅에 『동경대전』을 공부하는 열풍이 불었다. 개벽이었다. 사람이 하늘 맞았다. 인간해방의 길이 이처럼 순식간에 열릴 수도 있었다.

다만 세도가 양반들과 탐관오리들은 식겁했다. 노비와 토지를 포기하고, 착취를 못하게 하는 건 살맛이 안 나는 세상이었다. 임금은 임금답고 신하는 신하다워야 하듯이 노비는 노비로 있어야 노비답고 소작인은 남의 땅 붙여먹으며 적당히 착취당해야 소작인다웠다. 그게 그들이 아는 하늘의 이법이었다. 그들은 토벌대를 꾸렸다. 관군과 합세하여 동비東匪, 곧 동학

비적의 무리를 소탕했다. 파병을 요청받은 청국군과 요청받지도 않은 일본군이 가세했다.

황해도의 소년 명포수 안중근도 총을 뽑았다. 진사를 지낸 부잣집 양반 자제인 그는 토벌대 선봉에 서서 맹활약했다. 안중근은 동학농민군을 나라를 좀먹는 쥐새끼 같은 좀도둑 무리, 서절배鼠竊輩로 여기며 청일전쟁을 불러일으킨 화근이라고 믿었다. 동비들이 준동하지 않았다면 왕실에서 청국군과 일본군을 이 땅에 끌어들일 필요도 없었고 그랬으면 망국에 이르지도 않았을 거라고 봤다. 백성은 여하튼 순종만 해야 한다고 보는 궤변이었다.

동학농민군은 부패한 관리들을 징벌하고 불합리한 제도 개혁을 바랐다. 이미 인간다운 삶에 눈떠버린 그들에게 신분해방은 기본이었다. 동학농민군 가운데 도사리 부사리 불한당들이 꼽사리껴서 같이 날뛴 건 사실이었다. 그렇다고 그들이 나라를 뒤엎거나 왕위를 찬탈하려 들지는 않았다. 하지만 위기의식을 느낀 왕은 섣부른 판단을 내리고 말았다. 수많은 백성이 그토록 원하는 걸 들어주며 나라꼴을 바로잡기보다 구체제를 지켜내기 위해 난리를 진압하는 데만 급급했다. 초토사를 내려보내도 막을 수 없게 되자, 청국 군대를 끌어들이기로 했다.

"서울의 군사는 아직 파견해서는 안 될 것이다. 다른 나라의 군사를 빌려 쓰는 것은 어떤가?"

어리석던 시절의 고종이었다. 입만 열면 백성을 끔찍이 아낀다던 왕이 이런 끔찍한 발상을 했다. 서울의 군사는 왕 자신이 있는 궁궐을 지켜야 하므로 파병할 수 없으니 차라리 외국 군대를 용병하자는 것이었다.

"안 됩니다. 만일 다른 나라 군사를 빌려 쓴다면 그 비용을 우리가 대야만 합니다."

영의정 심순택이 백성의 목숨보다 비용 문제를 들며 반대했다.

"군사를 빌려 쓸 필요는 없습니다."

좌의정 조병세도 반대했다.

"군사를 빌려 쓰는 문제를 어찌 경솔히 의논할 수 있겠습니까?"

우의정 정범조는 좀 더 강하게 반대했다. 삼정승이 입을 모아 반대하는데도 왕은 좀처럼 고집을 꺾으려 하지 않았다.

"중국에서는 일찍이 영국 군사를 빌려 쓴 일이 있다."

왕은 비상한 두뇌회전으로 태평천국의 난 때의 일을 들었다.

"이것이 어찌 중국 일을 본받아야 할 일이겠습니까?"

정범조가 왕의 예시마저 묵살했다.

"여러 나라에서 빌려 쓰려는 것이 아니라 청나라 군사는 믿고 쓸 수 있기 때문에 말한 것이다."

"청나라 군사를 빌려 쓰는 것은 비록 다른 여러 나라와는 다르다 하여도 어찌 애초에 빌려 쓰지 않는 것보다 더 나을 수 있겠습니까?"

정범조는 조금도 밀리지 않았다. 조금이라도 책임 있는 정치인이라면 용병은 절대로 용인할 수 없는 위험천만한 일이었다.

"동비들에게 알아듣도록 타일러보고 그래도 흩어지지 않으면 토벌해야 하니 의정부에서 전·현직 대장들과 의논하는 게 좋겠다."

왕은 끝까지 자기 생각을 거두려고 들지 않았다. 남의 나라 군대로 자기 백성을 사냥할 요량이었다. 결단의 순간에 저지른 한심하기 짝이 없는 패착이었다. 왕비와 민씨 척족의 부추김 때문이라지만 최종 결정권은 어쨌든 왕에게 있었다.

청나라가 이천팔백 명의 군사를 파병하기로 하자, 일본도 가만있지 않았다. 요청하지도 않았는데 거류민 보호를 핑계로 즉각 군대 팔천 명을 파병했다. 청나라보다 빨리 인천에 상륙했다. 뒤따라 아산만으로 들어온 청군과 합하면 일만 명이 넘는 규모였다. 정작 나라를 걱정한 동학농민군은 외국 군대가 끼어드는 걸 꺼려했다. 전주를 점령한 그들은 정부와 평화협정을 맺고 집강소 체제로 전환한 뒤, 자진 해산했다. 전주화약이었다. 이에 조선정부는 청국군과 일본군의 즉각적인 철수를 요청했다. 그러나 청국군과 일본군은 서로 핑계를 대며 물러갈 생각을 하지 않았다. 일본군은 아예 서울로 입성했다. 용산에 주둔하며 경복궁이 내려다보이는 남산 봉화대와 왜성대에 대포 진지를 구축했다. 일본군은 서울의 사대문을 지키기 시작했고 경복궁 앞에서 총을 쏘며 훈련하기도 했다. 도성 사람들이 공포에 떨었다.

"초토사와 순변사를 보내 동학도들을 점차 큰 도적으로 만들고 외국 군사까지 불러들였으니, 이것은 이른바 천 근짜리 쇠뇌로 생쥐를 향해 쏜 형국입니다."

눈 밝은 선비들의 상소가 올라왔다. 흑심이 있는 일본과 단절하자는 주문도 있었다. 하지만 이참에 폐단 많은 정치를 바로잡고 농민군과 연대하여 외국 군대를 무찌르자는 방책은 어디에도 없었다. 전체를 꿰뚫어보고 전략을 짜는 국가 리더십의 부재였다. 그랬으니 늘 허둥지둥 코앞에 닥친 일을 막는 데 급급했다.

중무장한 일본군이 서울로 들어와 용산에 주둔하며 남산에 대포 진지를 구축했을 때도 속수무책이었다. 그때라도 궁궐

시위대를 훈련시켜 일본군이 언제고 감행할 궁궐 침공에 대비했어야 옳았다. 경복궁 병창에는 많은 신무기가 있었다. 그 신무기들로 무장하고 방어 진지를 구축했다면 제아무리 막강한 일본군이라도 쉽게 공략하지 못했을 거였다.

경복궁 앞에서 여러 차례 실전 같은 훈련을 치른 일본군이 드디어 작전을 개시했다. 새벽에 경복궁을 포위하고 서문 영추문을 도끼로 부수며 돌격했다. 궁궐 안에서 교전이 벌어져 포성과 총성이 진동했다. 궁궐로 들어온 일본군은 남문 광화문과 동문 건춘문을 차례로 열었다. 일본군은 궁궐 안에서 북쪽으로 압박해왔고 조선군은 차츰차츰 뒤로 밀렸다.

하룻밤 사이에 경복궁이 일본군에 함락되고 왕이 생포되고 말았다. 끝까지 항거하던 시위대에 왕은 그만 무장해제 명령을 내렸다. 궁궐 침공의 핵심부대 21연대 제2대대장 야마구치 소좌가 총검을 빼들고 협박했던 것이다. 강단이 없던 왕은 더 버텨내지 못했다.

"전투 중지! 모두 총을 내려놓아라."

총격전을 벌이던 시위대는 격분했다. 죽기를 각오하고 궁궐을 지키라고 명령해야 할 왕이 무장해제 명령을 내리다니, 도대체 국왕이 어느 나라 편인지 따져 묻고 싶었다. 그런 국왕을 위해 목숨 걸고 싸운 자신들이 한심했다. 그렇다고 더 버티면서 싸울 명분도 의지도 없었다. 궁궐 안에서 어명을 거역할 수는 없는 노릇이었다. 시위대는 소총을 분질러버리고 달아나야만 했다. 너무도 분통했던 그들은 군복을 찢으며 통곡했다. 군인의 치욕이었다.

경복궁 병창을 열어 신무기들을 확인한 일본군은 기겁했다. 각종 최신 무기들이 그득했다. 일 분에 사백 발을 뿜어내는 회선포回旋砲* 팔 문을 비롯해 모젤, 레밍턴, 마르티니 같은 최신식 소총 삼천 정을 쟁여놓고 있었다. 그밖에 대포 삼십 문, 독일제 연발총, 탄약 외에도 여러 잡다한 무기들과 군마 열다섯 마리까지 갖추고 있었다. 이 많은 신무기들이 제대로 임자를 만났다면 난공불락이었다. 일본군은 화근을 없애기 위해서 이 신무기들을 탈취하기로 결정했다. 수송병 이백오십 명으로 감당할 수 없을 만큼 많은 양이었다.

"그 무기들은 조선국의 자산이다. 궁궐 밖으로 한 점도 반출할 수 없다."

왕은 저지하고 나섰다. 늘 그래왔듯 왕은 뒤늦게 최선을 다하고자 애썼다. 하지만 그걸 들어줄 일본군이었으면 처음부터 궁궐을 침범하지도 않았다.

---

* 개틀링 기관총

"우리가 잘 가지고 있다가 유사시에 조선을 보호해주겠소."

야마구치 소좌가 여유만만하게 웃으며 왕을 달랬다. 그 말을 곧이 듣는 건 아니었지만 겁이 많은 왕은 더 막고 설 수가 없었다. 야마구치는 왕 앞에서 번뜩이는 총검을 빼들고 있었다.

국고를 털어서 어렵게 장만한 신무기들이 그렇게 일본군 수중에 들어갔다. 왕은 본래 무엇이건 새로운 것이면 재빨리 수용하고 보는 성품이었다. 신무기를 장만한 것까지는 좋았는데 그걸로 자신이 몸담고 있는 궁궐 하나를 지켜내지 못했다. 병창에 신무기를 쟁여두고 마음 든든해할 줄만 알았지, 적임자를 등용해 그걸 제대로 활용할 줄을 몰랐다.

경복궁 전투가 벌어지자 도성 안은 피란민들로 아우성이었다. 양반가나 부잣집에서는 교자와 말, 소달구지를 동원해 도성을 빠져나갔다. 남대문과 동대문, 서대문에는 이고 진 피란 행렬이 끝없이 이어졌다. 도성 안에는 도망갈 여력도, 도망할 데도 없는 가난한 사람들만 주저앉아 우두커니 피란 행렬을 바라다볼 뿐이었다. 그렇게 십수만 명이 시골로 탈주하자, 서울은 텅 비어버렸다. 주인에게 버려진 개와 길고양이, 아무 집이나 군홧발로 짓쳐 들어가 약탈하는 일본군 무리만이 제 세상 만났다는 듯 설치고 다녔다. 영락없이 임진왜란과 다를 바 없는 참상이었다. 꼭 삼백 년 만에 다시 당하는 갑오왜란이었다.

경복궁을 점령한 일본군은 한 달 동안 궁궐을 봉쇄했다. 조선 대신들과 관리들은 왜성대에서 발급한 문표門標가 있어야만 궁문을 출입할 수 있었다. 일본은 이런 공포 분위기에서 민씨정권을 무너뜨리고 친일내각을 꾸렸다. 그런 다음 조선에서 청나라 세력을 몰아내고자 청일전쟁을 도발했다. 이 청일전쟁을 지휘한 게 이토 히로부미였다.

경복궁 병창에서 탈취한 신무기들은 항일투쟁이라는 분명한 목적으로 2차 봉기한 동학농민군을 학살하는 데 쓰였다. 오합지졸인 수십만 명의 동학농민군은 잘 훈련된 일본군의 개틀링 기관총 같은 신무기 앞에서 그야말로 추풍낙엽이었다. 죽창과 화승총으로 무장한 동학농민군에게도 신무기가 전혀 없었던 건 아니다. 장태라는 신무기였다. 장태는 오줌장군 모양으로 대나무를 얽어서 닭을 키우던 농기구였다. 동학농민군은 그 속에 볏짚이나 헌 옷가지를 채우고는 전장에서 굴리고 다니며 싸웠다. 화승총보다 사거리가 긴 관군의 총알을 장태로 막아내면서 접근해 화승총을 쏘아댔다. 고부 황토현전투에서 처음 등장했는데 관군은 충격과 공포에 휩싸였다. 이 신무기 덕분에 황토현전투를 승리로 이끌고 전주성까지 함락했다.

---

* 궁궐, 병영 따위의 문에 드나드는 것을 허락하여 주던 표.

농민군이나 관군이나 허접하기로는 오십보백보였다. 당연히 2차 봉기 때 공주 우금치전투에서도 사용되었다. 농민군은 장태를 굴리며 우금치 언덕을 오르려고 시도했다. 일본군이 언덕 위에서 개틀링 기관총으로 갈겨대자 공포의 신무기 장태는 그만 벌집이 되어버리고 말았다. 세계적으로 문명개화 바람이 불던 19세기 말에, 조선 농민군이 창의적으로 발명한 이 원시 병장기는 이후 전장에서 깨끗이 종적을 감추고 다시 닭장 본연의 기능으로 돌아가야만 했다.

최신 무기로 무장한 정예부대 일본군이 개입한 전투는 더 이상 전쟁이 아니었다. 일방적인 학살이었다. 수십만의 농민군은 이천 명에 불과한 일본군에게 초토화되었다. 때 아닌 진달래 산천이 피로 물들어 낙화유수가 되었다.

진안고원에서도 전투가 벌어졌다. 갑오년 초겨울, 일본군과 관군 교도대 연합군이 용담현을 함락하고 금강을 거슬러 올라와 정천으로 진격해왔다. 정천은 운장산 남동쪽 깊은 계곡과 금강이 만나는 강촌으로 청학이 깃들어 사는 고장이었다. 동학농민군은 운장산 줄기 옥녀봉 남쪽 중턱의 가치마을에 모여서 진을 치고 있다가 정천 면소재지를 향해 진군했다. 일본군과의 전투 경험이 없던 농민군은 지방 수성군쯤으로 얕잡아보며 정탐병도 없이 행군했다. 동쪽 노래재를 타고 내려오는 농민군은 천여 명이나 되었다. 한겨울에도 그들은 흰옷에 짚신을 신고 있었다.

미리 정보를 입수한 일본군 시라키 중위와 관군 교도대 이진호 대장은 노래재 바로 밑 상조림장 들판에 매복해 있다가 개틀링 기관총과 스나이더 소총, 무라다 소총으로 겨누고 불을 뿜었다. 동학농민군은 단발 화승총 몇 발 쏴보지 못하고 처참하게 무너져 절반이 죽고 나머지 절반이 가파른 노래재 너머로 패주했다. 여느 때 청학이 날던 골짜기가 붉은 피로 물들었다. 미처 거두지 못한 시신들은 까마귀밥이 되었다. 가치마을에는 선녀가 노래하는 형국의 진안 제일 명당이 있다고 알려졌는데 애먼 뒷골에 떼무덤이 생기게 되었다. 그날은 유난히 추워 옥녀봉 남쪽 황금폭포와 북쪽 옥녀폭포가 얼어붙어 거대한 빙벽을 이뤘다. 교도대장 이진호는 이 상조림장전투의 그 많은 농민군의 죽음을 차마 그대로 드러낼 수 없어 삼십여 명을 사살했다고 줄여 보고서를 작성했다.

상조림장전투에서 대패한 동학농민군은 전열을 정비, 진안현에 재집결했다. 집강소가 있는 동헌이 곧 작전사령부였다. 일본군과 관군 교도대는 바로 이 집강소를 함락하고자 했다. 집강은 어렵게 세운 자치기구를 쉽게 내줄 수 없었다. 부대장으로 전은갑을 세우고 전주성과 곰티전투에 참가한 경력이 있는 동학군들을 중심으로 육백 명의 농민군을 둘로 나눴다. 진안천을 끼고 성묘산과 동헌 뒤 배때기산 자락에 진영을 갖췄다.

눈치 빠른 젊은 현감 황연수는 일찌감치 어은동 성당으로 자리를 비켜주었다. 어차피 집강 중심으로 행정 서무가 돌아가는 형편이었고 실권도 없는데 하필 전투가 벌어질 때 동헌을 지키고 있다가는 서로 좋을 게 없었다. 나중에 나타나 이기는 편에 서면 그만이었다.

금바우의 큰형 김충배가 화승총을 메고 나섰다.

"형님, 지금은 때가 아닙니다. 듣기로 왜군의 화력은 무지막지하답니다. 작년 봄 청림도사의 국파산명 낙화유수 말씀 들으셨잖습니까? 아까운 생목숨만 꺾일 뿐이지요."

둘째 용배가 말렸다. 남학당은 폭력을 극히 삼갔다. 내면적인 수행이라고 할 수 있는 영가무도로 접화군생을 꿈꾸는 사람들이었다. 내 한 몸이 꽃이 되어 온 세상이 꽃동산이길 염원하는 사람들이 짐승 잡는 총으로 사람을 죽일 수는 없는 노릇이었다.

"아우는 그런 말 마라. 시방 왜란이 일어났다. 왜군이 궁궐을 범하고 이 먼 산골까지 들이닥쳐 동네 사람들을 무참히 학살하는디 날더러 비겁하게 뒷짐 지고 구경만 하고 있으라고? 지금은 때가 아냐? 나라가 결딴나게 생겼는디 때를 기다리고 있다가 언제 나가것능가? 다 망하고 난 뒤에?"

큰형은 설맞은 멧돼지처럼 콧바람을 뿜어내며 씩씩거렸다.

"맞습니다. 악을 보고도 분개할 줄 모르는 것은 어질 인자의 참뜻을 모르는 것이지요. 그러나 형님이 혹여 잘못되기라도 하시면 늙으신 부모님의 상심이 얼마나 크시겠습니까?"

"비겁한 걸 어진 성격 탓으로 돌리고 나만 살자고 숨어 지내라고? 그랬단 나라고 가문이고 다 빼앗기고 남아나질 않아. 내가 나서는 건 우리 가문을 위해서다. 부모님과 형제들, 내 새끼들이 두 다리 쭉 뻗고 편히 살라고, 그래서 나서는 거다. 시간이 없어. 왜군은 오늘 내일 쳐들어올 것여. 내가 살아서 돌아오지 못하면 봉제사와 가간사는 아우가 도맡으소."

큰형의 결기에 작은형은 더 말릴 수가 없었다. 구구절절이 옳은 말씀이었다. 왜군이 경복궁에 침입해 왕을 생포했다는 비보를 접하고 의병을 조직해 맞서야 한다는 간찰이 인근 선비들 사이에서 돌았다. 그런데 동학당 말고는 딱히 주동자가 없었다. 의병장부터 세워야 사람이 모였는데 동비로 오해받는 걸 꺼려서 좀처럼 나서질 못하고 있었다.

"형님, 우리 형님은 명줄이 길어서 무사히 돌아올 거네요."

사냥 나간다고 얼버무리고 집을 나서는 충배 형에게 용배 형이 해준 말이었다. 작은형은 벽장 속에서 호랑이 앞발톱이 달린 목걸이를 큰형의 목에 걸어주었다. 청년시절 큰형이 잡은 호랑이 발톱으로 만든 목걸이였다.

큰형 김충배는 그 길로 남쪽으로 말을 몰았다. 백운과 성수 사냥꾼 동료 둘을 찾아가 주저하는 그들의 가슴에 불을 지폈다.

"다른 때는 몰라도 시방같이 나라가 위태로울 때는 싱겁게 살지 마소. 우리가 누구여? 이성계 장군이 금척을 받고 혁명을 결심한 땅에 태를 묻은 사람들 아닌갑여. 그라고 또 우리가 누구여? 정여립 장군이 천하대동을 부르짖으며 훈련했던 죽도의 고장 사람들이 아닌갑여. 그라고 또 우리가 누구여. 매운 고추 학돌에 갈아 뻘겋게 담은 알싸한 총각김치하고 쓴 고들빼기김치 먹고 잔뼈가 굵은 사람들 아닌갑여. 사람이 자존감이 있지, 싱거운 왜놈들에게 조종강토가 짓밟히는 꼴을 우두커니 보고만 앉아있을 순 없지 않겄냔 말여. 우리가 동학당이 아니라도 상관없어. 알다시피 나도 동학당이 아니구먼. 굳이 말하자면 남학당이지. 좌우지간에 이 뜨거운 가슴 속에 의분이 저 마이산마냥 부글부글 끓어 솟구쳐 올라오는디 어찌 나 몰라라 하것어. 왜놈들하고 싸워야 쓰것구먼. 안 싸우고는 못 배기겄어.

그간 이 고향 산천이 키워낸 짐승 깨나 잡아먹은 우리잖여. 그
값을 하기 위해서라도 이참에 왜놈들 사냥하는 데 힘 좀 보태
야 쓰겠단 말이지. 그래야 나중에 안 부끄럽지."

큰형은 바로 설득당한 사냥꾼들을 데리고 동학농민군 부대
장을 찾아갔다.

"아니, 충배 니가 여길 왜 왔어?"

깜짝 놀라며 이들을 맞은 부대장 전은갑은 금바우 형제의
외사촌형이었다. 어머니 마령댁의 친정 오라비 아들이었던 것
이다.

"형님, 내가 제대로 배운 게 총질배끼 더 있간디? 한식에 죽
으나 청명에 죽으나 어차피 왜놈들에게 죽어야 할 팔자요. 그
전에 왜놈들 대가리에 혼구녕 좀 내줄라고. 허허허."

큰형이 헙헙하게 웃으며, 데리고 온 포수 두 명을 소개했다.

"나는 고모님이 밟혀서 차마 너를 부르지를 못했는데 어쨌
든 무자게 반갑고 고맙다. 두 포수님들을 이렇게 모시니 든든
하오. 쌍수 들어 환영합니다."

전은갑은 포수들의 이름과 주소를 적고 당장 쌀과 조 한 섬
씩을 집으로 보냈다. 큰형은 김충배라는 본명을 바꿔 남칠성
으로 적었다. 혹시라도 가문에 피해를 줄까 싶어서였다.

상조림장전투 이틀 뒤, 일본군이 진안현으로 들이닥쳤다.

성묘산성 관측병이 일본군의 출현을 알려왔다. 검은 군복차림에 각반을 차고 배낭을 멘 일본군이 지리에 밝은 관군 교도대를 앞세우고 나타났다. 모두 합쳐 백 명이 안 됐다. 농민군이 여섯 배나 많았다. 진안천변까지 산들이 바짝 내려온 협착한 터라서 성묘산 자락에서는 적들이 잘 보이지 않았다. 진안천변 석벽 위에 달라붙어 있던 매복조가 동요했다. 벌써부터 화승총 심지에 불을 붙이려고 부산을 떨었다.

"기다려라. 놈들이 가까이 올 때까지! 신호가 있을 때까지 누구도 불을 붙여서는 안 된다! 그전에 불을 붙이면 본진 노출만 시킬 뿐이다."

부대장 전은갑이 명령했다. 사정거리가 백 미터 남짓한 화승총으로 멀리 떨어진 적들을 맞힐 수는 없었다. 듣기로 일본군의 신식 소총은 사정거리가 팔백 미터나 된다고 했다.

담배 한 대 태울 시간을 더 기다리자 드디어 일본군들이 모습을 드러냈다. 그들은 교도대 정탐병을 앞세우고 동헌을 향해 천천히 다가왔다. 그 광경을 내려다보는 농민군의 입이 바싹바싹 타들어갔다. 이틀 전 상조림장전투의 패배를 설욕할 기회였다.

적들이 천변 길에 다다랐다. 양측의 거리가 이백 미터 안팎으로 좁혀졌다.

"조금만 더 기다려라."

탕—.

그새를 못 참고 뒤에서 한 방의 총성이 울렸다. 성급한 농민군 하나가 그만 심지에 불을 붙이고 만 것이다. 그러자 여기저기서 심지에 불을 붙였다. 요란한 총성이 울렸다. 총알은 적들의 발치에 미치지 못했다. 맞은편 배때기 산자락에서도 농민군이 총을 쏘았다. 역시 미치지 못했다. 일본군은 엎드리거나 무릎꿇어 자세로 자동소총을 퍼부었다. 순식간에 농민군들이 고꾸라졌다. 그 광경을 목격한 농민군 본진은 초장부터 전의를 상실하고 하나 둘 꽁무니를 빼기 시작했다. 그들 역시 얼마 못 가서 피식피식 쓰러지고 말았다. 소문대로 과연 무서운 화력이었다.

일본군들이 제방을 건너 소탕 작전을 시작했다. 남칠성은 나무둥치 뒤에 몸을 숨기고서 부들부들 떨고 있던 동료 사냥꾼들에게 일렀다.

"자네들은 어서 산속으로 달아나게. 명포수들이 여기서 이렇게 꼼짝없이 당하는 건 개죽음이야. 훗날 어떻게 해서든 저 신식총을 마련해서 왜놈들을 상대하게."

"성님은요?"

"내 걱정은 말게. 김충배는 이제 세상에 없네. 나는 남칠성이야. 꼭 살아서 다른 전장에서 만나세. 어차피 저 놈들과는 대를 물려 싸워야 하네. 신통한 우리 막둥이 말이 남쪽으로 가야 산다고 하네. 그곳 전장에서 꼭 만나세."

바위와 나무 은폐물 뒤에 숨은 남칠성은 제방을 건너오는 일본군 하나를 정조준해 명중시켰다. 처음으로 총 맞은 일본군이 나오자 적들이 놀라 주춤했다. 부상당한 동료를 구하느라 허둥대는 틈에 남칠성이 재장전해서 다시 쏘았다. 다른 일본군의 등을 맞혔다. 혼자서 호랑이를 사냥했던 사냥꾼다웠다. 동료들이 무사히 달아난 걸 확인한 남칠성은 바위와 나무 은폐물과 하나가 되어 연달아서 화승총을 쏴댔다. 그렇게 일 분에 네 발을 겨우 쏘았다. 일 분에 사백 발을 퍼붓는 개틀링 기관총이 진안천 제방에 세워지고 곧이어 콩 볶는 소리가 진동했다.

그것으로 성묘산전투는 순식간에 끝났다. 농민군은 대부분 죽거나 관군에 사로잡혔다. 달아나 목숨을 건진 농민군은 불과 오십 인밖에 되지 않았다.

삼백 명의 농민군이 배때기산자락 밤나무 숲과 우화정 밑 제방 가의 고목나무 아래서 효수되었다. 일본군과 관군은 총알을 아끼고 본때를 보여주기 위해 포로들의 목을 작두로 잘랐다. 수백 명의 포로들이 차례를 기다리며 목을 내밀었다. 이

왕 목이 잘려 죽을 몸, 총을 겨누고선 수십 명의 적들에게 일시에 달려들어 육박전을 벌여도 되련만 이 순박한 농민군은 도살장에 끌려온 양들처럼 얌전히 죽어갔다. 저 순한 사람들이 언제 성난 혁명군이었나 싶었다. 목이 잘리면 상투머리를 풀어 바지랑대에 대롱대롱 매달았다. 눈 뜨고 볼 수 없는 참극이었다.

우두머리 전은갑도 목이 잘렸다. 일본군과 관군은 전은갑의 목을 상자에 담아 소금에 절여 가져갔다. 가족들은 목 없는 시신을 거둬 당산나무 뒷산에 매장해야 했다.

이날 전투에서 일본군은 서너 명의 중상자만 냈을 뿐 사살된 병사는 단 하나도 없었다. 그것도 남칠성이 조준해서 맞힌 자들이었다. 진안전투는 상조림장전투와 마찬가지로 일방적인 학살이었다. 교도대장 이진호는 진안현 전투 보고서도 축소했다. 불과 수십 명을 사살했다고 기록했다.

"아이고, 이 사람아, 이 무정한 사람아. 늙은 어미는 어찌 살라고 이런 생지옥을 다 찾아왔당가."

어머니 마령댁은 피비린내 진동하는 효수 터에 몸소 나와 통곡하며 시신을 뒤적거렸다. 식구들과 밤나무 숲을 다 뒤져봐도 큰아들 충배의 시신은 찾을 수 없었다. 제방 가장자리 고목나무 아래로 갔다. 거기도 샅샅이 뒤져봤지만 역시 찾을 수가 없었다. 어디 덤불숲이나 개골창에라도 처박혔을지 몰라서 성묘산과 부귀산 끝자락 뒷동산을 훑었다. 하지만 큰아들과 두 사냥꾼의 시신은 어디로 사라졌는지 끝내 찾지 못했다. 어머니는 넋이 나가 제방 가에 퍼질러 앉아 울었다. 늘 곱게 쪽진 낭자머리는 어느새 풀어헤쳐지고 찢겨진 옷에는 핏물이 묻었다. 정기가 빠져버린 눈은 꼭 실성한 사람 같았다.

"어디 있나 이 사람아. 어디 있나 이 사람아. 어릴 땐 어미한 테서 한시라도 안 떨어질라고 치마꼬리 붙잡고 징징거리며 매달리던 사람이, 다 컸다고 어미 품 떠나서 대체 어디 있나 이 사람아."

여기저기 통곡의 장이 되어버린 생지옥 한가운데서 어머니가 울먹거렸다. 농한기마다 마이산 고금당과 수마이봉을 찾아 그토록 지극정성으로 기도해왔건만 산신도 무심했다. 장성한 큰아들을 전쟁통에 잃어버리리라고는 꿈에도 생각하지 못했다.

우우웅— 우웅— 우우웅—.

마이산이 그 광경을 내려다보며 다시 울었다. 작년 겨울보다 훨씬 더 큰소리였다.

5

그 난리 통에 금바우는 계룡산 향적산방에 틀어박혀서 주역을 읽고 있었다. 주역을 읽으면 세상사에 환해진다고? 글쎄, 그의 경우에는 전혀 아니었다. 아버지처럼 자신을 보살펴주었던 충배 큰형과 절친한 이웃들이 죽어 나자빠지는 걸 까맣게 몰랐으니까.

금바우는 이따금씩 가슴을 치며 분통을 터뜨렸다. 그 생각만 하면 언제고 두 눈에서 닭똥 같은 눈물이 펑펑 흘러내렸다. 큰형과 작은아버지, 남학 교주 김광화 아저씨, 오백 근 짐을 들었던 박초달 장사 아재, 물에만 들어가면 물고기들이 꼼짝 못하고 붙잡혀 나오는 어신漁神 아재, 활짝 웃으면 해와 달과 청산도 따라 웃던 합죽이 아재…… 그 많은 이웃들이 동학난리와 남학당의 봉기로 희생되었다. 그들이 하나하나 눈에 밟혀 길모퉁이를 돌 때마다 헛것이 보이고 바람 쏘일 때마다 환청이 들리곤 했다.

이후로 금바우는 세상의 어느 경전, 어느 책이라도 전폭적으로 신뢰하고 맹종하는 일이 없게 되었다. 책은 그저 책일 뿐이었다.

향적산방 시절, 물론 동학 난리가 났다는 것 정도는 풍문으로 들어서 알고 있었다. 김일부 선생은 제자들에게 끝까지 자중하라고 일렀다. 거추없이 나섰다가는 아까운 생목숨만 꺾인다고 경고했다. 금바우는 산속에서 그렇게 내 목숨만 잘 보전하면 되는 줄로 알았다. 금산 매형이 부리나케 내달아와 큰형의 비보를 전했을 때, 금바우는 눈앞이 캄캄하여 그 자리에서 무너져버리고 말았다. 들고 있던 주역 책을 내동댕이쳐버리고 곧장 마이산으로 달려갔다.

넋이 나가 뜰팡에 주저앉아 있는 어머니를 보니 가슴이 찢기는 것처럼 고통스러웠다. 왜군이 짓밟고 간 전장을 둘러보는 내내 두 주먹에 심줄이 터질 것처럼 팽팽히 당겨졌다. 너무 세게 주먹을 그러쥐어서 손바닥에 손톱 멍이 들어 있었다.

"야들아, 너그 아버지가 안 보인다. 속이 하도 웅숭깊어 도통 말을 안 해서 그렇지 지금쯤 어디 가서 가슴 쥐어뜯고 계실 양반이다."

어머니가 콧물을 훌쩍이며 읊조렸다. 금바우는 큰형이 죽을 각오로 싸웠다는 성묘산 바위벼랑 쪽으로 내달렸다. 짐작대로 아버지는 거기 계셨다. 바위벼랑에 뿌리박은 느티나무등걸과 한 몸이었다. 아버지의 처연한 뒷모습을 발견하자 금바우는 장승처럼 우두커니 멈춰 섰다. 야윈 어깨가 들썩였다. 큰형이 몸을 숨기고서 끝까지 총을 쏘았다는 그 느티나무등걸을 끌어안고 소리 없이 울고 계셨던 것이다. 그런 아버지의 등은 너무도 시려 보였다. 삭풍이 그 등짝을 할퀴고 지나갔다. 금바우는 가녀리게 흔들리는 그 등짝을 더는 지켜보고 서 있을 수가 없었다. 천천히 다가가 등허리를 가만히 끌어안아주었다. 아버지가 돌아서서 돌아온 막둥이를 끌어안았다. 이들 부자는 그날 서로 부둥켜안고 원도 한도 없이 울었다. 일찍이 아버지 김찬명이 큰형 김충배를 사냥꾼으로 만들었던 건 이런 운명의 길을 예감해서였던 것이다. 평화를 지키는 길은 누군가의 크나큰 희생을 담보로 한다. 그 희생자는 곧 우리의 대를 이을 장자이자 우애 깊은 형제일 수 있다. 금바우가 짊어지고 가야 할 금척의 길이 더 이상 물러설 수 없는 외통수임을 뜻하는 것이기도 했다.

잔인한 세월은 더 이어졌다.

산중에서 아무런 죄짓지 않고 살면서 풍류를 지켜온 사람들이 결딴났다. 풀 한 포기 나무 한 그루 함부로 베지 않고 벌레 한 마리 여간해서 죽이지 않던 선량한 사람들이 무참히 꺾여버렸다. 가슴속에 한없이 여린 마음, 인간 심성의 꽃이 사정없이 짓밟혀버렸다.

농사짓고 약초 캐는 순박한 사람들, 글 읽는 선비의 심성에는 저마다 여린 꽃이 피어난다. 그 여린 꽃이 의분에 못 이겨

밖으로 뻗어 나오면 그것이 바로 호연지기浩然之氣였고 무武였다. 문무文武는 그렇게 겸해지는 것이었다.

동학농민군들은 대개가 착한 이웃 농사꾼들이었다. 진안고원과 계룡산 일원의 남학당은 더 그랬다. 그들은 수행 결사체였다. 농사짓고 수행하던 그 순박하던 사람들을 전장으로 내몰고 끝내 외국군대의 총칼로 유린한 세상이 원망스러웠다. 남학당 주동자들 여덟 명이 관군에 연행돼 전주감영에서 처형되었다. 남학당 급진파들은 결사대를 조직하고 산속으로 숨어들었다.

그 참사로 금바우의 오목가슴에 옹이가 박혀서 자라기 시작했다. 그때부터 금바우의 눈빛이 변해버렸다. 꽃향기에 마냥 취하고 갑옷 입은 사슴벌레와 장수풍뎅이, 기다란 대벌레와 노닐던 소년은 점차 소년티를 벗어나 애늙은이가 되어가고 있었다. 누군가 대상 모를 적개심은 세월이 가면서 차차 아물어 세상 그 무엇도 꺾을 수 없는 사명감으로 바뀌어갔고 눈빛은 강렬해졌다.

6

"너희들도 하느님께 사정, 사정하여 우리 아들 어디서건 살아 있게만 해다오."

노파 하나가 탑영제 방죽에다 올챙이와 송사리를 방생하며 주문처럼 외웠다. 봄 가뭄에 개울이 바싹 말라붙자 웅덩이에 몰려 있던 어린것들이 배를 드러내고 헐떡거렸다. 그걸 차마 두고 볼 수 없어서 박바가지로 떠다가 방죽에 옮겨주었다. 금바우의 어머니 마령댁이었다. 그 곱던 마나님이 몇 년 사이에 폭삭 늙어버려서 잘 몰라볼 지경이 되었다.

"어머니, 큰형님의 시신은 안 나왔어요. 그분은 명줄이 길어요. 더구나 우리 집안이 대대로 산 기도를 얼마나 많이 해왔어요. 그날 전투에서 산이 품을 열고 잘 숨겨줬을 거구먼요. 큰형님은 살아 있어요. 지고는 못 사는 성품이라 틀림없이 다른 전장을 누비고 있을 거구먼요. 나라 구하는 의병이 되어서 말예요."

해가 바뀌면서 훌쩍 자란 금바우가 어머니를 달랬다. 그 무렵 금바우는 곱게 빗어 뒤로 묶은 긴 머리를 치렁치렁하게 매달고 다녔다.

"아마도 그렇겠지? 신통한 우리 도령 말이니 어미가 믿어도 되겠지?"

방죽가에 쪼그려 앉은 어머니가 늦둥이 아들을 안타깝게 올려다봤다.

"그럼요."

설거지한 개숫물도 뜨거우면 함부로 내쏟아버리지 않는 당신이었다. 개미나 땅강아지 같은 미물들이 데여 죽을까봐서 꼭 식혀서 버렸고 그나마 '물 나간다!'고 외치며 버렸다.

"야속한 사람! 어미를 생각한다면 어디에 살아 있다고 편지 한 장이라도 보낼 일이지. 내 속에서 나왔지만 참 모질고 무정한 사람일세. 애당초 총질을 못하게 막았어야 했는디. 너무 많은 짐승들을 잡아 쌓아서 벌을 받는 것이네. 다 어미 잘못이야, 화승총 산다고 나설 때 진작 못 말린 어미 잘못이고말고."

금바우는 자책하는 노모의 눈가에 그렁그렁 고인 눈물을 손으로 닦아주었다.

여름마다 학질이 돌았다. 촌로들은 갑오년 대학살과 이듬해 을미년 왜놈들이 왕비를 시해한 이후로 하늘이 분노해서 괴질이 더 창궐한다고 쑥덕거렸다. 왜놈들이 풀어놓은 일본뇌염모기가 괴질을 옮기고 다닌다는 소문도 나돌았다. 모두 낭설이었다. 하늘이 노했다면 당한 이 나라가 아니라 섬나라 일본에 괴질을 퍼뜨려야 맞았다. 일본뇌염도 마찬가지였다. 뇌염모기가 병을 옮기는 건 맞지만 그전부터 학질은 있었다. 학질은 열이 뻗치는 괴질이었다. 사흘간 열에 들끓다보면 죄다 토하고 삐쩍 말라서 사람 꼴이 아니었다. 눈이 때꾼해지면서 이리저리로 픽픽 쓰러졌다. 못 먹고 힘이 빠져서 더러는 죽는 이들도 나왔다.

청림에게 생명의 금척을 익힌 아버지와 아들 형제가 나섰다. 개똥쑥 달인 탕약을 환자들에게 나눠줬다. 탕약 한 말을 먹으면 열이 내렸고 점차 음식을 먹게 되면서 나았다.

"미국에서 들여온 금계랍 타 가시오. 학질 떼는 데 직방이요, 직방!"

군청에서 구호약품을 나눠줬다. 그사이 동헌은 군청으로 바뀌어 있었다. 약값으로 보리나 콩을 받았다. 병에 든 황백색 가루약 금계랍은 소태보다 더 썼다. 쓴 만큼이나 약효가 뛰어났다. 개똥쑥 탕약처럼 한 말을 마실 것도 없었다. 병아리 눈물만큼 입안에 털어 넣고 눈 딱 감고 물을 마시면 몇 차례 안 먹어도 속하게 학질을 뗐다. 그 간편한 금계랍을 먹고 효과를 본 사람들은 다시는 거추장스런 개똥쑥을 달여 먹지 않았다.

우두법이 나와 어린이들 잘 자라고
금계랍이 나와 노인들이 장수누리네.

동네 골목마다 아이들이 부르고 노는 노래였다. 우두법은 천연두를 예방하는 백신으로 어깨에 주사로 맞았다. 금계랍은 엄마 젖꼭지에 발라서 아이 젖을 뗄 때 유용하게 쓰이기도 했다. 대한의 어린이는 대부분 금계랍 쓴맛을 보고나서야 달콤한 엄마 젖통에서 손을 떼고 밥숟갈을 들었다.

"기관총이 화승총을 제압하고 금계랍이 개똥쑥을 무색하게 만드는구나. 청림 선생님이 계셨으면 뭐라고 하실지."

작은형 용배가 크게 낙담하여 말꼬리를 흐렸다.

"그렇다고 친자연인 삶, 바른 생명의 금척이 빛바래지는 않아. 처음부터 병이 생기지 않도록 하는 게 금척의 본질이고, 생긴 병을 치료하는 건 대안의 금척일 뿐이니까. 대안은 시대나 상황에 따라 얼마든지 달라질 수 있어."

금바우는 작은형을 위로했다. 이들은 그때까지도 변함없이 생명의 금척을 굳건히 받들고 있었다. 두통을 앓거나 정신질환을 앓는 이에겐 구릿대라고도 하는 약초 백지白芷 잎이나 뿌리를 처방해 씻은 듯이 낫게 만들었고, 당뇨병으로 발가락이 썩어 들어가는 환자는 몇 가지 광물질을 법제해 만든 생기액生氣液으로 말끔하게 재생시켰다. 원기가 약한 어린이에게는 오원단을 써서 건강하게 돌려놓기도 했다. 전에는 아버지가 하던 일을 새파란 소년 금바우가 도맡다시피 하자, 소년 명의가 났다는 소문이 돌았다. 그 소문을 듣고 수백 리 밖에서 찾아오는 환자들도 있었다.

입추가 지나고 모기가 입이 비뚤어진다는 처서가 되자, 학질이 잡히고 황연수 군수가 정명암으로 이임 인사를 왔다. 그는 현감으로 왔다가 그사이 직제가 군수로 바뀔 때도 밥줄이 안 떨어지고 꼬박 삼 년 임기를 마쳤다. 매관매직이 성행해 알짜배기 요직은 일 년을 넘기기도 전에 사람이 바뀌었지만 진안고원 같은 두메산골 군수직은 먹잘 게 없어 돈 주고 사려는 사람이 없었다.

"김 생원과 우리 금바우 도령 형제분께 지난여름 학질도 그렇고 많은 도움을 받았습니다. 영산 마이산 기운을 받아 불치병 환자들을 곧잘 고쳐내시면서 치료비도 안 받으시니까, 고을 안에 칭송이 자자합니다."

"아픈 사람 고쳐주는 건 우리 가문의 즐거움입니다. 먹고 살기도 바쁜 이웃에게 받긴 뭘 받겠어요?"

"그래도 약값 정도는 받으셔야 합니다. 읍내 한약방 영감의 원성이 큽니다. 공짜 환자들이 이곳으로 몰려드는 통에 손님들 다 뺏어간다며. 허허허허."

아버지의 말을 받아 군수가 화통하게 웃었다.

"그 영감님이야 돈 벌려고 차린 한약방이니 당연하고요. 우리는 그저 마이산 근처 백운산, 운장산 일대에서 채취한 약초를 서로 나누는 정도지요 뭘. 그게 마이산 생명의 금척정신이니까요."

아버지는 산삼 몇 뿌리와 일꾼들이 방금 따온 능이버섯 한 광주리를 군수에게 내주었다.

"천종산삼입니다. 서울 노부모님께 가져다 드리세요. 이끼로 덮고 굴피에 쌌으니 보름은 끄떡없을 겁니다. 능이는 볕에 말려서 서울에 가져가세요."

"아이고, 떠나가는 군수에게 이런 귀한 걸 내주시다니요."

군수는 산삼을 풀어 확인하며 입이 귀에 걸렸다.

"우리 금바우가 얼마 전에 캤답니다."

"이야, 그렇습니까? 그렇다면 더 영험하겠군요. 이런 천종산삼은 산신이 허락해야 한다면서요?"

"우린 그렇게 믿고 있지요."

"심마니는 약초 지도가 있다던데 금바우 도령도 그런 지도가 있겠구려."

"하하, 그건 비밀입니다. 부자지간에도 안 알려줘요."

금바우는 아버지와 군수를 번갈아보며 너스레를 떨었다.

"이 먼 산간오지에 오셔서 그간 고생 참 많으셨습니다. 진안사람들이 거칠어보여도 속정은 깊습니다. 모쪼록 섭섭한 일은 다 잊으시고 영산 마이산의 기운과 금강, 섬진강 발원지의 맑은 물만 기억하세요. 산세 좋고 물 맑은 고장으로요."

아버지가 청산유수처럼 읊조렸다.

"암만요. 시절이 나빴지 순박한 진안 고을 사람들이 나빴던 게 아니고말고요. 갑오년 그 난리통에 저를 해칠 수도 있었을 텐데 털끝 하나 안 건드렸거든요. 고맙게 여기고 있습니다."

군수는 연신 허리를 굽혔다.

"아시면 다행이네요."

금바우가 나서서 삐죽거렸다. 백성이야 죽어 나가건 말건 자기 목숨 아까운 줄만 아는 관료답다는 뜻임에도, 군수가 넉살좋게 웃어넘겼다.

"한참 젊으시니 서울로 돌아가시면 청요직淸要職을 맡으시겠지요?"

이번에는 용배 형이 덕담했다.

"저야 궁궐에 들어가 일하고 싶지만……."

군수가 포부를 밝혔으나 자신 없는 눈치였다.

"서울로 가신다니 한 말씀 올려야 쓰것어요. 혹시라도 나라님 알현하실 기회가 있거들랑 꼭 전해줘요. 동학당, 남학당 때

---

* 사헌부, 사간원, 홍문관 관원을 일컫는 말. 시기에 따라 6부 전랑도 포함된다.

려잡고 왜놈들 천지 만드는 게 제왕의 길이냐고요. 천주학, 야
소교[**]는 다 승인해주고 동학당과 남학당은 숫제 비적 취급하니
주객이 뒤바뀐 국법 아니냐고요. 태조 이성계의 금척정신은
어따 빠트리고 남의 다리만 긁고 있느냐고요!"

금바우가 무학대사 같은 국사國師라도 되는 것처럼 남들 못
하는 소리를 했다.

"금바우야, 군수님 앞에서 못하는 소리가 없구나."

아버지와 형이 당혹스러워 쩔쩔맸다.

"아니오. 더 들어보십시다. 동학당과 남학당 일은 저로서도
마음이 많이 아픕니다. 저를 해코지 안 한 것도 감사하고 희생
한 분들께는 죄송하고요."

군수가 진지하게 새겨들으려 했다. 내친걸음이었다.

"긴말 더 필요 없지요. 금척이 뭔지나 알고 제왕 노릇 하는
지 물어줘요. 우리 터놓고 얘기해 봐요. 이게 나란가요? 뭔 나
라가 제 백성 잡아 죽여 왜놈들 강산 만들고, 토속종교 때려잡
아 서양 귀신만 키운대요? 안 그렇냐고요, 군수님!"

금바우의 눈썹이 쌍심지를 켰다.

"마저 쏟아내거라. 갑오년 을미년 간의 참사에 대해서는 고

** 예수교.

을 군수로서 해준 게 하나도 없으니 원성이라도 들어줘야 옳
지. 태조 이성계의 금척정신이라…… 그 얘기 좀 자세히 해주
련?"

군수가 금바우의 등을 다독였다. 금바우는 가슴에 맺힌 이
야기를 죄다 쏟아놓았다. 얘기를 다 듣고 난 군수가 슬그머니
일어나 무겁게 발걸음을 뗐다. 그는 조용히 말 잔등에 올라 딸
랑딸랑 요령방울소리를 남기고 마이산을 내려갔다.

지금 이 나라에 금척이 어디있겠는가. 설령 있다고 쳐도 이
판국에 제대로 작동이나 하겠는가. 오히려 금척은 일본제국이
갖고 있는 건 아닐까? 생명의 금척은 아니더라도 세상을 제압
하고 평정하는 권력으로서의 금척은 분명 일본제국이 갖고 있
었다. 그나저나 서울서 시골 군수로 내려왔다가 새로운 보직
도 받지 못하고 물러나는 처진데 임금은 무슨 수로 배알하고
금척 이야기를 올린담. 이런 걸로 상소문을 올리면 미치광이
소리 듣기 좋았다.

군수의 모습이 사라지고 정명암에는 네 가족만 남았다. 돌
올하게 서 있는 이 아빠봉 자체가 또 하나의 금척 형상이었다.
청배실나무 옆 샘물 앞에서 겨릅대마냥 마른 노모 마령댁이
두 손을 비벼대며 기도하고 있었다. 이번에는 용왕님께 비는
기도였다.

6

삼 년의 세월이 더 흘렀다.

고종은 친일내각 소굴인 경복궁을 탈출해 아관망명을 단행했고 이듬해 대한제국을 선포하고 황제 자리에 올랐다.

그간 마이산에는 낯선 사람들이 흘러들어와 뿌리를 내리고 있었다.

고금당 바위굴에는 동학운동 지도자 녹두장군 전봉준의 큰딸이 숨어들어왔다. 서울로 붙잡혀간 아버지가 교수형을 당하자, 몸을 피할 수밖에 없었다. 금당사 주지 김대완은 카랑카랑한 당대의 선객 경허선사와 도반이었다. 경허는 전봉준의 손위처남이었다. 그런 경허의 부탁인데 거절할 주지가 아니었다. 주지는 열댓 살 먹은 그녀를 공양주로 삼고, 말 못하는 벙어리 행세를 하게 했다. 이름도 전옥례에서 전옥련으로 바꿨다. 스물셋에 인근 마을 노총각이 보쌈을 해갔다. 가마를 메는 교군 이찬영이었다. 그와 살림을 차리고 새끼들을 낳아 기르면서도 자신이 누구인지 밝히지 못했다. 먼 훗날 구십이 넘은 꼬부랑 할머니가 되고나서야 전봉준의 딸임을 밝혔다. 학교 다니던 손자가 교과서를 펴놓고 녹두장군 이야기를 읽자 비통하게 울면서 저간 숨어 살아온 내력을 풀어놓았다.

엄마봉 돌탑 밑에는 그전에 없던 움막 하나가 지어졌다. 삼십대 후반의 사내가 그 움막에 머물며 무너진 탑들을 되쌓기 시작했다. 그는 잔뜩 전 덩굴들을 쳐내고 군데군데 쌓인 돌무더기를 들어내 땅의 기억을 되살려냈다. 너무 오랜 세월이 흘러서 흔적이 분명치 않았지만 무너진 탑들을 가급적 본래 자리를 찾아 쌓으려고 애썼다. 그 일은 결코 쉽지가 않았다. 설계도가 현장에 남아 있을 리 없었고 애초 돌탑들이 무엇을 표현한 것인지조차 모르는 처지여서 엉뚱한 데에 쌓기도 했다. 그는 수박덩이만 한 돌을 포개고 공깃돌만 한 돌로 틈을 괴며 탑을 세웠다. 오로지 혼자 힘으로 그렇게 탑을 복원했다. 장정 몇 사람의 목도가 필요한 큰 돌덩이들이 있는 본래의 탑들은 무너지지 않아서 그나마 다행이었다.

한 달이 지나고 계절이 바뀌어도 그의 탑 쌓기는 여념이 없었다. 그러는 사이 골바람에 실려 온 풍문이 나돌았다. 그는 본래 궁궐을 지키는 친위대 병졸이었다. 모시던 상관이 억울한 일을 당하자 동료 병졸들 십여 명을 이끌고 재판소에 들어가 난동을 피웠다. 기율을 어긴 죄로 총살형을 받게 되는데 뇌물을 쓰고 운 좋게 풀려나 마이산으로 들어오게 되었다는 것이다. 본명이 이춘삼李春三이었지만 본명을 감추고 수시로 이름을 바꿨다. 무슨 조홧속인지 이 마이산에 깃들어 사는 사람들은 하나같이 이름을 자주 바꿨다. 산의 이름이 많아서 그를 닮는 모양이었다.

이춘삼은 김씨 소생의 삼 형제를 데리고 흘러들어온 최성녀라는 여인과 가정을 꾸렸다. 삼 형제는 의부 가까이 오지 못하고 꽃밭등에서 따로 살았다. 다만 성씨는 의부 이춘삼을 따라 이씨로 바꿨다. 의부네 족보에 이름을 올리고 싶었지만 이춘삼에게는 족보가 없었다. 무슨 이씨인 줄도 모르는 천출 이춘삼은 자신이 전주 이씨 왕족이라고 뺑을 쳤다. 임금이 사는 궁궐 친위대 병졸 출신다웠다. 우선은 말로만 효령대군파라고 하고 돈을 벌면 그때 가서 적당히 선을 대어 애먼 족보에 이름을 올릴 요량이었다. 가짜족보 만들기가 당대에 안 되면 다음 대라도 하면 그만이었다. 시절은 어수선했고 한가롭게 남의 잡 진짜족보와 가짜족보를 가려내려드는 사람도 없을 터였다.

노비가 장사로 돈을 벌어 양반의 족보를 사는 일이 흔한 시절이었다. 돈 있는 노비들은 족보뿐만 아니라 벼슬도 샀다. 개같이 벌어 정승같이 쓴다는 말이 나돌았다. 백성의 삼 할에 이르던 그 많은 노비들이 그렇게 신분세탁을 하고 대부분 왕족이 되었다. 가락국의 왕손 김해 김씨, 조선왕조의 전주 이씨, 신라의 왕족 밀양 박씨가 급격히 늘었다. 숫자가 적은 희성바지에 갖다 붙이면 금방 표가 났지만 대성바지에 붙이면 바닷물에 소금타기였다. 조선왕조 최대의 실정이 멀쩡한 양민을 노비로 만드는 고약한 정책이었는데 이로써 수많은 노비들이 신분의 멍에에서 놓여나 일약 왕족이 되었다. 늦었지만 적절한 명예회복이자 한풀이였다. 나라가 저지른 잘못을 백성들이 자발적으로 알아서 바로잡은 인간해방의 길이었다.

이춘삼의 변신은 무죄였다. 의부자식을 셋이나 거둬 왕족으로 만들어준 공은 인류애의 발로였고, 노총각이 자식이 셋이나 딸린 과부를 선뜻 아내로 맞아들여 인간가족을 이룬 일은 『예기』 예운편 대동사회를 구현한 완전복지의 전형이었다. 얼마나 인간미 넘치는 미담인가. 혹자는 19세기에 영국과 미국에서 활발히 일어난 페미니즘 운동의 영향을 받았다고도 하지만 그건 그가 돌탑을 쌓은 이유를 잘 몰라서 하는 얘기다. 그는 억조창생을 위해서 돌탑을 쌓았다고 분명히 밝혔기 때문이다. 여성평등에 대해서는 입도 뻥긋하지 않았다. 때문에 인류애, 곧 휴머니즘의 발현이라고 하는 편이 옳았다. 어쨌거나 다 좋다. 무너진 탑을 일으켜 세우는 일은 민족문화재를 복원하는 일이고 그 자체로 훌륭한 목적이니까.

다만 한 가지, 부실한 복원은 피할 수 없었다. 돌탑으로 풀어낸 금척의 의미 자체를 몰랐던 이춘삼이었다. 자미원국 별자리 개념이 없는 그였던지라 아무리 최선을 다해본들 원형대로 복원할 재간이 없었다. 의도하지 않았지만 두 기가 한 기로 합쳐지기도 했고 엉뚱한 자리에 세워지기도 했다. 무너지지 않아서 원형을 유지하고 있는 위쪽 천지탑과 오방탑 덕분에 탑의 형태를 통일할 수 있었던 건 그나마 다행이었다.

훗날 이춘삼은 조탑造塔 방식으로 팔진도법八陣圖法을 들었다. 그게 결정적인 실수였다. 팔진도는 전쟁 때 쓰는 진법의 하나로 제갈량이 연구해낸 일종의 미로였다. 효율적인 전쟁 수행을 위한 군사 배치법이지 만인의 소원 성취를 위한 조탑법이 아니었다. 또한 팔진도법은 신화에 가까워 구체적인 도형이 없었다. 이순신 장군이 해전에서 쓴 학익진이나 중앙에 대장이 있고 양 옆에 물고기 형태로 진을 치는 어린진, 뱀처럼 일렬로 늘어선 장사진, 수비하기 좋은 방원진은 도형이 분명하고 실전에도 많이 쓰였다.

언어는 생각의 지문指紋이다. 그 사람이 사용하는 언어가 곧 그 사람의 삶 전체를 움직인다. 군졸 출신의 문맹자 이춘삼은 문헌적 전거를 찾을 역량이 없었다. 군졸 출신인 그가 얻어들은 용어들은 고작 군대 용어가 대부분이었다. 팔진도법은 거기서 나왔다. 그는 어쩌다 한양까지 올라가서 궁궐을 출입하는 신식군대 일원이 되었지만 끝내 근대인은 못 됐다. 신비를 깨뜨리고 과학적 사고를 하기보다 오히려 신비를 조장했다.

팔진도법은 결정적인 문제였다. 탑은 본래 불공들이기 좋아하는 아낙네들의 말뚝이었다. 잘 알지도 못하는 팔진도법으로 쌓은 탑이라니까 엽전 꾸러미에 쌀자루를 임질하고 기도하러 오는 아낙네들이 늘어갔다. 마이산 특유의 자연환경과 어우러져 돌탑 신비주의가 통하자, 그는 전부터 있던 탑을 맨 처음 쌓은 사람으로 둔갑하기에 이르렀다. 탑에 쓰인 돌들은 전국 명산에서 하나하나 짊어지고 온 것으로 부풀려졌다. 탑 이름도 일광탑, 월광탑, 약사탑, 용궁탑, 신장탑으로 붙여졌다. 만신들이나 불자들이 찾아와 빌기에 딱 좋은 이름들이었다.

이제 남은 건 스스로 도사가 되는 일이었다. 우선 말이 달라지기 시작했다. 사람과 소통하는 인간의 말이 아니라 누구도 알아들을 수 없는 주문이 튀어나왔다. 그다음에는 문자였다. 천자문은커녕 이름 석 자도 쓸 줄 모르던 그의 붓끝에서 해괴한 무늬가 흘러나왔다. 언뜻 보면 히라가나와 산스크리트 문자의 변종처럼 보였는데 어떠한 규칙성도 없었다. 그랬으니 문자가 성립하려면 반드시 갖춰야 하는 사회성이나 역사성이 있을 리 없었다. 단순한 끼적거림에 지나지 않았다. 따라서 누구도 읽을 수 없었다. 심지어는 끼적거린 자신도 읽어내지 못했다. 자의성과 창의성이 너무 과도했던 탓이었다. 대개 창의성이 넘치는 사람은 단순한 작업을 반복하지 못한다. 그런데 그는 단순한 작업을 곧잘 반복하는 미덕의 소유자였다. 그는 새벽마다 주문을 외고 열심히 붓질하여 급기야 책으로 엮는 데 성공했다. 한두 권도 아니고 수십 권이나 되었다. 공들이러 온 까막눈 아낙네들이 그 신비한 책들이 무슨 책이냐고 물었다. 그는 간단명료하게 말했다.

"신서神書!"

그걸로 끝이었다. 더 이상의 질문이 있을 수 없었다.

신서를 쓴 저자의 권위는 독보적이었다. 다른 책 저자들이 도저히 할 수 없는 기적 같은 일을 해냈다. 탑 쌓던 돌을 들고 공중부양을 했는가 하면 축지법도 썼다. 마이산 두 봉우리를 광목천으로 연결하고 겅중겅중 건너다니기도 했다. 공중부양과 축지법을 쓸 때 목격자들도 있었다. 한솥밥 먹는 가족들과 신도들이 대부분이었고 그밖에는 모두가 멀리 이사 간 사람들이나 이미 죽은 이들이었다. 그래서 확인이 불가능했다. 마이산 두 봉우리를 광목천으로 잇고 건너다녔다는 기행은 신화에 가까워서 그걸 검증하려고 하는 건 신성모독에 해당한다. 이럴 땐 차라리 왜 그런 기행을 했는지 이유를 묻는 편이 나았다. 답을 알면 그깟 줄광대 짓 따위는 했어도 그만 못 했어도 그만이었다. 그의 대답은 매우 동양 철학적이었다.

"음과 양이 유정하게 사귀어야 태평한데, 엄마봉이 앵도라져 무정하므로 그를 달래는 천지공사 의식을 거행했노라."

실제로 엄마봉은 서쪽으로 약간 비스듬히 기울어 있었다. 남편에게 토라져 등 돌린 형국이었다. 그래서 국운이 다할 무렵의 시절운이 이처럼 고약하다는 해석이었다. 금척의 영산 마이산의 철학적 상징성과 역사성을 안다면, 이 말이 얼마나 의미심장한 공감의 해석학인지 짐작할 수 있다. 천지공사는 남녀상열지사였다.

이 세상에서 인간들이 하는 수많은 일들은 별 이유도 없이 벌어지는 경우가 많다. 이유가 있대도 지극히 개인적인 취향에서거나 비뚤어진 신념, 혹은 남이 하니까 유행처럼 따라하는 경우가 대부분이다. 인간의 행위는 창조적일수록 더 소모적이다. 실패를 너무 많이 하기 때문이다.

이춘삼의 이 천지공사 의식은 한국근대사에 획을 긋는 한 장거에 지대한 영향력을 끼쳤다.

가까이 살았지만 성향이 너무 달라 서로 딴 세상을 살았던 금바우는 이 소문을 듣고 충격에 빠졌다. 기질이 탁한 뜨내기가 요망한 일만 하고 다닌다고 여기고 소 닭 보듯 해왔었는데 그게 아니었다. 창공의 빛난 별이나 아침 이슬처럼 맑다고만 능사가 아니었다. 때로는 똥 막대기도 좋은 화두話頭가 될 수 있었다.

266

"아버지, 금척이 있더라도 적합한 때 써먹지 못하면 무슨 소용이 있겠어요? 저는 두렵네요. 금척도 금척정신도 없이 대한제국을 세우고 황제에 등극한 임금이 얼마나 버티실지. 이러다 끝내 금척이 쓰이지 못하고 나라가 망하고 말지나 않을지. 하다못해 탑골 저런 무식쟁이도 음양이 불상교不相交하여 무정無情하다며 황당무계한 잡술을 행하는데 금척은 언제나 힘을 쓰게 될까요?"

금바우는 바위산이 꺼져 내려가라고 한숨을 푹 쉬었다.

"좀 더 기다려 보자."

아버지의 그 말이 떨어지기 무섭게 급한 손님 하나가 들이닥쳤다. 한여름에 양복 정장한 신사였다.

"금바우 도령이 누구요?"

이미 어른 키가 된 금바우는 대발을 걷어 올리며 마루로 나왔다.

"제가 금바운디요."

"금바우 도령은 저와 서울에 급히 좀 가십시다."

금바우는 그만 웃음이 나왔다. 한여름 대낮에 다짜고짜 이무슨 도깨비 방망이 두드리는 소리란 말인가.

"뭔 일인데 그래요?"

"황제를 모시는 시종무관께서 급히 보자네."

황제도 시종무관도 이 산중 소년과는 도무지 어울리지 않는 말이었다.

"온통 땀으로 흥건히 젖었구려. 어여 그 상의부터 벗고 이리 올라와서 냉수 한 그릇 자시오."

아버지가 양복쟁이 사내를 마루로 불러 앉히고 시원한 샘물을 퍼오라 했다. 그가 벌컥벌컥 소리 내며 사발을 비우자, 이번에는 세숫대야를 대령했다. 시원하게 등목까지 해준 다음에야 자세한 내막을 들었다. 그는 서울 궁궐에서 내려온 별입시라고 했다. 진안군수를 지내다 서울로 올라온 황연수가 황제의 시종무관 현상건의 처남인데, 현상건이 지금 곧 죽게 생겼다는 거였다. 어서 올라가서 사람 목숨부터 건지자며 황연수의 편지를 내밀었다.

"별일이네. 한양에는 제중원도 있고 서양에서 온 의사들도 많다던데 왜 저 같은 산간벽촌 약초꾼을 찾는 거요?"

"좌우지간 편지에 써 있는 대로니까 얼른 가보세. 대우는 섭섭지 않게 해드릴 거네."

엉겁결에 그를 따라나설 때만 해도 금바우는 자신이 궁궐에 들어가리라고는 생각지도 못했다.

7

금바우가 현상건을 만났을 때, 그는 왼쪽 다리를 심하게 저는 반편이었다. 세상에 황제폐하를 모시는 시종무관이 다리 저는 반편이라니 말이 될 법한 이야기인가. 그런데 분명한 사실이었다. 망해가는 이 제국에서는 말도 안 되는 일들이 매일같이 벌어져 왔고 지금도 더 심해져 가고 있었다. 시종무관이 절름발이가 된 원인은 허리였고 요통의 원인은 틀어진 골반뼈였다. 한마디로 축이 무너져서 생긴 요통이자 절름발이 병이었다. 금바우는 침 한 방으로 그의 절름발이 병을 나눠주었다. 그는, 듣던 대로 신통한 기인이라며 소원을 말하라 했다. 금바우는 아무것도 바라는 게 없고 황제폐하를 한 번만 뵙게 해달라고 했다. 시골 소년의 뜻밖의 요청에 그가 짐짓 놀라며 그 이유를 물었다. 귀한 보물을 바치려 한다고 일렀다. 그는 그게 무엇이냐고 물었다. 금바우는 빈손으로 서울에 올라온 촌놈이었다. 꺼내 보여줄 게 가느다란 침 몇 개밖에 없었다. 시종무관은 난감한 표정을 지었다. 어의도 아니고 침을 가지고서 황제를 알현할 수는 없는 노릇이었다. 당연히 거절했다. 금바우는 당신들은 절대 모르는, 오직 황제만이 아는 국보를 찾아줄 테니 뵙게만 해달라고 말했다. 그 보물이 미심쩍거든 덤으로 황제의 불면증을 한방에 낫게 해드리겠노라고 장담했다. 현상건으로서는 부담이 없는 주선이었다.

"황제폐하께서는 매일 밤 늦잠을 주무시느라 대한제국의 새벽을 여는 데 실패하고 말았습니다. 그깟 활명수活命水를 마신다고 제국의 목숨이 살아나겠습니까?"

금바우가 고종황제를 처음 배알하면서 날린 비수匕首였다. 황제는 때마침 점심 직후라 속이 더부룩하여 활명수를 마시던 참이었다. 금바우는 황제가 들고 마시던 활명수를 비수로 썼다. 열여섯 살 시골 소년이 황제 앞에 불려와 던진 말 치고는 지나치게 날카롭고 당돌했으리라.

훗날 금바우에게 털어놓은 사실이지만 황제는 그만 철퇴로 머리를 얻어맞은 느낌이었다.

'너무 뼈아픈 은유였느니라. 그래서 화낼 여지도 없었지.'

황제는 그 순간 발가벗겨진 것처럼 한없이 초라한 존재가 돼버렸다. 부끄럽고 민망했다. 그리하여 잠시 금바우를 쏘아보던 황제의 눈길은 오랫동안 활명수 병 밑바닥만 훑어야 했다.

황제는 평소 궁인들이 보건 말건 활명수 병 주둥이를 입에 물고, 고개를 젖히고선 소리 내어 빨아먹곤 했었다. 무슨 약이 이런 풍미를 낼까. 계피와 정향, 설탕 등이 포도주향과 어우러져 향기롭고 달콤한 깊은 맛을 냈다. 커피와 와플의 어울림과는 또 다른 별미였다. 미식가인 황제의 혀는 그 약물이 지닌 오묘한 맛에 끝까지 탐미적으로 작동했다. 하여 병나발 부는 걸 주저하지 않았다. 하지만 금바우 앞에서는 차마 그럴 수가 없었다. 그저 병아리 눈물만큼 남아 있는 바닥의 약물을 넌지시 바라보고 있을 수밖에 없었다.

"씩씩하구나. 하면 내가 어찌해야 제국의 새벽이 열리겠는고?"

황제는 활명수 병 바닥에서 눈길을 떼고 금바우를 골똘하게 바라보았다. 황제는 씩씩하다는 표현을 썼다. 당돌하다거나 오활하다는 말은 쓰지 않았다. 아마 악의 없는 소년의 앳된 표정과 나이를 감안해서였을 게다.

"이미 곤도袞道가 없으니 백 가지 방책인들 소용이 있겠습니까? 황혼병이 깊은 환자에게 새벽은 도리어 고통스러울 뿐입니다."

금바우는 조금도 주저함이 없었다.

곤도는 곤룡포, 곧 임금의 도리이자 국가 리더십이기도 하다. 황제 앞에서 곤도가 없다 함은 존재감을 무시하는 말에 다름 아니었다. 옆에서 안절부절 지켜보고 앉았던 시종무관 현상건이 눈을 째렸다. 육군 참령인 그는 권총으로 무장하고 있었다. 시종무관은 황제 앞에서 유일하게 총을 찰 수 있는 직책이었다.

"내가 이렇게 곤룡포를 입고 입거늘 어찌 곤도가 없다 하느뇨?"

황제는 자신이 입고 있는 황금빛 곤룡포 옷소매를 흔들어보였다. 금사로 용을 수놓은 복색이었다. 황룡의 발톱은 다섯 개나 되었다. 왕이었던 때는 네 개밖에 안 됐었다. 중국 황제가 용납하지 않아서였다. 대한제국 선포로 중국과 대등한 황제국이 된 다음에는 문제가 되지 않았다.

현상건은 황제의 어심이 적잖이 상했음을 헤아렸지만 옥음이 부드러워 다행으로 여겼다. 그러면서 저 당돌한 금바우란 놈이 다음에는 또 어떤 망발을 이죽거릴까 조바심을 내었다.

"곤도는 으뜸의 도리이니 생명의 도리이기도 합니다. 생명의 도리는 잘 먹고 잘 자는 것이 기본입니다. 하오나 황제께서는 함부로 젓수시고 심각한 불면증을 앓고 계시옵니다. 반 생명의 악령에 붙들린 탓이지요. 밀가루 음식인 와플과 커피는 소음인 체질이신 황제폐하와 전혀 맞지 않습니다. 더구나 커피는 각성제로 불면증을 초래합니다."

"소문대로 식약법食藥法에 정통한 소년이로구나. 활명수는 내 몸에 잘 맞는다. 그 이름부터가 쉽고 매력적이지 않으냐. 사

람 목숨을 살리는 물, 얼마나 신통하고 숭엄하냐. 그 효과는 탁
월해서 급체에도 직방이다."

　황제는 체질상 단것을 즐겼다. 활명수는 달콤하고 향기로웠
다. 재작년인 1897년, 선전관* 민병호가 대한제국 창업 선물
로 만든 소화제였다. 궁중 비방에 서양 의학을 가미해 만들었
다는데 한 병만 마시면 웬만한 급체나 토사곽란도 금방 트림
이 나면서 시원하게 내려갔다. 황제가 마시는 소화제는 곧 높
은 궁궐 담을 넘었다. 향기로운 탕제가 흰 약사발이 아닌, 마시
기 간편한 작은 병에 담겨 있어서 더 쉽게 민간에 퍼졌다. 황제
가 마시는 귀한 걸 자기도 마신다는 특권의식 같은 게 작동했
고 소비욕구를 자극했다. 민병호는 아들과 함께 약방을 만들
고 장사를 하고 싶어 하는 눈치였다. 황제는 충성스러운 신하
에게 적극 권장했다. 민병호는 궁궐 근처에 약방을 열었고 활
명수는 그야말로 날개가 돋친 듯 팔려나갔다. 한 병에 사십 전
으로 무려 국밥 두 그릇 값이었으나 어린이와 노인을 가리지
않고 즐겨 마셨다. 황제가 나서서 약 선전을 해준 셈이다. 눈
푸른 서양 선교사들이나 사업가들 중에는 황제의 나라 국민들
이 헐벗고 굶주리는 것처럼 험상궂은 사진들을 찍어 날라쌓지

---

* 비서실장.

만 꼭 그렇지만도 않다. 값비싼 소화제 활명수 사 마실 주머니가 있다면, 그 전에 밥 사먹을 주머니는 더 넉넉함을 충분히 짐작할 수 있잖은가. 자고로 먹는 거 하나는 푸짐한 게 한국인의 취향임을 황제는 잘 알고 있었다.

"애초 바르게 먹으면 병이 없으니 활명수 같은 약물 따윈 가까이할 이유가 없지요."

"네가 아직 경험이 부족해서 그런다. 살다보면 병이 없을 수 없느니라. 속이 얹힌 환자도 제국의 국민이고 한 병의 액상 약제로라도 국민의 답답한 속을 뻥 뚫어줄 수 있다면 제국의 황제로서 흐뭇한 일이 아닐손가."

"소화보다 잠이 더 큰 문제입니다."

"먹는 것은 내 유일한 낙이다. 커피나 와플, 활명수, 식혜 같은 기호식품 없이 긴긴 밤을 어찌 지새우누?"

황제는 전혀 받아들이려 하지 않았다.

"밤은 지새우라고 찾아오는 게 아니라 잠자라고 찾아옵니다. 제때에 자는 잠은 만병예방의 특효약입니다. 그리고 몸에 좋은 걸 젓수시는 것보다 나쁜 걸 안 젓수시는 게 중요합니다. 잠 잘 자고 나쁜 것 안 먹기, 이 두 가지만 잘 지켜도 건강해집니다."

"너는 내가 처한 상황을 너무도 모른다. 한밤중에 왜군이 궁궐을 침범해 전투를 벌이고 친일내각을 수립하더니 급기야는 왕비마저 시해했다. 궁궐 참사가 대부분 밤에 벌어졌느니. 하여 짐에게 밤은 왜군만큼이나 두렵다. 내 어찌 어두운 밤중에 잠을 잘 수 있겠느냐? 너 같으면 다리 뻗고 편히 자겠느냐? 왜놈들이 저리도 호시탐탐 내 목숨과 이 나라를 노리는 한 나는 한 시도 편히 잠들 수 없다."

황제의 말은 절박했다.

"폐하의 잠자리조차 지켜내지 못하시면서 나라와 국민을 무슨 수로 지키겠습니까? 허술한 궁궐 수비대부터 제대로 훈련시켜 철통같이 지킨다면 무엇이 두려워 잠 못 이루겠습니까?"

금바우는 거침없이 아뢰었다. 동학농민전쟁 때 왜군 토벌대에게 생목숨이 꺾여버린 큰형과 여러 아재들, 동포 생각이 나서 말이 다 사나워졌다. 나라님이 무능하면 백성이 고달프고 목숨을 지켜내기 어려운 법이었다.

그때 편전에 천둥벼락이 내리쳤다.

"듣자 듣자하니 어린놈의 말버릇이 참람하구나. 어느 안전이라고 감히 주둥이를 그리 험하게 나불거리느냐!"

시종무관 현상건이 더 참지 못하고 으름장을 놓았다. 그의 눈에서 번갯불이 일었다. 그는 금바우를 황제폐하께 천거한 사람이었다. 그의 처남이 금바우가 태어나고 자란 고을의 군수를 지낸 인연으로 연줄이 닿았다. 그런데 이 맹랑한 시골 무지렁이가 국보를 찾아주기는커녕 지금 황제폐하를 능멸하고 있었다.

"시종무관은 잠자코 있으라. 저 아이 말이 틀린 거 없느니. 내 한 몸도 못 지켜내면서 나라와 백성은 무슨 수로 지켜내겠느뇨. 많이 아프지만 더 들어보련다."

한 나라의 제왕이 되기에는 너무도 많이 모자란다는 소문과 달리 고종황제는 지혜롭고 인자했다. 그는 언제 어디서나 누구와도 담론을 즐기는 근대인이라는 게 시종무관 현상건의 귀띔이었다. 금바우는 내친 김에 깔아놓은 방석 위에서 마음껏 할 이야기를 다하기로 했다.

"명성황후는 폐하께서 총애하시던 아내였지요?"

금바우는 지엄한 황제에게 당돌한 질문마저 서슴지 않았다.

"황후만 생각하면 가슴이 미어터진다."

황제의 넓은 미간에 수심이 어렸다.

"땔나무꾼이나 물장수 같은 필부들도 반드시 지켜내는 게 그가 사랑하는 아내입니다. 그런데 폐하께서는 자신의 아내 하나 지켜내지 못했습니다. 일가─家가 편해야 일국─國이 편한 법이온데 왕가를 못 지켜내시고 왜군 탓을 하시다니요."

그건 분명 금도를 넘은 언사였다. 황제는 자신의 귀를 의심했다. 명백한 역린逆鱗이었다. 제왕의 역린을 건드리면 삼족을 멸하는 법도가 아직 엄연했다. 편전에 싸늘한 냉기가 감돌았다.

"이놈! 무엄하도다! 그 입을 인둣불로 지져줘야겠구나."

현상건이 나서서 금바우를 크게 꾸짖고,

"폐하, 신의 불찰입니다. 애초 들이지 말았어야 할 천둥벌거숭이였습니다. 폐하께 국보를 전해주고 불면증을 치료하겠다는 요설에 속아 넘어가 저런 천한 것을 편전에 불러들인 저를 벌해주십시오. 전에 말씀 올린 대로 전라도 두메산골 진안군수를 지낸 황연수가 꼭 만나볼 만한 영재라 하여, 신이 먼저 만나 시험하고 단단히 주의를 줬음에도 워낙이 보고 배운 게 없는 되바라진 아랫것이라서 그만 사달을 내고야 말았나이다."

현상건은 머리를 바닥에 쿵 소리가 나게 찍었다. 이마에서 피가 흘러내렸다. 내관이 달려와 명주 수건으로 닦아주었다.

"⋯⋯."

황제는 좀처럼 할 말을 찾지 못했다. 섬뜩한 침묵이 이어졌다. 그러다 가만히 어수를 들어 두 눈초리를 연방 문지르며 주억거렸다. 비명에 간 황후에 대한 회한이 사무친 까닭이었다. 현상건은 이 황당한 상황을 더는 지켜볼 수가 없어서 금바우의 멱살을 잡아채고 일어섰다. 시종무관으로서 당연히 해야 할 조치였다. 당장 데리고 나가서 총살해도 무방했다.

"폐하, 저놈은 지금 폐하에 대한 적개심으로 넘쳐납니다. 세 치 혀로 어심을 난자하니 자객과 뭐가 다르겠습니까? 저놈은 필시 깊은 원한이 있을 것이옵니다."

현상건은 시종무관답게 정확히 짚어냈지만 그건 절반만 맞다. 금바우는 황제에게 오래 묵은 감정이 있었다. 나라꼴을 이렇게 망쳐놓은 책임도 책임이려니와 무엇보다도 갑오 을미년 간에 집안 큰형과 여러 아재들, 동학과 남학 교도들의 무참한 개죽음부터 성토하고 싶었다. 그런다고 먹고 먹히는 사나운 시절운이 달라진다거나 한 번 죽은 이들이 살아 돌아올 리 없지만 그렇게라도 울분을 털어내고 싶었다. 그 뒤에 남는 것은 깊은 슬픔과 한없는 동정심뿐임을 안다. 누군들 이렇게 살고 싶었겠는가. 서로 돕고 살기를 포기하고 악착같이 빼앗는 자도 허망하게 빼앗기는 자도 마음이 피폐해지기는 일반이었다. 근대의 악령이 드리운 짙은 그림자였다. 정신개벽 없는 물질의 개벽은 폭력과 상처만 남기게 돼 있었다. 동학과 남학운동은 그래서 정신개벽을 부르짖었고 약자인 어린이와 여인들을 하늘처럼 모시라고 일렀던 것이다.

물론 그건, 당하는 약자보다 침탈하는 강자가 우선 들어야 옳았다. 하지만 실상은 딴판이었다. 강자는 승리감에 도취된 나머지 귀에 들리지 않았고 약자의 비명 속에만 아로새겨져 있었다. 비극이었다. 따라서 역사적 심판이라는 것도 따지고 보면 선봉에 섰느냐 후방에 섰느냐의 문제요, 늦게 태어난 자의 권리행사일 따름이었다.

"시종무관은 그 그러켠 손 놓고 앉으라. 저 어린 백성이 내게 적개심과 원한이 있다면 그건 황제인 내가 감당해야 할 몫이다."

황제의 옥음은 애잔했다. 잠시 깊은 들숨을 쉰 황제는 금바우에게 물었다.

"금바우라고 했느냐?"

"예, 폐하."

그렇게 대답했지만 사실 금바우의 본명은 김암金巖이었다. 그걸 우리말로 풀어서 금바우라고 불렀다. 거대한 바위산인 금산 마이산에 빌어서 얻은 늦둥이의 속명이었다. '성씨 김'을 '황금 금'으로, '바위 암'을 방언 '바우'로 하여 '금바우'라는 정겹고 복된 별명을 지었다.

"희성을 가졌도다. 네 말이 맞다. 너의 말처럼 짐은 내 일가 하나 못 지켰다. 뿐이더냐. 짐은 아직도 내 잠자리조차 못 지키고 있다. 그러니 국가의 안위와 국민의 생명인들 무슨 수로 지

키겠느냐. 이 나라를 창업하신 태조대왕이 분노할 일이다. 대
한세대 청소년다운 너를 친압할 테니 스스럼없이 말하라. 다
들어보겠노라."

소심한 소음인답지 않게 넓은 국량이었다. 미간이 넓은 남
자다웠다. 그전에 동학농민전쟁 때 이랬다면, 그리하여 임금
과 백성이 힘을 합쳐 이 땅에서 왜적을 몰아내고 그야말로 군
민공치君民共治의 새 정치 새 나라를 열었다면 좋았으련만 이미
너무 늦어버린 판국이었다.

"폐하, 폐하께서는 금척을 아십니까?"

"아니, 네가 어떻게 금척을 알고 있느냐? 그건 왕실의 신물
이니라."

황제는 금바우 입에서 금척이라는 말이 나오자 눈을 동그랗
게 뜨고 일어나 앞으로 바투 다가왔다. 탁한 기운이 훅하고 전
해졌다. 고기와 단 것을 많이 먹고 불면과 고뇌로 찌들어 몸속
사정이 시골집 헛간의 두엄자리나 다름없었다.

"금척이 신물이라면 폐하께서는 그 신물을 어디에 쓰십니
까?"

"짐은 수년 전 계사년*에 『정재무도홀기呈才舞圖笏記』를 펴낸

---

* 1893년.

280

바 있다. 고려 말, 태조 고황제께서 조선을 창업하기 전 잠저에 계실 때, 꿈에서 금척을 받은 걸 기리는 무보舞譜* 가 실려 있다. 몽금척은 천명을 받은 길상의 징표로 궁중무용 제1호다. 궁중무용은 정재呈才라고도 하지."

"그뿐입니까?"

"달리 뭐가 더 있겠느냐? 내가 아는 건 그게 전부다. 알다시피 나는 선왕 철종이 급사한 뒤에 부랴부랴 입궁한 고작 열두 살 소년이었고 철종과는 십칠 촌이나 되는 끄트러기 종친에 지나지 않았다. 하여 조대비로부터 왕실 법도에 대해서는 대강 들었으나 금척은 따로 듣지 못했다."

금바우는 어이없다는 표정을 내비쳤다. 아무리 그렇다고 하더라도 국가 리더십이자 생명의 금척, 반 생명을 응징하는 금척을 무용 소품 정도로만 알고 있었다. 신물이라면서 중하게 활용하지 못하고 그저 사소한 도구로 쓰고 있었다.

"그 금척은 지금 어디에 있습니까?"

"……."

황제는 금척이 어디에 있는 줄도 모르고 있었다. 그랬으니 나라꼴이 이 모양 이 꼴일 수밖에 없었다. 말이 제국이지 이미

** 춤본.

일제의 아가리에 절반쯤 먹혀버린 상황이었다. 선전관이라도 뭐 뾰족한 수가 있을 리 없었다. 활명수 시판으로 돈을 거머쥔 그는 궁궐 내의 물목에 관심이 없었다. 부랴부랴 내관들과 부하들을 닦달했지만 금척은 어디에도 없었다.

"이제 확인해보니 이 나라에 금척이 없구나. 그것 참."

민망해진 황제가 혼잣말처럼 주절댔다. 1894년 일본군이 경복궁을 침범하고 이듬해 민비를 시해한 이후, 궁중에서는 이렇다 할 정악을 연주하지 못했다. 게다가 고종이 러시아 공사관으로 망명하면서 우왕좌왕해온 틈에 금척을 챙길 겨를이 없었을 게다.

"그럼 황제폐하께서는 대체 무슨 법도와 가치척도로 이 제국을 다스리십니까?"

"……그야 며칠 전 공포한 대한국 국제國制에 따라 다스리지."

황제는 모두 아홉 개 조로 구성된 국제를 하나하나 읊조렸다. 비상한 기억력이었지만 공허하게 들렸다. 주권이 오로지 황제에게만 있고 국민의 권리와 자유, 복리 같은 건 한 대목도 없었다. 허술하기 짝이 없는 헌법이었다. 금바우는 정치는 잘 모르지만 이 국제는 단군 때부터 내려온 홍익인간 정신보다 못함을 직감했다. 우리 고유의 풍류나 금척사상에는 턱없이 못 미쳤다. 금척은 참 생명의 길이었다. 북극성 같은 천문으로 지금처럼 어그러진 세도를 바로잡는 것이었다. 금바우는 황제에게 금척의 본질을 세심히 아뢰었다.

황제는 한숨만 쉬었다.

"이미 늦었으나 오늘부터라도 당장 금척을 복원하고 흐트러진 나라의 기강을 바로잡으십시오. 폐하와 신료들은 금척정신도 없이 서양문물과 일제의 농간에 휘둘렸으니 나라가 이렇게 위태로운 건 당연한 일입니다. 국민은 다 아는데 황제와 대신들만 모르고 있으니 그게 슬플 따름입니다."

"국민은 다 금척을 알고 있다고?"

황제는 금바우 코앞까지 다가와서 따져 물었다.

"반만년 이 땅에 살아오며 변함없이 실천해오고 있으니 어찌 모른다고 하겠습니까. 금척이라는 용어는 혹시 모를 수 있으나 그 정신만큼은 인인개개가 올곧게 체득하고 있습니다."

황제는 그때부터 금바우와 꼬박 사흘을 함께 보냈다. 잠자리만 따로 했을 뿐, 같이 먹고 마시며 호흡했다. 황제는 그 사흘 밤 동안 늦잠을 자지 않았다. 저녁 아홉시면 하품을 하는 금바우의 하품이 옮아갔던지, 아니면 높은 바위산에서 채취한 약도라지 만세천근萬歲天芹根으로 만든 차의 효능 때문이었던지 일찍 잠들었다. 그리고 이른 새벽에 한결 맑아진 용안으로 금바우의 방을 찾았다. 다음날도 다 다음날도 마찬가지였다.

"벌써 황혼병이 나으셨군요?"

"나도 모르게 그리 되었구나!"

황제는 스스로도 믿기지 않아했지만 거짓말처럼 말끔히 치유된 마당이었다.

『악학궤범』 같은 문헌 고증으로 곧 금척이 복원되었다. 금바우는 두 뼘 크기의 칼 모양 황금자를 손에 들어보곤 감격했다. 황제가 들자 의장용 지휘봉이 되었다. 금척은 황제의 집무실인 태극전에 모셨다. 금척대훈장도 제정, 반포되었다. 금으로 만든 최고 훈장으로 중앙에 태극문양을 배치했다. 금척은 사방에 십자형으로 배치했고 그사이를 대한제국의 국화 오얏꽃으로 빙 둘렀다. 황실에서만 패용할 수 있었고 나라에 특별한 공로를 세운 이에게도 수여하기로 했다. 이로써 금척정신이 대한제국의 국가 리더십으로 채택되었다. 많이 늦었지만 이제라도 다행한 일이었다.

"그런데 말이다. 대신들과 외교사절들도 모두 머리를 조아리는데 너는 왜 머리를 빳빳이 들고서 말하는 것이냐? 첫날부터 별스러웠다. 금바우 너는 이 나라 황제인 내가 어렵지 않느냐?"

황제가 정말 궁금해서 금바우에게 물었다. 대답은 간단했다.

"의원이 환자를 두려워해서야 어떡하겠습니까? 더구나 전염병 환자도 아니고 단지 황혼병을 앓는 환자거늘. 또한 이 위기의 시대를 바로 재고 건질 금척을 말하는 자리입니다. 폐하앞에서 고개를 똑바로 들어 저의 얼굴과 눈빛을 제대로 보여드리지 않는다면 진실성이 온전하게 전해지겠습니까?"

"옳거니. 대한세대인 너의 말과 행동에는 허례허식이 없구나. 나는 미국 대통령과 관료들이 대등하게 악수하고 머리 맞대며 국사를 돌본다는 말을 들어서 알고 있다. 우리도 그래야하는데 워낙 어렸을 때부터 길들여온 바라 그게 잘 안 된다. 기다시피 편전에 드는 신하들도 좀처럼 바뀌지 않을 게야. 하지만 너는 달랐다. 당당한 걸음걸이로 내 앞에 왔었지. 첫날 시종무관 현상건의 주선으로 네가 짐 앞에 불려왔을 때, 너는 숲에서 경중경중 걸어 나온 기린의 자품이었다."

황제는 키가 땅딸막하고 포동포동했다. 그에 비해 금바우는이미 황제보다 한 뼘이나 더 컸고 버들가지처럼 낭창낭창 호리호리했다. 상투 틀지 않고 뒤에서 묶은 머리는 허리께까지닿았다. 그래서 기린을 떠올렸던 모양이다.

"첩첩산중 오지에서 약초나 캐던 몸입니다. 고라니는 많이 봐왔지만 기린은 보지 못했습니다."

금바우 딴에는 겸양하느라 올린 말씀이었다. 그런데 황제는 분에 넘치는 의미를 덧붙였다.

"어떻게 너 같은 기린아가 제 발로 걸어들어 왔는가. 그간 내 눈에 띄는 것들마다 친일파 아니면 국고를 축내는 탐관오리들뿐이었다. 아무리 봐도 너는 태조 고황제께서 내게 보낸 사자가 분명하다. 내 너를 친압하리라."

황제는 조선왕조를 창업한 이성계의 묘호와 시호를 섞어서 들먹이며 금바우를 고황제의 사자로 대접했다. 친압은 버릇없이 너무 지나치게 친하다는 뜻이었다. 실제로 금바우는 그날, 교지를 받고 황제의 별입시로 임명되었다. 별입시는 본래 신하가 임금을 사적으로 뵙는 걸 말하는데 경복궁 유폐 시절, 친일내각을 믿을 수 없었던 고종은 별입시를 비공식적으로 제도화했다. 친일내각을 불신했던 황제는 사조직인 별입시와 황제직속 첩보기관 제국익문사 요원들을 자신의 수족이자 신경망으로 활용했다. 저마다 걸맞은 직함을 내리고 황실 내탕금으로 활동비도 주었다. 러시아 공사 이범진이나 의병장 허위, 애국지사 한규설도 별입시로 활동하다가 나중에 대신이 된 인물들이었다. 이들은 관료들의 비리를 캐고 외교관들의 동태를 파악하거나 황제의 밀지를 들고서 전국 각지와 해외 의병

항전을 주도했다.

그러나 금바우가 늘 안타깝게 여겨온 바대로 간악한 일제의 침략을 막아내기에는 이미 너무 늦어버린 뒤였다. 요원들과 애국지사들이 아무리 고군분투해도 그악스런 저들을 도저히 당해낼 수 없었다. 황제라고 크게 다르지 않았다. 금바우는 이따금씩 황제와 만나며 금척정신을 펼치고자 애면글면했지만 조국은 여간해서 저들의 손아귀에서 벗어나지 못하고 있었다. 대저 스스로 망하는 나라는 없었다. 다만 탐욕스런 정복전쟁의 재물이 될 뿐이었다. 그렇게 십 년의 세월이 속절없이 흘렀다.

제4부

우리는
금척을 쏘았다

1

삼포에 독초가 무성하다.

급히 돌아와 독초를 뽑아라.

— Bernice

    상하이 대동보국회로 전보가 날아들었다. 드디어 고종황제
의 결심이 선 것이다. 황제를 알현해 금척을 복원한 지 어언 십
년만인 1909년 8월 7일의 일이었다. 궁내부 소속 주사인 금
바우는 황실 전담 홍삼판매상이 되어 상하이와 인천 뱃길을

오가고 있었다. 상하이로 망명해 있던 현상건 대동보국회 회장을 보필하면서 겸하는 일이었다.

금바우는 서둘러 귀국길에 올랐다. 별입시 금바우가 아니라 황실 전담 홍삼판매상 김암 이름으로 된 집조執粗를 휴대하고 인천행 연락선을 탔다. 금바우는 이 뿌연 황해를 건너다닐 때마다 늘 가슴속에 깊이를 헤아릴 수 없는 회한과 슬픔으로 사무쳤다. 조국은 해외에 망명해 고군분투하는 우리들의 피와 땀에도 아랑곳없이 난파 선박처럼 곤두박질치고 있었다. 안타깝고 분통터질 노릇이었다. 나라를 건지고자 피와 땀을 흘리는 우리 같은 전사가 열이면, 일제에 부역하는 매국노들은 수천, 수만 명이나 되었다. 제국익문사* 요원의 조사보고서에 따르면 한국인 밀정이 사만 명도 넘었다. 망국의 책임이 무능한 황제에게 있다고 침을 튀기며 성토하는 애국지사들이 꽤 있지만 한심한 국민들도 그 책임에서 자유로울 수는 없었다. 조정에서 눈에 띄는 것들마다 친일파 아니면 국고를 축내는 탐관오리들뿐이었다던 황제의 말을 생각하면 충분히 이해가 되었다. 그러나 아직은 안 망했다. 아직 희망은 있었다. 매국노들은 제 눈앞에 떨어질 떡고물에만 눈이 벌겋지만 우리 전사들은

---

* 고종황제가 직속으로 설립한 비밀정보기관.

292

목숨을 바칠 각오가 돼 있으니까.

자, 우선 삼포의 독초부터 뽑아내자.

삼포는 궁내부 인삼밭을 뜻했다. 전보 발신자는 승리를 가져오는 사람, 버니스 대원이었다. 그녀는 일제 감시망에 노출되지 않은 제국익문사 최후의 여성 요원이었다. 황제 직속 첩보기관인 제국익문사 요원들조차 그녀의 이름만 들었지 만나본 자가 드물었다. 외국사 요원이었던 그녀는 그간 러시아와 미국에서 활동하다가 얼마 전부터 국내로 들어와 고종황제의 입과 발이 돼주고 있었다. 그사이 고종황제와 대한제국에는 몇 십 권의 책으로도 다 말 못할 절절한 사연들이 있었다. 지금 고종황제는 덕수궁에 감금된 거나 마찬가지로 철저히 고립돼 있었다. 궁궐 수문장에서부터 환관과 궁녀에 이르기까지 일본 첩자가 섞여 있었다. 수라간 궁인들도 믿을 수가 없어서 엄비가 몸소 고종황제의 수랏상을 챙겨야 했다. 독살 위험은 그림자처럼 늘 고종 주변에 어른거렸다. 한때 그 많던 별입시들과 정보원들은 일제의 밀정과 헌병대에 의해 희생되고 얼마쯤 남아 있던 이들도 활동비가 끊기자 잠복 상태였다.

모든 게 일제의 농간이었다. 대한제국이 광무개혁을 통해 자력으로 근대화할 기미가 보이자, 저들은 러일전쟁을 일으켰다. 그 전에 강압으로 한일의정서부터 맺었다. 일본과 러시아 사이에서 중립을 지키면서 내심 러시아 편을 드는 고종을 일본 편으로 만들기 위해서였다. 의정서 조인식을 하루 앞두고 결사반대하는 고종의 최측근 인사들을 납치하거나 연금했다. 이용익은 일본에 끌려가고 길영수 육군부령과 이학균 육군참장, 현상건 육군참령은 꼼짝없이 집에 갇혔다. 한일의정서가 조인되고 풀려나자 고종황제의 측근들은 극렬히 저항했다. 일제의 수배령이 떨어졌다. 현상건 참령은 손탁호텔 사장인 독일 여성의 집에 숨었다가 중국 상하이로 망명했다. 그때 금바우가 고종황제의 명을 받아 현상건을 수행했다. 별입시이자 궁내부 홍삼 해외판매상을 겸하면서 상하이 망명 요원들을 지원했다. 고종황제가 폐위되고 나서는 대동보국회 활동을 도왔다. 대동보국회는 미국 샌프란시스코에서 교민들이 설립한 독립단체로 상하이, 만주, 연해주에 지부를 두고 활약했다. 대동보국회에서 발행하는《대동공보》는 곧 대한인 국민회의 기관지《신한민보》와 결합해 미국 내 한민족의 대변지가 될 판이었다.

일본에 끌려간 이용익은 걸출한 인물이었다. 물장수 출신인 그는 기골이 장대한 수완가였다. 학식은 짧아도 지혜와 융통성이 넘쳐났다. 고종황제는 글 많이 읽은 성리학자들이나 유학파 개화지식인들보다 이처럼 무지렁이에 가까운 수완가들을 충복으로 됐다. 글 많이 읽은 성리학자나 개화지식인들은 슬슬 눈알을 굴리다가 친일파로 경도되는 걸 너무나 많이 봐 와서다.

이용익은 일본에서 열 달 만에 귀국할 수 있었다. 일본에서 그가 본 건 수많은 학교들이었다. 그는 인쇄기와 외국도서를 잔뜩 구해 와서 지식보급에 앞장서는 한편, 보성전문과 보성중학교를 설립했다. 사업 수완가의 직감으로 대한세대가 교육을 잘 받아야 나라의 희망이 있다고 판단한 것이다. 높은 벼슬자리만 차지하고 앉아서 제집 자식 출세만 생각하는 수구 관료들과는 결이 달랐다. 그런 그를 러시아 연해주에서 잃은 건 대한제국의 크나큰 손실이었다. 고종황제는 그를 충직하고 삼가는 마음이 깊은 사람으로 기리고 충숙忠肅이라는 시호를 내렸다.

고종황제는 일본이 러일전쟁에서 이기더라도 끝까지 저항할 준비를 해나갔다. 서울의 개화지식인들과 권문세가 양반들은 황제와 반대로 일본 편을 들고 나왔다. 대동아공영의 미망에 사로잡혀 버린 것이다. 하지만 일본의 흑심을 간파하고 있던 지방 백성들은 황제와 뜻을 같이하며 항일투쟁을 벌였다. 지방 백성들은 왜군의 통신 기관과 군수수송열차에 타격을 가하기 시작했다. 서울의 개화 지식인들에 비할 바 없이 무지한 것 같아 보여도 백성은 사태를 정확히 읽어냈다. 지식보다 공감 능력이 뛰어나서였다.

일제는 자기들 말을 듣지 않는 고종황제를 불태워 죽이기로 했다. 1904년 4월 14일 밤 경운궁에 불이 나서 황제의 숙소인 함녕전과 중화전, 즉조당, 석어당과 거의 모든 전각들이 불탔다. 황제는 황실 도서관으로 쓰던 수옥헌漱玉軒*으로 무사히 피신했다. 황제는 이 화재가 자신을 분시焚弒하기 위한 방화임을 직감했지만 겉으로는 단순 화재사건으로 알고 있는 체했다. 만일 그 사실을 일제가 알면 자신을 독살하려고 들 것이기 때문이었다.

황제는 석 달이 지난 7월에야 그 속내를 프랑스 대리공사 퐁트네를 통해 러시아 니콜라이 2세 황제에게 알렸다. 귀국 인사차 온 퐁트네에게 방화 사건의 전말을 털어놓고는 어둠침침한 복도에 나와서 아무도 모르게 육필 친서를 손에 쥐어주었다. 러시아 황제에게 전달해달라는 황제의 눈빛은 간절하고 처연했다. 동정심 있는 이라면 도저히 거절할 수 없는 당부였다. 퐁트네는 러시아 상하이정보국에 고종황제의 말을 전달했다. 곧 「퐁트네 보고서」가 만들어졌다. 이 보고서는 친서와 함께 페테르부르크로 타전되었다.

* 중명전.

화재는 왜측(倭側)이 내 생명을 노린 음모 이상도 이하도 아니다. 내가 머물고 있던 건물들이 불에 탔다. 나는 무장한 왜인들이 궁궐 수비병들을 죽이고 나의 거처로 몰려오는 소리를 들었다. 나는 간신히 피했지만, 내 방에 남아 있던 세 명의 호위 장교들은 왜인들에 의해 살해당했다.

보고서의 한 대목에 적힌 고종황제의 말이었다. 니콜라이 2세 황제가 답신을 보내왔다.

퐁트네 자작이 전한 친서를 받았습니다. 그 편지로 폐하가 겪고 있는 곤경을 알았습니다. 대한제국의 운명은 과인에게도 마찬가지로 소중하며 과인이 폐하에게 품었던 우호와 호의는 변함없이 계속될 것임을 폐하에게 확언할 수 있습니다.

그러나 러일전쟁의 전황은 러시아에게 점차 불리해져 갔다. 일제는 고종황제를 납치해 일본의 벽지 모코에 유배시킬 음모까지 꾸몄다. 러시아 황제와 외무성의 강력한 대처로 무산되고 말았지만 러일전쟁에서 승리한 일본은 대한제국의 외교권을 박탈했다. 병합이나 다름없는 을사늑약이 체결되었다.

"조선은 외교력이 전혀 없소. 그래서 늘 국제관계의 화근이 되는 것이오. 동양평화를 영구히 유지하기 위해서는 조선의 대외 관계를 일본이 맡아야 하오. 그래야 조선 황실의 안녕을 도모할 수 있소."

이토 히로부미가 고종황제의 집무실 수옥헌에서 황제 앞에 보호조약 문안을 내놓고서 외교권을 일본에 넘기라고 강압했다. 궤변이었다. 일본만 간섭하지 않으면 대한제국이 알아서 할 수 있는 문제였다. 황제는 거절했다.

"한국이 실지로 부강해졌다고 인정할 때까지 외교권만 넘기는 거니까 황제께서는 한국을 계속 다스릴 수 있는 것이오."

이토는 황제의 통치권은 온전함을 강조하며 회유했다.

"조약 전문에 '한국이 실지로 부강해졌다고 인정할 때까지'라고 했는데 지금 대한제국은 전에 비해 실지로 부강해졌소."

황제의 말은 사실이었다. 광무개혁을 통해 사회 전반에 걸쳐 근대화가 진행되고 있었다. 상공업 장려책이 성공하여 섬유와 운수, 철도 등 각 분야에서 근대적 회사들이 설립되었다. 군사대국 일본에 비할 바는 아니지만 국고의 사 할을 국방비로 쏟아 부어서 강군을 육성했다. 근대 산업기술을 배우도록 외국에 유학생을 파견하고 산업학교와 기술교육기관을 세웠다. 그리하여 신교육을 받은 대한세대가 무럭무럭 자라고 있었다.

"허허허, 지금 이렇게 사는 한국이 실지로 부강해졌으니 인
정해달라는 거요?"

이토는 어이없다는 듯이 비웃었다. 그가 보기에 한국은 거
지 나라에 가까웠다. 가까운 청계천변만 나가봐도 바로 드러
났다. 판자때기로 다닥다닥 이어붙인 게딱지 같은 집들이 즐
비했다. 그 아래로 생활 오폐수가 흐르는 구정물에서 얼굴이
누렇게 뜬 아낙네들이 빨랫방망이를 두드려댔다.

"전에 비해 확실히 부강해졌소. 그런데 왜 한국의 부강 여부
를 일본이 판단해야 하오? 한국은 독립국이오. 엄연한 독립국
을 속국 취급하는 건 일본이오. 한국이 일본을 인정하듯 일본
도 한국을 인정하면 그만이오. 한국이 아무리 잘 살아도 일본
이 인정 안하면 언제까지고 외교권을 못 돌려받는다는 얘기가
아니오?"

황제는 조약의 전문부터 그 부당성을 지적했다. 나머지 조
항들은 더 심해서 구절을 손질하자고 협상할 여지도 없었다.

"그렇다고 그 대목을 뺄 수는 없소. 나중에 한국이 부강해진
다면 우리 일본이 더 보호할 필요가 있겠소?"

이토는 대꾸할 말이 궁색했지만 조금도 양보하려 들지 않았
다. 독립국이라서 보호받기 싫으면 어디 한 번 저항해보라는

투였다.

방법은 하나밖에 없었다. 힘을 길러서 저들을 몰아내는 거였다. 그런데 지금은 어림도 없었다. 한국은 국고의 사 할을 쏟아부어서 육성한 군대가 삼만인데 저들은 그 열 배가 넘었다. 러일전쟁 당시 한국은 단 한 척도 없던 해군 함정이 일본은 152척이나 됐다. 선비의 나라가 사무라이의 나라를 무력으로 당해낼 재간이 없었다.

"공식 명칭이 '일한협상조약'인데 협상 자체를 안 하려드니 일방적인 강요 아니오?"

이 물음에도 이토는 반박할 논리가 없었다. 있다면 그것은 전례였다. 일본도 전에 힘이 없을 때는 서구 열강과 불평등 조약을 맺어야만 했었다. 지금 그걸 한국에 써먹고 있을 뿐이었다.

"우리 일본이 한국의 외교권을 갖지 않으면 또다시 주변 국들과의 전쟁이 발발할 거요. 일청전쟁도 일러전쟁도 조선의 애매모호한 태도 때문에 일어난 거요. 우리 대일본이 안 흘려도 될 피를 흘린 것은 오로지 조선의 형편없는 외교 때문이오."

이토의 논조는 간단했다. 당신네 나라는 먹잘 게 많아서 열강이 군침을 흘린다. 그래서 침 발라놓고 독식하고자 하는 우리 일본과 자꾸 부딪친다. 그러니 그냥 일본한테만 주겠다고 대외적으로 확실히 말해 달라, 바로 이거였다. 너도 나도 문명개화를 부르짖는 이 시대는 이 말도 안 되는 해괴한 논리가 국제적으로 성립하는 이상한 시대였다.

"이토 후작! 부탁이오. 그럼 제2조에 있는 '한국정부는 이후부터 일본국 정부의 중개를 거치지 않고 국제적 성질을 가진 어떠한 조약이나 약속을 하지 않을 것을 기약한다'는 대목만 빼주시오. 일본 부의 허락 없이는 외교적으로 아무것도 할 수 없는 거 아니오. 정말 보호해주려거든 '한국정부가 맺은 국제조약이 원활히 이행되도록 일본정부가 감리한다'고 해야 옳지요."

물론이었다. 하지만 그럴 거면 이렇게 강압으로 조약을 맺을 이유가 없었다.

"불가하오! 이 조약은 이미 우리 일본정부가 확정한 것이라서 내 맘대로 할 수 없소!"

"우리나라를 위하는 후작이 천황과 일본정부에 청원해보면 안되겠소이까?"

황제는 몇 번이나 애원하고 또 애원했다.

"절대 변경할 수 없소. 동의도 거절도 자유지만 거절한 대가는 각오해야 할 것이오."

손으로 턱수염을 쓸어내린 이토가 협박조로 나오기 시작했다. 거절한 대가는 전쟁인가. 청나라도 러시아도 제압해버린 일제의 군사력을 대한제국이 무슨 수로 당해낼꼬. 1876년 강화도조약 체결 이후, 창호지에 물 젖어들어 오듯 야금야금 침탈해온 일제였다. 그런 일제에 치가 떨렸지만 이토는 그나마 황제가 조금이라도 믿음을 갖고 있는 인사였다. 그를 확실한 한국 편으로 만들기 위해 당근이 필요했다. 그래서 작년에 대한제국 최고 훈장인 금척대훈장까지 기꺼이 주었던 것이다. 훈공을 치하하면서 한껏 치켜세워주었다. 이토 당신은 영국 빅토리아 여왕, 독일 비스마르크, 청나라 리훙장과 함께 근세의 4대 인걸이라고. 그러자 이토는 감읍하여 맹세하듯 답했다. 동양평화에 협력한다면 한국의 산하가 횡포한 열강의 소유가 되지 않도록 한국의 아픔을 일본의 아픔으로 여기며 함께 대처하겠다고. 그랬던 그가 얼마 안 가서 확 달라졌다. 말로는 여전히 조선을 위한다면서 하는 짓은 본국의 정한론자들과 전혀 다를 바가 없는 본색을 드러냈다. 한국의 산하가 횡포한 열강의 소유가 되기 전에, 더 횡포한 일본 소유로 만들어가고 있었다. 한국의 아픔은 일본의 기쁨이 되고 있었지만 그는 조금도 아파하는 기색이 아니었다.

"그럼 내각회의에서 결정토록 하겠소."

황제는 내각 핑계를 대며 그만 이 끔찍한 자리를 벗어나고 싶었다. 줄기차게 거절한다고 해결될 문제가 아니었다. 물론 내각에 떠넘긴다 해도 그걸 받아 잘 처리해줄 대신은 아무도 없었다. 어서 조약 문서에 옥새를 찍으라고 황제를 겁박할 게 뻔했다. 그들은 부단히 공을 다투는 자들이었다. 그 공은 자기 나라를 찍어내고 남의 나라에 세우는 공이었다. 나무를 자르는 톱이나 장작 패는 도끼 자루는 나무로 돼 있다던가. 슬프고도 화나는 노릇이었다.

이토는 늑약을 맺고 통감부를 설치, 초대 한국 통감으로 부임했다.

사람 만나는 걸 워낙 좋아하고 신사적인 매너를 지닌 황제였지만 이토를 상대하기가 싫어졌다. 황제는 오직 반격의 기회만을 노렸다. 그때 반가운 소식이 날아들었다. 네덜란드 헤이그에서 만국평화회의가 열린다고 했다. 드디어 답답한 속내를 세계만방에 털어놓을 때가 왔다.

황제는 일제의 감시망을 피해 특사를 파견하기로 했다. 나라와 국민, 황제를 위해 목숨 바칠 강직한 충신을 골랐다. 을사조약이 체결되자 그 무효를 상소하고 돌에 머리를 찍어 자결을 기도한 이상설이 정사로 꼽혔다. 황제의 밀지를 받은 이상설은 부사 이준, 페테르부르크에서 합류한 부사 이위종과 함께 회담장에 도착했다. 이위종은 러시아 공사 이범진의 아들로 영어와 불어, 러시아어에 능통한 재자다. 특사들은 일제의 방해와 열강의 방관으로 회담장에 들어가지도 못했다. 의장국 러시아는 특사들과 면담조차 하지 않으려고 했다. 러일전쟁에서 패한 뒤로 대한제국 편에서 돌아섰던 것이다. 통분을 참지 못한 이준은 가슴을 쥐어뜯다 숨을 거뒀다. 이준은 죽어서도 종신형을 당했다. 일제는 궐석 재판으로 이상설 교살, 이준과 이위종 종신형을 선고했다. 이상설과 이위종은 러시아를 떠돌며 투쟁했다. 큰도둑들의 만찬회에 갔던 세 명의 특사는 끝내 아무도 살아서 돌아오지 못했다.

불행은 여기서 끝나지 않았다. 이토는 헤이그 밀사 파견을 빌미로 고종황제를 강제 폐위시키고 순종을 새 황제 자리에 앉혀버린 것이다. 서울시민 이천여 명이 양위 반대 시위를 벌였다. 성난 시민들은 이완용을 비롯한 친일파들의 집에 불을 싸지르며 격렬히 저항했다. 박제순, 이완용, 이지용, 권중현, 이근택을 을사오적으로 지목하고 그들의 처단을 요구했다. 이토 통감은 군인과 헌병을 동원해 진압했다.

이토는 한국정부의 내정권까지 박탈하는 정미7조약을 밀어붙였다. 이어서 대한제국 군대를 해산했다. 이토는 친일내각 대신들을 시켜 7월 31일 순종황제 명의로 군대해산 조칙을 조작했다. 군대 해산의 이유는 재정 부족이었다. 거짓 명분이었다. 진짜 이유는 고종황제 폐위에 반대하는 시위대 병사들의 무장 폭동 조짐이었다.

대한제국 군대를 해산하기 전, 주차군 사령관 하세가와는 본국에 타전했다.

서울에는 6천 명의 한국군이 있어 언제 봉기할지 모를 일이니 무장 해제가 필요하다. 이를 위해 다수의 우세한 병력 확보가 요청된다.

제12여단 전투 부대가 급파되었다. 지방에 분산돼 있던 제13사단 병력도 끌어올려 서울에 집중 배치했다. 인천항에는 구축함 네 척을 대기시키고 연해에는 제2함대를 순항하게 했다.

8월 1일 이른 아침 중앙군인 시위대 해산부터 시작했다. 동대문 남쪽 훈련원 주위에 일본 군대를 배치했다.

"아침 여덟시까지 각 부대원들을 훈련원에 소집하라. 도수체조를 할 테니 비무장이다."

그렇게 한국군을 소집하고 열시에 해산식을 거행할 계획이었다. 그런데 그날 아침 사달이 생기고 말았다. 아침 일곱시 주차군사령부 회의에 참석했던 시위대 제1연대 제1대대장 박승환 참령이 군대 해산에 항거해 우물가에서 할복했다. 제2연대 오의선 중대장도 칼로 자결했다. 박승환 대대장의 유서는 비장했다.

군인이 나라를 못 지키고 신하가 충성을 못다 했으니 만번 죽어도 아까울 것 없다.

훈련원으로 출발하려고 정렬해 있는 제1연대 제1대대 군인들에게 남성덕 참위가 박승환 대대장의 자결 소식을 전했다.

"우리 대장의 충의를 본받아 나라를 위해 목숨 바쳐 군인의 사명을 다하자!"

비분강개한 참위가 결사항전을 부르짖었다.

곧바로 무기고와 탄약고를 부수고 총검으로 무장했다. 실탄은 일인당 서른 발이 채 못 되었다. 담 하나를 사이에 둔 제2연대 군인들도 무기를 확보하고 봉기했다.

두 병영의 영문을 나선 한국 군인들은 남대문 일본군 소대와 위병들을 공격했다. 서소문 일대에서 전투가 벌어졌다. 서대문 밖에 주둔한 일본군 포병 부대원들도 가세했다. 실탄이 떨어진 한국군은 백병전을 벌였다. 양측 군인들뿐만 아니라

306

시민들도 많이 희생됐다. 때마침 소나기가 퍼부었다. 핏물이 흘러 피바다를 이뤘다.

아침에 벌어진 전투는 정오에 끝났다. 하지만 피신한 한국군을 수색, 학살 행위는 저녁까지 계속됐고 후퇴한 한국군과 병영을 벗어난 군인들은 개별적으로 전투에 가세해 시내 곳곳에서 시가전이 벌어졌다. 시가전은 나흘간 이어졌다. 친일내각 대신들의 집도 공격 대상이었다. 친일내각 대신들은 쥐새끼들처럼 숨었다가 닷샛날 아침에야 일본군의 호위를 받으며 은신처에서 엉금엉금 기어 나올 수 있었다.

그날 아침, 도수 체조 하는 줄만 알고 훈련원에 모였던 한국군은 군대 강제해산과 전투 소식을 듣고 망연자실했다. 하지만 아무런 무기도 없었고 무장한 천 명의 일본군들이 둘러싸고 있어서 아무런 저항도 하지 못했다. 그저 한탄만 할 뿐이었다.

대한제국군 강제해산을 주도했던 육군부장 이병무가 단상에 올라가 해산 조칙을 읽고 고별사를 했다.

"견장은 뜯고 모자는 반납하라. 융희황제께서 너희들에게 특별히 은사금을 내려주니 가지고 얌전히 고향으로 돌아가도록! 행여 반란군들과 엮여서 부화뇌동하지 말기 바란다. 그것은 나라에 대한 불충일 뿐더러 부모에게도 불효다. 하나밖에 없는 목숨을 부지하지 못할 것이기 때문이다. 알겠나?"

때마침 소낙비가 쏟아지고 광풍이 불었다. 해산식장은 난장판이 되었다. 덕분에 국군 장졸들은 이 곤란한 물음에 굳이 우렁차게 대답하지 않아도 되었다. 친일반민족주의자 이병무의 눈에는 나라를 침탈한 일본군과 싸우는 국군이 반란군으로 보이는 모양이었다. 그가 진정으로 속하고자 했던 나라는 대한제국이 아니라 일본제국이었던 것이다.

빗속에서 은사금이 나눠졌다. 하사에게는 팔십 원, 일 년 이상 된 병사에게는 오십 원, 일 년 미만자에게는 이십오 원의 은사금이 지급되었다. 국밥 한 그릇이 이십 전하던 시절이었으므로 적잖은 돈이었다. 주머니에 넣은 종이돈들은 이내 빗물에 젖어 떡이 되었다.

"지금 이깟 종이때기가 뭔 소용이여? 전우들의 시체가 빗물에 떠내려가게 생겼는데!"

한 장교가 종이돈을 갈기갈기 찢어버리고 가슴을 치며 통곡했다.

"맞구먼. 이건 재수 옴 붙은 저승길 노잣돈이라고."

"옳소! 국군 초상날 이깟 게 다 뭔 소용이여!"

여기저기서 돈을 찢는 장졸들이 많았다. 그들은 터벅터벅 훈련원을 빠져나와 삼삼오오 흩어졌다가 속속 의병에 투신했다. 해산식에 불참한 장졸들은 바로 낙향하여 지방 진위대 병사들을 동요시켰다. 진위대 병사들이 병참의 총기를 탈취했다. 그들은 주둔지 시군을 점령하거나 지방의병부대로 들어가 항전하기 시작했다.

그날 서소문 전투의 총소리를 들으며 고종은 피눈물을 흘렸다. 국군과 시민들의 희생도 염려됐지만 대한제국 군대를 해산한 데 대한 분노가 피눈물로 바뀌었다.

광무.

그가 대한제국을 세우며 사용한 연호였다. 빛나는 군대의 위용을 갖춘 제국을 꿈꿨던 그였다. 오늘은 그 꿈이 무참히 짓밟히는 날이었다. 황제 자리 강제 양위야 다른 이도 아닌 아들에게 전하는 것이니 참을 수 있었다. 하지만 대한제국 군대 해산만큼은 도저히 참을 수 없었다. 기필코 이 능욕을 되갚아 줄 셈이었다.

태황제는 불과 몇 명 남지 않은 별입시와 제국익문사 요원들에게 밀지를 보냈다. 일제의 간섭으로 이미 많은 내탕금이 투명하게 회계처리 되는 상황이었고 그나마 여윳돈도 없어서 하사금은 내려 보내지 못했다. 가슴이 미어터졌다.

이제부터 국민전쟁이다.

나의 충성스러운 군사들과 국민들이여,

아직 나라가 망하지 않았다.

들불처럼 일어나 싸워라.

나도 그대들과 함께 끝까지 싸울 참이다.

고종은 맨주먹을 불끈 쥐고 국민전쟁을 선언했다. 아직 나라만 망하지 않은 게 아니라 고종의 말과 글의 힘도 망하지 않았다. 적어도 국민들한테는 그랬다. 전국에서 의병이 호응하여 들고 일어났다. 실권도 돈도 없이 덕수궁에 유폐되었다 하더라도 고종은 대한제국 국민들의 변함없는 황제였던 것이다.

서울 시위군과 지방 진위군 출신 병사들은 13도창의군 속으로 재편성되어 맹위를 떨쳤다. 대한제국 국군과 민병대인 의군의 총병력이 자그마치 오만이나 되었다. 국민군의 탄생이었다. 삼만 군대를 해산했으나 그 절반가량이 자발적으로 국민군에 편입되었다. 지방 진위군은 총기와 실탄을 대량으로 확보했고 최정예 서울 시위군은 오합지졸이던 의군을 훈련시켜 막강 국민군으로 만들었다. 이들 국민군은 전국에서 일본군을 상대로 연전연승하여 각 지방에 일본인들이 발을 들여놓을 수 없게 만들었다. 서울은 몰라도 지방은 거의 완전한 해방구가 되었다. 사업을 목적으로 지방에 살고 있던 일본인들은 곤란을 겪게 되면서 이토 통감을 성토하기 시작했다. 제발 좀 성가신 의병들을 소탕해달라고 원성을 높였지만 걷잡을 수 없는 상태가 되었다. 본국에서도 이토에 대한 불만이 많았다. 선부른 군대해산으로 도리어 국민군을 육성하는 꼴이 되었고 좀처럼 뿌리 뽑을 수 없는 화근을 남겼다는 질책이 쏟아졌다.

국경을 넘은 대한제국 장졸들은 해외의 독립군과 광복군의 주력이 되었다. 더 이상 총을 잡지 않게 된 이들은 미국이나 연해주, 상하이 등에서 대동보국회를 결성하고 애국단체를 이끌었다. 이 대동보국회에는 동학 접주들과 동학군 출신도 많이 참여했다.

2

인천항은 늘 붐볐다. 망해가는 나라의 항구로 보이지 않았다. 금바우는 항구 계류장에 혹시 버니스 요원이라도 나와 있을 줄 알았는데 아무도 없었다. 이 년 전, 손탁호텔서 만나본 이후로 다시 볼 수 없었던 그녀였다. 그만큼 은밀하게 활동했다.

경인선 열차를 타고 서울역에 내려 인력거를 탔다. 무릎에 올려놓은 가방에는 홍삼 판매 장부가 들어 있었다. 금바우는 궁내부가 제조한 홍삼의 해외 판매를 전담하는 상인의 자격으로 당당하게 덕수궁 정문 앞에서 내렸다. 을사늑약 이후로 일제가 궁내부를 관할하면서 그의 위상이 많이 떨어졌지만 썩어도 준치라지 않는가. 중국에 홍삼을 팔아서 만든 막대한 돈은 해외 요원들의 활동 자금으로 쓰고도 남아 내탕금을 충원하는 데 큰 몫을 차지했다. 일제는 이 기름진 돈줄 관리자를 자기들 사람으로 바꿔버렸고 금바우, 아니 김암은 그저 이삭이나 줍고 있는 형편이었다. 하지만 여전히 그를 알아보는 수문군이 있어서 쉽게 궁궐 안으로 들어갔다.

고종 태황제는 선글라스를 끼고서 석조전 공사 현장을 둘러보고 있었다. 비록 지금은 뒷방으로 물러난 태황제가 되었으나 백성들 마음속에는 여전히 황제였다.

석조전은 유럽 궁궐건축양식을 따른 돌의 궁전으로 고종황제가 오래 전부터 공을 들여온 숙원 사업이었던 것이다. 꼭 십년 전 황제를 처음 알현할 무렵에 설계도가 나왔었는데 이제 외형은 다 지어지고 내부 공사 중이었다. 황제는 이 궁전에서 정사를 보며 세계로 뻗어가는 대한제국의 위용을 과시하고 싶었다. 비록 근대화는 뒤졌으나 맹추격하여 저들과 대등해지고 싶었다. 그러나 이제 이 장엄한 돌의 궁전이 완공된다한들 꼬리만 남은 제국이 되살아나겠는가. 이 와중에 공사를 진행하는 고종황제의 심경은 어떻겠는가. 금바우는 웅장한 석조전의 위용이 허세처럼만 보여서 못내 슬펐다.

"속히 달려와 줘서 생광스럽구나. 중화전이 넓고 시원하다. 그리로 가자."

황제는 금바우를 깜짝 반기며 일산 그늘 속으로 들게 했다. 아무리 친압하신다지만 차마 나란히 걸을 수 없어서 한 발 뒤 떨어지려 하자, 다정히 손을 잡고 이끌었다. 그사이에 용안이 많이 상해 있어서 마음이 아팠다.

중화전 월대를 한 바퀴 돌았다. 중화中和, 어디에도 치우치지 않은 바른 성정과 지위라는 뜻이었다. 중립국 대한제국, 그리고 독립국 대한제국이 얼마나 간절했으면 정전 이름을 중화전이라고 지었을까. 고종은 열강이 벌떼처럼 대드는 정세를 맨몸으로 정면 돌파해 나가면서 중립국을 부러워했다. 그래서 그리 큰 영향력이 없던 벨기에와도 발 빠르게 국교를 맺었다. 그런다고 대한제국이 벨기에처럼 중립국이 될 수 있는 건 아니었다. 중립은 국방력이 튼튼하여 능히 자신을 지킬 수 있거나, 먹잘 것이 없는 나라나 가능했다. 러일전쟁 직전에도 현상건의 맹활약으로 전시 중립국이 됐었지만 한일의정서로 불과

313

한 달 만에 그 중립국 노선이 깨졌다.

금바우는 중화전 월대를 돌며 궁궐 담장 밖에 바짝 붙어 있는 열강 공사관들의 위치를 헤아려 보았다. 서북쪽 러시아 공사관은 언덕바지에 있고 프랑스 공사관과 독일 공사관은 그 아래에 있었지만 북서쪽 미국 공사관과 북동쪽 영국 공사관은 아예 궁궐을 파먹어 들어와 있었다. 황제가 울며 겨자 먹기 식으로 내준 금쪽 같은 궁궐 부지였다. 열강의 틈바구니에서 세력 균형을 꾀하고자 했던 황제의 몸부림이었다. 이같이 했건만 미국과 영국은 일본과 밀약하여 대한제국을 배신했다. 을사늑약이 체결되자 미국은 맨 먼저 공사관을 철수시켰다. 가차 없이 대한제국을 버리고 일본에 예의를 깍듯이 갖춘 것이다. 그렇게 눈물겹도록 매달렸던 고종황제를 미국은 철저히 외면했다.

일제는 교활했다. 청나라와 러시아를 무력으로 제압하고 미국과 영국은 외교적 수완으로 다스린 일제, 아니 이토 히로부미는 마침내 고종황제 앞에 본색을 드러냈다. 궁궐을 출입하며 그를 가까이서 본 적이 있는 금바우는 한눈에 그자의 야심을 알아차렸다.

"향기로운 난초라도 사람이 다니는 문 앞에 피어나면 뽑아내지 않을 수 없거늘 하물며 이토 같은 독초임에랴. 예전에 네가 나한테 한 말이다."

월대를 한 바퀴 돌고나서 황제가 그 말을 꺼냈다.

"제가 오죽했으면 그랬겠습니까? 그자는 대들보 깊숙이 파고들어온 대두大蠹입니다. 초장에 잡아내지 않으면 집을 무너뜨리고 말 거라고 경고하지 않았습니까?"

금바우는 자신도 모르게 언성이 높아졌다. 이젠 황제에게 어떤 원망도 억하심정도 없건만 우유부단해서 자꾸 때를 놓치는 게 속상했다.

"내 탓이다. 예나 지금이나 너의 말은 언제나 간명하고 중심에 가닿는다. 나는 그때만 해도 이토를 철석같이 믿었다. 그자는 내가 아는 거의 유일한 일본 신사 정객이었으니까. 어떻게 그런 그를 해친단 말인가. 나는 감히 그럴 수 없었다. 허나 놈은 차차 드세게 변해가더니 마침내 발톱을 드러냈다. 물이 창호지를 적실 때, 한 칸 두 칸으로 시작하여 열 폭 백 폭을 적시는 것과 같이, 그자는 이른바 첨수添水정책을 썼다. 그사이 지짐거리는 비에 마를 사이 없이 젖어버린 옷이 그만 너무 무겁게 돼버렸구나. 놈은 음흉했다. 놈의 온건한 정책도 결국은 열강의 간섭을 배제하고 한국인의 저항과 통치비용을 최소화하면서 서서히 일본화하려는 점진주의였던 것이지. 정미7조약 직후까지도 한국을 병탄하지 않겠다고 공언하던 자가 한국군을 강제 해산했다. 우리를 궤멸시키려는 것이다. 그자는 숨길 수 없는 사무라이였느니. 놈은 독초다!"

순하던 고종의 눈에서 불꽃이 튀었다.

"애초 적장敵將의 선의를 믿는 게 아니었습니다."

"맞아. 우리가 아무리 나약했더라도 놈의 선의를 기대한 내가 틀렸다."

"이제 그 독초를 제거하실 참입니까?"

"많이 늦었다."

"이제라도 결심하셨으니 잘하셨습니다."

금바우는 일찍이 을사늑약 직후에 이토를 제거하자고 제안했었다. 그러나 미련 많은 고종황제는 주저했다. 그래도 믿을 만한 일본인은 이토밖에 없노라고 기대와 미련을 품고서.

국군을 해산한 대가로 대한의군의 국민전쟁에 부딪치자 이토는 통감직을 더 버텨내지 못하고 사임했다. 감기와 위장병으로 지친 그는 본국으로 돌아가 마쓰야마의 도고 온천에서 이십여 일간 휴식을 취했다. 도쿄 오이소의 양옥저택으로 돌아온 이토에게 가쓰라 총리와 고무라 외무상이 찾아갔다.

셋은 밀담을 나눴다.

미국의 하와이 병합이나 프랑스의 말레이시아 병합 예가 있으니, 한국병합은 그보다 훨씬 정당한 조치이기 때문에 아무런 탈이 일어나지 않을 것이다. 러시아가 문제다. 하지만 러시아는 오스트리아로부터 대가를 받고 보스니아-헤르체고비나 병합에도 동의해주었으므로 한국병탄도 결국은 동의할 것이다.

이게 셋이 내린 결론이었고 한국병탄은 일본의 국가 정책으로 확정된다.

"일본이 적당히 대가를 주면 러시아는 거절할 이유가 없겠지. 그들도 끝내 나를 버렸으니까."

고종황제는 숨을 몰아쉰 다음 다시 옥음을 굴렸다.

"이토는 후임 통감으로 소네를 추천했다. 노회한 이토 놈이 죄다 결정해놓고 최종 악역은 소네에게 떠넘긴 것이지. 뱀굴에 손을 넣을 때는 남의 손을 빌리라는 말대로야. 그 노회한 놈이 나한테 이임인사를 왔더니라. 그 자리에서 뻔뻔하게도 일본과 한국은 한 가족이 돼야 한다고 침을 튀기더구나. 내가 이 판국에 그런 요설에 설복당할 사람이더냐. 그때 결심했다. 저 뻔뻔한 이토 놈을 그만 지워버려야겠구나. 우선 저 놈부터 없애고 국민전쟁을 계속해야겠구나."

황제는 험한 표현을 썼다. 예전에는 좀처럼 입에 담지 않던 말들이었다. 늘 부드럽기만 하던 옥음이 한껏 사나워져 쇳소리가 났다. 말을 마치고 입술을 깨물었다.

"그래서 곧바로 제게 전보를 치신 거로군요."

"시간이 없다. 음산한 날씨에 벼락치듯 해치우련다."

"그럼 금척을 보여주십시오, 지금."

금바우는 중화전 안으로 발을 들여놓다 말고 여쭸다.

황제는 문지방을 넘어 댓돌로 나왔다. 뜰을 가로질러 함녕전으로 온 황제는 전화가 놓여 있는 대청마루를 지나 침전으로 안내했다. 엄비가 사진첩을 보고 있다가 화들짝 놀라며 맞았다. 명성황후 시해 이후 황제가 황후를 맞아들이지 않았기 때문에 덕수궁에는 황후의 침전이 따로 없었다. 엄비가 머무는 고종황제의 침전에 금바우 같은 청년이 들기는 처음 있는 일이었다. 그곳은 구중궁궐 금남의 처소였던 것이다. 금바우는 엄비에게 공손히 머리를 숙였다. 엄비가 보던 사진이 눈에 들어왔다. 사진 속에서 황태자 이은은 온천욕을 하고 있었다. 엄비가 낳은 황태자였다. 그 옆에 두건을 쓰고 있는 노인이 태사 이토 히로부미였다. 황태자를 데리고 온천에 가서 함께 찍은 사진이었다. 좀 전까지 이토 얘기를 했는데 여기서도 보게 되는 게 그놈의 이토였다.

"금척을 꺼내보오."

황제는 사실상의 황후인 엄비에게 정중히 말했다. 아관망명 때, 경복궁에 유폐된 고종을 자신의 가마에 태워 탈출시킨 여장부였다. 며칠 전부터 일부러 상궁이 타는 가마를 자주 내보내 경계를 소홀하게 만든 다음 당일 새벽에 대범하게 결행한 것이다. 그전에는 서슬이 퍼렇던 명성황후의 눈초리를 피해 왕의 침전에 들었다가 다음날 치마를 뒤집어 입고 나온 당돌한 궁녀이기도 했다. 궁녀가 승은을 입으면 그 표시로 침전을 나올 때 치마를 뒤집어 입었다. 그걸 본 내시와 궁녀들이 까무러치게 놀랐다. 뚝배기처럼 생긴 서른두 살 늙은 궁녀가 왕을 모셨으니 내명부가 발칵 뒤집어졌다. 어쩌려고 그런 무모한 짓을 했느냐고 혀를 차는 상궁도 있었다. 명성황후의 모진 시샘을 걱정해서였다. 하지만 궁녀 엄씨는 그다음 날도 왕의 침전에 불려갔다. 그녀만의 속 깊은 비결이 있었던 것이다. 함께 밤을 보내고서 왕이 궁녀 엄씨에게 했다는 말이 궁궐 밖까지 나돌았다. '넌 모과와도 같구나.' 울퉁불퉁한 겉보기와 달리 향이 매우 짙다는 뜻이었다.

"금척 대령이오. 이 성물을 지키느라고 갑진년 그 화재 때, 불붙은 태극전에 뛰어들었다는 거 아니오. 누굴 시킬 것도 없이 답답한 내가 나섰지 뭐요. 그때나 지금이나 믿고 맡길 만한 궁인 하나가 있어야지 원."

엄비가 내실 깊숙이 갈무리해뒀던 금척을 꺼내오며 푸념 섞인 자랑을 했다. 금척에 걸맞은 무용담이었다.

"제국의 국모다웠소."

황제가 한껏 추켜세웠다.

"하하하, 폐하 덕분에 오늘 모처럼 웃습니다. 국모 한 번 더
했다간 닭꼬치 되겠습니다."

환갑이 다된 그녀가 국모라는 말에 기분이 좋아졌는지 붉
은 보자기를 푸는 손길이 경쾌했다. 금사 쌍룡 자수를 놓은 보
자기가 풀리자, 기다랗고 붉은 나전칠기 함이 나왔다. 금척은
그 안에 놓여 있었다. 대략 40센티미터 크기, 2.5센티미터 폭
의 황금자였다. 얼핏 보면 칼 모양처럼 보였다. 자 끝에 구름
위에 뜬 해를 조각했고 몸통 오른쪽에는 눈금이, 왼쪽에는 '천
사금척수명지상天賜金尺受命之祥*'이라는 여덟 글자를 새겨 넣었
다. 자 밑에는 연꽃의 열매가 들어 있는 연방蓮房**모양을 본떠
서 자루처럼 만들었고 자루 끝에는 색실 매듭을 고리에 달아
맸다.

"태황비, 과일이라도 내오시구려. 먼 길 온 사람이오."

고종은 그렇게 엄비를 내보냈다. 엄비가 침전에서 나가자,
고종은 귓속말로 속삭였다.

---

* 하늘이 금척을 내렸으니, 천명을 받은 징조다.
** 연꽃의 열매가 들어 있는 송이.

"이토에 관한 얘기는 엄비가 없을 때 우리끼리만 해야 하느니."

"왜죠?"

"엄비는 오로지 일본에 있는 황태자 안위만 생각한다. 왜 안 그렇겠느뇨. 황태자 하나만 바라보고 오늘까지 온 사람인데. 하여 황태자를 볼모로 잡고 있는 이토가 잘못되어 그 불똥이 황태자에게 튈까 염려될 거 같으면 무엇이건 막으려 한다. 아마 무슨 일이든 할 게야. 일제에 밀고라도 할 사람이고말고."

황제의 귓속말은 금바우의 가슴 속에서 멍한 징소리가 울리게 만들었다. 여태까지 일제의 표적이 되어 여러 차례 죽음의 문턱을 넘어온 동반자에게도 못할 얘기가 있었다. 그게 고종 황제가 처한 딱한 상황이자 고독한 리더의 기밀 사항이었다. 많은 시행착오와 전란을 치르고 천태만상의 인간 군상들을 겪어오면서 태황제는 나름의 미립을 얻었다. 일처리의 순서와 방법을 정확히 알고 있었다. 그 옛날 대원군 섭정 때나 명성황후 시절에 이처럼 치밀한 모사와 정치력을 발휘했더라면 어땠을까, 금바우는 그게 못내 아쉬웠다.

"폐하, 잘 보십시오. 이 금척이 곧 변하게 됩니다."

금바우는 금척 위에 두 손을 펴고 가지런히 붙여 여러 차례 금척을 쓰다듬었다. 손을 떼자 금척 위에 단총 한 자루가 놓여 있었다. 총신에는 눈금이 새겨져 있었고 손잡이에는 태극문양과 오얏꽃 문장이, 손잡이 바로 위에는 '金尺'이라는 글자가 선명한 단총금척도였다.

"아, 바로 그거다. 꽉 막혔던 속이 뻥 뚫리는 거 같구나. 나도 그걸 생각했었다. 벼락치듯 해치울 생각을!"

황제는 금바우의 손을 부여잡고 떨었다. 그것은 놀람과 간절함이 담긴 떨림이었다. 그때 엄비가 기척을 하고 문 여는 소리가 들렸다. 금바우는 잽싸게 단총금척도를 접어 황제의 소매 속에 넣어주었다.

엄비가 궁녀를 데리고 들어왔다. 궁녀가 든 은쟁반에 참외와 살구가 그득했다.

"어따, 고것 바라만 봐도 입안이 착 시리다."

황제가 살구 하나를 집어 들고서 용안에 잔뜩 잔주름을 지어보였다. 아직 베어 물기도 전이었다. 웃으면서 그 표정을 바라보는 금바우 입 안에도 신물이 가득 고였다. 엄비의 두꺼비 같은 얼굴도 시디신 표정이 되었다.

3

상하이 와이탄 거리 유럽풍의 석조 건물 삼층, 무역회사 대동실업 창문 밖으로 궁싯거리는 황푸강이 한눈에 들어왔다. 중국 대륙 서부에서 발원하여 만여 리를 달려온 장강과 합류했다가 바다에 몸을 뒤섞는 황푸강은 누런 흙탕물이었다. 그 흙탕물을 가르며 작고 낡은 목선들이 오갔다. 태평양과 접한 항구에는 거대한 다국적 증기선들이 정박해 있었다.

"곧 놈이 움직인다. 만주 대륙에서 놓치면 바다에서 수장시켜버린다. 음, 그렇다고 꼭 전함을 고집할 필요는 없어. 빌리기도 어렵고 나중에 국제분쟁이 생길 수가 있으니까. 차라리 여객선이 더 감쪽같다."

2호 현상건이 읽고 있던 책을 펼쳐놓은 채 창가로 다가갔다. 수시로 꺼내놓고 보는 영문판 소설책이었다.

"그건 대장이 알아서 하시죠. 선박 전문가시잖습니까? 어떤 배건 우선은 용선 계약만 해두는 게 좋겠습니다. 금척 프로젝트가 성공하면 계약을 파기해도 되니까 말입니다."

이번 작전에서 3호로 통하는 금바우가 의자에 앉아서 특파독립대 후보생들의 신상명세서를 넘겨보고 있었다.

얼마 전, 덕수궁에서 고종황제와 함께 특파독립대를 구상하면서 2호 현상건을 대장으로 삼았다. 간도관리사 이범윤과 최재형도 거론됐으나 연해주는 상하이에 비해 소통이 불편했다. 이번 금척 프로젝트를 기획한 금바우와의 친분도 고려 대상이었다. 현상건은 금바우가 어언 십 년간 모셔왔던 막역한 상관이었고 상하이 대동보국회장이기도 했다. 게다가 해운회사 사장도 지낸 적이 있어서 어느 모로나 적임자였다. 보안상 일제의 감시망이 촘촘한 서울은 작전사령부가 될 수 없었다. 당연히 상하이가 적합했다.

"금척 프로젝트! 물론 반드시 성공시켜야지!"

현상건 대장은 어깨가 떡 벌어진 다부진 체형이었다. 흰 머리칼 아래로 넓은 이마와 날카로운 눈빛, 각진 턱이 마흔여섯 살 전사의 파란만장한 삶을 짐작케 할 뿐이었다.

"대장, 여객선 빌리는 것도 쉽지 않죠? 누가 우리한테 그런 모험을 하겠어요?"

금바우는 창가로 다가가 현상건 옆에 나란히 섰다.

"막 수리가 끝난 여객선 한 척을 이미 봐두었다. 대마도 격침 작전 용도로는 안성맞춤이야."

현상건 대장의 입매에 힘이 실렸다. 일찍이 인천에 통운사라는 해운회사를 운영한 적이 있는 그였다. 확장해가던 회사는 러일전쟁 직후 일본인의 손에 넘어가고 말았다. 고종황제

의 밀명을 받고 해외로 나다니는 사이 그만 경영권을 빼앗겨
버린 것이다.

"대장, 대마도 격침 작전에 공을 많이 들이시는 걸 보니 대
장은 이번 만주 거사를 어렵게 보시는군요."

"절대 호락호락하지 않지. 저들은 너무도 주도면밀해서 도
무지 빈틈이라곤 찾아볼 수 없는 자들이야. 대마도 격침작전
마저 실패할 경우엔 일본에 특수요원들을 잠입시킬 요량이다.
이번 기회에 놈만은 기필코 제거해버려야 해. 3호 자네가 직
접 1호 황제폐하의 결기를 확인했지 않은가?"

"물론입니다, 대장. 우리는 절대 놈을 놓쳐서는 안 됩니다.
만일 이번에 놓치게 되면 일본 작전에 저도 넣어주십시오."

"3호, 너는 연해주와 만주에 집중해라. 5호 이범윤, 6호 최
재형 그리고 26호 안응칠에게 직접 1호의 특명과 금척을 전
달하는 중차대한 임무다."

"그건 맹세코 해낼 거고요. 가정하는 것조차 싫지만 만일 금
척 프로젝트가 실패할 경우 따라붙어서 놈의 귀국선 편에 동
승하면 됩니다."

"3호, 걱정 마라! 내가 직접 대마도에서 그 귀국선을 격침시
킬 참이다. 난 3호 너를 대마도 앞바다에 수장시킬 생각이 없
어. 넌 대한제국 영원한 황제의 총애를 받는 보배로운 청년 대

원이니까."

현상건 대장은 금바우의 양 어깨를 손바닥으로 소리 나게 툭 치며 껄껄껄 웃었다.

"총애는 대장이 더 오랫동안 받아오셨습니다."

"하긴, 서울 보름이나 시골 열닷새나 그게 그거지."

이들은 누가 뭐래도 황제폐하의 최측근들이었고 은혜도 많이 받은 신하들이었다. 이번 금척 프로젝트에 가담하고 있는 특파독립대원들 거의 모두가 그랬다. 다만, 26호 안응칠이라는 자만은 달랐다.

금바우는 예전에는 26호 안응칠의 이름조차 몰랐었다. 서울 덕수궁의 1호 고종황제 역시 마찬가지였다. 연해주의 이범윤, 최재형 등과 전보를 주고받다가 현상건이 천거한 인물이었다. 현상건은 안응칠의 천거 이유로 대한제국 제일의 명포수이자 고종황제를 끔찍이 위하는 존황주의자라는 것을 꼽았다. 그런데 대동보국회 회원들 여럿이서 이의를 제기했다.

"안응칠은 동학당을 무자비하게 소탕한 지주요 봉건주의자입니다. 그런 자를 이번 작전의 꽃봉오리로 삼을 수는 없습니다!"

금바우로서는 충격적인 정보였다. 여러 경로를 통해 확인해 보니 분명한 사실이었다. 어이가 없었다. 금바우는 현상건 대장에게 불가하다고 직언했다.

"3호, 그렇게 따지면 양반들과 지주들은 독립운동을 못하게 해야 한다는 궤변이 통한다. 알다시피 황제폐하도 처음엔 동학당을 꺼려했었다. 왕위를 찬탈하려고 들고 일어난 비적들로 오해했기 때문이다. 안응칠도 마찬가지였을 거다. 사람은 그가 처한 입장에 따라 또는 진영논리에 따라 행동하기 마련이다. 그러나 그것은 어디까지나 내부 문제에서다. 외적과 맞설 때는 좌우나 진보, 보수가 따로 있을 수 없는 거다. 꿩 잡는 게 매니까 말이다. 지금 이 상황에서 안응칠 같은 대한제국 제일 명사수를 배제하는 건 어리석은 일이다."

현상건 대장은 완강했다. 듣고 보니 일리가 있었다.

금바우는 심히 못마땅했지만 서울의 요원에게 전보를 쳤다. 전보를 전달받은 황제폐하는 흔쾌히 가납하고 안응칠에게 금척을 내려주게끔 했다. 금바우가 그린 단총금척도에 어필로 '熙희'라 쓰고 옥새를 찍어 하사했다. 희는 황제의 이름이었다. 황제는 이 단총금척도와 똑같은 황금 금척 한 자루를 주문제작할 것을 특명으로 내렸다.

지금 그 어필 단총금척도는 금바우가 지니고 있었다. 실물 금척 한 자루는 대한제국과 국교를 맺은 중립국 벨기에 영사의 협조로 멀리 벨기에 현지 에르스탈 국립제작소에서 특별

제작해 오고 있는 중이었다. 제국익문사 버니스 요원이 그 역할을 맡았다. 그녀는 벨기에로 달려가 세상에 하나밖에 없는 눈금자와 태극문양, 오얏꽃 문장을 새긴 황금 단총금척을 제작했던 것이다. 황실 전담 홍삼판매상인 금바우 비자금의 상당한 액수가 그 황금 단총금척 제작비로 들어갔다.

값비싼 신물이기도 하려니와 재질이 무른 그 황금 단총금척을 거사 현장에서 사용할 수는 없었다. 그러나 상징성이 컸고 대원들의 사기진작에도 효과 만점이었다. 벨기에 브뤼셀 파브리크 나쇼날사로 달려간 버니스 요원은 늦어도 9월 초순이면 단총금척을 가지고 상하이에 도착할 예정이었다.

그 단총금척이 오면 세상이 깜짝 놀랄 일이 벌어진다. 어필과 옥새가 찍힌 단총금척도, 그리고 실물 금척이면 대한제국 젊은이들의 피를 능히 끓어오르게 할 수 있었다. 누가 시키지도 않았는데 자발적으로 생겨난 대한제국 존황주의자들이었다. 그들은 고종황제의 이름 '熙'자 그거 하나면 목숨마저 기꺼이 내놓을 만큼 충성도가 높았다. 하물며 실물 금척을 보고 어느 누가 의분을 일으키지 않으랴.

"3호, 너는 참으로 겁대가리가 없다. 장가도 안 가본 숫총각인데 바다 한가운데서 빠져죽는 게 억울하지 않나?"

"대장, 저는 폐하를 매몰차게 짓밟은 그 이토 놈과 같이 죽는 거라면 억울할 게 없습니다. 다만……."

금바우는 현상건 대장 앞에 엽서 사분의 일 크기의 그림 한 장을 내밀었다. 운해 속에 솟구친 두 봉우리의 바위산이었다. 품 속에 넣고 다니는 부적 같은 그림이었다. 뒤쪽은 고향 홀어머니 사진이었다. 금바우는 그리운 고향집 어머니 사진 뒤에 마이산을 손수 그려 넣고 소중히 지녀왔다.

"아, 신비한 금척의 땅 진안고원 마이산! 살아서 내가 그곳에 가볼 수 있을까? 내 생애 단 한 번만이라도 말일세. 자애로우신 자네 모친도 찾아뵙고."

현상건 대장의 말은 간절했으나 해외로 망명한 혁명가로선 기약할 수 없는 일이었다. 이번 작전을 완수하면 일제는 더 광분할 터였고 현상건 대장의 입지는 그만큼 더 좁아지게 돼 있었다. 일제의 요시찰 인물을 넘어 살생부에 오른 그가 국내로 잠입하는 건 자살행위나 다름없었다.

"꼭 가보셔야죠, 저와 손잡고서. 그전에 왜놈들부터 몰아내고요."

"그래. 우린 아직 안 망했다. 국민전쟁은 이제 시작이니까. 페르시아전쟁 때 스파르타 결사대 삼백 인처럼 맞선다면 우리가 저들을 못 이길 것도 없다."

둘은 불끈 쥔 주먹을 들어 서로 맞대며 투지를 다졌다.

"우리 꼭 승리하고 나서 금척의 땅에 가죠. 햇빛에 반짝이는 물푸레나무 잎사귀처럼 마냥 웃었던 나날들, 보리수 달콤한 꽃향기에 멀미났던 그날들, 해 저물어가는 마이산 금당대 위에서 허공을 파고들었던 춤사위, 신비한 운해가 벗어지면서 돌올하게 드러난 금척, 은척의 바위산은 철따라 산색이 달라지죠. 대장, 저는 더 이상 마이산이 말 귀모양의 바위산으로 보이지가 않아요. 오직 뒤틀린 세상을 바로잡는 금척으로만 보이거든요."

그 말은 진심이었다. 현상건 대장은 이런 금바우에게 미안해하기도 하고 안쓰럽게도 여겼다. 알다시피 그는 금바우를 서울로 불러올린 장본인이었다. 물론 금바우가 진작부터 바라고 있었던 일이었다. 금바우는 고종황제가 경복궁에 계실 때부터 알현하고 금척정신을 일러드리고 싶었으니까. 여하튼 현상건 대장은, 황제의 표현대로 '숲에서 경중경중 걸어 나온 기린 같던 산골소년'을 전사로 만들어버리고 말았다. 그나마 다행인 것은 시시때때로 적들과 겨루고 쫓고 쫓기는 전사의 삶에도 금바우가 썩 잘 적응했다는 점이었다. 사선을 넘나드는 전사로 살아온 지도 벌써 십년 째다.

"신화 속에 잠들어 있던 그 금척을 역사현장으로 이끌어낸 장본인이 3호 너다. 끝까지 잘 전달해야 할 사명도 역시 3호

너에게 있다!"

"대장, 저는 폐하와 대장과 함께하는 이 모험이 가슴 벅찹니다. 우린 이미 한 배를 탔습니다. 그 배는 대한독립과 온 세상이 금척 천하가 될 때까지 멈추지 않을 겁니다."

"장하다. 3호, 이리 와 여기를 봐라."

현상건이 책상 앞으로 가서 아까 펼쳐놓았던 책을 가리켰다.

"칠흑같이 어두운 밤바다에 난파선 한 척이 떠 있다. 팔백 명의 순례자 승객들은 세상모르고 잠들어 있고, 선원들은 배 바닥이 뚫려 물이 들어차기 시작한 것을 알았지. 폭우가 쏟아지는 틈에 선장과 선원들은 구명정을 내리고 하나 둘 뛰어내렸지. 마지막으로 남은 선원 하나가 갑판 위에서 머뭇거리는 거야. 이건 아닌데 싶었던 거지. '뛰어내려, 조지! 우리가 붙잡아 줄게! 어서 뛰어내리라고!' 구명정에서 동료 선원들이 외쳤지. 머뭇거리던 그 순간 모자가 돌풍에 날아가 버리는 거야. 주인공도 마침내 슬그머니 뛰어내리고 말았지. 여기서부터 주인공의 자책과 구원의 인생 역정이 펼쳐진다. 이 책은 소설이지만 예언서나 묵시록에 가까워. 우리의 미래를 자세히 들여다보고 귀띔해주는 것 같거든. 오십 년 뒤, 아니 백 년 뒤의 우리 모습을 암시하고 있는 것 같다."

현상건 대장은 책을 덮고 잠시 눈을 감았다 떴다. 연초록 하드커버로 된 그 책은 1900년에 영국에서 발행된 『LORD JIM 로드 짐』이라는 영문판 소설책이었다. 그가 몇 년 전, 유럽과 러시아, 중국을 오가며 중립국 승인을 받으러 다닐 때 구해서 즐겨 읽어온 책이었다.

"선장을 포함한 동료 선원 셋은 뭍에 올라서자마자 줄행랑을 쳐버려. 세상은 넓거든. 어느 틈바구니엔가 스며들어 가서 조용히 숨어 살다 가기에 충분할 만큼 넓고말고. 더 이상 명예를 따질 것도 아니니까 익명의 세상에 묻혀버리면 그뿐이라고 여긴 것이지. 얄팍한 인간들이란 대개 그 모양이야. 오직 한 사람, 우리의 주인공 로드 짐은 해난심판소 심판관 앞에 서지. 이제부터라도 사람들에게 끌려가지 않고 주체적으로 당당히 살고 싶었던 거야. 물론 선원 자격 박탈이라는 수모를 당하게 돼. 이후의 삶은 끝까지 자아를 찾고 주체적으로 살려고 애쓰다가 스스로 다짐한 약속을 지키고 총에 맞아 죽는다."

"그래도 반성하고 죄 값도 치른 양심가로군요."

"문제는 말야. 그 난파선 파트나호號가 무사히 항구로 예인되었다는 거네. 그날 밤, 선실에서 얌전히 잠자던 팔백 명의 이슬람교 순례자들도 모두 구조되었지. 그들은 정작 선장과 선원들은 저희들만 살려고 도망쳐버린 걸 알고서 얼마나 황당했을까?"

현상건 대장이 잠시 뜸을 들였다.

"지도층의 도덕적 해이로군요. 대한제국 친일내각의 대신들처럼."

"파트나호를 우리 한반도로 친다면 그렇지. 그런데 로드 짐처럼 잘못을 당당히 밝히고 끝까지 자아를 찾고자 애쓰며 사는 놈이 몇이나 될까? 나라와 국민은 뒷전이고 오로지 자신들의 이익만 쫓으려 할 거네. 콘래드라는 작가가 위대한 건 우리가 오십 년 뒤 혹은 백 년 뒤에나 겪게 될 일을 지금 이렇게 생경하게 그려냈다는 거야."

"대장, 저는 콘래드보다 우리 대장이 더 멋지네요. 해외로 망명해 하루하루를 칼날 위에서 사는 전사가 신간 영문소설을 읽고 이런 성찰을 하니까요. 제7호 버니스 요원은 일본 작가 나쓰메 소세키의 연재소설을 구해 읽더라고요. 일본의 서구 흉내 내기를 통렬히 비판하는 시민이 탄생했다나요? 두 분 다 참 대단들 하세요."

"오, 버니스라면 충분히 그럴 만하지. 3호, 나는 말이다. 조직 속에서 자기를 발견하고 자신만의 길을 가는 삶이 부럽다. 다음 생이 주어진다면 나는 작가가 되고 싶어. 그때는 이 저주받은 시대의 약한 나라 군인이나 관료는 절대 안할 거야. 서러워도 너무 서러워. 나도 이런데 우리 황제폐하는 오죽했을까 싶어. 이곳 중국 속담에, '차라리 태평한 시절의 개로 살지 언정, 난세의 사람으로는 살고 싶지 않다'는 말이 있다. 충분히 이해돼."

현상건 대장이 쓸쓸하게 웃었다.

또도독 똑똑!

그때 노크 소리가 들렸다. 엇박자 소리로 봐서 동료 요원이었다. 금척 프로젝트를 가동하면서 무역회사 대동실업 사무실은 당분간 작전사령부를 겸했다. 홍삼, 섬유 유통을 주로 해오다가 근래에는 무기류를 많이 취급했다. 그래서 보안에 만전을 기하느라 대원들은 암호를 썼다. 우선 호칭부터 이름 대신 번호로 통했다. 3호 금바우가 잠긴 문고리를 풀었다. 4호였다. 이태리 맥고모자 밑으로 길쭉한 얼굴빛이 환했다.

"대장님, 말씀하셨던 최신식 프랑스 함포 삼 문을 확보했습니다! 우선은 그대로 두고 있다가 우리가 원하는 때에 아무 때고 반출할 수 있습니다. 작전이 끝나 무사히 귀환하면 같은 값으로 되사주겠답니다."

4호는 양복 주머니에서 함포 사진과 제원이 표기된 계약서를 꺼내놓았다.

"잘됐어, 아주 잘됐어! 그 프랑스 무기상은 우리 태황제께 큰 빚을 지고 있어서 좀처럼 거절 못한다고 했었지?"

현상건 대장이 계약서를 확인하고 4호의 등을 두드려줬다.

홍콩항 물류창고에는 일찍이 대한제국 소유의 신식소총 오만 정과 실탄 백만 발이 보관돼 있었다. 1904년 프랑스인 소유의 런던 브레잔 상회에 삼십만 원의 계약금을 지불했으나 국내 반입 직전, 일본 외무성이 알아차렸다. 주한 일본공사 하야시는 덕수궁 궁내부 내장원 장부를 뒤져 계약문서를 찾아냈다. 일제는 이 신무기가 대한제국이나 만주로 밀반입돼 의병들에게 전해지는 걸 극도로 우려했다. 특파독립대원 2호 현상건 대장은 고종의 시종무관 자격으로 이 소총들을 연해주로 반출해 의병들에게 전해줄 요량이었다. 연해주에는 특파독립대 5호 이범윤 간도관리사가 있었다. 그러나 러시아정부의 상하이주재 상무관 괴예르가 반대하는 바람에 실패하고 말았다. 일제는 선수를 쳐서 오 년간 밀렸던 홍콩 물류창고 보관료를 지불하고 무기를 유럽으로 되돌려 보내버렸다. 보관료는 한국정부로부터 빼앗아 정산했다. 불과 몇 달 전의 일이었다. 프랑스 무기상은 총기의 녹만 닦아내면 다시 팔아먹을 수 있게 됐으므로 대한제국에 빚을 진 셈이었다. 현상건 대장은 그걸 되짚어서 함포 임대계약을 따냈던 것이다.

"용선만 해놓으면 포신 고정 장치는 프랑스함대 뛰메오 제독이 직접 설치해주겠답니다."

4호가 계약서에 명기된 특약사항을 되짚었다.

"좋아 아주 좋아. 자, 그럼 동지들! 학교로 가보세."

2호 현상건 대장이 가방을 챙겼다. 셋은 대동실업 사무실을 나서서 인력거를 잡아탔다. 9월에 접어들었지만 상하이의 일기는 여전히 더운 여름이었다. 이 거리가 가을빛으로 물들 무렵이면 그때는 천하에 한 소식을 떨치리라.

십여 분 뒤, 그들은 대동보국학교에 도착했다. 대동보국학교는 현상건과 망명동지들이 독립군을 양성할 목적으로 세운 군사학교였다. 1907년 8월 일제에 의해 대한제국 군대가 해산되자, 울분을 참지 못한 한국군 장교들과 부사관들은 상하이와 만주, 연해주로 망명을 택했다. 그들은 대한제국 무관학교 출신들이 대부분이었다. 국군은 나라의 근간이었다. 국군 강제해산은 망국과 다름없었다. 군인 된 자, 나라가 깨져 가는데 이대로 주저앉아 죽을 수만은 없었다. 해외에 나가서라도 총을 잡고 힘을 길러 기회를 노려야만 살아야 할 이유가 있었다. 대한제국군 이학균 참장이 교장을 맡았다. 참장*은 거물급이었다. 참령 출신 현상건보다 몇 계급 위였다. 이번 금척 프로젝트에서는 대원들의 특수훈련을 맡았다.

---

* 소장.

336

상하이 서쪽 외곽 연병장에서 건강한 청년 이십여 명이 뙤약볕 속에서 흙먼지를 날리며 군사 훈련을 받고 있었다. 대원들은 자신들을 알아보는 교관에게 거수경례로 답례한 다음, 임시 막사 안쪽 교장실로 들어갔다. 오늘은 여기서 십여 명의 대원들을 추가로 선발하는 날이었다.

선발된 대원들은 항구와 역사로 장소를 옮겨가며 현장에서 특수훈련을 받았다. 훈련은 한 달간이나 계속됐다.

4

10월 11일, 일본 도쿄 시내 가쓰라 다로 수상이 주최하는 만찬회.

내각의 전, 현직 대신들과 군부 실세들이 모인 자리에 추밀원의장 이토가 등장했다. 검정색 연미복 정장 차림이었다. 짜리몽땅한 노인이 늘씬하고 긴 제비꼬리 모양의 연미복을 입으니 꼭 다리 부러진 제비 같아서 구색이 안 맞았지만 얼굴 표정만큼은 당당했다. 졸렬한 외모를 극복한 자신감이 넘쳐났다. 아까 낮에 이토의 오이소 저택을 방문해 국사를 논했던 야마가타 아리토모 원수가 호위하듯 가까이서 따랐다. 그간 이토를 견제하거나 비방해온 군부 세력이 이 광경을 보고 자못 놀라는 기색을 보이자, 이토는 흡족했다. 경세가가 늘 박수 받는 삶을 살 수는 없었다. 사안마다 서로 관점이 다르고 풀어나가는 순서가 달라서 대립각이 서고 정적이 생기게 마련이었다. 반목과 질시는 기본이었다. 소신을 굽히지 않고 끝까지 진정성을 보여주는 게 중요했다.

"각하!"

낯익은 영국 기자 하나가 칵테일 잔을 들고 이토 앞에 섰다.

"오, 기자 양반. 오늘은 아무 것도 묻지 말라구. 그냥 맛나게 즐겨. 카르페 디엠!"

이토는 영국식 발음의 영어로 말하며 우아하게 잔을 맞댔다. 영국 유학파다운 매너였다. 그렇다고 술만 마시고 말 기자가 아니었다. 이렇게 기분 좋아 보일 때 불편한 질문을 해야 기사거리가 나왔다.

"각하는 일본을 대표하는 정치가다. 그간 각하가 해온 일은 일본을 위해서는 애국행위일지라도 한국과 중국, 러시아의 원성을 한 몸에 받는다. 늘 테러 위협이 있는데 두렵지 않은가?"

초장부터 고약한 질문이었다. 부드럽게 씹어 넘겼던 바다가재 회 맛을 싹 사라지게 만들었다. 그러면 그렇지. 쉬파리가 생

338

선을 보고 안 앉았다 갈 리가 없었다.

"맞다. 나는 늘 위험에 노출돼 있다. 옛날에는 목숨이 조금 아까웠지만 지금은 여생이 얼마 남지 않았다. 나라를 위해서 라면 언제라도 기꺼이 죽을 참이다. 나는 녹슬어 없어지지 않고 닳아서 없어지련다. 한 가지 걱정되는 게 있다. 내 일생 마지막 숙제로 남은 한국문제다. 이것만 깔끔하게 정리되면 안심이다."

그리 유창하지 못한 토막영어지만 거침이 없었다.

"한국은 의병들이 들고 일어나 언제라도 국민전쟁을 벌일 기세다. 한국에 다시는 못 가게 되는 게 아닌가?"

"내가 왜 한국에 못 가겠는가. 한국은 내가 사랑하는 나라고 우리 일본제국과 한 식구다."

"이번에 만주에 갔다가 베이징이나 서울도 방문할 참인가?"

"그건 가봐야 알겠다. 제발 미리 초 쳐쌓지 마라. 이 기자 양반, 새벽달 볼 양으로 어스름부터 나앉은 꼴이로군. 이제 그만!"

그래도 마음에 걸렸던 이토는 다음날, 비서관 후루야 하사쓰나와 함께 요코하마로 달려갔다. 둘은 다카시마 돈쇼이高島呑象 저택을 찾아갔다.

일본 역학의 일인자 다카시마 돈쇼이는 역성易聖으로 불리는 명인이었다. 일찍이 유신3걸 가운데 하나인 사이고 다카모리의 죽음을 예견했고, 일청전쟁과 일러전쟁 승리도 맞췄다. 동경시사 전기철도회사 사장을 지낸 다카시마는 사업가로도 수완이 뛰어나 큰돈을 모았다. 한국인들과도 인연이 많았다. 갑신정변 때 박영효가 일본으로 망명했을 때, 그를 거둬 별장을 제공했으며 젊은 혁명가 김옥균에게 주역을 가르치기도 했다.

"사돈께서 어인 일이십니까?"

기모노 차림의 다카시마 돈쇼이가 병상에 누워 있다가 이토를 맞았다. 둘은 사돈 관계였다. 다카시마는 측실 사이에 딸 여섯을 두었는데 장녀가 이토의 양자와 결혼했다.

"사돈의 건강은 좀 어떠신지 궁금하기도 하고, 또 여쭤볼 것도 좀 있고 해서요."

"늙으면 병마를 살살 달래가며 사는 거지요. 사돈의 위장병은 차도가 있습니까?"

"늘 그만그만합니다. 사돈, 이번에 제가 멀리 북만주로 여행을 떠날 참이오. 오랜 공직에서 물러났으니 한가롭게 대륙의 이곳저곳을 둘러보며 그야말로 만유漫遊하려 하오. 그래서 영통한 점괘나 한 번 뽑아보고 싶구려."

노환으로 병상을 지키면서도 주역점은 하루도 거르지 않는 다카시마였다. 서죽筮竹을 꺼내든 그는 끙 소리를 내며 정좌하고서 눈을 감았다. 마침내 마음의 평정을 찾자 쉰 개의 댓개비로 된 서죽을 갈랐다. 능숙한 솜씨로 여러 차례 서죽을 갈라서 뽑은 괘는 중산간重山艮이었고, 동효動爻는 구삼九三이었다.

중산간重山艮

구삼九三: 간기한艮其限 열기인列其夤 여훈심厲薰心.

그 허리에서 멈춘다. 그 등뼈를 가른다. 위태하여 마음을 태운다.

상왈象曰: 간기한艮其限 위危 훈심야薰心也.

그 허리에서 멈추니 위태로워 심장이 탄다.

다카시마의 얼굴이 창백해진다.

"사돈, 왜 그러세요. 뭐가 안 좋은 거요?"

주역은 전혀 몰라도 눈치 하나는 비상하게 빠른 이토였다.

"사돈이 제 말을 들으시겠다면 사실대로 일러드릴 참이고, 안 들으시겠다면 말씀 못해드립니다. 저는 말도 잃고 사람도 잃고 싶지 않습니다."

다카시마의 쇠약한 음성이 떨렸다. 방안에 신산스런 기운이 감돌았다.

그 기운을 헝클어놓을 생각이었던 걸까. 이토는 여송연 한 대를 꺼내 물었다. 비서관이 라이터로 불을 붙여주었다. 깊게 몇 모금을 빨았다가 내뿜으며 마음을 진정시킨 이토가 태연히 입을 열었다.

"허허허, 왜요? 죽어서 돌아오기라도 하는 건가요? 저는 오래 전에 나라를 위해서 목숨을 내던져놓은 몸, 이 나이에 새삼 주저할 것이 없답니다."

이토는 담배 연기를 날리며 눈을 감았다.

"이번 북로여행은 그만 두시는 게 좋겠습니다."

다카시마는 차마 죽어서 돌아오게 된다는 말은 해주지 못했다.

그러나 이토는 북로여행을 결행한다.

10월 14일 오후 다섯시 이십분, 이토는 오이소역에서 기차를 탔다. 귀족원 의원 무로다 요시후미, 육군 중장 무라타 야쓰시, 남만주철도회사 총재 나카무라 제코, 주치의와 비서관이 동행했다. 시모노세키 슌판로春帆樓에서 묵으며 복요리를 즐겼다. 이 요정은 그에게 승리의 기억이 어린 기분 좋은 장소였다. 그가 청나라 리훙장과 청일전쟁을 마감하는 단판을 이끌어냈던 역사의 현장이었던 것이다.

5

대두, 16일 상선에 올라 다롄으로 출발.

일본에 잠입했던 특파독립대 대원이 시모노세키항에서 타
전한 급보였다. 드디어 큰 좀벌레가 바다 위에 떴다. 이틀 후면
다롄에 도착한다. 십여 명의 만주 특파독립대원들은 이미 14
일에 상하이를 떠나 다롄항과 다롄역은 물론 뤼순, 랴오양, 펑
톈, 푸순, 창춘, 하얼빈역까지 모든 철도역에서 대기 중이었다.
하나같이 젊은 대한세대 청년들이었다. 대원들은 두세 명이
한 조가 되어 움직였다. 착역 하얼빈에 최종 명사수 26호 안응
칠이 있었지만 그전에라도 기회가 생기면 여지없이 이토를 처
단할 요량이었다. 대원들은 자신들이 맡은 역사의 상황을 전
보로 금바우에게 알렸다.

금바우는 블라디보스토크로 달려가서 5호 이범윤부터 만났
다. 고종황제의 총애를 받아온 간도관리사 이범윤은 모든 준
비를 끝내놓고 있었다. 이미 8월부터 현상건 대장과 수시로
전보 교신을 해온 덕분이었다. 문제의 인물 26호 안응칠은 얀
치헤에 있는 6호 최재형 집에서 머물며 사격 연습에 여념이

없었다. 최재형은 국민회 회장으로 독립운동을 지원해온 사업가였다.

이곳 작전본부는 교포신문 《대동공보》 신문사였다. 발행인 유진률과 주필 이강, 회계담당 우덕순, 샌프란시스코에서 활동하다온 정재관이 모두 신문사 식구들이었다. 전보로 안응칠을 불러냈다. 안응칠은 최재형과 함께 신문사로 왔다.

금바우가 처음 만나본 안응칠은 소문대로 강직한 독립의군 장교였다. 금바우는 고종황제의 이름과 옥새가 찍힌 단총금척도를 회의석상에 펼쳐보였다. 실물 크기의 그림이었다. 영원한 황제 고종폐하의 밀지를 보자 안응칠과 좌중의 모든 대원들이 소스라쳤다. 번개 맞은 사람들처럼 굳었다가 이내 고개를 숙여 절하기 시작했다.

"폐하께서 우리 특파독립에 하사하신 새 금척입니다."

금바우는 특별히 주문제작한 황금 단총금척을 단총금척도 위에다 꺼내놓았다. 벨기에제 FN 브라우닝 M1900이었다.

"아, 이 눈금자와 태극문양, 그리고 대한제국 이화문장!"

연해주 한인사회에서 페치카라는 애칭으로 불리는 독립운동가 최재형의 두툼한 입에서 비명 같은 탄복이 터져 나왔다.

"맞습니다. 이 단총은 세상에 두루 퍼진 브라우닝 M1900 가운데 한 자루가 아닙니다. 폐하께서 금척정신과 태극문양,

대한제국 황실문장인 오얏꽃을 새겨 넣고 특별 제작해온, 세상에 단 하나뿐인 단총금척입니다."

금바우는 자신도 모르게 떨고 있었다.

"폐하께서 원수 놈을 처단하고자 하는 성심이 강건하여 이토록 지극정성을 들이셨으니 어찌 하늘이 감응하지 않겠습니까? 이는 필연입니다."

안응칠이 황금 단총금척을 신줏단지처럼 받들어 들고 눈을 감았다.

"우리들은 영원한 대한제국의 황제 명을 받아 여기 모였습니다. 우리들은 이제 황제의 군사, 곧 천졸天卒입니다. 천졸은 반드시 승리합니다. 천졸은 불멸합니다. 이번 금척 프로젝트는 지금껏 우리가 참아온 울분과 치욕을 단번에 만회할 수 있는 절호의 기회입니다. 특히 이 프로젝트의 주동자와 수행자 26인은 특급비밀로, 폐하와 우리 특파독립대원들 말고는 아무도 모릅니다. 사전에도 사후에도 끝까지 기밀을 지킵시다. 설령 일부가 일제에 붙잡히더라도 말입니다. 그리고 금척 프로젝트를 상징하는 이 단총과 밀지는 이 자리에서 소각하는 게 좋겠습니다. 임무가 완료되기 전까지 어떤 위험에도 노출돼서는 안 되니까요."

금바우가 황금 단총금척을 받아 단총금척도 위에 내려놓았다. 그런 다음 손을 얹자 다른 대원들도 그 위에 차곡차곡 손을 포갰다. 금척의 기운을 온몸으로 빨아들이려는 듯 힘이 실렸다.

"이 황금 단총금척을 우리 가슴에! 오로지 독립이라야 나라이고 오로지 자유라야 백성이다! 영원한 황제폐하와 아름다운 금수강산 우리 조국의 독립을 위하여!"

이범윤이 비장하게 구호하자, 다른 대원들이 한마음으로 '위하여!' 외쳤다. 오로지 독립이라야 나라이고 오로지 자유라야 백성이라는 구호는 고종황제가 의병들에게 내린 거의밀지에서 한 말씀이었다. 동학군도 의병도 이제는 모두 황제의 군대인 천졸이었다.

5호 이범윤이 라이터를 커냈다. 단총금척도를 받아든 26호 안응칠이 두 손으로 머리 위까지 받들었다가 라이터 불에 가져갔다. 단총도에 불이 붙었다. 안응칠은 두 손을 모아 불타는 단총금척도를 받쳤다. 한 가닥 연기가 탁자에 놓인 단총금척 속으로 빨려 들어가는 듯 보이더니 곧 재로 변했다. 안응칠이 먼저 재를 집어 입안에 털어 넣었다. 모두가 조금씩 가져가 입에 머금고 차를 마셨다.

"고종폐하는 이번 금척 프로젝트와 무관한 겁니다. 아니, 금척 자체가 없는 겁니다. 저는 여기에 온 적이 없고 이 세상 사

람도 아닙니다. 이번 작전은 대한의군 안응칠 참모 중장 개인
의 소행인 겁니다. 그래야 다른 대원들이 보호받아 제2, 제3의
금척 프로젝트를 계속해서 기획하고 수행할 수 있습니다."

벌써 겨울로 접어든 북방 연해주의 작은 신문사 밀실은 비
장감이 넘쳤다. 조국의 명운은 하루가 다르게 기울어갔지만
특파독립대원들의 결기는 더 굳세어만 갔다.

금바우는 26호 안응칠에게 황금 단총금척과 똑같은 총 한
자루를 건넸다. 안응칠은 묵묵히 새 총을 넘겨 받았다. 실전에
서 황금 단총금척을 사용할 수는 없기 때문에 고종황제가 따
로 구해 하사한 총이었다. 벨기에제 FN 브라우닝 M1900 일
련번호 19074번. 특수 주문제작한 단총금척은 일련번호가 새
겨져 있지 않았다.

금바우는 26호 안응칠과 함께 얀치혜 최재형 집에서 며칠
간 머물렀다. 안응칠은 헛간 벽에 세 개의 표적을 그려놓고 단
총금척으로 맹렬히 사격연습을 했다. 그는 빨랐고 정확했다.
어느 방향에서건 연속사격으로 쏘는 족족 표적을 맞혔다.

"벌써 손에 익었군요, 26호. 당신은 과연 대한제국 최고의
총잡이입니다."

"전에 최재형 어른이 주신 총보다 약간 작아서 손에 쏙 들

어오오."

연습을 마친 안응칠이 금바우 곁에 바투 앉았다.

"그런데 참 절묘하죠? 가족과 고국을 등지고 연해주로 망명하면서부터 나는 안중근이라는 이름 대신 어릴 적 이름 안응칠을 고집해왔소. 웬 줄 아오? 대한제국의 중심이신 황제폐하에 조응하여 늘 그 주변을 도는 북두칠성 역할을 결심해서요. 그래서 하늘이 감응한 걸까요? 을사늑약 이후로 자나깨나 오로지 국권회복과 이토 놈을 척살할 생각뿐이었는데 이렇게 황제폐하의 특명을 받게 되다니. 소름이 돋네요. 일개 포수가 누릴 수 있는 최고의 영예요."

놀라운 감응이 분명했다. 금척이 지닌 마법이라고밖에 설명할 수 없었다.

26호 안응칠은 강직하고 단순한 인물이었다. 독립운동 동지들과 왼손 약지를 자르고 동맹한 사람답게 부러질지언정 절대로 굽히지 않는 장부였다. 고종과는 사뭇 대조적인 성격이었다. 예전의 폐하를 말한다. 지금의 고종폐하는 누구보다도 강고해졌으니까.

"우리 큰형도 포수였습니다. 살아계신다면 지금 이 순간도 남녘땅 어딘가에서 국민전쟁을 벌이고 있을 겁니다. 또 모르죠. 이곳 연해주나 만주에서 활약하고 계실지도."

문득 떠오른 충배 큰형 생각에 금바우는 고향 어머니, 아버지까지 그리워졌다.

"이름이 어떻게 되오?"

"김충배. 전장에서는 남칠성으로 통한답니다."

안응칠은 고개를 갸웃했다. 안응칠, 남칠성 모두 북두칠성이 들어 있어서 새삼스러웠다. 북두칠성은 하늘을 모시고 살아온 겨레의 집단 기억이자 신앙이었다.

"이미 지하에 가 계시든 혹은 어디에 살아계시든 장부의 삶이니 얼마나 떳떳하오. 장부가 한 세상을 살다가 나라가 위기에 처했거든 기꺼이 몸을 던져 구함이 마땅하오. 부역자는 두고두고 이름을 더럽히며 죽고 또 죽지만 전사는 한 번 죽지 두 번 죽지 않소."

안응칠은 다부진 입매에 힘을 주었다.

6

18일, 이토를 태운 상선이 다롄항으로 들어왔다. 러일전쟁에서 승리한 일본은 다롄과 뤼순의 조차권, 뤼순-창춘 철도와 그 부속 권익을 얻어내 만주 식민지 발판을 만들어나가고 있었다. 죽을 자리로 찾아들어오는 이토를 항구에서 기다리고 있던 특파독립대원 3인은 행상이나 여행자로 가장하고 틈을 노렸다. 헌병대와 경찰이 깔렸다. 예상대로 경호에 만전을 기해서 빈틈이 없었다. 대원들은 무리하게 나서지 않았다. 몰이꾼들처럼 이토의 동선을 쫓아 이동하며 이미 하얼빈에 잠입해 있던 금바우에게 전보로 보고했다.

이날 일본작가 나쓰메 소세키도 다롄에 왔다. 이토와 같은 상선을 타고서였다. 7호 버니스 요원이 좋아하는 그 작가는 옛 친구의 초청을 받고 와서 만주 일대를 탐방했다. 자아를 잃고 서구 흉내 내기에 미쳐가는 일본 근대의 초상을 비판해온 이 작가는 만철이 세운 야마토 호텔에서 묵으며 모든 설비가 서양인 위주로 되어 있다고 비판했다. 그는 작은 키와 누런 얼굴의 동양인이 서구 사회에서 느끼는 열등감과 문명에 대한 선망을 잘 표현해온 작가였다. 결국 흉내 내기는 공허하므로 자기중심에서 나온 내발적 개화가 필요하다는 그의 주장은 동양의 지식인들에게 큰 공감을 불러일으켰다. 버니스도 그중 하나였다. 소세키는 이토보다 앞서서 하얼빈역 플랫폼을 거닐기도 했다. 7호 버니스 요원도 3호 금바우와 함께 거닐었던 플랫폼이었다. 하마터면 거기서 작가와 독자로 만나 차 한 잔을 나눌 수 있었을 뻔했다.

다음날 이토는 관민합동환영회에서 일장 연설했다.

"만주는 기회의 땅입니다. 청나라와 러시아, 일본이 공생하는 대륙이며 극동평화의 장입니다. 우리 대일본제국은 이 만주에서 문호를 개방하고 상공업을 발전시킬 계획입니다. 사업하는 교민들이 적극 참여하여 제국의 힘이 대륙 깊숙이 미치고 장차 유럽까지 뻗어나가도록 합시다. 나는 정부가 할 수 있는 모든 지원을 이끌어내 여러분을 지원하겠습니다."

박수치며 울먹이는 일본인들이 여럿이었다. 이렇듯 섬나라 사람들의 옹졸한 가슴속에 대륙의 꿈을 불붙이는 노정객은 이미 국민영웅이었다.

이토는 천천히 북상했다.

20일, 뤼순에 도착했다. 천연의 요새 서항西港부터 찾았다. 관동주와 만주를 통치하는 관동도독부가 서항에 있었다. 도독 오시마 요시마사 육군대장이 안내했다. 러일전쟁의 격전지를 탐방했다. 위대한 제국의 용사들이 이 머나먼 곳까지 와서 승리를 쟁취한 현장이었다. 본래 이곳은 청나라 해군의 근거지였다. 삼국간섭 후에 러시아 해군의 수중에 들어갔던 것을 포츠머스 조약 이후로 일본이 장악했던 것이다.

이 격전지에서 이토는 한시 한 편을 쓰고자 애썼다. 그러나 너무 비장해서인가. 시심은 고이지 않았다. 서정이 깃들지 않는 시는 시가 아니었다. 격한 감정이 앞서면 격문이 되고 말았다. 이토는 뤼순을 떠나 랴오양, 펑톈을 지나 푸순에서 장춘으로 가는 열차 안에서야 비로소 시심에 젖어들 수 있었다.

남만주 평원 만 리를 달리누나
가을 하늘 풍광은 광활하고 아득한데
지난날 전란의 자취 아직도 분노가 어려
또다시 근심걱정 나그네 발목 잡네

끝 구절을 어둡게 마무리한 게 다소 마음에 걸렸다. 끝없이 펼쳐진 대륙에 와서 희망을 노래해야 하는데 알 수 없는 침울함이 자꾸 스며들었다. 나중에 퇴고해야겠다고 밀쳐두었다. 그날이 25일 낮이었다. 그러나 이토가 그 한시를 고칠 기회는 다시 오지 않았다. 그것이 생애 마지막 시가 되고만 것이다.

저녁 일곱시 창춘역에 다다랐다. 이토는 다롄에서 여기까지 타고 왔던, 만철 제공 특별열차에서 내렸다. 열차를 바꿔 타기 위해서였다. 여기서부터 종착역 하얼빈까지는 러시아가 제공하는 화려한 동청철도 특별열차를 이용하기로 했다. 러시아 재무장관 코코프체프는 자신이 지휘 감독하는 동청철도 간부들을 보내 하얼빈까지 호위하도록 했다. 이런 세심한 배려는 외교적으로 얻어낼 것이 있어서 하는 것이었지만 이토는 기분이 흡족했다.

　다음날인 10월 26일 아침 아홉시 반쯤, 금바우는 하얼빈역 대합실 이층 찻집 창가에 서서 똑똑히 보았다. 26호는 그날 총을 쏘지 않았다. 특파독립대 최종대원 26호는 그저 금척을 들고 뒤틀린 제국주의자 이토를 쟀을 뿐이었다. 그 순간 하늘에서 북두칠성 일곱 신장이 내려와 불을 뿜었다. 그것은 큰 좀벌레 이토를 향해 금척에서 내뿜어져 나온 번갯불이었다. 번갯불은 특별열차를 타고 온 아주 특별한 몸 이토를 일거에 처단하고 그 잔당들을 혼쭐냈다.
　한국인의 민간신앙에는 칠성님이 인간의 생사를 주관한다는 믿음이 있었다. 26호가 자주 펼쳐봤다는 성경에도 흡사한 이야기가 나왔다. 요한 계시록 제1장 20절이다. '네가 본 것은 내 오른손의 일곱 별의 비밀과 또 일곱 촛대라. 일곱 별은 일곱 교회의 시자요 일곱 촛대는 일곱 교회니라'라는 대목이다. 일곱 별은 칠성 천사라고 빌렘 신부님은 일러줬다. 26호가 열여덟 살 때, 아버지와 함께 서울 명동성당에서 세례를 받고난 후에. 털북숭이 빌렘 신부님은 26호에게 토마스라는 세례명을 주었다. 나중에 따로 만나 등과 배에 찍힌 일곱 개의 점을 보여주자, 사망과 음부陰府의 열쇠를 가진 칠성 천사의 강림이라고 읊조리며 성호를 그었다. 성경에도 한국 전통 신앙과 흡사한 별 이야기가 있어서 놀랐다. 그런데 이제 보니 그 칠성 신장, 아니 일곱 천사는 이번 거사에 사망과 음부의 열쇠를 사용했다. 음부란 지하세계 곧 지옥이다. 26호가 태어날 때부터 몸에 은밀한 표식을 남기고 이름을 응칠로 붙이게끔 작용했으며, 결정적인 때에 당하여 금척을 똑바로 들고 바르게 재도록 훈련시켰다. 러시아와 청국, 일본 군대가 도열한 그 현장에서 아무런 떨림 없이 금척을 들고 서서 올곧게 재기란 그리 쉬운 일이 아니다. 안응칠이 아니면 불가능했다. 동학당을 무자비하게 소탕한 지주요 봉건주의자라며 이번 작전에서 배제시킬 것을 주장한 상하이 대동보국회 대원들의 말에 따랐더라면 낭패를 볼 뻔했다.

아주 특별한 몸 이토의 사체는 특별열차편에 실려 창춘으로 돌아왔다. 꼭 하루만이었는데 간밤과 달리 체온이 싸늘하게 식어 있었다. 이토의 영구는 다롄 야마토 호텔 별관에 안치되었다. 며칠 전 나쓰메 소세키가 묵어 갔던 바로 그 호텔이었다. 이토의 영구는 다롄항에 군함이 도착할 때까지 거기서 기다렸다가 31일 밤, 일본 요코스카항에 입항했다.

일본 역학의 일인자 다카시마 돈쇼이는 병든 몸을 이끌고 도쿄 신바시역驛으로 나갔다. 횡액을 당해 싸늘한 주검이 되어 돌아온 사돈을 맞기 위해서였다. 운명의 신은 참으로 짓궂다. 다카시마는 죽음의 문턱을 빤히 내다보았으면서도 끝내 말리지 못했다는 자책감에 괴로웠다. 이 역학의 명인은 점치는 행위가 얼마나 부질없는 짓인가를 절감했다. 이후로 그는 죽을 때까지 다시는 점을 치지 않았다.

제5부

정복되지 않는
그들

1

거사를 끝낸 특파독립대원들이 랴오둥 반도 남단 다롄항 계류장에 모였다.

러시아 함대와 국제 여객선들이 입항해 있는 다롄항은 동서양 여러 인종들로 활기찼다. 수려한 작은 어촌마을이 국제항으로 탈바꿈하고 있었다. 청일전쟁 후 러시아 조차지가 되면서 개발에 박차를 가한 때문이었다. 러일전쟁의 패배로 한반도에서 물러난 러시아는 이곳 다롄항에 집중했다. 만주 지배는 물론 태평양 진출의 교두보로 삼기 위해서였다.

26호 안응칠이 이토를 처단하자, 금바우는 그 즉시 금척 프로젝트 성공을 타전했다. 각 역사에 배치된 대원들뿐만 아니라 연해주와 상하이, 국내 요원들에게도 알렸다. 만일 26호가 실패했다면 대원들은 이토의 다음 행선지로 재집결할 참이었었다. 그곳이 중국 베이징이든 유럽이든 아니면 대한해협이든 끝까지 따라붙어 처단해버릴 참이었었다.

금바우는 버니스 요원과 함께 대원들의 환송을 받으며 인천행 여객선에 올랐다. 그날 하얼빈역에서 금바우의 신부로 가장했던 7호 버니스 요원은 기모노 차림이 아닌 양장을 했다.

"1호께 전하세요. 우리 대한세대가 이렇게 이역만리에서 활약하는 한 우리 조국 대한제국은 끄떡없다고."

상하이 작전사령부로 복귀할 청년대원들 가운데 하나가 작별인사를 했다. 동료대원들이 일시에 오른손 주먹을 불끈 쥐어보였다. 버니스는 손가락으로 V자를 해보였다.

그들은 그토록 주도면밀하던 일본의 감시망과 정보망을 비웃듯이 뚫고서 기어코 작전을 성공시킨 자랑스러운 정예대원들이었다. 이번 금척 프로젝트는, 명사수이긴 하지만 정보에 어둡고 너무 성급한 안응칠 혼자 힘만으로는 절대로 해낼 수 없는 장거였다. 하여 참으로 오랜만에 모두의 얼굴 가득 성취감으로 넘쳐났다. 다만 가슴 벅찬 이 기쁨을 아무도 모르게 비밀리에 부치고 대원들끼리만 자축해야 하는 게 아쉬울 뿐이었다.

"2호 현상건 대장께 꼭 이대로 전하게. '대장, 우리는 해냈습니다! 빌린 프랑스 함포 세 문은 기간 연장을 해주십시오. 여차하면 덕수궁에 갇히신 황제폐하를 해외 망명시킬 때, 인천항에서 써먹어야 하니까요.'"

금바우는 새하얀 이를 드러내며 활짝 웃었다. 옆에 서 있던 버니스 요원이 대견스럽게 올려다봤다.

'금바우 넌 한복도 양복도 참 잘 어울리는 헌칠한 미남자야. 산골 출신답지 않게 섬세한 얼굴선이 도시 남자 같아. 묶음 머리를 하고 다녔다는 소년시절은 얼마나 귀여웠을까?'

언젠가 버니스가 금바우에게 한 말이었다.

이들은 계류장에 서 있는 대원들에게 손을 흔들어 보이고 선실 안으로 들어갔다. 배웅 나온 대원들도 곧 흩어졌다. 바닷바람이 찼지만 둘은 갑판 위에 올라서 대륙의 항구도시를 조망했다. 곧 고동소리를 날리며 배가 움직였다.

"얼마만의 귀국이신가?"

"한일의정서 체결 직후 현상건 시종무관을 수행하고 상하이로 망명했으니까 그때부터 치면 만 육 년 칠 개월만인가요?"

금바우가 왼손으로 햇수를 헤아렸다.

"에이, 재작년엔가도 우리 서울 손탁호텔에서 만났잖아?"

버니스가 눈을 흘겼다.

"그사이 바람처럼 달빛처럼 스며들어 갔다가 곧바로 출국한 건 몇 번 되죠."

금바우가 연막을 피웠다.

"황제폐하만 알현하고?"

"7호, 너무 많은 걸 알려고 하지 마세요. 분명히 일러둡니다만 나는 처음부터 줄곧 상하이에 망명해 있었던 겁니다. 아시겠습니까?"

"홍삼 장사 김암은 상하이와 인천항을 수시로 드나들고, 금바우 도령은 깊은 산중에서 약초를 캐는 중? 말끔한 지금은 상민 김암이겠네?"

"제국익문사 외국사 출신 아니랄까봐 추리가 제법 날카로우시군!"

금바우는 양복주머니에서 집조를 꺼내 펼쳐보였다. 두 태극기 문양 밑에 오얏꽃 문양이 도안된 대한제국 여권이었다. 오른쪽 밑 상민商民*이라 표기된 직업란에 붉은 인주로 꺾쇠 표시가 찍혔고 김암이라는 한자 이름이 붓글씨로 써 있었다.

---

* 장사를 업으로 하는 백성.

"26호는 아마도 사형당하겠지?"

"금척을 받들고서 할 말을 다했는데 무슨 미련이 남아 있겠습니까?"

"하긴 영웅인데 뭘. 그런 사람이 한때 동학당을 무참히 소탕했었다니 놀랐어."

"26호는 신념에 따라 행동하는 사람이오. 양반 재산가 자제였으니 지킬 게 많았던 거지요. 봉건적 계급주의 입장에서 보면 동학당은 나라를 혼란에 빠뜨린 폭도나 비적일 뿐이었겠지요."

"이해 폭도 참 넓으셔. 동학당에 들었다 멸문당한 우리 집안 입장에서는 절대로 이해불가."

"그래도 선비후개先非後改 선선후비先善後非랍니다. 앞선 잘못은 나중에 잘하면 묻히지만 먼저 잘했다가 나중에 그르치면 역사의 심판을 받는답니다."

"All is Well That Ends Well. 끝이 좋으면 다 좋다! 그거 섹스피어 희곡 제목인데? 여인의 짝사랑이 끝내 이뤄지는."

다섯 개 국어를 하는 어학 천재 버니스가 금바우 눈을 빤히 응시했다.

"바닷바람이 춥네요. 그만 선실로 들어갑시다."

금바우는 얼른 그 자리를 피해 들어와 삼등실 한쪽에 자리를 잡았다. 궁내부 홍삼 해외 판권을 독점하고 있지만 대원들 활동자금을 대야했으므로 금바우는 늘 돈이 빠듯했다. 버니스는 세련된 신여성이었지만 고린내 풍기는 삼등실을 꺼리지 않았다. 내 옆에 가방을 휙 던져놓고 그걸 베개 삼아서 다리를 쭉 뻗고 드러눕는 것이었다. 특파독립대원다웠다.

이 여인은 다국적 이름이 있어서 자그마치 다섯 개나 되었다. 기모노를 입을 때는 미카, 러시아에서는 레나, 중국에서는 릴리, 영어를 할 때는 버니스로 통했다. 그중 버니스라는 이름을 가장 선호했다. 승리를 가져오는 사람이라는 뜻이 있어서라고 했다. 그래서 금바우도 평소에는 버니스라고 부르곤 했다. 하지만 그녀는 정작 한국이름은 좀처럼 밝히려들지 않았다. 나중에 본명을 알게 되면서 왜 그랬는지 충분히 이해가 되었다. 그 이름 방춘화, 다섯 개 국어에 능통하고 황제직속 해외정보원으로 일해 온 신여성 이름치고는 지나치게 향토적이었던 것이다.

부산에서 태어난 버니스는 동학농민전쟁 때 고아가 되어 어느 북장로교 선교사집 식모로 들어갔다. 그게 열네 살 고아의 타고난 재능을 확인하는 계기였다. 영어를 금방 배운 이 식모아이는 집에 드나드는 여러 나라 외국인들과도 곧잘 의사소통을 했다. 어학 천재임을 알게 된 선교사는 이듬해, 언더우드가 세운 서울 고아원으로 보내 학교교육을 시켰다. 고아원 부설 경신학교 중등부에 들어간 아이는 미국에 건너가 공부했고 민족의식에 눈 뜨자, 제국익문사 외국사 요원으로 지원했다.

버니스는 황제의 최측근 대신들이 해외에 나갈 때 통역과 수행원을 겸해왔다. 탁지부대신 겸 내장원경 이용익이 친일파들의 소굴 독립협회의 공격과 원로대신들로부터 탄핵을 받고 중국에 피신했을 때도 동행했다. 이용익, 통 크기로 소문난 이 걸물은 상하이에서 프랑스 무역회사와 수입 계약을 맺고서 안남미 삼십만 석과 코끼리 두 마리를 배에 싣고 인천항으로 귀국했다. 피신한 지 두 달 만이었다. 그해 흉년이 심해 이 수입 쌀로 기근을 해결했다. 버니스는 이 헌걸찬 인물과 함께했던 경험을 모험소설 『걸리버 여행기』와 『로빈슨 크루소』를 읽는 즐거움에 비유하며 달뜬 어조로 자랑했다. 무릇 대장부라면 이용익 정도의 배짱과 포부가 있어야 한다며 마르고 닳도록 찬양했다. 관복을 입은 이용익은 엽서의 모델이 되어 1900년 파리 만국박람회 때 기념품으로 팔려나갔을 정도였다.

그런 그가 몇 년 뒤 목숨을 잃고 말았다. 고종황제의 친서를 들고 러시아 페테르부르크에 갔다가 친일파의 사주를 받은 밀정 김현토한테 저격당하고만 것이다. 백두산 호랑이의 기상을 지닌 대한국인 이용익은 중상을 입어 다 죽게 된 몸을 이끌고 멀고먼 블라디보스토크행 열차에 올랐다. 그곳 러청은행에 삼십 만 루블을 고종 명의로 예치하고 연해주 라즈돌린에서 장렬한 최후를 마쳤다. 무책임한 명문세족 출신 친일파 대신들과는 너무도 대조적인 보부상 출신 존황주의자의 충성이었다.

그때 금바우는 현상건 대장과 함께 상하이에 망명해 있었다. 현상건 대장과 친분이 있던 이용익은 상하이를 거쳐 페테르부르크로 갔기 때문에 금바우와 며칠간 같이 지낸 적이 있었다. 우람한 체격도 그렇고 굵은 얼굴선도 그렇고, 한마디로 도깨비 같은 사람이었다. 겉보기와 달리 그는 슬금한 한국인이었다. 그가 함경도 사투리를 써가며 우렁우렁한 목소리로 했던 말이 지금도 귓전에 또렷하다.

'왜놈들과 붙어먹는 매국노들, 잘난 사람 헐뜯고 음해하는 쥐새끼들만 없으면 내가 황제를 보필해서 삼 년 만에 대한제국을 독립국가로 만들 수 있겠다!'

하지만 그에게 그런 기회는 주어지지 않았다. 상황은 더욱 악화돼 충신들은 해외로 떠돌거나 불귀의 객이 되어버렸고, 매국노들과 쥐새끼 족속들은 여전히 궁궐 안에 남아서 국록을 축내고 있었다.

금바우는 인천행 여객선 삼등실에 누워서 밤새 자는 둥 마는 둥 뒤채며 나라 걱정을 했다. 당대 최고의 반 생명을 처단하는 금척의 도를 이뤘건만 이 허탈과 암울함은 또 무엇이란 말인가.

2

남산 통감부 소네 아라스케는 여전히 김두성 때문에 골머리를 썩었다. 하얼빈과 뤼순에서 매일같이 올려오는 정보와 대관정 감시초소의 보고서를 종합하고 분석했지만 흉한 안응칠 사건의 배후는 좀처럼 드러나지 않았다. 그놈의 김두성이란 작자는 유령이란 말인가. 아무리 뒤져봐도 털끝 하나 찾을 수가 없었다. 게다가 본국 외무부는 이번 사건을 김두성이 지휘한 특파독립대 조직이 아닌, 안응칠 개인의 범행으로 가닥을 잡아가고 있었다. 세계가 주목하는 이 사건을, 망해가는 대한제국 공작원들이 조직적으로 기획하고 성공시킨 것으로 밝혀지면 일본의 수치라는 계산에서였다. 또한 가뜩이나 국민전쟁이 벌어진 판국에 화약을 들이붓는 짓이라고 판단했던 것이다. 그래서 공식적으로는 덮어두기로 하고 뒷조사를 하고 있었다. 그 뒷조사를 소네 통감이 총괄하고 사카키바라 헌병대

367

장이 거들었다.

"아무래도 고종이 의심스럽다."

소네는 그렇게 추정할 수밖에 없었다.

"하하하하, 말도 안 됩니다 각하. 그 용렬해빠진 위인은 그렇게 야무진 작전을 절대로 진두지휘하지 못합니다."

바쁜 체만 했지 이렇다 할 소득이 없는 김두성 조사팀원들 사이에서 사카키바라 헌병대장이 무 자르듯 내질렀다.

"아니다. 뭔가 꿍꿍이속이 있단 말이다. 고종은 요즘 절박하게 돈을 융통하려고 하는 것 같다. 아마도 흉한 안응칠 구명운동에 쓰려는 것도 같고."

소네는 특파독립대 가상 조직도 맨 위에 적힌 김두성을 지휘봉으로 톡톡 두들겼다.

"각하, 고종이 변호사를 댄달지 뭐 그런 정도의 일은 하려들겠지요. 제 생각에는 궁내부 주사 김암이라는 자가 더 수상해보입니다만. 황실의 홍삼 판매를 담당한다지만 고종과 독대하는 경우가 많고 해외 장기출장이 잦습니다. 상하이 대동보국회에서 현상건을 돕는다는 첩보도 있는데다, 고종 측근이자약초꾼인 금바우란 놈과 절친하다는 정봅니다."

"뭐 그런 일개 주사 따위가 할 만한 일은 더욱 아니지."

차트에 그려진 조직도를 노려보며 소네가 이죽거렸다.

"아닙니다. 불치병도 단숨에 고치는 기인으로 소문난 금바우를 고종이 끔찍이도 아낀다는데, 김암과 이 금바우란 놈과의 밀착관계도 그렇고 아주 수상합니다. 기억하셔야 합니다, 각하. 의외의 인물이 김두성일 수도 있음을!"

"불치병? 기인? 김암을 조사하면서 그 금바우란 놈에 대한 정보도 좀 더 찾아보라고."

"네 각하. 인천항 헌병대에게 김암의 입출국 일지를 작성해 오라고 일러둔 상태입니다. 그리고 그 금바우란 놈이 고종으로 하여금 신물을 만들게 한 장본인이었다는군요."

"신물이라니?"

"그게, 금척이라는 이상한 물건입니다."

"금척? 그게 뭔가?"

소네가 처음 들어보는 용어였다. 사카키바라는 생명을 살리는 신라의 금척부터 국가 리더십의 상징물인 조선왕조의 금척, 대한제국 때 다시 만든 금척에 이르기까지 자신이 수집한 정보를 보고했다.

"음, 워낙 문화재가 즐비한 이 나라니까 얼마든지 금척 같은 신물이 있을 수 있겠지."

"그런데 금바우란 자가 그 금척으로 사람 생명을 살렸다 죽였다 한다는데, 무슨 주술의식이라도 치르는 걸까요?"

"사람을 살렸다 죽였다 한다고?"

금척으로 사람 목숨을 다룬다는 말에 소네는 비상한 관심을 보였다. 위암이라는 병마에 시달리고 있어서 더 그랬음은 물론이었다. 그런데 금척으로 사람을 죽인다니. 섬전처럼 퍼뜩 스치는 게 있었다.

"이거 봐, 저번에 단총삽화 나온 신문 있었지? 미국에서 발행한 조선어신문 말야."

소네는 문제의 《신한민보》를 비로소 기억해냈다.

"예, 본국에서 내려온 지령에 첨부된 그 신문 말씀이죠? 해외에 있는 대한독립단체들의 조짐이 심상치 않으니 우리한테 각별히 암살을 경계하라 했던."

"그래, 그 신문 당장 찾아와 봐!"

김두성 조사팀원들이 서류함에서 곧 《신한민보》를 찾아 디밀었다.

신문 삽화를 다시 보자 '金尺'이라는 글자가 비로소 제대로 읽혔다. 아는 만큼 보인다는 말이 맞았다. 소네 통감은 비명을 흘리며 두 손으로 얼굴을 감싸 쥐었다. 이제 보니 이 삽화는 이토 암살 포고문이었다. 그 몽매한 한국인들이 감히 일본제국 앞으로 사전에 당당히 암살을 통보한 것이었다. 그걸 까맣게 모르고 무시해 넘겨버렸었다. 그러다 백 년에 하나 나올까 말

370

까한 위대한 명재상 이토 공을 그 황량한 북만주 벌판에서 잃었다. 허술하기 짝이 없는 한국인들이 이토 공을 암살하도록 방치했던 셈이었다. 소네는 이토 공에게 큰 죄를 졌다는 자책감에 빠져들었다.

"아뿔싸! 이건 김척이라는 한국청년의 이름이 아니라 바로 금척이었군요!"

사카키바라 헌병대장도 비로소 실체를 똑바로 파악하고 얼굴이 찌그러졌다. 소네와 사카키바라는 서로 마주보고서 망연자실했다.

이토가 처단되기 불과 열흘 전,

본국에서 지령이 떨어졌다. 허접한 삽화가 실린 신문 한 장과 함께였다. 그때 헌병대장은 다소 심각하게 보고했다. 하지만 통감은 거울을 보며 가위로 코털을 정리하느라 삽화는 별로 봐 넘겨버렸다.

"제깟 놈들이 우리를 위협해? 화승총 들고 산골에 숨어서 헛총질이나 해대는 의병 따위가 서울 심장부로 들어와 우리한테 총을 겨눈다고? 지나가던 개가 웃을 일이다. 그럴 기백이 있다면 오늘날 한국이 이 지경이 되진 않았겠지."

소네는 가위를 내려놓고서 심각한 표정의 사카키바라 헌병대장을 빤히 쳐다보았다.

"왜? 두려운가?"

"그래도 경호를 단단히 해서 뭐가 나쁘겠습니까? 각하께서는 너무 스스럼없이 시내 출입을 하십니다. 경호원을 더 늘려서 수행토록 조치하겠습니다."

헌병대장이 그렇게 말하자, 옆에 서 있던 비서관이 머리 숙여 감사를 표했다.

"조심해서 나쁠 것 없겠지. 그러나 적당히 하라구. 멀리 해외의 조그만 조선어신문에 난 아이들 장난 같은 삽화 하나에 너무들 요란 떨 거 없어. 한국청년 김척이라는 놈이 총으로 우리 일본여인을 쏴버리겠다? 못난 놈들이 실제로는 할 수 없으니까 삽화로 분풀이하는 거지. 조선인들 특유의 골계와 해학이 돋보이는군."

금척이 뭔지 전혀 모르는 소네는 김척이라는 청년으로만 알고 대수롭지 않게 생각했다. 헌병대장 역시 그게 금척을 뜻함을 모르기는 마찬가지였다.

"그런데 이 총에 그려진 그림들이 좀 수상합니다. 평범한 총이 아니라 무슨 눈금자가 새겨 있는 것 같기도 하고, 태극문양에 꽃 그림까지 있어요. 그게 무슨 의밀까요?"

눈썰미가 남다른 헌병대장이 흐릿한 삽화를 톺아보며 꼼꼼히 짚고 넘어갔다.

"뭐 그런 조잡한 인쇄물에 신경을 쓰나. 지들끼리만 아는 얘기 백날 해봤자 무슨 소용이라고. 눈금자 같은 건 모르겠고 태극문양과 오얏꽃 문장을 새긴 건 분명해. 하지만 그깐 걸로 불타오르는 우리 욱일승천기의 분출하는 힘을 당해낼 수 있겠나?"

소네는 괴상한 삽화 따위를 거지발싸개로 여겼다. 태극문양과 오얏꽃 문장, 희미한 눈금자? 그 따위 맥없는 상징물로는 세상을 태워버릴 듯 이글이글 끓어오르는 대 일본제국의 욱일승천기를 상대할 수 없었다. 욱일기는 영원한 일본의 혼, 곧 화혼和魂이었다. 이런 평범한 총 따위로 욱일을 쏜다고? 강렬한 태양 에너지에 녹아버리지 않으면 다행이었다. 지금은 비상시다. 이런 것 말고도 골치 아픈 일이 한두 가지가 아니었다. 하지만 헌병대장은 자기 자신은 물론 소네 통감과 요인들의 경호 인력을 보강하고 전국에 정보원과 밀정을 풀어 수상쩍은 기미를 세심히 살폈다. 그뿐이었다. 한국인들이 노렸던 게 통감과 헌병대장이 아니라 이토 공이었을 줄은 꿈에도 몰랐다.

"이놈들 아주 무서운 놈들이다. 감히 우리를 상대로 사전에 당당히 공개하고 보란 듯이 작전을 성공시켰어. 금바우, 금바우부터 찾아내! 유령 같은 그놈의 김두성은 제쳐두고 당장 금바우부터 찾아내라고!"

소네는 주먹으로 책상을 내려치면서 불호령을 내렸다. 모두가 흩어지자 사무실에 홀로 남은 소네는 붓을 들고 차트 쪽으로 다가갔다. 복잡한 김두성 조직도가 그려진 차트 위에 큼지막하게 '金尺'이라고 썼다. 그 바로 밑에 어설픈 한글로 '금바우'라고 삐뚤삐뚤 썼다. 그런 다음 금바위 이름 위로 사선을 그어버렸다. 일본도로 목을 베듯 날카로운 붓질이었다.

3

"특파독립대가 내 마지막 남은 자존심을 지켜줬다."

금바우가 버니스와 함께 복명復命하자 고종황제는 눈물을 찍어냈다. 제국의 명운이 다해가는 늦가을 궁전에 단풍든 나뭇잎들이 우수수 떨어졌다.

황제의 눈물은 사십사 년간의 재위 시절에 대한 회한과 젊은 영웅들의 위업에 대한 감격이 버무려진 것이었다. 열악한 조건에서 일제의 그 삼엄한 감시망을 뚫고 마침내 이토 처단대작전을 완수해낸 대원들이 대견했다. 이들 모두에게 궁내부 요직을 주고 포상하고 싶었지만 지금 그에게는 아무런 벼슬자리도 내탕금도 없었다.

"폐하, 금척 프로젝트는 성공했습니다. 오늘만이라도 기쁨을 누리소서."

금바우가 부러 활짝 웃으며 아뢰었다.

"알았다. 너희와 술 한 잔 해야겠구나.

셋은 전주에서 진상품으로 올라온 이강주를 나눴다. 배의 시원한 기운은 목을 탁 틔워주었고 생강의 더운 기운은 속을 덥혀주었다. 고종황제는 잣 고명을 올린 너비아니 안주를 젓수었다.

"여태껏 내가 추진해온 일 가운데 이처럼 큰일을, 이처럼 적은 비용으로 감쪽같이 성공시킨 적이 없었던 것 같구나. 진작 너희같이 젊은 대한세대와 일을 도모했어야 했다. 내가 세상을 몰랐던 게 아니라 사람을 몰랐다. 양물을 잔뜩 들이킨 개화파란 자들이나 잘 배운 대신들이라는 자들에겐 나라도 국민도 없었다. 처음부터 끝까지 저희들 지위와 몫만 있었다."

고종황제는 금바우와 버니스에게 술 한 잔씩을 더 따라준 다음 자신은 물을 마셨다. 커피는 마시지 않았다.

"저희 같은 대한세대가 아니더라도 이용익 대감의 경우처럼 나라와 국민 생각을 한 분들이 많았습니다. 희생당한 그 많은 동학접주들도 그랬습니다."

버니스가 자신이 모신 적이 있는 이용익 내장원경과 동학당 지도자들을 거론했다.

"이용익은 사업가 그릇을 타고난 정말 아까운 충복이었다. 임오군란 때 충주로 피신한 명성황후와 서울 처조카 민영익 사이를 발로 뛰며 연락책을 맡았던 인물이 바로 북청 물장수 이용익이었느니. 나는 이재에 밝은 그를 단천군수로 등용했다가 마침내 왕실의 재산을 관리하는 내장원의 경卿*으로 발탁했었다. 파격적이었지만 그깟 약삭빠른 학식보다 변함없는 충성도와 능력을 더 높게 샀던 거지. 이용익은 궁내부 소속의 인삼밭과 홍삼사업, 광산을 잘 관리하여 왕실수입을 늘렸다. 나는 그를 국가 재정을 맡은 탁지부 대신과 중앙은행총재직까지 겸직케 했다."

"폐하, 우리 대원들 상당수가 저처럼 동학이나 남학과 관련됐고 7호 버니스 대원의 선친 또한 동학 접주였나이다. 본래 부산 사람이온데 경주 사람 해월 최시형을 따르다가 뒤늦게 동학전쟁에 뛰어들어 죽었답니다."

---

* 정이품 벼슬을 이르던 말.

376

금바우의 말에 황제의 넓은 미간이 가녀리게 떨렸다.

"동학은, 아직도 잘 모르겠다. 국왕인 나보다 최제우와 최시형 교주를 더 높이 받들었고 반역의 조짐이 없었다고 할 수 없다. 허나 결과적으로 이렇게 되었으니, 내가 동학당과 하나가 되어 왜놈들을 몰아냈더라면 좋았겠다 싶다. 막말로 설사 동학당에게 왕위를 빼앗겼다한들 왜놈들에게 빼앗긴 것만큼 치욕스럽지는 않았을 테니까 말이다. 지나고 보니까 그럴 뿐 당시엔 전혀 그 생각을 못했느니. 하지만 나는 동학당에게 밀지를 내려 보내기는 했다. 왜군이 경복궁을 점령했을 때 동학군이 치고 올라와 쫓아내 주었으면 해서다. 그런데 모두 허사가 되고 말았다. 버니스의 선친 일은 참으로 애석하구나. 그 여식이 이렇다면 그 또한 명석하고 충직한 자품이었을 텐데."

"아버지는 폐하를 동학 교주들과는 다른 차원으로 훨씬 높이 받드셨습니다. 동학 교주를 제왕으로 추대할 리가 만무했지요."

당차기만 하던 버니스가 울먹였다.

"시절이 워낙 사나워 내가 너무 민감했었다. 많이 늦었지만 재작년, 동학교주들의 신원을 회복시켜줬다. 이젠 누구라도 마음 편히 동학당에 가입할 수 있다."

"많이 늦은 게 아니라 너무 늦어버렸지요."

버니스가 감히 폐하의 안전에서 까칠하게 나왔으나 황제는 천천히 고개를 끄덕였다. 그것으로 사과를 대신한 셈이었다. 버니스와 금바우는 내심 못마땅했지만 이 마당에 더 어쩐단 말인가. 수십 만 명의 생목숨이 떨어진 진달래 산천의 붉은 넋들이 가엾고 원통할 뿐이었다.

"폐하, 탕제 드실 시간이옵니다."

그때 최수희 의녀가 약 사발을 받쳐 들고 왔다. 그녀는 여느 때처럼 황제 앞에서 한 수저 떠 마셔보였다. 독이 들어 있지 않다는 어전에서의 시음이었다.

"어찌 요즘 너의 안색이 어둡구나."

황제가 최 의녀의 낯빛을 살폈다.

"아니옵니다 폐하. 근래 들어 한층 밝아지신 용안을 뵙는 게 소신은 즐겁습니다."

최 의녀는 부러 입 꼬리를 치켜 올리며 웃어보였다. 양 볼에 보조개가 깊었다.

"오 정위 일은 늘 마음이 아프다. 국권을 회복하게 되면 합당한 예우가 있을 게야."

황제는 일제가 대한제국군을 강제해산시키던 날의 자결 사건을 떠올렸다. 많은 장졸들이 희생됐지만 약 수발을 드는 내의원 최 의녀의 신랑이 자결한 줄은 나중에야 알았다. 노비 출

378

신인 그를 옛 주인이 사는 서산 갯마을 고향에 매장했다는 얘기를 들었다. 이미 내탕금이 바닥나버린 터라 부조금도 챙겨주지 못했다.

최 의녀가 빈 약사발을 들고 나가자, 버니스와 금바우도 물러나왔다.

홀로 남은 황제는 지난날들을 회상했다. 이토 처단은 기뻐뛸 만한 장거였지만 너무 늦어버린 성공이었고 국민 앞에 당당히 드러내 독립운동을 고무시킬 수 없는 게 한스러웠다.

어디서부터 어그러진 것인가. 돌이켜보면 사십사 년간이나 보위를 지켰으면서도 제왕노릇을 제대로 한 것은 몇 년 되지 않았다. 늘 허둥대고 후회만 남긴 나날이었다. 금척이 없어 중심을 잡지 못한 까닭이었다.

진작 밖으로 문호를 활짝 열고 안으로 개혁에 박차를 가했더라면, 아버지와 아내 사이에 끼어서 번민하지 말고 주도적으로 정치를 했더라면, 갑오년 농민전쟁 때 농민군과 손잡고서 죽기 살기로 싸워 왜놈들을 몰아냈더라면, 을미왜변 때 범궐한 왜군들을 개틀링 기관총을 써서 제압해버렸더라면, 금바우의 제안에 따라 을사늑약 때 이토 놈을 제거해버렸었더라면, 대한제국군이 강제 해산될 때 전쟁을 선포하고 맞섰더라면 치욕스럽게 황제 자리에서 내려오지 않아도 되었고 조종강토를 빼앗기지도 않았을 터였다. 후회가 막급하지만 어쩌랴. 이미 흘러간 강물이 되어 다시 돌이킬 수 없는 결단의 순간들일 뿐이었다. 지나고 보니까 큰 그림은 이랬고 그때가 결단의 순간이었지, 당시에는 그저 속절없이 흘러가는 혼돈의 연속일 뿐이었다. 어, 어, 하다가 그만 속수무책으로 말려들어 최악의 사태만 남게 된다. 아아, 나는 어쩌면 난세에 나와서는 안 될 군주였는지도 모른다. 그나마 금척으로 무장한 대한제국 청년들과 조직적으로 이토를 처단한 것이 회심의 일격이었다.

모든 사라지는 것들은 여백을 남긴다. 그 빈자리에 훗날 어떤 평가가 써질지 잘 모르겠다. 아마도 비난이 쏟아질 테지. 허나 나는 두렵지 않다. 다만 끝까지 싸우다 갔노라고만 기억해준다면 그걸로 족하다. 역사적 평가라는 것도 따지고 보면 먼저 태어난 자의 슬픔과 늦게 태어난 자의 행운일 뿐이다.

나는 싸우련다. 이제 죽을 때까지 싸우련다. 내게 무슨 생에 대한 애착이 남아 있겠는가. 일찍이 어린 아들을 잃었고 아내를 잃었고 내 나라를 잃었다. 하루하루 버텨내는 게 끔찍하지만 오직 싸우기 위해서 먹고, 싸우기 위해서 자고, 싸우기 위해서 살련다.

빈방에 홀로 남은 황제는 투지를 다지고 다졌다.

4

최수희 의녀는 하루하루가 악몽이었다.

이토를 고종폐하의 진두지휘로 처단했다는 사실을 알아채게 된 순간부터 일제의 밀정 노릇을 해온 지난날이 후회되었다. 더구나 홍삼 해외 판권을 가진 김암과는 동갑내기로 평소 교분이 두터웠다. 김암이 궁궐을 출입할 때마다 약재 구입 건으로 자주 만나는 사이였다. 그녀는 김암의 비밀을 알고 있는 몇 안 되는 궁인이었다. 이번 금척 프로젝트의 기획자가 홍삼 판매상 김암이었고 김암이 곧 금바우라는 것도 알고 있었다. 금바우는 그녀의 딸이 앓고 있던 천식을 고쳐주기도 했다. 제중원의 미제 약을 써 봐도 좀처럼 낫지 않던 천식이 금바우가 구해다 준 약도라지 세 뿌리를 달여 먹고 씻은 듯이 나았다. 바위벼랑 틈에서 별빛을 받고 이슬을 먹으며 마디마디 커온 만세천강근의 효험이었다.

그녀가 고종황제를 배신하게 된 계기는 남편 오의선 정위의 자결사건이었다. 그때 고종이 보인 행태는 차마 눈 뜨고 봐줄 수가 없었다. 다른 건 다 집어치우고 일제가 군대를 해산해도 국가원수가 전면전을 선포하지 않았다. 그 열흘 전, 순종에게 황제 자리를 양위한 뒤라지만 그처럼 빈번하게 보냈던 밀지는 그때 왜 내려 보내지 않았던가. 군인이 나라를 위해 목숨을 바쳐도 시신조차 거둬주지 않는 이상한 나라였다. 누구 좋으라고 더 충성을 바친단 말인가.

최수희는 남편 오의선 정위의 창자가 삐져나온 시신을 직접 거뒀다. 거적때기로 돌돌 말아 새끼로 묶고는 소달구지에 싣고 서산 갯마을로 삐그덕 삐그덕 내려갔다. 거적때기 가득 구더기가 끓고 쉬파리가 윙윙거렸다. 8월 염천의 뙤약볕에서 저승사자의 놀림 같던 그 신산스러운 쉬파리소리를 들으며 최수희는 저주를 퍼부었다. 이런 나라는 망해야 싸다고. 아니, 망해버려야 한다고.

남편 집안이 대대로 종살이를 한 주인집에서는 그나마 거절하지 않고 선산 한쪽 개골창에 자리 하나를 내주었다. 남의 선영 밑을 더럽히면서 진자리 마른자리를 가릴 처지가 아니었다.

"상미 아버지, 당신은 죽어서 떳떳한 군인의 임무를 다했다지만 살아남은 우리 모녀는 어찌 살아가야 하오."

뗏장도 제대로 못 입힌 무덤 앞에서 곡하면서 결심했었다. 어린 딸 키워내며 악착같이 살아남겠노라고. 살아남기 위해서라면 무슨 짓이든 할 거라고.

그 직후, 일본 헌병대의 솔깃한 제안이 들어왔다. 숨은 일꾼이 돼서 적당히 궁궐 정보를 흘려주면 지금 받는 급여의 절반을 주겠다는 거였다. 박봉에 집세 내기도 빠듯한 형편이었다. 남편 장례 치르느라 고리대금까지 끌어 쓴 판이었다. 마다할 이유가 없었다. 그렇게 이 년을 꼬박 채웠다.

그런데 며칠 전부터 새로운 지령이 떨어졌다. 화근을 없애기 위해 고종을 독살하라는 주문이었다. 독살만 시키면 모녀가 원하는 곳에서 숨어살며 평생 호의호식할 비용을 대주겠다는 거였다. 원한다면 일본에 가서 살 수도 있다고 회유했다. 소소한 정보를 빼내는 것과 일국의 태황제를 독살하는 건 전혀 다른 문제였다. 게다가 금척 프로젝트가 성공한 뒤라서 더더욱 귀에 들어오지 않았다. 금바우까지 연루된 일이 아니던가. 고종이 제거되고 나면 측근 요원들도 차례차례 없앨 게 뻔했다. 더구나 금바우가 김암이라는 사실이 발각되는 날에는 놈들이 살려둘 리가 없다고 생각했다.

"잘 계셨습니까?"

금바우가 소주방 옆에 딸린 내의원으로 그녀를 찾아왔다. 궁궐 내의원은 순종황제가 있는 창덕궁으로 옮겨가고 이곳 덕수궁에는 어의도 없이 두 명의 어의녀가 교대로 근무하고 있었다.

"김 주사님! 돌아오셨군요."

최수희 의녀가 복령과 구기자 같은 약재를 손질하고 있다가 일어서며 반갑게 맞았다. 최수희는 금바우를 궁내부 김 주사로 불렀다.

"잘 있었소? 상미도 잘 크지요?"

"덕분에요. 키다리 아재 언제 오느냐고 벌써부터 찾아쌓네요."

"그럴 줄 알고 선물을 가져왔죠. 나무 인형이랍니다. 이렇게 돌려서 열면 그 안에 새끼 인형이 또 나오고 또 나오고 자꾸 나와요."

금바우가 주먹 두 개만 한 화려한 색깔의 원통형 인형을 내밀었다. 1900년 파리 만국박람회에 출품해 폭발적인 인기를 끌었던 러시아 마트료시카 인형이었다.

"신기도 하여라. 상미가 까무러치겠네요."

인형을 받아든 최수희의 눈가와 입가에 미소가 번졌다. 그런데 웃고 있어도 표정이 너무 어두웠다. 눈빛도 여간 탁한 게 아니었다. 보름달같이 훤하던 얼굴이 그새 많이 상해 있었다.

"잠을 잘 못 주무시는 모양이군요. 잠 잘 오게 하는 약 몇 첩 지어드리지요."

"어찌 저 같은 사람까지 자상하게 챙겨주시는지……."

"지금 제가 해드릴 수 있는 건 잠 잘 오는 약뿐입니다. 그 근심겁정까지 낫게 해주는 약이 있다면 만들어드릴 텐데."

"예? 제 근심걱정을 어찌 그리 잘 아시고."

최 의녀가 속내를 들킨 사람 표정으로 전전긍긍했다.

"지금은 나라가 위급해서 해외로 떠돌며 거칠게 살고 있지만, 오랫동안 산중에서 산들바람에 하늘하늘 흔들리는 풀과 나무의 속삭임을 들었던 사람이오. 깊은 우물 속도 두레박이 드나들며 속내를 건져 올리는데 하물며 눈빛과 얼굴빛으로 말하는 사람 마음자리 하나 못 읽어내겠소이까? 상미 엄마는 안팎이 투명한 분이오. 숨기려고 애써도 저 좀 도와주세요, 하고 다 드러난다오. 이미 마음에 답이 있으니 이 힘든 시간도 곧 지나가게 될 겁니다."

금바우는 되도록 그녀가 맘 편하게 봄바람처럼 속삭였다. 할 말을 잃은 최수희는 받아든 인형을 차례차례 꺼냈다가 도로 집어넣기를 반복했다.

같은 시간, 소네 통감은 궁내부 소속 홍삼 판매 담당 김암의 인천 출입국 일지를 들여다보고 있었다. 일지에 따르면 김암은 참으로 뻔질나게도 상하이와 인천을 오갔다. 그런데 며칠 전에는 무슨 일인지 상하이가 아니라 다롄에서 인천으로 들어온 것이 확인되었다.

"궁내부 김암에게 민완 정보원 하나를 붙여라. 놈이 왜 상하이가 아닌 다롄에서 귀국한 것인지 알아내도록! 여의치 않으면 잡아다가 족쳐!"

소네는 그렇게 지시하고 금척 퍼즐을 짜 맞추기 시작했다.

김암의 도움을 받는 상하이 현상건이라는 자는 고종의 충신이자 심복이었다. 그 현상건이 고종에게 소개한 놈이 약초꾼 금바우라는 첩보가 있었다. 어디서 굴러먹던 놈인지도 잘 알려지지 않은 이 약초꾼은 동에 번쩍 서에 번쩍하며 신출귀몰한데다, 행적이 기이해 필시 보통사람이 아닌 것 같다는 소문만 무성했다. 게다가 금바우라는 약초꾼은 출국하거나 입국한 흔적이 전혀 없었다. 그런데 이 금바우 놈이 고종으로 하여금 금척이라는 신물을 만들게 했고, 문제의 《신한민보》에 금척단 총 삽화가 등장하고 한 달 열하루 만에 이토 공이 횡액을 당했다. 도대체 이 금척이란 게 무엇인가. 약초꾼 금바우와 궁내부 소속 홍삼판매상 김암, 흉한 안응칠과 김두성…….

소네는 풀리지 않는 퍼즐 같은 김두성과 금바우의 정체가 미치도록 궁금했다. 위암증상은 나날이 심해져서 칼로 저미는 통증이 하루에도 수차례씩이나 찾아오는데 점점 미궁 속으로 빠져드는 느낌이었다.

5

금바우는 덕수궁 함녕전 편전에서 고종황제와 독대했다. 뤼순 감옥에 갇힌 26호 안응칠을 변호할 국제변호사를 알선하는 게 급선무였다. 영국이나 러시아 출신 변호사라야 국제사회에 영향력이 있었다. 경비만 마련되면 여럿을 선임할 필요가 있었다. 그래야 일제가 법정에서 농간을 부리지 못했다.

"폐하, 소네 통감이 왔습니다."

밖에서 내관이 들어와 아뢰었다. 바쁜 사람이 몸도 성치 않다면서 뻔질나게도 드나들었다. 황제는 금바우를 내실로 숨게 했다. 소주방 나인이 다과를 내온 참이라 한 사람 분만 남겨두고 도로 내가게끔 했다.

"방금 누구를 접견하고 계셨던 듯한데?"

낯빛이 부쩍 거머무트름해진 소네가 고개를 갸우뚱해보였다.

"접견이야 종일 하는 것을 뭐 새삼스레 묻소이까. 통감부 덕분에 돈이 씨가 말라서 따로 홍삼장사를 좀 해볼까 하고 옛 궁내부 신하들을 자주 만나오. 그나저나 통감은 이 뒷방 늙은이에게 뭔 볼일이 있어서 또 왔소이까?"

고종황제의 말에 가시가 돋쳐 있었다.

387

"요즘 김암이란 자를 자주 독대하신다고요."

소네는 사냥개처럼 코를 큼큼거리며 내실 쪽을 자꾸 쳐다봤다. 내실 쪽에서 소주방 나인이 나타나 다과를 가져왔다. 그제야 의자에 앉으며 나불거렸다.

"폐하, 우리 통감부는 그 동안 경찰과 헌병대를 동원해 김두성이라는 놈을 추적해왔습니다. 흉한 안웅칠을 진두지휘한 자지요. 전국을 이 잡듯이 뒤졌지만 그런 자는 없었소. 다만 상하이 현상건, 이학균이라는 자와 연해주 이범윤, 최재형이라는 자가 연루돼 있다는 단서를 찾아냈소. 공모자가 모두 스물여섯 명이랬는데 그 두 가닥 넝쿨만 잡아채면 주렁주렁 다 딸려나올 참이오."

"그게 이 뒷방 늙은이와 무슨 관계가 있다는 거요!"

황제는 내심 많이 놀랐지만 부러 태연히 응수했다.

"왜 관계가 없소이까? 현상건과 이학균, 이범윤은 폐하의 수족들이었소이다."

"그 수족들을 누가 다 잘라냈소이까? 그대들이 다 잘라내 해외로 떠돌게 만들었지 않았소이까? 지금 죽었는지 살았는지도 모르는 나요. 도대체 나를 얼마나 더 짓밟고 볶아먹어야 이 짓거리를 그만 둘 참이오!"

황제가 비통하게 외쳤다.

"그놈들은 버젓이 살아서 대동보국회 같은 단체를 만들어 독립군을 양성하고 있더이다. 그놈들을 모두 부리는 자가 김두성인데 그럴 만 한 자가 이 나라에서 몇이나 되겠소? 다 짐작 가는 데가 있소이다. 우리는 끝까지 추적할 거요."

소네는 상당한 정보를 확보해 특파독립대 중심을 파고들어오고 있었다. 고종황제를 의심하는 기미마저 보였다. 내실에 숨어서 대화를 엿듣던 금바우는 생각했다. 단언컨대 저자들은 절대 김두성을 찾아낼 수 없었다. 우려되는 것은 현상건 대장을 비롯한 해외 독립지사들의 안전이었다. 밀정을 보내 암살을 기도할 여지가 다분했기 때문이다.

"그런 걸 왜 나한테 통보하는 거요. 알아서들 하고 날 좀 내버려두오. 나는 옛날 신하들이나 불러서 낮술이나 마시며 한시름 잊고 살 테요."

"제발 좀 그렇게 내려놓고 사세요. 자꾸 뒤통수 쳐대 봐야 되는 일은 하나도 없지 않소이까. 폐하, 실은 제가 오늘 들른 건……."

갑자기 온순해진 소네가 말꼬리를 가무렸다. 뜨악해진 황제는 잠자코 기다렸다.

"금척을 보고 싶어서랍니다, 금척."

소네 입에서 금척이라는 말이 나오자 황제는 적이 놀랐다.

"갑자기 금척은 왜 찾는 거요? 그건 대한제국의 신물입니다. 함부로 공개하는 물건이 아니지요."

"압니다. 전에 창경궁 박물관에서 충무공 이순신 장군의 쌍용검을 보았습니다. 내가 칼로 저미는 것 같은 통증을 동반하는 위암을 앓고 있어서 더 그랬던 걸까요. 그 쌍용검의 기운을 지닐 수 있다면 병마가 싹 빠져 달아날 것도 같더군요."

승냥이처럼 사납던 소네가 얌전한 고양이로 바뀌어 있었다. 동정심 많은 황제는 소네의 거머무트름한 안색을 살폈다. 입만 살았지 이미 죽음의 그림자가 어른거리는 얼굴이었다.

"무인으로서 충무공의 기상이 부러울 테지요."

"그런데 쌍용검보다 더 신비한 힘을 지닌 게 금척이라지요?"

"글쎄요. 금척은 의례용 기물입니다."

"금척은 예로부터 생명을 살리는 신물이라던데 그 금척을 한 번만 끌어안아볼 수 있을까요, 폐하. 그러면 위암이 나을 것도 같습니다만. 부디 딱 한 번만 끌어안아 보게 해주십시오, 폐하. 원하시면 무릎이라도 꿇고 간청하겠소."

소네는 정말 무릎을 꿇으려는 듯이 몸을 일으켜 세우는 시늉을 해보였다.

"통감도 참 딱하시오. 요구할 걸 요구해야지."

황제는 어이가 없었지만 병마와 싸우는 이의 마지막 몸부림이기에 마음이 흔들렸다.

"내 몸이 아파 죽게 생겼으니 만사가 다 귀찮아지더이다. 우린 그간 흉한 안응칠 사건에 연루된 자들을 지머리 추적해왔습니다. 특히 안응칠이 발설한 김두성이란 자를 중심으로. 그러다 상하이 현상건과 김암이란 자가 수상쩍어서 곧 정보원을 파송할 생각이오. 김암이라는 자는 이번에 늘 이용하던 상하이항이 아니라 갑자기 다롄항에서 입국했습디다. 그 이유를 곧 캐낼 겁니다. 조금만 더 추적하면 모든 게 고구마 줄기처럼 한꺼번에 줄줄이 딸려 나오게 돼 있지요. 요샌 밤잠을 잘 주무신다고 들었는데 아마 우리 정보력이 어느 정도인지 알게 되면 내 장담하건데 불면증이 도질 걸요."

소네의 그 말에 황제는 불붙은 부지깽이로 가슴을 후비는 것처럼 뜨끔했다. 이 자들이 김암의 정체를 추적하다보면 금바우가 누군지 알게 될 것이고 그날에는 황제 자신도 살아남지 못한다.

"황제 자리도 빼앗기고 나라도 거의 다 잃어버린 몸이오. 난 두려울 게 없소이다. 다만, 소네 통감이 병마에 시달린다니 마음이 짠해질 뿐이라오."

속이 타들어가는 황제는 속내를 잘 드러내지 않는 소음인답게 부러 딴청을 피웠다.

"고맙습니다. 전 살고 싶습니다. 김두성 찾기고 스물여섯 명 연루자 검거고 모두 접어버릴까도 생각중입니다. 이참에 뿌리 를 찾고 도려내야 맞지만 본국에서도 그만 덮자고 하는 참이 고 해서."

"알았으니 오늘은 그만 돌아가시오. 좀 더 생각해보고 따로 자리를 만들어보도록 하겠소. 믿고 기다려보시오."

면전에서는 늘 고분고분한 황제였다. 하지만 더 속아 넘어 간다면 확실히 모자란 사람이었다. 상대는 교활한 일본인이 었다.

"감사합니다. 대단히 감사합니다. 그럼 저는 도량 넓으신 폐 하의 조속한 연락만 기다리겠습니다."

거듭거듭 머리를 조아리던 소네가 얼굴색이 활짝 펴져가지 고 돌아갔다.

"참으로 무서운 놈들이로군요. 곧 특파독립대원들 신상이 죄다 드러나게 생겼습니다, 폐하."

내실에 숨어 있던 금바우가 황제 앞으로 나오며 아뢰었다.

"불길하다. 특히 너와 현상건이 다칠까 봐서. 아직 금바우가 바로 너 김암이라는 걸 짐작만 할뿐 확신하는 건 아닌 거 같아 서 그마나 다행이다만 알아차리는 건 시간문제다."

"소네 이자 살고 싶어서 환장을 했군요. 저를 잡아들이려고 혈안인 줄 알았는데 뜬금없이 금척을 요구했어요. 신성한 금척을 사사로이 신병치료에 쓰겠다는 발상입니다."

"다행이면서도 걱정이로구나. 저 탐욕스러운 자에게 금척을 보여줬다가 갖겠다고 고집하면 어쩌누? 경주 석굴암 사리탑도 가져간 자다. 이미 충무공 쌍용검에 침을 발라뒀고 이제는 금척까지 욕심낸다. 신성한 금척만큼은 절대 손대게 할 수 없어!"

황제는 단호했다.

"폐하, 소네 통감이 그렇게 원하면 줘버리시지요."

"뭔 망발이냐! 있을 수 없느니!"

당연히 안 된다고 할 줄 알았던 금바우가 선뜻 내주자고 하자 황제는 진노했다.

"폐하, 금척을 내줘도 저들은 그걸 자기들 것으로 만들지 못합니다."

"무슨 말이냐?"

"소네는 위암, 이토도 위장병을 앓았습니다. 공교롭게도 초대, 2대 통감 모두 소화불량이었습니다. 삼키지 말아야 할 것을 삼켜서 생긴 병이라고 생각하지 않습니까? 저들은 대한제국도, 금척도 결국은 다 토해놓게 되어 있습니다. 그러다 저들

393

제국 또한 작살나버리겠죠, 소화불량으로!"

"그건 그럴 법하다."

"폐하, 지금의 금척은 십여 년 전에 저의 제안으로 제작한 것입니다. 원하면 내주고 또 만들면 그뿐입니다. 말씀 드렸듯 금척은 무형의 한국 혼입니다. 저들이 황금으로 된 자, 금척을 가져간다고 해서 우리 한국 혼을 앗아갈 수는 없습니다. 예로부터 침략전쟁의 망령에서 놓여날 수 없는 저들은 금척이 뭔지 그 실체를 전혀 알지 못하는 자들입니다. 우리는 금척보다 금척정신을 잘 지켜내야 합니다. 그리고 굳게 지켜내야 할 것은 세상에 하나밖에 없는 충무공의 쌍용검입니다. 그건 절대로 내줄 수 없습니다."

"아무래도 황금 단총금척을 내가 갖고 있는게 불안하구나. 그 놈이 언제 또 빼앗아 갈지 모르지. 금바우 네가 보관하고 있는게 무탈하겠다"

황제는 금바우가 복명하여 바친 황금 금척단총을 도로 꺼내 주었다.

안응칠을 변론할 국제변호사를 물색하려던 이 둘은 졸지에 황금 금척단총과 쌍용검 걱정을 해야 했다.

6

수문장 황치복은 덕수궁 출입자들 가운데 미심쩍은 자들을 세심하게 적어 매일같이 보고서를 써냈다. 비번일 때는 당번인 그의 부하가 거들었다. 김암과 버니스에 대한 보고서도 상세하게 썼다. 궁내부 옛 신하들이 아니라 지금도 암약하고 있는 별입시와 제국익문사 요원이라는 것, 흉한 안응칠 사건의 배후일 가능성이 있다는 것도 추정해서 보고했다. 하지만 김두성에 대해서는 좀처럼 정보를 입수할 수 없었다. 그런 정보는 기민한 통감부가 이미 파악하고 있었다.

11월 중순, 대관정 이층 덕수궁 감시 초소에 최수희 의녀가 끌려와 있었다.

"어린 딸아이를 빈집에 홀로 두고 궁궐 일을 하러다니더군. 어린 것 잘 간수해라. 서방 죽고 딸아이까지 잃으면 어디 살고파지겠나?"

헌팅캡을 쓴 일본순사가 최수희의 턱을 손가락으로 톡톡 건드리며 공갈했다.

"이년동안이나 충분히 협조해드렸어요. 어린 딸아이 혼자 놔두고 일 다니는 것도 그렇고, 곧 궁궐 일을 그만둘 참이에요. 그러니 다른 나인을 찾아보세요."

최수희는 손을 비비며 애원했다.

"그만 두는 김에 감쪽같이 해치우란 말이다. 그래만 준다면 대한의원 의녀로 보내줄 수도 있고 도쿄 유학을 시켜줄 수도 있다."

"이젠 병 수발 드는 의녀 일이 싫어졌어요. 산속에 들어가 농사나 짓든가 바닷가에서 조개나 잡으며 살고 싶어요."

"그러자면 땅마지기나 구할 돈이 꼭 필요하지."

"돈 같은 건 필요 없어요. 어디 가서 몸이 부서져라 일하면 산 입에 거미줄 치겠어요?"

"이 여자 보소. 물색없이 나부대면 말인 줄 아네. 이 세계 속 사정을 잘 몰라서 그러는 거 같은데, 아무 때고 그만두고 싶다고 그만둘 수 있는 일이 아니란다. 결정은 우리가 한다. 우리가 더 이상 필요치 않다고 판단되면 그때 그만두는 거지, 니 맘대로 그만 뒤? 믿을만한 숨은 일꾼 하나 키우는 게 그리 간단한 일로 보이나? 더구나 고종 태황제의 신임을 받는 의녀를 어느 세월에 심고 키우겠나? 우리에겐 시간이 없다. 썩은 이빨은 속히 뽑아버려야 해. 안 그러면 곪아터져서 잇몸까지 망치거든. 고종만 독살하면 김암이나 상하이 현상건 같은 놈들을 제거하는 건 식은 죽 먹기야."

일본순사가 물약이 든 작은 병 하나와 돈 봉투를 내밀었다.

색깔도 없고 냄새도 없는 독극물이라고 했다.

"이걸 저녁 탕약에 다섯 방울만 넣으라고. 그럼 고통도 못 느끼고 아침이면 황천길로 떠나 있을 테니까. 독살했는지 구별도 쉽지가 않아. 검시의도 우리 통감부에서 내보낼 참이야. 그러니 탄로가 날 일도 없지. 그깟 걸 못해?"

탄로 나고 말고 할 문제가 아니었다. 국민전쟁 선포 이후 완전히 달라진 고종이었다. 이토를 보기 좋게 처단한 요즘의 고종이라면 업어주고 싶었다. 그런 고종이 잘못되면 금바우와 그의 동료들의 해외 활동도 끝장이었다. 그럼 한참 불붙은 독립운동도 위축될 수밖에 없었다. 그건 죽은 남편의 뜻이 아니었다. 그간 희망이 안 보이고 너무도 원통해서 홧김에 부역을 했지만 이제부터는 달랐다.

"김암 주사나 현상건 시종무관까지 건드릴 건 없잖아요?"

"그건 헌병대에서 알아서 한다. 너는 고종만 맡으면 돼."

"쉽지 않은 일입니다. 시간을 주세요. 요즘엔 폐하의 의심이 어느 때보다 많고 엄비의 단속도 심하답니다. 기회를 엿봐서 감행할게요. 사실 독살은 그리 간단치 않아요. 폐하 앞에서 내가 먼저 한 수저 떠 마셔 보여드려야 하니까요."

최수희의 말에 일본순사가 그래서 주저했구나, 하는 반응이었다.

"한 수저 가지고는 안 죽는다. 횟배 약이라고 여기고 떠먹으면 회충들이 직방으로 박멸할 거야. 공짜라면 양잿물도 마신다는 너희 조선인들 아니더냐. 덕분에 회충도 잡고 공도 세우고 좀 좋으냐. 한 수저 떠먹은 게 영 께름칙하면 즉시 측간으로 달려가서 토하고 입가심하던지."

자기 입속 사정 아니라고 제법 편하게 속닥거렸다. 아무리 공짜 좋아한다지만 독약을 삼킬까.

"그리고 일만 성사시키면 넌 팔자 고친다. 반반한 얼굴에 아직 한창 젊은 나이 아니냐. 딸과 함께 일본으로 건너가서 호의호식해라. 부자 장사꾼 측실 자리를 알선해주마."

왜놈 장사꾼 측실이라니. 한국여인의 마지막 자존심을 짓밟는 언사였다. 최수희는 분개가 일었지만 꾹 참고 고분고분한 어조로 나왔다.

"알겠습니다. 한몫 챙겨주신다는 약속은 꼭 지키셔야 합니다."

최수희는 일본순사를 애태우듯 잠시 뜸을 들이다가 마침내 중대결심을 했다는 듯이 야무진 입매를 해보였다.

"그건 걱정마라. 아마 서장이나 헌병대장이 직접 포상할 거니까. 원한다면 사전에 접견을 주선해줄 수도 있다."

순사가 헤벌쭉 웃으며 장담했다.

"그럼 뵙게 해주세요. 제 몸도 상할 각오로 하는 큰일이니 단단히 약조 받아야겠어요."

"알았다. 곧 자리를 만들어주마. 한국남자들은 참 어리바리한데 한국여인들은 무척 야무지단 말씀이야. 어여쁘기도 하고."

순사는 두 손으로 최수희의 볼을 쓰다듬으며 침을 삼켰다. 게슴츠레한 눈빛과 누런 뻐드렁니가 볼썽사나웠다. 남편 잃고 혼자 사는 여자라고 별 우수마발이 다 껄떡댔다. 순사는 돈 봉투를 건네주면서도 은근슬쩍 손을 잡았다.

대관정을 나온 최수희는 곧장 손탁호텔로 향했다. 커피숍을 둘러보았으나 그녀가 찾는 이는 보이지 않았다. 그녀는 카운터에 쪽지를 남기고 집으로 돌아왔다.

"상미야, 고까옷 사주련?"

"와, 신난다!"

"방한모 딸린 배자도 입고싶댔지?"

"배롱나무꽃 무늬 수놓은 배자 사줘."

최수희는 상미 손을 잡고 통인동 사거리까지 내려와 한복집에 들러서 옷을 맞췄다. 시장 골목으로 접어든 모녀는 다정히 손잡고 콧노래를 흥얼거렸다.

"먹고 싶은 거 있음 말하렴. 엄마가 다 사줄게."

"정말? 오늘 상미 생일도 아닌데 왜 이렇게 잘해주는 거야? 엄만 만날 돈 없다고 하면서."

상미가 앞에서 빤히 올려다보며 물었다.

"오늘은 엄마가 돈 많이 벌었어."

"정말? 그럼 고기만두 먹자 우리."

모녀는 고기만둣집에 들어가서 배불리 먹었다. 큰 맘 먹고 사십 전이나 하는 검정 고무신 한 켤레도 사서 신겼다. 상미는 머리가 저자거리 처마에 닿을 만큼 폴짝폴짝 뛰며 좋아했다. 모녀는 푸줏간에 들러 쇠고기 한 칼까지 끊어서 집으로 돌아왔다.

날이 저물어서야 손탁호텔에 간 금바우는 카운터에 남긴 그녀의 쪽지를 받았다. 그는 곧장 최수희 집으로 달려갔다.

"무슨 급한 일이라도 생긴 겁니까?"

"날이 춥습니다. 들어오세요."

"아닙니다."

금바우는 최수희와 내외를 해야 하는 처지였다.

"아이가 막 잠들었답니다. 잠시만 들어왔다가 제 긴한 부탁 말씀 듣고 가셔요."

금바우는 꾸부정하게 허리를 굽히고 낮은 방문으로 들어섰다. 단칸방에 단출한 세간이었다. 고관대작이나 큰 장사꾼이

400

아닌 서울 서민들의 삶이라는 게 형편이 다 그만그만했다.

"며칠 전에 지어주신 약 먹고 잠을 좀 자는 편이랍니다. 고마워요."

"사노라면 피치 못하게 내키지 않는 일을 해야 할 때가 있지요. 크게 멀리 보고 가오. 저 여린 꿈나무가 자라는 걸 보면서요. 상미가 무럭무럭 자라나면 그게 희망이지요."

"네, 김 주사님은 제게 늘 넉넉한 그늘과 버팀목이 돼주시네요. 보시어요, 궁내부 김 주사님. 제가 서울 생활이 힘겨워 곧 서산 갯마을로 이사할까 해요. 아이 아버지 잠든 그 마을로요."

"왜 의녀를 그만 두시려는 거요?"

"지쳤네요. 갯마을 아낙으로 사는 편이 나을 거 같아요."

"오 정위 고향 마을이로군요."

"네. 곧 그 마을 옛 주인댁에 저 아이부터 맡겨둘 거예요."

"함께 떠나는 게 아니오?"

"궁궐 일이란 게 바로 그만둘 수도 없잖습니까? 당분간은 저만 서울에 남아서 정리해야 할 일들도 있구요. 오늘 급히 뵙자고 한 건 헌병대 놈들이 모사를 꾸미고 있어서예요. 김 주사님과 상하이 현상건 시종무관이 위험합니다. 각별히 조심하셔요."

"최 의녀님 걱정도 많으신데 저까지 마음 써주셔서 고맙소. 우린 호락호락 안 당한답니다."

"참 반듯하신 분이십니다, 김 주사님께옵서는. 폐하께서 김 주사님을 만나신 이후로 강건해지셨다고 들었습니다. 이번 금 척 프로젝트도 그렇고."

최수희는 그윽한 눈길로 금바우를 건너다보았다. 등잔불 그 림자가 어른거려서 그나마 덜 민망했다.

"예? 의녀님이 그걸 어찌 아시오?"

"너무 놀라지 마세요. 저도 폐하의 최측근이랍니다."

"그렇긴 하지만 어느 선까지 알려진 거요?"

"알 만한 이들은 거의 다요. 통감부도 헌병대도 이미 눈치채 고 있는 거 아시잖습니까? 각별히 몸 조심하셔요. 그리고 소네 통감의 말은 안 믿으시는 게 좋을 거 같아요. 사람이 죽기 전에 는 그 말이 선하다지만 목적을 위해서는 수단과 방법을 안 가 리는 게 일본인들 본성 아닙니까? 늘 뒤통수 칠 걸 유념하세 요."

"알고 있어요. 고맙소."

"그리고 기억해주세요. 김 주사님을 위해 늘 기도하는 사람 이 있었다고."

"저는 참 다행한 사람입니다. 빌어주시는 분들이 많으니까요."

금바우는 밖으로 나섰다. 옥인동 비탈길에서 올려다본 서울의 하늘에 모처럼 별들이 총총했다. 남산 위 하늘 궁륭에 천랑성이 유난히 밝게 빛났다. 하늘늑대의 사나운 눈동자가 번뜩거리는 초겨울 밤이었다.

7

금바우는 마포나루에서 지난 가을에 잡아서 담아둔 새우 한 말을 구했다. 진상품으로 올라온 비금도 토판염과 봉동 생강, 청양 고춧가루로 새우젓을 담았다. 장내 염증 치료약으로 쓰는 추하혜秋蝦醯였다. 맹골수도에서 올라온 미역귀 한 뭇도 챙겼다.

이제 금척을 꺼낼 때였다. 황제는 진작 결정해놓고도 막상 꺼내주려니 내키지 않아했다.

"폐하, 지는 게 이기는 것처럼 주는 게 얻는 것일 때가 있습니다."

마지못해 금척을 내주며 침울해 하는 황제를 금바우는 역설의 지혜를 들어서 위무했다.

"나는 걸린다. 소네 놈이 하필 왜 너를 지목해서 금척을 가져달라는 건지."

소네 통감은 황제를 방문한 다음날 전화를 걸어왔다. 금척은 꼭 황실 홍삼 판매상 김암의 손에 들려 보내달라고. 김암에게 도움 받을 일이 있으니 꼭 그렇게 해달라고. 일제 침략자 수뇌들의 속내가 얼마나 음흉한지를 잘 파악하고 있는 황제로서는 이 갑작스러운 요구가 불안하기 짝이 없었다.

"폐하, 너무 심려 마소서. 금척은 변화무쌍하면서도 불변의 가치를 지녀서 진귀한 신물이 아니겠습니까."

"그야 여부가 있겠느냐."

"제가 성산 마이산을 나와 어언 십년간이나 사선을 넘나들며 단련했는데 여태까지도 금척이 못 됐다면 그따위 목숨 아껴서 뭐하리까. 그리고 이토 그 큰 좀 벌레를 잡아 죽였는데 제가 그 대가로 죽는다 치면 무슨 여한이 있겠습니까?"

진심이었다. 금바우는 어느덧 이 세계를 꿰뚫어보는 눈을 지니게 되었다. 이 세계는 서로 살고자 목숨투쟁을 벌이는 각축장이었다. 달팽이 속 같던 마이산 산중에서 살 때는 자연물상에서 그것을 보고 배웠다. 선가에 정통한 스승 청림 할배와 금척 전달자 아버지 슬하에서 그걸 보고 배웠다. 자연에는 탐욕이 없었다. 단지 제가 살아갈 만큼만 취하기 때문에 다른 생명들과 함께 살 수가 있었다. 하지만 인간세계는 달랐다. 필요 이상의 영역까지 세력을 넓히고 약탈하며 탐욕을 부렸다. 근대에 들어서는 더했다. 과학기술로 식민지를 개척하고 제국주의 이름으로 착취를 자랑삼았다. 동물도 안 하는 짓을 서슴없이 자행했다. 물질은 개벽했으나 정신은 오히려 더 피폐해진 셈이다. 그래놓고 발전이라고 우겼다. 명백한 퇴행이었다.

우리 개벽장이 금바우 도령!

청림이 금바우를 부를 때마다 늘 똑같이 했던 말씀이었다.

금바우가 무슨 과학기술로 물질을 개벽할 수 있겠는가. 정신개벽하길 바랐을 게다. 풍류나 금척정신을 시대에 맞게 발현하는 거 말이다. 그런데 입때껏 투쟁만 일삼아왔다. 살아남기 위해서, 하루라도 더 버텨내기 위해서 싸워왔다. 명분은 나쁘지 않았다. 황제폐하와 조국의 독립을 위하여.

사선을 넘나들며 금바우는 깨달았다. 내 몸뚱이를 던지지 않으면 조국을 구할 수 없고 붉은 피를 흘리지 않으면 독립을 쟁취할 수 없음을. 그것은 일찍이 충배 큰형이 걸어갔던 길이고 국민전쟁을 벌여온 대한의군들과 지금 이 순간 뤼순 감옥에 갇혀 있는 26호 안중근이 제시한 길이었다.

일마다 때가 있다. 지금은 그럴 때다. 조국을 구해낸 이후에 풍류이고 생명의 금척정신이다. 정신개벽은 그때 해야 마땅하다. 지금은 목숨 바쳐서 싸울 때다.

"금바우 너는 그런 말 마라. 이 판국에 너까지 잃는다면 내가 누구를 의지해서 하루하루를 버텨내겠느냐. 우리 이제 슬슬 다음 작전을 개시해야지 않니?"

가엾은 황제는 금바우가 곧 죽기라도 하는 듯 걱정하다가 소음인 특유의 끈기가 발동했는지 결전을 부추겼다. 금바우는 시부저기 웃음이 나왔다. 저 놈들이 왜 황제를 뒤통수치기 달인이라고 하는지 알 것 같았다. 치욕을 당해서 깨끗이 죽는 건 쉽다. 그러나 그 치욕을 잊지 않고 갚아줄 날을 기다렸다가 마침내 반전시키는 것이 더 어렵다. 금바우가 아는 황제는 그런 사람이었다. 지금이 아니라 먼 훗날을 생각하고 버티고 버텨내면서 많은 흔적을 남기고자 했다. 그래야 우리 같은 대한세대들과 그 다음 세대들이 당당히 살아갈 이유가 있을 테니까.

"폐하, 천도가 아직 남아 있다면 설마 금척을 전달하는 제 목숨을 벌써 앗아가겠나이까?"

금바우는 황제를 안심시켰다.

"놈들은 네가 김암이자 금바우인 걸 아직까지도 모를 수 있다. 모른다면 끝까지 잡아뗄 일이고 안다면 얼른 깊이 숨어야 산다. 어느 쪽일지 전혀 모르니 소네가 있는 통감부 그 호랑이

굴에 들어가지 마라. 금척은 아쉬운 제 갓 놈이 와서 가져가라면 그뿐이다."

"한번은 그자를 만나야만 합니다. 꼭 전해줄 약도 있고요."

금바우가 최수희에게 전해들은 바에 따르면 소네는 그가 김암이자 금바우라는 걸 알아냈다. 그렇다면 피한다고 될 문제가 아니었다. 어디로 숨을 곳도 없었다. 궁궐 안팎에 깔린 밀정들이 그림자처럼 그를 추적하고 있기 때문이었다. 피할 수 없다면 의연히 맞서야 옳았다.

금바우는 황실 의전용 자동차에 올랐다. 고종 즉위 사십 주년 기념으로 미국에서 들여온 포드 자동차였다. 우아한 와인색 어차御車는 불과 십여 분만에 남산 통감 관저 앞에 다다랐다. 소네는 너무 애가 닳은 나머지 정문까지 나와 있다가 호들갑스럽게 김암을 맞아들였다.

"정말 폐하께서 이 국보를 내주셨다는 건가, 나한테?"

소네는 제 손으로 함에서 금척을 꺼내어 제 두 눈으로 보고 있으면서도 믿기지 않아했다. 그만큼 파격적인 선물이었던 것이다. 그는 이 귀한 신물을 쓰다듬어보고 볼에 대보고 가슴에 안아보며 어쩔 줄을 몰랐다.

"폐하께서는 아무리 국보라도 사람 목숨이 더 중하다시며 통감께서 이 금척 기운 많이 받고 얼른 쾌유하라 하셨습니다.

완치되면 그때 돌려달랍니다."

"당신들 한국인들은 속정이 참으로 깊기도 하구나. 깊어도 너무 깊어. 원수 같은 내게도 이런 은전을……"

감동 받은 소네의 음색이 촉촉해졌다. 이처럼 순박하고 인간적인 나라에 통감이라는 악역을 맡아야 하는 자신을 원망하는 눈치였다.

"그리고 이 추하혜와 미역귀는 각하의 위장병을 치료하는 특효약입니다. 이걸 다 잡수면 몸에 기적 같은 일이 일어날 겁니다. 딱딱하게 굳어가는 위장에 새살이 돋고 머잖아 말끔히 낫게 될 겁니다."

금바우는 정성스럽게 담은 새우젓 단지와 미역귀 보따리를 디밀었다.

"대한제국 황실 홍삼판매상 김암! 하이칼라에 말쑥한 양복을 입고 상하이와 인천항, 덕수궁을 뻔질나게 드나드는 상인. 그런데 어느 산중에서 약초나 캐고 침이나 놓다가 하루아침에 고종황제의 승은을 입고 별입시가 된 소년 약초꾼 금바우는 지금 어디서 무얼 하고 있을까?"

금바우를 쏘아보는 소네의 거무튀튀한 입가에 묘한 웃음기가 배어났다.

"긴 머리를 뒤로 묶어 등까지 치렁치렁 내리고 다니던 그 소년이 황제에게 이 금척을 복원하고 금척정신을 부활시키라고 했다지? 단발하고 양복 잘 차려입으면 당신 김암 주사와 여간해서 잘 구별할 수 없겠지?"

소네가 모든 걸 다 알고서 묻는 것임을 직감했다. 금바우는 사실대로 밝히기로 했다.

"금바우는 아명입니다. 김암을 한국말로 풀어서 불리는 이름이지요."

"오, 그래? 만나보니 대단히 솔직한 사람이로군. 솔직한 건 좋아. 그런데 우리 어디서 한두 번 봤었지 아마?"

그럴 리가 없었다. 금바우는 궁궐에 드나드는 소네를 먼발치에서 숨어 몇 번 봤었지만 소네가 금바우를 봤을 리 없었다. 단순한 기시감이거나 금척을 전달해주었기 때문에 갖는 친숙함일 터였다. 금바우는 고개를 갸웃해보였다. 그러자 소네가 금척을 칼처럼 그러쥐고 금바우의 목을 겨눴다.

"금바우! 너같이 빛나는 기린아는 어디서나 쉽게 눈에 띄지. 나는 며칠 전 네가 통천로 환구단 앞에 서 있는 걸, 지나다 본 적이 있다. 대한제국 황제가 하늘에 제사하는 그곳에서 너는 많은 생각을 하고 있는 것처럼 보였다. 꼬리만 남은 제국의 황혼녘이 구슬펐겠지. 나는 너를 좀 안다. 너는 얼마 전, 평소와 달리 다롄항에서 인천항으로 입국했다. 안중근이란 놈이 우리 이토 공을 테러한 직후다. 다롄은 참사의 현장 하얼빈으로 가는 길목이다. 상하이에서 북만주로 가려고 해도 다롄을 거치지. 무슨 일로 다롄에 갔었던 거냐?"

거무튀튀한 얼굴 가득 칙칙한 웃음이 번졌다.

"장사꾼이 이문이 남는다면 어딘들 못 가겠습니까?"

금바우는 태연하게 응수했다.

"안응칠을, 아니 안중근을 아느냐고 물으면 모른다고 딱 잡아떼겠지?"

"왜 모르겠습니까. 잘 알고 있지요. 전 통감 이토 히로부미를 쏜 자지요. 저는 동학과 남학에 경도된 사람으로 동학도를 무참히 토벌한 그자를 좋아하지 않습니다."

"이것 봐라? 그럼 그자를 만난 적이 있나?"

소네가 금바우의 두 눈을 주시했다. 금바우는 부러 담담하게 준비된 답변을 했다.

"약초꾼이자 장사꾼인 내가 왜 그런 사냥꾼을 만나겠습니까?"

"당장 너를 끌고 뤼순 감옥에 가서 그자와 대질신문할 수도 있다."

"좋도록 하십시오. 내가 본 적이 없는데 그가 어찌 나를 봤다고 하겠습니까. 삶의 궤도가 달라 서로 볼 이유가 전혀 없는 처집니다."

거짓말이었다. 세상을 바르게 재는 금척 전달자로서, 그리고 어느덧 금척이 된 입장에서 여하튼 거짓말을 하는 건 당당하지 못한 노릇이었다. 그래서 전부터 다잡아온 게 있었다. 사사로운 이익이 아닌 공공의 안위와 국가를 위해서라면 권도權道*를 행사할 수 있는 거라고. 게다가 상대는 아무런 죄 없는 조국을 집어삼키려드는 제국주의 선봉장이었다. 이 자 앞에서 진실을 고집해야 할 까닭이 없었다.

"음…… 이 금척이 총이 될 수도 있느냐?"

"금척은 황금자입니다. 세상을 바루고 사람을 살리는 신물입니다."

금바우는 금척의 본령만을 일러줬다. 금척정신이 뭔지도 모르는 소네에게 반 생명을 응징하는 금척에 대해서는 굳이 밝힐 필요가 없었다. 제국주의 망령에 사로잡힌 자들에게 금척을 말해준들 알아먹을 리가 없었다.

"그건 그렇겠지. 이 삽화를 봐라. 이건 단총인데 분명 금척이라고 새겨 있고 총신에는 눈금자까지 있다. 바로 이 황금자 금척처럼."

---

* 특수하고 예외적인 상황에서 임시적인 정당성을 가지는 행위 규범.

소네가 문제의 《신한민보》 삽화를 금바우 코앞에 디밀었다. 금바우는 코웃음을 날린 뒤 말했다.

"그런 것도 있었습니까? 그런데 그건 만화입니다. 만화에 무엇인들 못 그려 넣겠습니까? 눈에 안 보이는 귀신도 그리더이다."

그 말에 소네는 고개를 끄덕이며 누르칙칙한 눈알을 빠르게 굴렸다.

"이 삽화와 이토 공 테러가 아무런 관계가 없다고 보나? 혹시 이 삽화와 똑 같은 단총금척이 어딘가 있는 건 아닐까? 아, 뭐 없다고 치자. 돈줄이 궁한 너희가 그런 걸 제작할 여유도 기술도 없을 테니까. 그런데 미국 샌프란시스코 기자놈들이 금척은 어떻게 알았을까? 우리를 돕는 밀정들, 아니 현명한 한국인 숨은 일꾼들도 잘 모르는 금척을 말이다."

소네의 말에 금바우는 자못 놀라지 않을 수 없었다. 단총금척은 그가 깊숙이 감춰두고 있었다. 그걸 눈치채지는 못하고 그냥 묻는 얘기였지만 그의 추정은 섬뜩했다.

"기자들은 식자층이고 정보를 다루는 사람들입니다. 일반인이 모르는 것도 많이 알기 마련이오."

"헛소리 마라! 우리가 최근에 파악한 이 신문의 발행인 최정익이란 자는 지식인이 아니고 근육질로 다져진 가난뱅이 노동자였다. 미국 하와이에 가면 빗자루로 땅을 쓸기만 해도 돈이 생긴다는 말에 속아 노동이민을 신청했다지. 미국 상선 갤릭호에 몸을 싣고 호놀룰루에 내린 그자는 일행들과 함께 사탕수수 농장에 투입되었다. 거기서 이 년간 노예처럼 일하다가 계약기간이 끝나자 샌프란시스코로 기어들어갔다. 그처럼 무식쟁이도 수완이 좋으면 할 수 있는 게 신문 발행인이란 말이다."

과연 일제의 정보망은 혀를 내두를 만했다.

《신한민보》삽화는 본래 일본의《도쿄 PUCK東京パック》라는 잡지 제5권 제21호에 실린 것이었다. 퍼크는 요괴였다. 이 요괴 잡지는 미국의 근대 잡지《PUCK》를 모방하여 1905년에 창간한 것으로 국제뉴스와 정치를 주로 다뤘다. 그 삽화를 접한 한인들은 울분을 금치 못했다. 신한민보사 기자들도 발행인도 그러기는 마찬가지였다. 때마침 통신원 K가 상하이 긴급회동에 참석했다가 돌아온 직후였다. 아직 혈기 넘치던 젊은 통신원 K는 자신이 초특급비밀정보를 알고 있을 뿐만 아니라 눈썰미 또한 예사롭지 않다는 걸 과시하려는 듯, 그 자리에서 문제의 권총을 미농지 위에다 펜으로 쓱쓱 그려보였다. 불을 뿜어내는 권총의 총신 위에는 특이하게도 잣대의 눈금이

새겨져 있었고 손잡이에는 태극문양과 대한제국 이화문장이 뚜렷했다. 손잡이와 방아쇠 사이에는 한자로 '金尺' 두 글자가 음각돼 있었다.

촉이 좋은 발행인 최정익은 두툼한 얼굴 가득 거늑한 미소를 띠었다. 그는 제국익문사 외국사 요원인 통신원 K에게 이 단총금척도로 일본 언론인들과 삽화대전을 치르자고 제안했다. 특파독립대 8호 요원이기도 한 K는 이 초특급비밀을 사전에 누출할 수는 없노라고 펄쩍 뛰었다. 그러자 노련한 최정익은 자신이 상하이 작전사령부에 급전을 띄워 승낙을 받아내겠다고 말하고 정말 곧바로 받아냈다. 사전에 당당히 포고하고 작전을 수행하는 게 더 금척정신에 가깝다는 그의 주장을 현상건 대장과 금바우가 수용했던 것이다.

최정익은 그 자리에서 삽화를 구상하고 직접 해설기사를 썼다. 단총금척 총구 앞에 못생긴 일본여자를 세우고 해설기사까지 덧붙이니 울분이 풀렸다. 독설을 배설하고 얻어낸 카타르시스였다. 말과 글, 삽화가 갖는 마력을 때에 맞게 활용할 줄 아는 언론인의 열락이기도 했다. 곧 신문사 전속 화가에게 삽화와 해설기사 초안을 넘겨주고 당장 그려서 신문에 싣도록 했던 것이다.

"미국 신문사 사정이야 나는 잘 모르겠고……."

금바우가 금척을 아는 한국인이 의외로 많을 수도 있다고 말하려는데 소네가 갑자기 얼굴을 찌그러뜨리더니 배를 움켜쥐고 바닥에 데굴데굴 구르기 시작했다. 얼마나 고통스러웠으면 끌어안고 있던 금척도 그만 내팽개쳐버렸다. 금바우 앞에서 체면이고 뭐고 가릴 처지가 아니었던 것이다. 금바우와 황제폐하를 못 죽여서 안달인 그였지만 구겨 던진 문종이조각처럼 일그러진 얼굴을 보니 가련했다. 금바우는 주머니에서 휴대하고 다니던 장침을 꺼내 배꼽과 명치 사이의 혈자리 중완中脘에 시침했다.

너무 고통스럽게 몸을 비트느라 금바우가 침을 꽂는 줄도 미처 몰랐던 그가 이내 몸을 이완시키며 평온을 되찾았다. 일그러졌던 얼굴에 식은땀이 흥건했다. 맥없이 누워 있는 그의 손을 만져보니 산송장이나 다름없이 차디찼다.

"뭔 짓을 한 것이냐?"

소네가 눈을 째리며 물었다. 길바닥에 얼어서 기절한 뱀을 기껏 품에 안고 녹여주니 결국은 물고 달아나더라는 이솝우화가 떠올랐다.

"생명의 금척법을 썼습니다."

"생명의 금척?"

"잠시 통증을 멎게 하는 임시방편일 뿐입니다. 근본 치료는 저 추하혜와 미역귀를 장복하며 모든 일에서 손 떼고 편히 쉬는 것입니다."

"듣던 대로 넌 신통한 명의이기도 하구나. 내가 몹시 미울 텐데 왜 이런 인술을 베푸는 것이냐?"

"아까 시침한 이 침 한 방을 두 마디 위인 심장에 꽂았으면 숨이 멎었을 겁니다."

금바우는 남의 얘기하듯 읊조렸다.

"그런데 왜 거기다 꽂지 않고 고통을 멈추게 하는 혈자리에 꽂은 것이냐?"

"적이라도 몸 아픈 환자는 정성껏 돌보는 게 금척정신이니까요. 따지고 보면 통감의 역할을 맡고 계시니 저의 적이지 그냥 일반인이었다면 의원과 환자일 뿐입니다. 몹쓸 병마에 시달리는 환자인데 오죽 안쓰럽겠습니까?"

금바우는 소네의 머리가 맑아지게끔 관자놀이 태양혈 부위를 지압해주었다. 잔뜩 찌푸려 싸서 주름 깊어진 이마와 얼굴 근육도 매매 비벼서 풀어주었다. 소네처럼 고약한 적장일지라도 지금 이런 순간 내 손아귀에서는 엄마 품에 깃든 어린아이나 다름없었다. 이것이 의원과 환자의 신뢰관계였다. 그러나 그 신뢰관계는 의원의 마음 씀에 따라 얼마든지 갑을관계, 주종관계도 될 수 있었다.

"너나 너희 황제는 사람을 감화시키는 봄바람같이 온유한 기품을 지녔구나. 어쩌자고 나같이 야멸찬 놈을 이리도 눈물겹게 배려하고 돌봐주는 것이냐. 이런다고 너희를 순순히 놔줄 내가 아니다."

소네가 몸을 일으켜 앉으며 위엄을 갖췄다.

"소신대로 하십시오. 다만 부탁드리건대 제게 더는 질문하지 마십시오. 통감께 거짓말로 둘러대고 싶지 않습니다. 죽이고 싶으시면 지금이라도 총으로 쏴버리십시오. 차라리 죽는 건 쉬운 일입니다. 살아남아서 이 난국을 타개하려고 발버둥치는 일이 더 어려운 일입니다. 눈 뜨나 감으나 사납기만 한 이 무정한 시절에 목숨을 연명하는 것이 뭐가 그리 즐겁겠습니까? 눈길 닿는 곳, 발길 머무는 곳마다 가엾고 고통에 찌든 사람들뿐입니다. 차라리 눈 감고 안 보는 편이 속 편하겠습니다."

"그럼 독립운동은 누가 하느냐? 난 너를 여기서 사로잡아 죽일 생각이었다만, 이젠 그럴 생각이 없어졌다. 우리는 빼앗을 테니 너희는 어떻게 해서든 지켜내라. 나는 쫓을 테니 너는 바삐 달아나라. 내가 해줄 건 이 말밖에 없다. 지금 생각 같아선 김두성 찾기고 병합 마무리고 뭐고, 네 말대로 다 때려치우고 당장 이 금척을 들고 귀국해서 요양이나 하고 싶다."

금바우의 진정어린 마음이 공명한 것일까. 소네가 그렇게 말하더니 금바우의 손을 잡고 일어서며 그만 돌아가도 좋다고 했다. 그러면서 조용히 일렀다.

"우리 일본인들은 혼카도리의 천재들이다. 외래의 기술과 글로벌스탠더드가 뭔지 알고 즉시 받아들여 세계 제일로 발전시킨다. 메이지유신이 가능했던 것도 이런 모방과 병용 기술에 있었다. 그리하여 우리 일본은 산업화에 성공한 최초의 비유럽 국가가 되었다. 하지만 너희들은 그걸 못했다. 심성만 착했지 변화하는 세상에 능동적으로 적응할 줄 몰랐다. 우리 메이지 천황과 너희 고종황제는 1852년생 쥐띠 동갑내기다. 왕위는 고종이 사 년 먼저 올랐다. 1863년의 일이다. 메이지 천황은 1867년에 막부정치를 청산하고 천황자리에 올랐다. 천황이 한 게 아니라 우리 사무라이들, 그것도 하급무사들이 주도해서 적폐를 청산하고 마침내 유신했다. 나는 네가 모시는 고종황제가 메이지 천황보다 결코 못났다고 여기지 않는다. 황제를 탓하지 말고 너희 국민의 분열과 나태함부터 반성해라. 내가 너희에게 진심으로 해주는 얘기다."

그는 문 앞까지 나와 금바우를 배웅했다.

"그렇습니다. 우리는 너무 서방세계를 몰랐습니다. 하지만 우리 고유의 금척정신을 잃어버리지 않았답니다. 그래서 훗날을 도모할 수 있는 거지요. 나도 살고 상대도 사는 길이 금척정신입니다. 일본이 말하는 대동아공영권이나 동양평화론은 제국주의의 미화일 뿐입니다. 오직 금척정신이라야 공영도 평화도 가능합니다. 사람이, 아니 지도자가 금척일 때 그런 세상이 옵니다. 황금자 금척을 가까이 두고 보시면서 그 금척정신을 헤아려보십시오. 그러면서 제가 드린 새우젓과 미역귀를 꾸준히 드십시오. 분명 차도가 있을 것입니다."

소네 통감과 작별하면서 금바우가 해준 말이었다. 하지만 소네는 귀 기울여 듣는 것 같지 않았다. 여하튼 소네 통감은 두 가지의 금척을 모두 가지게 된 셈이었다. 뒤틀린 세상을 바로잡는 금척과 생명을 살리는 식약으로서의 금척이었다. 그가 마음먹기에 따라 그의 목숨이 달렸고 금바우의 목숨도 달렸다.

그날 밤 소네는 맨몸으로 금척을 끌어안고 잤다. 신성한 금척의 기운이 생기를 북돋아주는 느낌이었다. 다음날 아침, 소네는 콧노래를 부르며 출근했다.

8

금바우가 호랑이 굴에서 무사히 살아 돌아온 반면, 최수희는 다른 호랑이 굴 속으로 걸어 들어가고 있었다. 애초 그녀는 고종을 독살할 것처럼 하면서 시간을 번 다음, 어린 딸 상미를 미리 빼돌려둔 서해 바닷가 마을로 내려가 거기서 숨어살 작정이었다. 그런데 가혹한 운명이 그녀를 엉뚱한 곳으로 이끌었다.

그녀는 이화학당 꽃담길에서 수문장 황치복과 마주쳤다. 황치복은 커다란 입이 귀에 걸려 있었다. 귀한 정보 물어다 주고 두툼한 돈 봉투라도 꼬불친 눈치였다. 그는 묻지도 않았는데 제풀에 달뜬 나머지 귓속말로 전했다. 헌병대장 사카키바라가 소네와 작당해 며칠 안에 금바우를 비롯한 황제의 측근들을 모조리 제거해버릴 계획이라는 거였다.

눈앞이 캄캄했다. 최수희는 오금이 저렸다. 저들은 약속이고 뭐고 목적을 위해서는 수단과 방법을 안 가리는 비굴한 자들이었다. 저들이 이 땅에 쳐들어와 정복전쟁을 일으키지만 않았더라도 그 숱한 겨레가 피를 흘리지 않아도 되었다. 물론 남편 오 정위도 희생되지 않았을 터였다. 우리를 시시콜콜 간섭하지 않고 내버려뒀더라면 고종황제는 지금쯤 옹골찬 광무개혁으로 어엿한 국민국가의 기틀을 다졌을 거였다. 황제에게

420

는 썩어빠진 친일내각과 비할 바 없는 충성파와 실력파들로 구성된 궁내부 신하들과 제국익문사 정예요원들, 특파독립대원들이 있었다. 최수희가 앙모하는 금바우도 그중 하나였다. 그런데 그런 금바우까지 제거하려고 지금 저들이 음모를 꾸미고 있었다.

울분이 일었다. 이 야비한 왜놈들이 건네준 독약을 도로 그들에게 돌려줘야 마땅하다고 생각했다. 몇 걸음 걷는 동안 결심이 섰다.

'헌병대장 사카키바라를 독살하고 도망치자.'

그날 오후, 화장을 곱게 한 최수희가 용산 헌병대장 집무실에 나타났다. 그녀는 헌병대장과 면담을 요청했다. 면담 내용은 고종 독살 사후 보장이었다. 최수희를 만나본 사카키바라는 그만 첫눈에 넋이 빠져버려 그날 당장 남산 밑 헌병대 안전가옥에서의 저녁식사에 그녀를 초대했다. 최수희는 마지못해 응하는 체하며 따랐다.

화려한 만찬이었다. 프랑스산 로제 와인으로 취한 그 밤을 같이 보냈다. 한국에서 보내는 동안 여러 한국여인과 접대성 잠자리를 해왔지만 이처럼 찰진 여인은 처음이었다.

그런데 다음날 아침, 사카키바라 헌병대장이 침실에서 호통을 쳤다.

"이런 요망한 년을 봤나! 좀 쓸 만한 물건 하나 건졌다 싶었더니만 기어코 사달을 내는구나!"

마당에는 고양이 한 마리가 몸을 늘어뜨리며 죽어가고 있었다. 매사에 의심이 많은 사카키바라였다.

"내가 명색이 대일본제국 한국 주차 헌병대장이다. 저 고양이는 늘 내가 던져준 것만 먹지. 새벽에 자리끼를 마시려다가 혹시나 해서 고기 산적에 적셔 던져주었다. 아니나 다를까 하룻밤에 만리장성을 쌓고도 내게 이런 장난을 쳐!"

어여쁘고 찰진 여인이어서 오래도록 아껴 주리라 맘먹었건만 머리맡 자리끼에 독을 탔던 것이다. 그는 최수희의 작은 얼굴을 우악스러운 두 손으로 감싸 쥐고 흔들며 분통을 터뜨렸다.

최수희는 사자에게 붙들린 작은 토끼처럼 가녀리게 몸을 떨었다. 하지만 눈빛은 살기로 번뜩였다. 그녀는 이를 악물고 저항했다. 그러나 그런다고 곱게 내버려둘 사카키바라가 아니었다. 색마 같은 그가 제 손아귀에 들어온 약소국 미인을 농락하는 방법은 다채로웠다. 아무리 강단 있는 그녀라도 건장한 사무라이 헌병대장을 맨몸으로 상대할 수는 없는 노릇이었다.

이후로 그녀를 본 사람은 아무도 없었다. 그녀의 죽음을 당연시한 끔찍한 소문만 무성했다. 색마 같은 사카키바라가 그녀의 이빨을 모두 빼서 지하실에 가둬놓고 동물처럼 사육하며 성 노리개로 쓰다가 버렸다는 둥, 새로 들인 고양이가 죽지 않을 만큼 소량의 독을 그녀에게 매일같이 먹여서 서서히 죽게 만들었다는 둥, 그녀가 헌병대장의 양물을 잇몸으로 물어뜯고 얼굴을 손톱으로 할퀴어서 대한병원에서 최초로 얼굴 성형수술을 받았다는 둥. 안가에서 벌어진 이 추잡스러운 일이 세상에 알려지는 걸 꺼려한 사카키바라가 부하들을 시켜 그녀의 시체를 동대문 수구문 밖 신당동 진흙구덩이에 암매장해버렸다는 이야기도 나돌았다. 무엇이 진실인지 알 수가 없었다. 분명한 건 그녀가 매운 한국 여인답게 마지막까지 독하게 버티다가 남편 오의선 정위 곁으로 떠났다는 사실이었다.

9

해가 바뀌자 소네 통감의 위통이 급격히 심해졌다. 좀처럼 먹을 수조차 없었다. 먹는 족족 토하기도 했다. 그는 대한병원 응급실로 실려 갔다. 일본인 내과의사는 수술을 권장했다. 위를 다 잘라내야 살 가능성이 높아진다고 했다. 장기 전체를 들어내는 대수술은 몇 번 해보지 못한 의사의 말에는 자신감이 없었다. 소네는 그런 의사에게 자신의 몸을 내맡기고 싶지 않았다. 수술이 성공한다는 확신도 없는데 한 뼘도 안 되는 그 앙증맞은 메스로 당대의 사무라이 배를 열게 하는 건 여러 모로 구차했다. 그건 나라와 주군, 혹은 명예를 지키기 위해 스스로 할복하는 사무라이의 비장미, 앗빠레가 없었다.

그런 그가 미개한 나라 사람들이 즐겨먹는, 곯아빠져 냄새가 진동하는 새우젓에 손댈 리 없었다. 딱딱하고 미끌미끌 거려서 먹기 고약한 미역귀도 마찬가지였다. 말기 위암으로 죽어가던 그에게 정작 필요한 금척은 빛나는 황금자가 아니라 청년 명의 금바우가 마련해준 추하혜와 미역귀였지만 그는 끝내 그 생명의 금척 따윈 거들떠보지도 않았다.

소네는 본국 정부에 사임의 뜻을 밝혔다.

그날 소네는 금바우를 몹시 보고 싶어 했다고 한다. 그는 금척 프로젝트에 대해서 많은 걸 알고 있었던 듯하다. 그러면서도 적극적으로 추적하지 않았다. 적국의 청년이지만 금바우에게 외경을 느꼈다. 소네는 자신처럼 피도 눈물도 없는 잔인한 무인도 아니고 초식동물처럼 서글서글한 눈망울을 가진 청년이 어떻게 그 삼엄한 감시망을 뚫고서 이토를 처단한 것인지 몹시 궁금했다. 그가 보기에 너무 불량한 미국인 헐버트 말마따나 조선의 혼이 깨어나고 있다는 증표 같기만 했다. 자신이 모르는 금척의 다른 비밀이 있는 것만 같았다. 어쩌면 금바우가 금척일 수도 있겠다는 생각도 들었다. 금바우가 밀접하게 만나는 사람들 또한 금척으로 바뀌어가는 건 아닌가. 그렇다면 암세포가 파먹어 들어와 매일 조금씩 죽어가고 있는 자신이야말로 하루라도 아니, 단 한 시간만이라도 인간금척 금바우와 함께 호흡해야 하는 게 아닌가. 죽음을 코앞에 둔 그에게 이번만큼은 금바우가 모든 진실을 말해줄 것만 같았다. 하지만 그때 금바우는 이미 출국해서 현상건 대장을 모시고 특파독립대 대원들, 대동보국회 회원들과 함께 따뜻한 남방 도시인 소주와 항주 일대로 도피여행을 떠난 상태였다. 26호 안응칠 거사가 이들 작전사령부 작품인 것을 안 중국의 어느 독지가가 모든 비용을 댔다. 중국 대륙이 꿈도 꾸지 못한 일을 작은 반도국가 청년들이 해냈다며 잔뜩 고무된 나머지 지원을 아끼지 않았다.

안응칠은 국군 포로나 정치범으로 인정되지 않았다. 고종과 특파독립대원들이 안응칠을 구명하기 위해 밀사를 파견하고 백방으로 힘썼다. 영국인 변호사와 러시아인 변호사가 선임됐으나 일제 재판부의 거절로 변론을 받지 못했다.

안응칠의 어머니 조마리아는 옥중의 아들에게 편지를 썼다.

'네가 항소를 한다면 그것은 일제에 목숨을 구걸하는 짓이다. 네가 나라를 위해 이에 이른즉 딴 맘 먹지 말고 죽으라. 옳은 일을 하고 받은 형이니 비겁하게 삶을 구하지 말고 대의에 죽는 것이 어미에 대한 효도이다.'

안응칠은 거룩한 어머니 뜻에 따라 항소하지 않았다. 뤼순 감옥에서 의연히 죽음을 받아들였다. 만주 벌판에 아직 봄이 오기 전이었다.

일본정부와 한국 통감부는 암호명 금두성의 실체를 끝내 밝혀내지 못했다. 국내외 다양한 첩보와 압박 조사를 통해 특파독립대 26인의 실체가 절반쯤 드러났지만 소네 통감의 건강악화와 일제의 정무적 판단에 의해 안응칠 개인의 소행으로 결론지었다. 일제는 세계가 주목하는 이토 척살 사건을 축소할 필요가 있었다. 망해가는 대한제국의 금척 프로젝트가 아니라 충동적인 일개 흉한이 우발적으로 저지른 사건으로.

피로 얼룩진 진달래 산천에 다시 봄이 왔다. 국민전쟁이 벌어진 포연 속에서도 대한세대는 질경이처럼 새로 태어나고 다북쑥처럼 무럭무럭 자라났다. 깊은 잠에서 깨어난 그들은 한국인의 얼과 혼을 지닌 국민으로 거듭났다.

10

몽금포 해변에 흰 양복의 헌칠한 청년신사가 나타났다.

코끝을 간질이는 명지바람이 불어오는 바닷가 마을은 평화롭기 그지없었다. 신사의 흰옷 정장은 아슴아슴 봄물이 들어가는 바닷가 마을 풍광과 썩 잘 어울려 보였다. 나라는 깨져가도 고국의 산하는 보듬어 안고 싶을 만큼 정겨워 걸음걸음마다 차라리 구슬퍼졌다. 구둣발 밑으로 전해지는 물렁한 대지의 감촉은 뭇 생명의 가멸은 살결이었다. 맨발로 걷고 싶어 신발 속 새끼발가락이 꼼지락거렸다. 그는 첩첩산중에 살다가 인천 개항장에 이르러 질펀한 바다를 처음 접하고 마이산 운해를 떠올렸었다. 상하이를 누비고 만주벌판을 달렸다. 이름 없는 전사의 길을 걸으며 역사에 남을 쾌거를 이룩했다. 산골 소년이 황제를 만나면서 벌어진 일들이었다.

고향 마을에서 보낸 날보다 더 많은 세월을 서울과 해외에서 보냈다. 돌아보면 그간 참으로 많은 인연들을 만나고 떠나보냈다. 스승 청림이 돌아간 이래, 생명의 금척과는 너무도 멀리 벗어나 살아온 세월이었다. 만난 이들과는 주로 울분을 나누고 첩보전을 벌였으며, 서로 대거리하며 죽이지 못해 악다구니를 쏟아내야만 했다. 그러다 떠나보낸 이들은 대부분 왜

놈의 총알받이가 되었고 더러는 형장의 이슬이 되었다. 이쪽에서 척살해버린 경우도 있었다. 어느 쪽이건 사람 목숨이 달린 일이었으니 어찌 마음 편했겠는가. 사나운 날들의 기억들이었다. 그걸로 매듭진 일만도 아니었다. 끝내 돌아오지 않는 큰형은 노모의 가슴에 엉겨 붙어 한으로 남았으며, 고종황제는 이제나저제나 독립할 날만 손꼽고 있었다. 그리고 비련의 여인 최수희를 생각하면 속이 짠하다. 그녀는 비명에 갔어도 물매화처럼 청초한 후예가 이 산천 어딘가에 뿌리 내리고 있었다. 땅의 연대기란 그렇게 죽음과 생성의 뒤섞임이자 너무 슬퍼서 더욱 환희에 찬 나날들의 기억이 쌓인 켜였다.

꽃향기 머금은 남풍이 불어왔다. 생급스레 돋아난 기억을 다시 가무리는 봄바람이었다. 문득 일생을 바람처럼 살다 가신 스승 청림의 애송시가 떠올랐다.

그림자는 돌아봤자 외로울 따름이고
갈림길에서 눈물 흘렸던 것은 길이 막혔던 탓
삶이란 그날그날 주어지는 것
살아생전 희비애락은 물 위에 뜬 물결 같았어라.

매월당 김시습의 절창이었다. 시대와의 불화로 일생을 길

위에서 보내다갔다던가.

저 멀리 갯벌에는 오동통한 소녀 하나가 아낙네들 틈에서 바지락을 캐고 있었다. 사내의 발걸음이 빨라졌다. 연분홍 앵초와 꽃무릇, 얼레지가 핀 들판을 지나 질펀한 모래사장에 다다랐다. 눈부신 봄빛은 모래사장에 흐드러지고, 갯벌에서 일하는 아낙네들의 몸에도 부서져 내렸다. 하루하루가 고달파도 식구들을 건사하며 실팍하게 살아가는 민초들의 삶을 이 세상 그 무엇이 꺾어놓을 수 있단 말인가. 눈물겹도록 정직하고 질긴 생명력이었다.

"상미야, 오상미!"

금바우가 손나발을 하고서 외쳤다.

"오메, 뭔 사내가 저리 잘났당가 잉. 하늘서 내려온 백마마냥 광채가 나누먼."

"아재다, 상하이 아재가 왔어."

오동통한 소녀가 갯벌에서 모래사장 쪽으로 달려 나왔다. 발이고 손이고 온통 개흙투성이었다. 볕에 그을린 얼굴에도 개흙이 묻어 있었다.

"아니, 이게 사람여 벌떡게여? 상미는 어디 가고 개흙덩이가 굴러온다니!"

"아재!"

429

금바우는 울먹이며 달려드는 상미를 불끈 들어 올려 도리뱅뱅이를 쳐주었다.

"봄에 오신다더니 참말로 약속 지켰네유. 아버지도 엄마도 안 지키는 약속을 아재가 지켰네유."

돌아오지 않는 엄마 아빠를 이제나 저제나 기다려 오다 지쳐버린 소녀는 금바우 볼에 자기 볼을 대고 마냥 비비댔다. 그립고 애달픈 몸부림이었으매 금바우는 가만히 숨을 죽이며 머리를 길래 쓰다듬어주었다.

"이제 아재 따라 가는 겨. 가서 학교도 다니고 친구들도 사귀고 해야지."

"아재! 참말유?"

"그려. 어여 짐 싸러 가재니께."

"알 겄슈. 근디 아재는 제발 좀 촌스러운 그 사투릴랑 쓰지 마유. 그 양복에 참말로 안 어울리는구먼유."

상미가 무람없이 도리질 치며 말렸다.

"그려. 알았구먼."

"그만 좀 하라는디유."

이들은 까르르 소리 내 웃으며 마을 고샅길로 접어들었다.

금바우는 상미가 얹혀 사는 집으로 가서 짐부터 쌌다. 막걸리 한 주전자와 말린 생선조림을 챙겨들고 오의선 정위의 묘

소를 찾았다. 그는 볕도 제대로 들지 않는 북서쪽 산자락 개골
창에 묻혀 있었다. 바람을 타서인지 뗏장은 벗겨지고 흙이 드
러났다. 이 넓은 산하에 외롭게 죽은 군인 하나 편히 잠들 양지
한 자락이 없는 것 같아서 마음이 아팠다. 어린 상미 마음도 그
랬던 걸까. 길가에 피어난 샛노란 양지꽃을 한줌 꺾어다 아버
지 무덤에 바쳤다.

그날 밤은 상미가 지내온 사랑채 곁방에서 같이 잤다. 상미
가 깔고 자는 담요를 펼쳤다. 하얀 담요에 최수희가 두 팔을 벌
리고 누워 있었다. 상미가 분홍실로 엉성하게 수놓은 것이었
다. 상미는 밤마다 그 품에 깃들어 잠들어왔던 것이다. 수놓아
진 엄마 품에는 어린 딸의 눈물 자욱이 누렇게 말라붙어 있었
다.

금바우는 어린 상미에게 들키지 않게끔 밤새 소리 없이 울
었다. 옆에서 푸르릉푸르릉 여치 날갯짓 같은 코고는 소리가
여울졌다.

아침은 늘 새침데기처럼 곱게 얼굴화장을 고치고 찾아왔다.
이들은 마이산으로 향했다. 상미는 그동안 자신을 보살펴준
주인집과 이웃들에게 일일이 찾아가 인사했다. 고아 소녀를
떠나보내는 동네 아낙네들이 옷소매에 눈물을 찍어냈다. 하지
만 이 야무진 소녀는 도리어 그들을 위로하고 있었다. 아버지

나 엄마 얘기를 일체 꺼내지 않았다. 그런 상미의 곰살가운 손을 금바우는 꼭 그러쥐고 걸었다.

"오메, 저게 뭐다냐? 고래가 산으로 올라왔네유. 그것도 두 마리가 한꺼번에유."

방금 비가 내렸다 그친 모양이었다. 운해에 가려졌다가 반쯤 벗어지고 있는 검은 마이산을 보고서 상미가 손을 뻗으며 외쳤다.

"고래? 영락없이 고래다 고래!"

아이의 눈은 역시 다르다 싶었다. 심해에서 방금 솟구쳐 올라온 고래 부부는 하늘을 향해 주둥이를 내밀었다. 숨소리가 들린다. 이윽고 고래부부는 운해에 감겨서 춤을 추기 시작한다. 빙글빙글 돌기도 하고 자맥질하다가 다시 솟구치며 물보라를 뿜어내기도 한다. 소녀가 넋을 놓고 그 춤사위에 빨려든다. 그러다가 어느새 고래 지느러미를 잡고서 같이 어우러져 춤을 춘다. 소녀의 몸이 뭉게구름 위로 사뿐사뿐 날아올라간다.

"상미야, 우리는 지금 저 고래 품속으로 들어갈 거란다."

"와! 상미는 저 고래 등에 올라타고 싶어요."

"그럼 그래야지. 같이 올라타 보자꾸나."

금바우는 상미의 손을 잡고 천왕문을 향해 힘차게 발걸음을 옮겼다.

　'애야, 저 마이산은 세상에 하나뿐인 엄마봉 아빠봉 부부산이란다. 너무도 일찍 엄마, 아빠를 잃어버렸지만 부디 저 마이산을 엄마 삼아 꿋꿋하게 자라다오. 지금처럼 해맑은 미소 잃지 말고.'

　금바우는 속으로 되뇌며 빌어주었다.

　그 옛날 달팽이 속 같은 마이산중에 너처럼 어린 꼬맹이 하나가 살고 있었단다. 이곳은 바깥세상과 달리 세월이 더디 흘러갔느니. 느려터진 시간의 켜에 오래 묵은 신화와 전설이 내려와 쌓였고 풍문으로 들려오는 사람 사는 이야기들과 어우러져 하나로 범벅되곤 했지. 나는 그 웅숭깊은 이야기들을 양식으로 백날을 하루같이 꿈을 꾸며 자랐단다. 그러던 어느 해 이른 봄날, 하늘과 땅의 신음소리가 들려왔지. 어느 눈 밝고 귀 밝은 견자가 있어, 그 신음소리를 정확히 읽어내고 사람들에게 해석해줬단다. 나라가 깨지려고 산이 우는 거라고. 이듬해 그 견자의 말이 소름 돋을 만큼 정확한 예언이었음이 드러났다. 무수히 많은 생목숨들이 죽어 나자빠졌다. 나는 혼란스러웠고 원망스러웠다. 그러다가 이 산중에서 홀연히 떠나 입때껏 칼바람 부는 세상을 떠돌았구나. 이제 너에게 내 유년의 기억과 그 기억의 장소를 고스란히 물려주마. 부디 한국여인의 혼을 지닌 오상미로 자라다오. 그리하여 내 다음 금척 전달자가 되어다오.

상미 같은 작은 꼬맹이가 감당하기에는 너무 무거운 짐이라서 금바우는 차마 소리 내어 말할 수 없었다.

"어얼래, 저게 누구다냐?"

"우리가 헛것 보고 있는 건 아니지요, 영감."

십일 년 만에 늦둥이 아들이 돌아오자, 그 동안 바짝 늙어 꼬부라진 노부모는 새하얀 머리를 이고 우두커니 서서 주름진 눈을 연방 씻어 내렸다. 그야말로 판소리 구절에 나오는 학발 양친鶴髮兩親*이었다. 금바우는 달려가 두 분을 꼭 끌어안아드렸다. 안아보니 구순이 넘은 아버지와 어머니 마령댁은 허깨비나 다름없었다. 얼마나 애간장을 끓이고 밤낮 지며리 노동을 해대셨으면 이처럼 진기가 다 빠져 달아났을꼬. 허수아비를 안는 느낌이어서 금바우는 눈물이 복받쳤다. 지옥 같던 동학난리 때 먼저 떠나보낸 큰아들을 가슴에 묻어둔 채, 궁궐에서 해외에서 늘 죽음의 경계선을 넘나드는 늦둥이 막내자식

* 학처럼 머리가 하얗게 센 부모.

434

걱정으로 숱한 밤을 지새웠으리라. 금바우는 대범하고 담담한 성격이었지만 늙어 꼬부라진 노부모 앞에서는 주체할 수가 없었다. 그는 항아리 깨지는 통곡소리를 발했다. 산울림만큼이나 우렁우렁한 통곡소리는 좀처럼 그칠 줄 모르고 이어졌다. 우물가 아름드리 청배실나무에서 흰 배꽃이 같이 꽃비 눈물을 뿌려주었다.

"함초롬한 일월비비추로구나. 할애비는 마이산 들꽃 같은 우리 상미가 이 엄마 아빠봉 품으로 깃들어줘서 너무도 고맙구나. 이젠 한시름 놓았어."

아버지는 자나깨나 상미의 고사리 같은 손을 부여잡고 다니시며 끔찍이도 귀여워하셨다. 마치 금바우가 낳은 친손녀인양, 그래서 다음번 금척 전달자로 점지해둔 것처럼.

며칠 뒤 마이산 정명암에서는 잔치가 열렸다. 고원에 찾아온 늦둥이 봄빛이 머무는 곳마다 황홀경이었다. 무릉도원이 따로 없었다.

"어미가 너희들과 밥 한 끼 같이 먹고 잡다."

어머니는 근동에 흩어져 살고 있던 오남매와 그 자녀들을 모두 불러들였다. 다음날, 행방을 모르는 큰아들만 빼고 모두 모였다. 스물아홉 명이나 되었다. 상미까지 합해 모두 서른 명이었다.

청배실나무 아래 평상에 잔칫상이 차려졌다. 기름진 찹쌀에 황금빛 조를 섞어 지은 밥과 우렁이 된장국이 올라왔다. 목이버섯 넣은 잡채, 말린 죽순무침, 참깨 뿌린 연근 조림, 향긋한 산더덕 구이와 두릅전, 가죽나무전, 도토리묵, 고수나물무침, 달래무침, 석이버섯과 잣 고명 올린 백김치, 오가피 잎 장아찌, 당귀 잎 장아찌, 산초열매 장아찌 등 상다리가 휘어지게 차린 시골 밥상이었다.

"오메, 울 엄니 언제 이렇게 많이 장만하셨대. 옛날 부잣집 마나님 솜씨 다 나와버렸네."

금산 큰누님이 깡마른 어머니의 볼에 자신의 볼을 비벼대며 흥을 돋우었다. 물항라 저고리에 비취색 숙고사 치마를 곱게 차려입은 어머니는 아이처럼 귀염성이 넘쳤다. 전장에 나갔다가 끝내 돌아오지 않는 큰아들과 자식들 근심 걱정으로 몸피는 바짝 쪼그라들었지만 여전히 단아했다. 그 곁에서 아버지는 장승처럼 묵연히 서서 자손들을 거늑하게 바라보고 서 계셨다.

"우리 오늘 배 터지게 먹고 거드렁거리며 놀아보세!"

용배 형이 받아쳤다.

"오냐, 눈에 넣어도 안 아픈 내 새끼들. 모다들 벌어먹고 살라고 바쁠 텐디 어미 안 잊고 이렇게 찾아와줘서 고맙구나. 눈물겹게 고맙고 감사혀. 맘껏 배불리 먹고 저녁내 북 치고 장구 치고 놀다가너라."

어머니는 담가놓은 술독에다 용수를 질러 말갛게 고인 술을 떠다가 한잔씩 따라 주었다. 모처럼 모인 자식새끼들 흥이 깨질까봐 큰아들 김충배 얘기는 입도 뻥긋하지 않았다. 술이 익자마자 첫잔을 아들 몫으로 떠놓고서 마음속으로 축원했을 뿐이었다.

"내 아들 금바우야, 상미 잘 키워내야 쓴다. 너는 앞으로도 길래 바람구두 신고 해외를 떠돌아야겠지만 저 아이가 뛰어놀고 있는 이 마이산을 한시도 잊지 말고 꼭 돌아와야 하느니."

아버지는 청배실나무 그늘 아래서 늦둥이 막내아들에게 조용히 일렀다.

낮부터 벌어진 잔치는 밤이 이슥토록 이어졌다. 판소리가 나오고 민요 한마당이 열렸다. 덩실덩실 춤추던 자손들은 새벽녘에야 하나 둘 눈 붙이러 들어가면서 잠잠해졌다.

마이산속의 아침은 자욱하게 드리운 운해가 동녘 햇살에 벗어지면서 느릿느릿 온다. 늦잠을 자고 일어난 형제들이 아침상을 봐놓고 노부모를 깨웠다. 아무런 기척이 없었다.

"엄니 아버지, 조반 드시게 그만들 일어나셔요."

"……"

"야들아, 엄니 아버지가 아무런 기척이 없으시다. 울 엄니 아버지 아무래도 가신 거 같어."

손 꼭 잡고 나란히 누워 잠든 노모를 흔들어 깨우던 큰누님이 이내 울음보를 터뜨렸다. 모두가 내실로 몰려들었다. 어머니 아버지는 뽀얀 얼굴, 곱게 단장한 머리, 정갈하게 갈아입은 흰옷차림으로 영면해 있었다. 그 옆 반닫이 위에 속이 텅 빈 달항아리 하나가 동그마니 놓여 있었다. 한국의 얼굴, 한국의 심성이 깃든 달항아리였다.

"아이고 우리 엄니 아버지!"

"우리 아버지가 어머니 그만 애간장 끓이고 고생도 그만 하시라고 손잡고 같이 떠나신 거네. 함께 길동무 하셨으니 외롭지는 않을 거여."

용배 형이 혼잣말처럼 두런댔다.

달려 들어온 남매들이 엎어져 곡했다. 금바우는 노모의 겨릅대마냥 마른 손을 부여잡고 말없이 눈시울만 붉혔다. 상미가 곁에서 같이 훌쩍였다.

일생을 산속에서 살았다. 두 띠 동갑으로 나이 차이가 나서 평생을 오누이처럼 금슬 좋게 사셨다. 아버지는 젊은 날, 팔도를 유람했다지만 어머니는 마이산과 운장산 일원에서 백리 밖을 벗어나 본 적이 없었다. 손에 흙 안 묻히고 곱게 자라 시집

와서는 일꾼들보다 더 험하게 일했다. 나이 많은 남편과 자식들을 건사하며 농사짓는 틈틈이 기도하는 수행자의 삶이었다. 큰아들이 동학농민전쟁 때 희생된 것으로 여겨지자 매일 생환을 기도하며 밥공기를 이불 속에 묻어두고 기다렸다. 비린 음식은 전혀 입에 대지 않았고 풀 한 포기 벌레 한 마리 함부로 죽이지 않았다. 그리고 마지막 가는 날, 자손들을 불러 모아 손수 장만한 맛난 음식으로 배불리 먹이고 부음을 날리며 오가느라 번거롭지 않게끔 그 다음날 한 날 한 시에 다정히 손잡고 떠났다. 자신들을 온전히 태우고 남아 있는 힘이라고는 내실로 돌아와 자리에 누울 정도의 기력뿐이었다. 금척의 전달자로 바르게 살았고 금척 전달자 늦둥이를 낳고 길렀을 뿐만 아니라 삶 자체를 금척정신의 실천으로 일관해온 한국 어버이의 거룩한 죽음이었다.

그해 5월, 소네는 통감직을 사임하고 일본으로 돌아갔다. 생명의 금척을 담은 새우젓과 미역귀는 관저 골방 구석에 처박혀 있다가 이삿짐을 나르던 한국인 인부 차지가 되었다. 후임으로 온 데라우치가 병합의 악역을 맡았고 8월 29일은 한국의 국치일이 되었다. 소네는 그다음 달에 눈을 감았다. 그가 가지고 있던 대한제국 금척의 향방은 알려지지 않았다. 창경궁 박물관에 전시돼 있던 충무공 이순신 장군의 쌍용검도 사라졌다.

김두성.

소네가 그토록 알아내고자 전국 경찰과 헌병대, 밀정들을 동원하고 온 정보력을 쏟아 부었으나 끝내 밝혀내지 못한 김두성은 사람 이름이 아니었다. '금두성金斗星'이라는 암호코드였다. 안중근은 암호코드 금두성을 개인 이름 김두성이라고 흘렸고, 일제는 그 이름에 갇힌 나머지 암호코드 금두성을 전혀 풀어낼 수 없었다. 금척의 나라 대한제국 수도 서울은 세상의 한 중심이었다. 덕수궁의 고종황제는 그 중심 자리에 뜬 북극성, 곧 황금별이었다. 그 황금별 금성金星에 조응하는 북두칠성北斗七星, 그 두성斗星을 더하여 금두성이라는 암호코드가 만들어졌다. 금두성은 한 명의 고유명사가 아니라 정복되지 않은 스물여섯 명의 특파독립대원 모두를 뜻했던 것이다. 그랬으니 제 아무리 치밀한 일제의 정보력과 분석력이라 해도 도저히 알아낼 수 없을 수밖에.

상하이로 다시 길을 떠나며 금바우는 고종황제에게 연해주 망명정부를 제안했다. 황제는 당연히 그의 제안을 받아들였다. 금바우는 상하이와 연해주를 오가며 고종 망명작전을 벌였다.

대한세대 청년들로 구성된 두 번째 금척 프로젝트였다. 러시아 황제는 고종의 망명제안을 묵살했다. 그뿐만 아니라 고종의 망명 계획을 일본에 고자질해버렸다. 이 때문에 고종 망명 계획은 무산되었다. 유감스럽게도 당시 욱일승천하는 일제의 부당한 힘을 막아줄 동맹국은 이 세상 그 어디에도 없었다.

모진 칼바람 속 벼랑 끝 외솔 같은 금척의 나라에 밤은 더욱 깊어갔고 밝은 세상으로 통하는 지름길은 끊겼다. 지독한 박해의 가시밭길 바위 벼랑길, 그 멀고먼 에움길을 손톱 뿌리 뽑혀가며 엉금엉금 기어가야만 했다. 하지만 포연 속에서 자라나 끝내 정복되지 않는 불굴의 기상을 지닌 대한세대 청년들에게 좌절과 포기란 없었다.

금척 프로젝트는 줄기차게 이어졌다. 조국이 독립을 쟁취할 때까지, 이 사나운 엇박자 세상이 조율돼 참 생명의 질서가 바로잡히고 마침내 나라마다 마을마다 집집마다 조화로운 삶의 노래가 울려나올 때까지, 공중을 나는 새로부터 동산 숲과 이름 모를 풀벌레에 이르기까지 모든 생명의 몸짓이 아름다운 춤사위가 되는 그날까지.

이제 저 깊은 밤의 끝에 대해 말할 때가 되었다.

왜 밤인가. 열강 제국들이 한여름 이글거리는 태양처럼 사납던 때, 금척의 나라 대한제국은 달빛처럼 은은했다. 광기에 찬 야수들의 만찬장에서 금척의 나라 생명의 노래 따위는 들리지도, 어울리지도 않았다.

시대가 금척을 부른다. 더 이상 버텨낼 힘도 없고 그렇다고 앉아서 죽을 수만도 없을 때, 그들은 금척을 얻었다. 특파독립대 26인은 1호 고종황제를 북극성으로 삼고 맨 끝자리에 안응칠을 세워 세계를 돌았다. 서울 덕수궁을 중심으로 샌프란시스코와 헤이그, 페테르부르크, 상하이, 블라디보스토크 그리고 하얼빈에서 스물여섯 개의 별들이 빛났다. 안응칠은 이 금척 프로젝트의 통솔자로 김두성을 들었다. 그는 금척 프로젝트의 암호코드를 일부러 흘렸다. 누구도 밝혀낼 수 없을 거라고 확신해서다.

특파독립대 3호 금바우는 미래의 사람이었다. 그가 계획한 금척 프로젝트는 당연히 가깝고도 먼 앞날을 가늠하고 있었다. 3호는 고종이 죽음으로써 국민이 모이게 될 것을 알고 있었다. 그리고 국민의 염원이 마침내 국민전쟁을 승리로 이끌리라고 확신했다.

"황제폐하! 미우고 고우나, 인정하건 부인하건 폐하께서는 우리들의 영원한 황제이십니다. 이 나라 역사가 이어지는 한 대한제국 마지막 황제로 기억될 테니까요. 그래서 오늘은 신이 참으로 어려운 소청을 올리겠나이다."

일제에 나라를 빼앗기고 금수강산이 빛을 잃고 통곡하던 날, 3호가 고종황제 앞에 다소곳이 엎드렸다. 열여섯 살 때 황제를 처음 알현하던 당돌한 소년의 모습과는 그 언행이 딴판이었다.

"오오, 나의 충성스런 금바우야. 너의 말이 오늘은 산울림보다 깊구나."

흰 소복을 입은 고종은 그윽한 눈길로 금바우를 건너다보았다.

"폐하, 아무도 황제께서 이토 히로부미를 죽였다고 생각하지 않을 것입니다. 그저 무능한 황제로만 알고 성토하겠지요. 그런들 어떤가요. 어차피 의인은 머리 둘 곳이 없는 세상인

걸요. 그래서 감히 소청합니다. 아뢰옵기 황송하오나 폐하께 남은 단 하나의 사명은 섣달 그믐날밤의 불씨 같은 죽음입니다. 폐하의 죽음이 곧 금척 프로젝트의 연장입니다. 그 죽음이 뿔뿔이 흩어진 국민을 하나로 모이게 할 것입니다. 하나로 모인 그 마음은 장차 이 나라의 독립을 견인할 것입니다. 그러니 이제 더 이상은 죽음을 두려워 마십시오."

고종은 알고 있었다. 자신이 결국은 일제에 의해 독살당할 것임을.

우리가 미워하는 민비는 죽어서 대한제국을 세웠고, 암약 군주라고 조롱해왔던 고종황제는 죽어서 3·1운동을 일으키고 대한민국 임시정부를 세웠다. 1894년 갑오왜란으로 멸망한 조선은 아관망명을 거쳐 대한제국으로 부활했고, 1910년 8월 29일 국치를 당했으나 1919년 해외 망명정부인 대한민국 임시정부를 거쳐 1945년 부활했다. 장장 오십일 년간 피흘린 국민전쟁으로 마침내 승리한 것이다. 세상에 하나뿐인 금척의 나라 한반도는 일제 침략의 후유증으로 지금까지 남북 분단이 돼 있지만, 세계의 주목을 받으며 융창하고 있다.

마이산의 아들 금바우는 금척 전달자다. 금척은 참 생명의 길이다. 시대의 북극성이오 나침반이다. 금바우는 나침반을 만든 사람이 아니라 나침반을 읽는 사람이었다. 상하이 임시정부에서 활동하다가 고향 진안고원 마이산으로 돌아온 그는 소년시절처럼 늘 꿈을 꾸었다.

그 옛날 단군 천하의 금척나라 꽃동산에서 평화롭게 연대하며 살던 오방五方의 족속들은 모진 바람 부는 세월을 만나 대륙의 변방으로 흩어지거나 중원을 장악해갔다. 그들 족속들은 무력을 키워 차례차례 번갈아가며 세상을 통일했다. 오스만투르크 술탄이 되기도 하고 당·원·명·청의 황제가 되기도 했다. 하지만 유감스럽게도 그들에게는 금척이 없었다. 오직 한반도로 남하한 한민족만이 단군의 금척을 받들어 그 정신을 면면히 이어왔다.

사물이 극에 달하면 반드시 반전하는 세상 이치에 따라 이제 시절이 변하고 있다. 더 이상 무력이 숭배되는 험악한 시절이 끝나가고 있다. 내 한 몸이 꽃이면 온 세상이 봄이라던 금척나라 사람들의 유박하고 온유한 삶의 향기가 세계로 울려 퍼져나가고 있다. 금척나라 풍류나라가 도래하고 있음이다. 그 금척나라, 풍류나라는 국경이 있으되 장벽은 없고 피부색과 인종은 다르되 한마음 한뜻이 되어 서로 공명하는 공감의 세계였다.

아직까지도 일제 식민지의 후유증으로 이 땅은 분단이 되고 동족끼리 총칼을 겨누고 있지만 금척의 나라가 머지 않았다. 눈부시게 황홀한 그 금척나라 꿈을 꾸는 한, 백발이 된 금 바우는 늘 소년이었다.

비루했던 노예의 역사를 먹칠할 것인가, 분칠할 것인가.

치욕의 역사를 지워버리고 싶어 하는 건 너무도 당연하다. 먹칠은 그래서 한다. 훗날 밥술 좀 뜨고 어디 가서 명함 내밀 만큼 살게 되면 부끄러운 과거사를 미화하고 싶어진다. 분칠 은 그때 한다. 어느 쪽이건 당당할 수는 없는 노릇이다. 오직 목숨 걸고 끝까지 싸운 이들만이 살아서건 죽어서건 당당하 다. 사선死線을 넘나드는 전사는 그 어떤 비루한 시대도 위대한 순간을 만들어낸다. 그리하여 불행한 역사의 흑막에 자기 신 화를 쓰고 마침내 별이 되어 빛난다.

우리가 반드시 기억해야 할 것은 피로 쓴 역사다. 나라는 빼 앗겼어도 끝내 정복되지 않은 이들이 온몸을 바쳐 써 내려간 국민전쟁의 역사다. 그 고난의 연대기가 일제 식민지 프레임 이나 망국 책임론 프레임에 갇혀 매도되거나, 희화화되는 꼴 을 나는 더 두고 볼 수 없었다. 내가 이 시대에 마이산 금척을

447

소환하고 금척정신을 불러일으킨 이유다.

이 책을 기획하고 집필하면서 이야기꾼의 숙명을 실감했다. 진안고원 마이산의 금척이 대한제국 고종황제에게 전달되고 샌프란시스코 교민신문 《신한민보》에 한 자루의 권총으로 게재된 사실, 그 권총에 새겨진 금척 눈금을 발견하고 사흘 밤낮 혼이 뜨는 걸 경험했다. 먹지 않고 자지 않아도 피로한 줄을 몰랐다. 안중근이 스물여섯 명의 특파독립대 일원으로 이토를 척살했다는 러시아 신문 《노바야 지즈니》 기사를 국사편찬위원회 한국사 데이터베이스 자료에서 찾아낸 황태연 교수의 논문과 맞물려 가려진 역사의 진실이 부상하는 순간이었다. 나는 문학적 수사를 덧보탤 여유가 없었다. 피로 쓴 역사를 감상적인 미문으로 포장하고 싶지 않았다. 마치 격문을 휘갈기듯 벼락같이 써 내려갔다.

진안고원은 산맥이 힘차고 금강과 섬진강이 발원하는 신비의 땅이다. 영산 마이산에는 조선왕조 창업자 이성계가 꿈에 금척을 받았다는 전설이 전해온다. 마이산은 대한제국 때 호남의병창의동맹단 결성 성지이기도 하다.

영산 마이산 자체가 신화 속에서 솟구쳐 올라온 금척이다. 금척의 산 마이산은 한국 혼의 수련장이자 지성소다. 나의 할

아버지들은 마이산 아빠봉 아래 지금의 은수사 터에 정명암을 짓고 수행했다. 고종황제가 승하하자 운장산 독제봉에 단을 쌓고 남학 동도들과 북향사배하며 제사했다. 마흔 명의 제관들로 구성된 대규모 제사는 해마다 이어졌고 일제의 핍박을 받았다. 가멸던 집안 살림이 기울어갔음은 물론이다.

나는 어머니 태중에 있을 때부터 마이산을 찾았고 '큰바위 얼굴' 삼아 한국사상과 문학 상상력을 키워왔다. 나는 마이산의 아들이며 순례자다. 마이산은 내 심령의 본향이자 내 영혼의 양식이다. 학창시절에는 방학 때마다 머물렀고 작가가 된 청년시절엔 꼬박 이 년 동안 마이산 속에서 살아보기도 했다. 그때 쓴 소설이 졸저 『풍수』다. 이번 소설을 구상하고 집필하는 동안에도 수시로 찾았음은 물론이다. 그때마다 여러 교수진과 문화전략가와 예술인들, 언론인들이 동행했다.

"도립공원 영산 마이산은 공공재인데 사교집단 본거지처럼 어지럽네요."

도깨비 시장판 같은 탐사 주변과 남쪽 진입로를 보고 던지는 쓴소리였다. 얼굴이 화끈거렸다. 고요하고 정갈했던 유년시절의 마이산 풍경이 그리웠다. 역사를 생각하고 풍류와 금척 정신을 떠올리며 명상하는 순례길일 수는 없는가. 인기 높은 관광지니까 축제의 장으로서의 기능을 겸하면서도 좀 정갈할 수는 없는 것인가. 이제라도 역사를 날조해서 사유화하는 짓을 그만두고 군민의 자산으로 되돌려줄 수는 없는 것인가. 바위산은 말이 없고 푸른 하늘은 탑들의 머리 위에서 묵연히 지켜볼 따름이다.

이 책은 참으로 어렵게 출산한 옥동자다. 지역문화콘텐츠 개발의 필요성에 남다른 소명을 지닌 이항로 진안 군수님과 이재명 문화원장님, 원봉진 애향운동본부장님과 지역 원로들의 전폭적인 사랑과 지원을 받지 않았다면 나오지 못했다. 이용엽·황안웅·최규영·서승 향토사학자, 고금당 성호 스님도 많은 애정을 쏟아주셨다. 고종과 대한제국 바로보기 작업을 해온 동국대 정치외교학과 황태연 교수님과 김종욱·이영재 박사를 비롯한 근대사 연구 박사그룹의 도움도 컸다. 현장 집필실이 있는 '진안고원치유숲'에서 며칠간 블록세미나를 하기도 했으며 자료 제공과 집필 독려를 아끼지 않았다. 생명의 금척사상은 식약요법과 침술로 숱한 생명을 돌보다 가신 아버지의 가르침에 힘입었다. 〈식약3요〉는 비상한 약초꾼이자 신라 금척 전달자 자손인 한학자 불기 선생의 도움을 받았다. 깊이 감사한다. 다산북스 김선식 대표와 문화국가연구소 윤여운 연구원에게 고마움을 전한다. 근대사의 놀라운 비사를 다룬 이 책이 고종과 대한제국의 역사를 재조명하고 한국인의 기상을 떨치는 하나의 '작탄의거'가 된다면 글 쓰는 전사로서 더 없는 보람이겠다.

이 소설을 구상하고 집필하면서 틈틈이 산책한 옥녀폭포 가는 길, 숲속인문학교실 옹달샘에서 바라본 서녘 운장산의 변화무쌍한 채운과 동녘 적상산의 산그리메, 꽃바람 물안개 속에서 신화를 토해내는 용담호 그 수려한 풍광은 눈을 감아도 떠오르는 기억의 장소들이다. 고원은 높은 대지다. 또랑물소리 요란해도 결국은 강물에 몸을 보태고 바다에 이른다. 크게 보고 멀리 가련다. 이 땅의 역사와 얼을 담아내는 나의 장정은 문화국가 금척나라가 될 때까지 계속된다.

2018년 가을 〈진안고원치유숲〉에서
김종록

금척
한민족 최고의 비기

초판 1쇄 발행 2018년 10월 26일
초판 3쇄 발행 2019년 1월 7일

지은이 김종록
펴낸이 김선식

경영총괄 김은영
책임편집 백상웅 **책임마케터** 이고은, 양서연, 기명리
콘텐츠개발6팀장 백상웅 **콘텐츠개발6팀** 박수연, 임경섭, 최지인
마케팅본부 이주화, 정명찬, 최혜령, 이고은, 양서연, 이유진, 허윤선, 김은지, 박태준, 배시영, 기명리
저작권팀 최하나, 추숙영
경영관리본부 허대우, 임해랑, 윤이경, 김민아, 권송이, 김재경, 최완규, 손영은, 김지영, 이우철
외부스태프 디자인 woojin(宇珍)

펴낸곳 다산북스 출판등록 2005년 12월 23일 제313-2005-00277호
주소 경기도 파주시 회동길 357 3층

전화 070-7607-1802(기획편집) 02-6217-1726(마케팅) 02-704-1724(경영관리)
팩스 02-703-2219 **이메일** dasanbooks@dasanbooks.com
홈페이지 www.dasanbooks.com | teen.dasanbooks.com
블로그 blog.naver.com/dasan_books
종이 한솔피앤에스 **인쇄** 민언프리텍 **제본** 정문바인텍 **후가공** 평창P&G

ISBN 979-11-306-1892-0 (03810)